À PROPOS DE L'AUTRICE

Mia Sosa a été avocate pendant une dizaine d'années avant de se consacrer à l'écriture de comédies romantiques drôles, rythmées et pétillantes. Elle vit dans le Maryland avec son mari et ses deux filles.

ENNEMIS

(et plus si affinités)

MIA SOSA

ENNEMIS

(et plus si affinités)

ROMAN

Traduit de l'anglais (États-Unis) par
NOLWENN GUILLOUD

Titre original :
THE WORST BEST MAN

HARPERCOLLINS FRANCE
83-85, boulevard Vincent-Auriol, 75646 PARIS CEDEX 13.

www.harlequin.fr

ISBN 978-2-2804-4329-6 — ISSN 2271-0256

Il aura fallu tout un village pour nous élever ;
ce livre est dédié aux aînées de notre petite
communauté : Mãe, Ivany et Reni.

Prologue

Stockton Hotel
Washington D.C.
Trois ans auparavant

Max

Le doux cui-cui m'avertissant de l'arrivée d'un SMS d'Andrew ne risquait pas de me préparer au merdier sans nom qui s'affiche sur mon écran.

Tu avais totalement raison hier soir, M. Grâce à toi, j'y vois plus clair, maintenant. Je ne peux pas épouser Lina. Il va falloir que tu le lui annonces. T'inquiète, elle saura le prendre avec classe. Je vais disparaître quelques jours, le temps de faire le point. Dis à papa et maman que je les appellerai bientôt.

Je suis trop jeune et trop assommé par la gueule bois pour ces conneries.

Rassemblant les quelques neurones qui ont survécu à notre tournée des bars d'hier soir, je m'efforce de faire la synthèse du peu que je sais. Petit un : mon frère aîné, Andrew, l'homme qui veut toujours faire plaisir à tout le monde et s'en tient toujours aux plans, est censé se marier ce matin. Petit deux : il n'est pas dans la chambre d'hôtel que nous partageons, ce qui signifie qu'il a dû fuir les lieux après que j'ai sombré, hier soir. Petit trois : il ne plaisante jamais. Le balai fermement logé dans son fondement lui interdit toute espèce de fun. Bref, j'ai beau les tourner et les retourner dans tous les sens, les pièces du puzzle refusent de s'emboîter.

Serait-il envisageable que mon cher frère se soit miraculeusement découvert un sens de l'humour, si douteux soit-il ? Par pitié, faites que ça ne soit que ça…

Me dépêtrant tant bien que mal du drap enroulé autour de mon torse, je m'assieds et tape une réponse rapide :

C'est pas drôle. Appelle-moi, et plus vite que ça.

Pas de réponse. Je tente un coup de fil : répondeur direct. Pas de doute : il ne veut pas qu'on le joigne. Eh ben, qu'il aille se faire voir !

T'inquiète ? Elle saura le prendre avec classe ? S'il croit que Lina ne va pas fondre un plomb en apprenant qu'il n'a pas l'intention de se montrer aujourd'hui, il est plus gland que je ne le pensais. Alors que j'imagine déjà la réaction et les larmes de la future mariée, mon esprit se focalise sur les deux premières phrases d'Andrew, et je me sens pris de nausées. « Tu avais totalement raison hier soir, M. Grâce à toi, j'y vois plus clair, maintenant. » Le truc, c'est que je ne me rappelle pas grand-chose de la soirée. Une bouteille entière de Patrón fait facilement des ravages sur la mémoire à court terme. Alors, me rappeler quelles âneries j'ai bien pu lui débiter durant ses dernières heures de célibat ? Me connaissant, j'ai dû clamer haut et fort qu'il valait bien mieux rester seul, en lui faisant sentir que, de nous deux, c'était moi le plus chanceux.

J'ai vingt-cinq ans. Andrew est mon frère. C'est comme ça qu'on fonctionne.

Bon sang, c'est pas vrai !

Je me laisse retomber sur l'oreiller et réfléchis à la suite des événements. Quelqu'un va devoir avertir la principale concernée.

Certainement pas ma mère, déjà. Elle n'a *aucun* tact. Le jour de son vingtième anniversaire de mariage, elle a déclaré à ma grand-mère Nola – ainsi qu'à tout un parterre d'invités – que la seule chose qui aurait pu la faire hésiter à épouser mon père était le fait qu'il soit un tel fifils à sa maman. Un défaut qu'elle attribuait, je cite, « au temps excessif qu'il avait passé pendu au sein » de celle-ci.

Mon père, pour sa part, n'hésiterait pas une seconde à enfiler sa casquette de journaliste d'investigation et à poser toute sorte de questions intrusives pour découvrir le pourquoi du comment son fils avait laissé sa fiancée en plan. Les gros sabots de papa ne passeraient *pas bien du tout*. Ce ne sont même pas des idées que je me fais : c'est précisément ce qui a conduit à leur divorce il y a un an.

Étant donné que ma grande bouche est en partie responsable de ce malheureux développement, j'imagine donc que le candidat idéal, c'est moi. Mais, bon Dieu, j'aurais pu me passer de ça…

Me massant les tempes, je m'extirpe du lit et chancèle jusqu'à la salle de bains. Quelques minutes plus tard, alors que je me brosse les dents en évitant soigneusement mon reflet ébouriffé et mon regard injecté de sang dans le miroir, les petits oiseaux de mon téléphone se manifestent à nouveau. *Andrew.* Je recrache tout et me précipite vers la table de nuit. C'est un message de mon père.

Merci de descendre pronto. Si ton frère ne se remue pas les fesses, il va être en retard à son propre mariage.

À l'intérieur de moi, tout s'arrête : atomes, circulation sanguine, tout le toutim. Peut-être suis-je même cliniquement mort. Parce que, comme si le reste ne suffisait pas, j'ai fait la grasse matinée, annihilant du même coup mes chances de tenir les invités à l'écart du désastre. Et un étage de plus sur le gâteau de merde que promet d'être cette journée, un !

La sonnerie infernale du réveil de l'hôtel me tire brutalement de ma stupeur, faisant tambouriner mon crâne. J'écrase le bouton off et jette un regard mauvais à la minuscule icône SNOOZE qui me nargue, dans le coin de l'affichage. C'est bon. Plus jamais je ne bois. Non. Vaine promesse. Je pourrai quand même boire pour les grandes occasions. Voilà. Ça, je peux le faire : à partir de maintenant, je ne boirai plus que pour les grandes occasions, là !

Est-ce qu'annoncer à une future mariée que son prince charmant ne se présentera pas à l'autel peut être considéré comme une grande occasion ? Sans doute pas. Est-ce que ça m'arrangerait ? Plus que carrément.

Lina

De la pitié. Voilà ce que j'entrevois dans les yeux couleur whisky de Max. Dans son air de chien battu. Sa manière de dissimuler tant bien que mal une moue désolée.

Je l'invite à entrer dans le salon d'habillage.

— Que se passe-t-il ?

Ma voix est calme, posée, c'est parfait. Car, oui, je contrôle régulièrement mes manifestations émotionnelles quotidiennes, comme d'autres mesurent le nombre de calories ingérées. Et puisque ma mère et moi venons de partager une poignée de minutes larmoyantes, je suis soit à court d'émotions, soit proche de mon quota maximal pour la journée.

Max pénètre dans la pièce, puis se tourne lentement vers moi. Il tripote le col de sa chemise. C'est l'indice le plus flagrant que quelque chose cloche : il ne porte pas le costume gris clair qu'Andrew a choisi pour ses garçons d'honneur.

J'insiste, sous un angle différent :

— Est-ce qu'Andrew va bien ?

Si Max est là, ça ne peut pas être si terrible. Je ne le connais pas très bien ; il habite New York et n'a pas assisté à toutes les festivités qui ont précédé le mariage. Mais, étant son seul frère, s'il était arrivé quelque chose d'affreux à Andrew, il serait à ses côtés, non ? Enfin bon, sachant qu'il était en réalité le choix numéro trois de mon fiancé pour lui servir de témoin (les options 1 et 2 ayant poliment décliné), je peux me tromper.

Quand Max fronce les sourcils, les plis de son front me font penser à des vaguelettes sur l'eau calme.

— Non, non, Andrew va bien. Ce n'est rien de ce genre.

Une main sur le ventre, je laisse échapper un soupir tremblant.

— Ouf. Bon. Dans ce cas, qu'y a-t-il ?

Max déglutit. Fort.

— Il ne viendra pas. Au mariage. Il dit que ça ne va pas être possible.

Durant plusieurs secondes, je ne peux que cligner des yeux en essayant de comprendre ce qui m'arrive. Ouvrir, fermer, ouvrir, et essayer de donner un sens à ce que j'entends. Mon Dieu… Tous ces mois de préparatifs. Tous ces gens. La famille venue de partout pour ce mariage. Rien que de songer aux retombées, je grince des dents. Ma mère et mes tantes vont être vertes de rage pour moi. Avant la fin de la journée, elles auront sans doute organisé une battue pour retrouver Andrew et lui coller le pied dans les parties, avec la précision d'une troupe de danseuses de french cancan. Connaissant leur fibre entrepreneuriale, elles proposeront sans doute même des tickets à la vente pour le show, qu'elles appelleront « Casse-Noisette ».

Max s'éclaircit la voix. Sa petite toux sèche interrompt le flux de mes pensées, et la situation m'apparaît alors dans toute son énormité.

Ce mariage n'aura pas lieu.

Je sens ma gorge se contracter, ma poitrine se serrer. *Oh ! non, c'est pas vrai, non. Maîtrise-toi, Lina. T'es une pro, pour ça, tu gères, tu gères.* Je lutte de toutes mes forces contre les larmes et, d'un crochet du droit, les renvoie directement d'où elles viennent.

Max fait un pas vers moi.

— Je peux faire quelque chose ? Tu as besoin que je te réconforte ? D'une épaule pour pleurer ?

— Je ne sais pas de quoi j'ai besoin.

Ma voix est rauque, bien éloignée de l'attitude stoïque que j'espérais laisser transparaître.

Le regard triste, Max ouvre grand les bras. J'accepte aussitôt son étreinte, trop contente de pouvoir me raccrocher à quelqu'un et me sentir moins... paumée. Il me serre à peine, et je sens qu'il se retient, offrant plus qu'il ne prend. Comme s'il cherchait davantage à me maintenir la tête hors de l'eau qu'à m'entraîner sous la surface.

Au milieu du brouillard, je remarque qu'il est humide, tout juste sorti de la douche, j'imagine. Ce qui m'étonne, c'est l'absence d'un parfum détectable sur sa peau. Je me demande vaguement si mon odeur s'accrochera à lui quand on se séparera, puis si mon cerveau n'est pas tout simplement en train de griller.

— Est-ce que ça va ? demande-t-il dans un murmure inquiet.

Je ne bouge pas d'un muscle. Des fois que rester immobile m'aide à faire l'inventaire des dégâts. Il serait naturel que je me sente blessée, en colère, prête à m'élever contre l'injustice de ce qu'Andrew me fait subir. Mais je ne ressens rien de tout ça. Pas encore. La vérité, c'est que je suis comme anesthésiée... et plus que perdue.

Andrew, censément l'homme de ma vie. Ces deux dernières années, nous avons partagé des conversations intéressantes, une sexualité satisfaisante et la stabilité. Plus important encore, il ne m'a jamais poussée à bout, pas une seule fois. Quel meilleur choix qu'un compagnon de vie qui n'éveille pas mes pires instincts ? Jusqu'à ce matin, lui et moi semblions sur la même longueur d'onde à propos des avantages mutuels que nous apporterait cette union. Aujourd'hui, il a complètement changé de fréquence, et j'ignore pourquoi.

Max babille pour deux, avalant le silence.

— Je n'ai aucune idée de ce qui lui prend. Tout allait bien. Et puis, on a discuté, hier soir. On a fait la tournée des bars, tu vois ? Entre deux verres de Patrón, j'ai dit deux ou trois conneries. Et tout est parti en cacahuète. Je suis désolé. Pardon, pardon…

C'est la note torturée dans sa voix qui attire mon attention, donne à mon esprit quelque chose où planter les griffes : le voilà qui s'excuse plus qu'il ne me console… Ça n'a aucun sens. Je m'arrache à son étreinte et recule d'un pas.

— Qu'est-ce que tu veux dire par « deux ou trois conneries » ?

— Très franchement, avoue-t-il en baissant les yeux, je ne m'en souviens pas vraiment. J'avais beaucoup bu.

Aveuglée par le soleil qui pénètre par le bow-window, je contourne Max pour mieux le voir, mieux observer le grand n'importe quoi en train de se dérouler sous mes yeux. Ah, et puis, ce grand ciel bleu retourne bien le couteau dans la plaie, aussi. Gâcher une météo si parfaite pour un mariage devrait être un crime puni par la loi. Quelques jours de prison, au moins.

— Comment est-ce qu'il t'a annoncé ça ? Il t'a prévenu en personne ?

— Il m'a envoyé un SMS, souffle Max, toujours accaparé par la pointe de ses chaussures.

— Fais voir.

Il redresse brusquement la tête. L'espace de quelques secondes, nous nous dévisageons sans rien dire. Ses narines palpitent. Les miennes… non. Son regard glisse jusqu'à mes lèvres, qui s'entrouvrent de leur propre chef. Jusqu'à ce que je m'en rende compte et referme promptement la bouche.

Une bouffée de chaleur s'empare de moi, j'ai presque envie de tirer sur la dentelle qui enserre mes bras et ma poitrine. Tout mon corps me démange, comme si un million de fourmis rouges avaient entamé un défilé à la surface de ma peau, au rythme du

Formation de Beyoncé. Repoussant cette désagréable sensation, je tends la main.

— J'ai besoin de voir ce qu'il a écrit.

Max ne faisant aucun geste, j'ajoute un « s'il te plaît ».

Avec un grand soupir, il plonge la main dans la poche arrière de son jean, puis tapote l'écran de son portable.

— Tiens.

Lèvres pincées, je me concentre pour déchiffrer cette suite de phrases incongrue. En effet, il semblerait bien que, moi, Lina Santos, en passe de devenir la nouvelle organisatrice de mariage chouchou des cadres de Washington D.C., je me sois fait planter devant l'autel par mon fiancé.

Waouh. OK. Bon. Super. Bonjour la pub !

Je considère une nouvelle fois le message d'Andrew et m'arrête sur la phrase qui me met le plus en boule : « Grâce à toi, j'y vois plus clair, maintenant. »

Plus clair, vraiment ? Et qu'as-tu eu l'amabilité d'éclaircir aux yeux de mon fiancé, Max, hein ? Purée, je les imagine si bien, assis tous les deux dans un pub miteux à raconter des horreurs sur moi. J'ai envie de hurler.

Je rends son téléphone à Max d'un geste brusque.

— Donc, en résumé : Andrew et toi vous êtes pris une cuite hier soir et avez discuté de choses dont tu dis ne pas te souvenir. Et c'est sur la base de cette conversation qu'Andrew a pris la décision de ne pas m'épouser, ce qu'il n'a même pas la décence de m'annoncer en face.

Max met le temps, mais il finit par acquiescer.

— C'est ce que j'ai cru comprendre, oui.

— C'est vraiment un beau connard, dis-je d'une voix neutre.

— Ce n'est pas moi qui vais te contredire, me répond Max.

— Et, toi, tu n'es qu'un enfoiré.

Le demi-sourire que ce faux jeton a eu l'audace d'esquisser

disparaît alors comme par enchantement. Mais hors de question de me soucier ne serait-ce qu'une seconde de ce qu'il peut ressentir ! Quoi qu'il ait laissé échapper hier soir, cela a convaincu mon fiancé de foutre notre mariage en l'air. J'étais *si près* d'épouser mon homme idéal, et il a suffi d'une seule conversation avinée pour que tout capote.

Carrant les épaules, j'attrape mon téléphone sur la coiffeuse afin d'envoyer un SOS à ma mère, mes tantes et mes cousines :

Eu preciso de vocês agora.

Les prévenir que j'ai besoin d'elles les fera démarrer au quart de tour, mais le faire en portugais m'assure qu'elles seront là dans la minute.

En attendant, je dévisage le pire témoin de l'histoire d'un regard noir.

— Max, tu veux bien me rendre un service ?

— Tout ce que tu voudras, déclare-t-il en faisant un pas vers moi, les yeux implorants.

— Fiche. Moi. Le. Camp.

Chapitre 1

Aujourd'hui

Lina

À l'instant où la portière de la limousine s'ouvre, les invités laissent échapper une exclamation d'incrédulité collective.

Car la mariée est en vert. Vert pomme, pour être précise.

Bliss Donahue redonne du bouffant à la jupe de taffetas à volants qui lui mange la moitié de la silhouette, sans paraître consciente de l'expression atterrée sur les visages qui l'accueillent à l'entrée de l'auberge de Virginie du Nord qu'elle a choisie pour se marier.

Tel un membre aguerri de la famille royale, Bliss se dresse devant son parterre de sujets imaginaires et les salue d'une main, le menton légèrement relevé pour profiter au mieux de la lumière flatteuse du soleil. Après une pause volontairement théâtrale d'une trentaine de secondes, elle s'avance à petits pas sur l'allée pavée, l'arrière de sa robe à frous-frous flottant dans la brise d'avril. Une poignée d'invitées d'un certain âge expriment leur désapprobation par des claquements de langue. D'autres font très ouvertement la grimace.

Toujours dans la discrétion, je me tiens en retrait, à quelques pas, prête à remédier au moindre imprévu qui pourrait menacer le bon déroulement de la journée. J'avais prévenu Bliss que cette tenue plus qu'étonnante risquait fort d'éclipser les détails plus subtils de cet événement sinon très élégant, mais, persuadée que cette robe la mettait en valeur, elle n'a jamais voulu en démordre.

De mon point de vue, tout ce que cette robe met en valeur, ce sont ses goûts douteux. Néanmoins, en tant qu'organisatrice de mariage, mon rôle est de donner vie aux projets des mariés, si tordus soient-ils. Après, je ne me gêne pas pour exprimer mes doutes si la situation l'exige, mais, au bout du compte, cette journée n'est pas la mienne, et si Bliss veut remonter l'allée centrale dans une robe qui a tout l'air d'avoir été élaborée à partir de Post-it verts pour un défi « matériaux inattendus » de *Project Runway*, je peux difficilement l'en empêcher.

Ce qui ne veut pas dire que je n'apprécie pas les idées qui sortent du lot. Question tenue, j'ai vu beaucoup de créativité – le mariage en double costume trois-pièces couleur crème d'un couple de lesbiennes reste à cet égard parmi mes favoris. C'est même avec grand plaisir que j'accueille les propositions non conventionnelles lorsqu'elles sont réalisables, puisque, à vrai dire, j'aimerais mieux que ces conventions n'existent pas. Néanmoins, quel que soit l'angle sous lequel on l'envisage une robe à volants vert pomme… ça craint toujours un peu.

Maintenant que Bliss est entrée sans incident, je jette un coup d'œil à ma check-list pour la cérémonie. J'ai à peine le temps de vérifier deux points que Jaslene, ma meilleure amie et assistante, surgit dans mon dos.

— Lina, on a un problème.

La nouvelle me fait l'effet d'une injection d'adrénaline. *Évidemment qu'on a un problème. C'est pour ça que je suis là.*

Pleine d'une détermination renouvelée, je fais volte-face et entraîne Jaslene à l'écart.

— Qu'y a-t-il ?

Mon amie semble plutôt détendue. *Bien.* En revanche, j'aperçois une lueur goguenarde dans ses yeux marron profond. *Oh non…*

— Tu as les yeux qui pétillent. Si tu trouves ça drôle, c'est que je suis sérieusement dans la panade.

Le sourire jusqu'aux oreilles, elle me prend par le bras et me guide vers les escaliers.

— Viens. C'est le marié. Il faut que tu voies ça.

Je la suis à l'étage, jusqu'au salon réservé à mon client, puis frappe trois coups à la porte. Sans attendre de réponse, je me cache les yeux et entrouvre.

— Si vous n'êtes pas visible, vous avez quinze secondes pour couvrir le plus important. Je vous laisse décider quelles parties comptent le plus pour vous. Un, deux, trois, quatre, cinq…

— C'est bon, nous sommes habillés, répond Ian.

La note de tension que je perçois dans sa voix me donne à penser que, au contraire, tout est loin d'être bon. Impression confirmée à l'instant où je pénètre dans la pièce. Je cligne des yeux. Prends le temps de ravaler ma surprise. Malgré tout, une question tout aussi évidente que maladroite m'échappe :

— Mais qu'est-ce que vous avez fait de vos sourcils ?

— Demandez à ces trois abrutis, gronde Ian en désignant ses garçons d'honneur. Ce sont eux qui ont trouvé hilarant de me les raser la veille de mon mariage.

Tous sauf un étudient le bout de leurs chaussures. Dans mon besoin de désigner un coupable, je pose les yeux sur le seul qui n'évite pas mon regard.

Avachi dans un immense fauteuil, ses cheveux blonds en bataille et les yeux injectés de sang, il lâche un rot et hausse les épaules.

— On était bourrés. Que voulez-vous que je vous dise… Désolé, gars, ajoute-t-il à l'adresse de son ami.

Je traverse la pièce et me plante devant cet homme des cavernes, les poings serrés, par précaution.

— Désolé ? C'est ça, vos excuses ? Derrière cette porte, il y a une mariée qui attend ce jour depuis des mois. Elle voudrait que tout soit parfait. Elle voudrait pouvoir se souvenir de cette journée comme de la plus belle de sa vie. À cause de vous, ce qui va lui rester en mémoire, c'est le jour où elle a épousé un homme avec la peau d'un bébé hamster en guise de sourcils. Et tout ce que vous trouvez à dire, c'est « Désolé, gars » ?

Tirant discrètement sur ma robe, Jaslene m'incite à me redresser.

— Lina, ça ne résout rien.

Je me mords l'intérieur des joues, le temps de retrouver une expression calme, sereine et pro.

— C'est vrai, tu as raison. Je reviens tout de suite.

Maudissant intérieurement ces ânes que sont tous les garçons d'honneur du monde, je descends en quatrième vitesse jusqu'à ma voiture. À l'arrière de ma Volvo certes pourrie, mais globalement fidèle, je tâtonne jusqu'à mettre la main sur mon kit d'urgence. Je vérifie : ma trousse à maquillage est bien là.

Je repars alors aussi vite que mes jambes et mes talons – raisonnables – me le permettent, sans risquer un coup d'œil aux invités qui discutent dans le hall.

De retour dans le salon, je remarque qu'une femme s'est jointe à la compagnie durant mon absence, toutefois, je ne me préoccupe pas de savoir qui elle est ni ce qu'elle fait là. Ce n'est pas en bavardant que l'on va régler cette histoire de sourcils. Pas le temps.

J'étale le contenu de ma trousse sur la coiffeuse, puis tire une chaise jusqu'au miroir en pied.

— Venez vous asseoir, dis-je au marié en tapotant le siège du plat de la main.

Il me dévisage, l'air méfiant.

— Qu'est-ce que vous comptez me faire ?

— Ce que je compte faire ? Réparer les dégâts causés par vos amis, pardi.

— Vous pensez y arriver ?

Probablement pas, mais une partie du travail consiste à sembler confiante, même dans les situations les plus tendues. Je brandis donc mon petit tube.

— Ceci est un gel-fibre à sourcils. C'est fait pour combler les sourcils clairsemés, pas les créer à partir de rien, ça devrait malgré tout faire l'affaire. Ce ne sera pas jojo, mais, au moins, vous aurez quelque chose sur le front au moment de dire « oui ».

Telle une bande de hyènes hilares, la langue pendante, les garçons d'honneur encerclent Ian pour se payer sa tête. Franchement, avec des copains pareils, pas besoin d'abrutis dans votre vie ! Surprenant le regard furibond que je leur jette, ils se redressent et baissent de nouveau les yeux vers le sol.

Ian, lui, examine le flacon d'un peu plus près et m'adresse un regard plein d'horreur.

— Je suis brun, et c'est blond, ça.

— Oui, eh bien, les mariés dont on a rasé les sourcils la veille du jour J font avec ce qu'on a sous la main. C'est ça, ou un marqueur. Je pourrai toujours recouvrir la fibre blonde d'une teinte de poudre plus proche de votre couleur naturelle pour terminer. Nous n'avons pas toute la journée. Qu'est-ce que vous préférez ?

— Très bien, allons-y, concède-t-il en se passant les mains sur le visage. Tant que je ne ressemble pas à Monsieur Spock…

— C'est promis.

Je secoue la tête, adresse une prière aux dieux du mariage et me mets à l'œuvre, tout en essayant de ne pas rire. Ressembler à Spock serait un moindre mal, à ce stade.

Je ne sais pas s'il est utile de le préciser, mais mon métier est un grand festival de n'importe quoi, et j'adore ça.

D'un coin de la tente de réception, je regarde les invités bavarder et danser, me félicitant d'avoir une fois de plus évité la catastrophe. Alors, oui, le marié a l'air d'avoir deux morceaux de moquette au-dessus des yeux. Et, oui, une petite demoiselle d'honneur s'est effectivement exclamée qu'il ressemblait à un Angry Bird. Il n'empêche que mes clients sont ravis de leur journée. Finalement, c'est tout ce qui compte. Pour être quasiment partie de rien, je trouve cette augmentation sourcilière particulièrement réussie.

Nous en sommes à présent à mon moment préféré : quand le couple a terminé d'honorer les traditions de son choix, et que je n'ai plus qu'à me soucier d'éventuels accrocs de dernière minute. Le moment où je peux enfin commencer à me détendre. Enfin, pas trop, non plus. Combien de mariages a-t-on vu virer au désastre à cause de l'open bar ? Comme la fois où le marié avait baissé la culotte de sa femme plutôt que sa jarretière… J'en ai encore des frissons !

— Joli rattrapage, aujourd'hui, déclare quelqu'un sur ma gauche.

Tournant la tête, je reconnais immédiatement la personne qui s'adresse à moi.

— Merci. C'était vous, dans le salon d'habillage, c'est bien ça ?

— C'est bien ça.

— Vous êtes de la famille du marié ?

La jeune femme acquiesce d'un hochement de tête, la bouche pincée, avant de laisser échapper un soupir résigné.

— Ian est mon cousin.

— C'est un chic type.

Elle hausse un sourcil délicatement arqué et pouffe.

— Qui n'a plus grand-chose de chic quand il est en compagnie de ses crétins d'amis.

Comme pour mieux souligner son propos, l'un des garçons d'honneur découvre les dents et agite son pelvis sous notre nez. Un autre se jette sur le *dancefloor* pour se tortiller comme un ver, tandis que le troisième fait le robot.

Je les observe sans rien laisser paraître, bien qu'elle ait cent pour cent raison.

— *No comment.*

— Oh ! ça se passe de commentaire, je crois. Leur imbécillité parle d'elle-même.

Elle se tourne vers moi et me tend une main manucurée. Dans l'élan, les pointes de son carré blond coupé au cordeau viennent caresser son menton.

— Rebecca Cartwright.

— Lina Santos.

Comme nous nous saluons, je contemple avec émerveillement sa chevelure : lisse, étincelante, coiffée d'une main experte. Tout l'opposé de mes ondulations naturelles, qui se débattent à cet instant contre le million de pinces qui tient mon chignon en place. J'aime mes cheveux et tout ce que je peux faire avec, je ne suis pas le moins du monde jalouse. Cela étant, je suis fascinée par la symétrie dans l'apparence de cette femme. Si on la tranchait en deux et que l'on retournait les deux moitiés l'une contre l'autre, sûr qu'elles seraient parfaitement identiques.

— Votre maîtrise de la situation m'a impressionnée, tout à l'heure, reprend-elle.

Puis, se penchant pour partager un sourire complice :

— Vous ne devez pas voir ça tous les jours, n'est-ce pas ? Un marié aux sourcils rasés ?

Je ne peux réprimer un sourire.

— Devoir arranger ce genre d'imprévus farfelus est ce qui fait le sel de ce métier.

Rebecca se rapproche encore un peu.

— Cette robe de mariée, en revanche… Vous en avez certainement de belles à raconter sur le sujet.

— Vous ne m'aurez pas, je ne parlerai qu'en présence de mon avocat.

— Et discrète, avec ça, me lance-t-elle, une lueur d'amusement dansant dans ses yeux bleus.

Puis elle hoche la tête résolument, comme si elle venait de prendre une décision.

— Il vous est déjà arrivé de perdre votre calme ?

Elle me dévisage avec une telle attention que je ne serais pas surprise d'apprendre que le laser d'un sniper est pointé sur mon front. Ce n'est pas qu'elle me mette mal à l'aise, pas vraiment ; son regard est simplement… intense. Rejetant cette impression bizarre, je me concentre sur la question. Est-ce que je perds parfois mon calme ? Rarement. Pourtant, j'aurais bien étranglé cet abruti de garçon d'honneur, tout à l'heure…

— Il m'arrive de déraper un peu, mais, la plupart du temps, je n'ai pas d'autre choix que de me contrôler, car si je craque, mes clients craquent.

— Ça fait longtemps que vous planifiez des mariages ?

Ah, voilà donc où cette conversation nous menait. Serait-elle à la recherche d'une organisatrice pour le sien ? Je jette machinalement un coup d'œil à ses mains.

— Je ne suis pas fiancée, précise-t-elle en me montrant ses doigts dépourvus de bague. Seulement curieuse.

Je me sens rougir un peu.

— Pardonnez-moi, l'habitude. Je suis dans le métier depuis un peu plus de quatre ans, maintenant. Le Point sur le Oui, c'est mon entreprise.

— Oh ! c'est malin, comme nom. Et vous aimez ce que vous faites ?

Je la regarde, prise au dépourvu. Personne ne s'est jamais préoccupé de savoir si j'aimais mon travail. Une chance que j'aie un speech tout prêt destiné à mes clients, qui me vient spontanément :

— C'est un défi particulièrement gratifiant d'aider un couple à trouver un thème de mariage qui leur parle. Organiser cette journée importante dans ses moindres détails est toujours un immense plaisir. Si un problème survient, et un problème survient toujours, je me fais une fierté de trouver une solution qui satisfasse tout le monde. Les établissements mal équipés, les conflits d'emploi du temps, les cafouillages du traiteur... c'est précisément ce qui me stimule ; je ne vois pas du tout cela comme une corvée.

Rebecca penche la tête de côté et m'observe un instant. Une ride se creuse entre ses sourcils.

— Il doit bien y avoir des mauvais côtés. Ou des choses qui vous agacent au plus haut point. Peu importe le degré de passion, toute vocation vient avec son lot de *challenges*.

Jamais je ne me risquerais à le lui l'avouer, mais l'organisation de mariages n'était pas ma vocation première, plutôt un vaillant effort pour me réinventer, après le fiasco total de ma carrière d'assistante juridique.

Je suis la fille d'immigrés brésiliens, tous deux d'origine modeste. Quand mon père nous a quittés, ma mère n'a pas hésité à travailler d'arrache-pied pour nous assurer un avenir meilleur, à mon frère et moi. C'est grâce à elle et mes *tias* que je suis parvenue à m'élever et à me dépasser dans la profession que j'ai choisie. Car ce sont elles qui ont en partie financé le démarrage de ma petite entreprise avec leurs économies durement gagnées. Je n'ai donc plus droit à l'erreur. C'est un bagage qui me pèse. Qui me pèse tant que je vis dans la crainte perpétuelle de gâcher cette seconde chance comme j'ai gâché la première.

Le voilà, le mauvais côté : une pression constante face à cette obligation de réussite qui m'étouffe parfois. Mais ne comptez pas sur moi pour révéler quelque chose d'aussi personnel à une inconnue. Oh que non ! *Ne jamais leur montrer tes faiblesses*, voilà mon credo, celui qui m'a tant aidée durant toutes ces années.

Je fais mentalement la liste de tous les petits désagréments avouables et opte pour l'un des plus inoffensifs.

— Il arrive que l'indécision de certains clients mette ma patience à rude épreuve, mais, de manière générale, je n'ai pas à me plaindre, c'est plutôt un chouette boulot.

Rebecca désigne la piste de danse du menton.

— Vous avez fait un excellent travail avec ceux-ci, je dois dire. Mis à part le fait que la mariée a l'air d'une branche de céleri, c'est vraiment un très beau mariage.

— Tsss, fais-je en secouant la tête. Ce n'est pas une façon de parler de quelqu'un qui célèbre le plus beau jour de sa vie. Bliss est charmante comme elle est.

Mon interlocutrice s'empourpre aussitôt.

— C'est vrai. Vous avez raison... Seulement, à partir d'aujourd'hui, elle fait partie de la famille, ajoute-t-elle en haussant les épaules. Ce qui veut dire qu'on parlera d'elle dans son dos chaque fois que la situation l'exigera. C'est notre truc à nous.

Très franchement, je connais ça. Au fil des années, mes cousines et moi avons élaboré tout un arsenal de signaux et autres regards lourds de sens pour débiner les membres de la famille, ou encore de pauvres prétendants ne se doutant de rien. Vu la fréquence à laquelle nous en faisons usage lors d'événements familiaux où la musique bat son plein, nos aînées en sont venues à prendre ce système de communication pour une version très personnelle de la danse des canards.

— Si je puis me permettre, poursuit Rebecca, avez-vous déjà songé à développer votre activité ? À vous associer, peut-être ?

Non, non et non. Être travailleuse indépendante a beau ne pas être simple tous les jours, mon activité se développe à un bon rythme, et il est hors de question que je laisse quiconque ou quoi que ce soit bouleverser le fragile équilibre auquel je suis parvenue. Seule une occasion de faire évoluer considérablement mon entreprise pourrait m'inciter à changer ma manière de fonctionner, et je doute fort qu'on soit en mesure de me l'offrir. Je décide donc de contourner la question.

— Parlez-moi donc un peu de vous, Rebecca. Vous avez déjà organisé un mariage ?

Elle recule d'un pas et me dévisage, bouche bée.

— Jamais. Mais je reconnais que ça a l'air sympa.

Ça y est, je comprends mieux. Chaque mariage, je suis confrontée à au moins une réaction de ce type. Les gens sont conquis par le produit fini, les compositions florales éblouissantes, le timing parfait de la musique, les décors de rêve, le doux parfum de romantisme… et ils se persuadent d'être tout à fait capables de réaliser la même chose.

— C'est très sympa, en effet. Mais cela demande également de sacrées capacités d'organisation, ainsi qu'un souci du détail quasi maladif pour parvenir à un résultat comme celui-ci. Par chance, mon assistante à temps partiel et moi fonctionnons bien ensemble. J'ai bon espoir qu'elle accepte un jour un poste à plein temps.

Comme pour appuyer mes dires, Jaslene traverse à cet instant le *dancefloor* d'un pas décidé et se dirige vers le DJ, le clipboard qu'elle m'a volé sous le bras. Ça ne m'étonne pas : *Baby Got Back* est sur la liste des morceaux auxquels les mariés ont mis leur veto.

— Cela dit, si vous êtes intéressée par une carrière de *wedding planner*, vous pouvez commencer par une formation en ligne.

Rebecca serre les lèvres, retenant visiblement un sourire.

— Pour ne rien vous cacher, vous remettez en question un projet déjà bien avancé, mais je pense sincèrement que c'est le destin qui nous a réunies aujourd'hui.

Mais que me veut cette femme, à la fin ? Ce qu'elle raconte n'a aucun sens.

— Je ne comprends pas.

Semblant s'agacer toute seule, elle secoue la tête.

— Pardonnez-moi. Je fais des mystères, et vous devez commencer à chercher un prétexte pour me fuir. Alors, voilà : j'ai une proposition à vous faire, mais je crois que ce n'est ni le moment ni le lieu pour ça.

Je la vois farfouiller dans sa pochette et me tendre quelque chose.

— Voici mon numéro. Si ça vous dit, je pourrai vous expliquer tout ça en déjeunant, dans les prochains jours.

Sur ces mots, elle s'éclipse, se fondant parmi un cercle d'invités à l'autre bout de la piste de danse. Mon regard se porte alors sur sa carte de visite, imprimée sur un papier gaufré plus classe que bien des invitations de mariage. Au-dessus du numéro de sa ligne directe, précédé de l'indicatif régional de D.C., je lis :

REBECCA CARTWRIGHT
PRÉSIDENTE-DIRECTRICE GÉNÉRALE
GROUPE HÔTELIER CARTWRIGHT
** RECOMMANDÉ PAR FORBES **

Ce moment où vous vous rendez compte que vous vous êtes passablement ridiculisée ? Voilà. Ça.

Chapitre 2

Max

Depuis son trône (enfin, de derrière son bureau gigantesque, stratégiquement placé un peu en hauteur), ma mère nous regarde tour à tour, Andrew et moi.

— À ma grande surprise, le groupe Cartwright se réinvente. La petite-fille du fondateur, Rebecca, vient d'être promue P-DG, et elle espère attirer une clientèle nouvelle. Elle veut développer leur restaurant de luxe, accueillir davantage de mariages et devenir *la* destination spa de Washington. Elle a des idées à foison et aurait besoin de notre expertise concernant la manière de les promouvoir. Et très vite. C'est une mission pour la crème de la crème, et vous deux, *ensemble*, saurez apporter ce qu'il faut de charme et de savoir-faire à cette collaboration.

Je suis le charme. Andrew, le savoir-faire. Du moins, c'est ce que tout le monde croit.

Certes, ma mère est une embobineuse de première, capable de se dédouaner de n'importe quelle situation, mais, cette fois, on est sur du foutage de gueule pur, élevé au grain sans OGM. Si seulement elle voulait bien le reconnaître, à la fin : elle ne me fait pas confiance pour gérer un gros client seul.

J'aimerais pouvoir dire que je suis surpris, mais on est ici en territoire familier. Ce n'est qu'une autre facette d'un truisme que je me suis résigné à accepter : quand mon frère et moi sommes en compétition (et, très franchement, nous ne savons pas fonctionner autrement), c'est systématiquement lui qui gagne. Sans effort particulier, en plus. Le pire, c'est que même quand nous ne sommes pas consciemment dans la rivalité il me bat encore. Il suffit de demander à mon ex, Emily. Après avoir côtoyé mon frère une journée à peine, elle a décidé que j'étais trop médiocre pour elle. Elle était venue rencontrer ma mère, elle est repartie avec de nouvelles ambitions en matière de relations amoureuses. Joyeux Thanksgiving !

Andrew tapote son crayon contre le bloc-notes posé sur ses genoux.

— Nous avons déjà travaillé avec Rebecca. Je suis plus que partant.

J'ai très envie d'imiter son petit air enthousiaste… Mais ce serait puéril. En plus, je m'efforce de me montrer professionnel, puisque c'est ce que j'ai promis à ma mère.

Elle nous a embauchés tous les deux à Atlas Communications il y a un an, après nous avoir laissés apprendre les bases ailleurs ; moi à New York, Andrew à Washington et Atlanta. Cela ne l'intéressait pas de donner leur chance à des adjoints au marketing débutants dans son entreprise, quand bien même il s'agissait de ses enfants.

Lorsqu'elle nous a parlé de ces postes, elle a cependant posé deux conditions. Tout d'abord, il s'agissait d'accepter l'offre tous les deux, sous prétexte que nous étions complémentaires et que nous pourrions ainsi un jour diriger la firme ensemble. Ensuite, nous devions lui promettre que, passé les portes de l'entreprise, nous oublierions qu'elle nous avait donné la vie.

Je comprends sa crainte d'être accusée de favoritisme et, si je me plante au travail, je suis tout à fait prêt à en assumer les conséquences au même titre que tout le monde. Mais on aura beau faire semblant, on ne pourra jamais occulter le fait qu'elle est, et reste notre mère, quoi qu'il arrive. De toute façon, la manière dont elle nous traite ici n'est pas si différente de ce que nous avons pu connaître enfants. La preuve : elle ne s'est pas gênée pour nous convoquer au bureau un dimanche, et pour quelque chose qui n'avait rien d'une urgence. Rien que ça, ça me fout en boule. Alors le fait qu'elle insiste une fois de plus pour que mon frère et moi fassions équipe met ma patience pourtant légendaire à très rude épreuve.

— Tu sais, nous ne sommes pas un lot indissociable ni frères siamois. Si tu nous en donnais l'occasion, tu constaterais que l'on fonctionne parfaitement bien l'un sans l'autre.

Parce que, bon, voilà : Andrew n'est pas aussi parfait qu'il veut bien le faire croire, en fait.

L'auteur de la plupart de nos idées intéressantes, c'est moi. Et je ne dis pas ça pour me vanter, c'est une réalité. Si elle acceptait de me laisser voler de mes propres ailes, sans ce robot supposé être mon frère dans les pattes, elle ne pourrait plus nier l'évidence. Malheureusement, si l'on se fie à mes expériences passées, mieux vaut ne pas y compter de sitôt. Aux yeux de ma mère, « plus vieux » égale « plus sage ». Je pourrais faire tous les efforts du monde, sur ce point, Andrew me battra toujours de deux ans.

— Ne fais pas ta mauvaise tête, me réprimande ma mère, lorgnant par-dessus la monture sévère de ses lunettes rouges. Notre cliente a en tête une tâche particulière, qui nécessitera deux personnes. Vous allez donc vous occuper de ça en équipe. Il n'y a rien d'autre à lire dans cette décision. Je me plie aux exigences de la cliente, un point c'est tout.

En voilà, une excellente nouvelle ! Mes petites cellules grises entrent aussitôt en ébullition. Je dois trouver le moyen de convaincre notre cliente que, ce qu'elle veut, c'est moi à la tête de ce projet. Si je parvenais à sortir de l'ombre de mon frère et à impressionner Rebecca, la suite logique serait que l'on me confie les rênes du dossier Cartwright. Alors ma mère reconnaîtrait peut-être enfin la valeur ajoutée que j'apporte à cette entreprise.

— Si vous êtes tous les deux libres, poursuit la patronne, Rebecca Cartwright aimerait vous voir la semaine prochaine pour vous exposer ses projets. Compte tenu du volume de travail que nous fournit son groupe, j'ose espérer que vous vous rendrez disponibles pour elle.

Andrew acquiesce, comme un bon chien-chien.

— Ça va de soi. On se débrouillera. Hein, Max ?

Ma mère me scrute en plissant les yeux, comme si elle s'attendait à ce que je fasse des histoires. Qu'est-ce qui peut bien lui faire croire une chose pareille ?

— Bien entendu, approuvé-je de mon ton le plus aimable.

Se levant de son fauteuil, ma mère frappe sèchement des mains. En bref, elle nous congédie.

— Très bien. Messieurs, merci à vous d'être venus, même un week-end. Notre cliente souhaite avancer là-dessus le plus rapidement possible, alors je ne voulais pas perdre de temps.

Je suis tenté de lui faire remarquer qu'elle aurait pu nous envoyer un topo par e-mail, mais je n'ai pas l'énergie de lui chercher des noises, aujourd'hui. Je me contente donc de lui adresser un signe de la main en sortant du bureau.

— À demain.

Je suis quasiment devant l'ascenseur quand Andrew tente de me rattraper au petit trot.

— Hé, M. ! Attends deux secondes.

Je ralentis le pas.

— Qu'est-ce qu'il y a ?

Parvenu à mon niveau, Andrew se plante devant moi, jambes écartées à outrance, puis remonte les manches de son pull en cachemire beige. Moi, je suis en sweat à capuche, merde ! Je meurs d'envie de lui signaler les bouloches accumulées sur son flanc gauche, sans doute produites par les frottements de sa sacoche de créateur favorite, mais c'est le genre de détail moisi qui lui pourrirait la journée, et je fais de mon mieux pour ne pas être une sale tête de con.

La tête penchée sur le côté, il me dévisage.

— Écoute. J'ai conscience que la cliente va peut-être nous vouloir sur des tâches différentes, mais on part quand même sur un brainstorming commun, hein ? Je pense que c'est mieux pour la cohérence du produit final.

Idéalement, j'aurais préféré l'inverse. Je tiens vraiment à bosser seul, pour montrer à notre cliente que, de nous deux, je suis celui qui mènera au mieux ce projet. Quel autre moyen ai-je de me démarquer de mon frangin ?

Andrew attend ma réponse. Nous nous regardons en chiens de faïence. Enfin, le « ding » de l'ascenseur brise le malaise.

— J'imagine que ça va dépendre de ce qu'elle a prévu. Mais, ça, on le saura bien assez vite, dis-je avant de grimper à l'intérieur. Tu descends ?

Il amorce un pas en arrière.

— Non. Je vais répondre à quelques mails avant de rentrer. Tant qu'à être ici, autant travailler un peu, fait-il en se tapotant la tempe, un petit sourire suffisant aux lèvres.

Puis, incapable de se retenir, il poursuit :

— Mais ce n'est pas dans tes habitudes, ça, hein ? L'ardeur au travail.

Je préfère ignorer la pique. *Tu es au-dessus de ça, Max.*

— Je vais tirer quelques paniers. Tu es certain que tu ne veux pas te joindre à moi ?

Sa réaction est impayable. Mimant un frisson, il fait une grimace qui lui donne des airs de chiot au museau écrasé.

Je m'en doutais, mais bon, c'est toujours sympa de demander.

— Je passe mon tour, ricane-t-il.

Ou glousse-t-il du nez, plutôt. Il est tout à fait du genre à glousser du nez.

— OK. Dans ce cas, à dans…

Je jette un coup d'œil à ma montre.

— … moins de vingt-quatre heures.

— Ouais, c'est ça, me lance-t-il avec un vague salut.

Alors que les portes de l'ascenseur se referment, il n'a toujours pas bougé.

Si seulement nous pouvions être plus proches, tous les deux… Mais nous n'avons pas du tout les mêmes centres d'intérêt, et n'avons jamais été bons amis. Il aurait été super chouette d'interagir autrement qu'au travers de ces rivalités, seulement, plus nos parents ont voulu nous rapprocher, plus nous avons cherché à nous éloigner l'un de l'autre. En très grande partie à cause de moi. Je suis suffisamment mature pour reconnaître mes torts.

Enfin, bon, qui sait ? Ce projet nous donnera peut-être la distance nécessaire pour nous rapprocher sur d'autres points. Ou bien nous risquons de nous entretuer.

Je ne sais pas ce qui est le plus probable.

Chapitre 3

Lina

Ça y est, Bliss et Ian sont quelque part au-dessus de l'Atlantique, en route pour leur lune de miel. Je suis donc officiellement en week-end. Ma liste des choses à faire aujourd'hui est simple : remplir le frigo, ne pas quitter mon jogging et passer le temps devant des séries Netflix. Mais avant toute chose… *pão com manteiga* et *cafezinho.*

Les Brésiliens ne consomment que deux choses (et seulement deux) pour le petit déjeuner, c'est la règle : des tartines de pain beurrées et du café. Quiconque opte pour un autre menu prépare sans doute un coup d'État. Ou alors, il s'agit de Brésiliano-Américains première génération, comme moi, qui ne crachent pas sur un sandwich œuf-bacon.

Ce matin, pourtant, je me suis réveillée avec une envie de petit déjeuner traditionnel, et mon endroit préféré pour le prendre, c'est le Rio de Wheaton, l'épicerie tenue par ma mère et mes tantes dans une rue commerçante non loin de Georgia Avenue, à Wheaton, dans le Maryland. Entre nous, voilà des années que je les supplie de se trouver un nouveau nom. Et autant qu'elles ignorent mon conseil.

Il ne me faut pas longtemps pour rallier le magasin de mon appartement à College Park. Quand je pousse la porte, la clochette tinte, et chacun se fige pour inspecter la nouvelle venue. Un stand de tongs Havaianas est niché entre la farine de manioc et les rouleaux de *masking tape*, et une bonne odeur de pain frais flotte dans l'air. Un tiers de la boutique est dédié à un minuscule espace café, soit trois tables et pas suffisamment de chaises, où ma mère et ses sœurs servent leur *cafezinho brasileiro* (un Starbucks sous stéroïdes) et leur *pão*, en l'occurrence un petit pain croustillant, servi juste sorti du four tout au long de la journée.

— *Bom dia. Como vai ?*

— *Filha, um minuto*, me répond ma mère avec un sourire, avant de reporter son attention sur le client en caisse.

Client à qui elle rend la monnaie en le gratifiant d'un clin d'œil.

— *Obrigada.*

Une seconde… Serait-elle en train de flirter ? Ce serait une première, et j'adorerais voir ça plus souvent. À ma connaissance, elle n'a fréquenté personne depuis qu'elle a divorcé de mon père, il y a plus de dix ans. Mais ses joues roses, c'est bon signe, et à la voir penchée en avant, la tête inclinée de côté, on dirait bien qu'elle en pince pour cet homme. Alléluia ! Elle mérite tous les plans fesses du monde, pour compenser le manque d'affection de mon père tout au long de leur mariage.

Un pack de vingt-quatre canettes de Guaraná Brazilia dans les mains, sa sœur aînée, également matriarche de la famille, s'approche et me fait rapidement la bise. *Tia* Viviane opère sous deux modes : « occupée » ou « en surrégime ». Ses jambes la portant déjà vers sa prochaine destination, elle me jette un coup d'œil par-dessus son épaule.

— *Tudo bem ?*

— Tout va bien, oui.

Durant quelques secondes, je reste plantée dans l'allée centrale, tandis que les gens vont et viennent tout autour de moi. Eux non plus n'ont pas l'air d'être là pour acheter. Ils sont simplement… là. Comme dit Jaslene : si les épiciers portoricains hébergent des « chats de bodega », les épiciers brésiliens, eux, ont des humains de bodega. Comme ce gars du quartier, qui s'est amouraché de ma jeune cousine Natalia. Il fait en ce moment même semblant d'être absorbé par le match de *futebol* diffusé à la télé suspendue dans un coin du café, pendant que l'objet de son affection non réciproque, qui se trouve être fiancée, nettoie la vitrine de *salgadinhos*. Coïncidence ? Je ne crois pas.

— *Oi mulher !* lance Natalia en jetant son torchon sur son épaule. Tu viens encore nous piller de la bouffe ?

— Eh, un peu de respect pour tes aînées, sale gosse !

Plus rapide que l'éclair, elle me colle un coup de torchon sur le bras, puis se penche à mon oreille.

— C'est quoi, ce truc blanc au coin de ta bouche ? Du sucre glace ? Un reste de foutre ?

Je me recule vivement et m'essuie le visage comme je peux, avant de m'apercevoir qu'elle est en train de se tordre de rire.

— Ha. Ha. Hilarante, comme toujours.

— Étonnant que ça t'ait paru plausible, *prima*, s'étouffe-t-elle entre deux éclats de rire. À se demander ce que tu fais de ton temps libre…

Rien. Absolument rien. La vérité, c'est que, si traces il y avait eu, elles n'auraient rien eu à voir avec une quelconque fellation, étant donné que je n'ai couché avec personne depuis plus d'un an. Et, mon gagne-pain impliquant de travailler la plupart des week-ends de mars à septembre, je n'ai pas tellement l'occasion de rencontrer de potentiels partenaires. Ces temps-ci, ma vie sexuelle, c'est en solo, et réglé en moins de cinq minutes, à grand renfort de piles… Dix, si je me sens particulièrement d'humeur. Alors, oui, on oublie l'idée du sperme. Les vestiges d'un donut au sucre glace, en revanche ? Totalement possible.

— C'est ça. Bref. Ma vie amoureuse, ou son absence, n'est pas un sujet que j'ai envie d'aborder, encore moins avec toi. Maintenant, va me chercher un café et du pain, je fais en claquant des doigts. Et que ça saute !

— Pfff… Va les chercher toi-même. C'est l'heure de ma pause, et je dois appeler Paolo.

Elle me tend alors son tablier, avec son éternel sourire en coin.

— Mais, je t'en prie, prends ma place un moment. Enfin, si tu tiens à te rendre utile, pour une fois.

Puis, faisant claquer ses lèvres brillantes de gloss, elle prend la direction de la porte d'un pas guilleret et me salue de la main.

— N'oublie pas que nous avons rendez-vous mercredi ! je lui rappelle.

— Les essayages pour ma robe ? Tu te doutes bien que je ne vais pas louper ça, me lance-t-elle en sortant.

J'enfile le tablier et le noue à ma taille. Trois, deux, un…

— Va te laver les mains ! m'ordonne ma mère.

Chaque fois. Comme à une gamine. Est-ce que je lui fais la remarque ? Bien sûr que non. Je tiens à la vie.

— Tout de suite, *mãe*.

Les courtes boucles de mon autre tante ne semblent nulle part en vue.

— Où est *tia* Izabel ?

L'autre sœur aînée de ma mère est la plus posée des trois, ainsi que la moins intéressée par la gestion du magasin.

— Elle est allée faire une ou deux courses.

Mãe étant toujours occupée en caisse, je lui dépose une rapide bise sur la joue avant de passer dans l'arrière-boutique. Puis, les mains propres et désinfectées, je retourne au comptoir me servir un petit pain à l'aide de la pince de service. Rien que le premier morceau m'arrache un soupir d'aise. *Que personne ne vienne me dire que ça ne valait pas le déplacement !*

Lorsque ma mère parvient enfin à se libérer, elle me passe un bras autour de la taille.

— Comment c'était, le mariage ? C'était celui avec la robe verte ?

Elle profite avec délectation de ces mariages par procuration, et se souvient toujours de détails.

Je finis ma bouchée de pain et lui confirme que les choses se sont bien passées.

— Tu n'avais pas tort pour la robe… étonnante. Ah, et les amis du marié lui avaient rasé les sourcils la veille.

Elle me dévisage avec des yeux ronds comme des billes.

— Eh ben, je ne l'avais pas vue venir, celle-là. Tu as pu résoudre le problème, non ?

Je lui jette mon regard « sais-tu au moins à qui tu parles », et feins une grimace.

— Évidemment !

Avec un hochement de tête entendu, elle me serre plus fort contre elle.

— Je suis fière de toi, *filha*.

— Merci, *mãe*.

Ses mots me redonnent un peu plus confiance en moi. C'est tout ce que j'ai toujours voulu : faire sa fierté et celle de mes tantes. Quand leurs mariages respectifs ont volé en éclats, toutes trois se sont entraidées pour élever leurs enfants, se relayant pour cuisiner, garder et conduire les uns et les autres à l'école ou à leurs activités extrascolaires. Le reste de leur temps, elles l'ont passé à faire des ménages, jusqu'à avoir économisé suffisamment d'argent pour ouvrir cette boutique. C'est grâce à elles que je suis diplômée de l'université, que Rey, mon frère aîné, est médecin adjoint, et que l'activité de maquilleuse indépendante de Natalia est florissante. Sans parler de la petite dernière, la non moins impressionnante Solange, fille d'Izabel, qui termine son premier cycle à l'université et est bien partie pour conquérir le monde.

— Tu penses que ce mariage va t'apporter d'autres clients ?

— D'autres clients ? Possible. C'est une question de timing. Si des invités sont déjà fiancés, mais n'ont pas encore planifié leur mariage, ils m'appelleront peut-être pour se renseigner.

Il y a aussi Rebecca Cartwright. Je suis impatiente d'en savoir plus sur sa proposition. Il ne faudra pas que j'oublie de la contacter dès lundi matin pour convenir d'un rendez-vous. Au pire, je pourrai toujours l'ajouter à ma liste de contacts. Même un vague lien avec la P-DG d'un hôtel aussi réputé que le Cartwright pourrait un jour s'avérer utile.

Une vraie cliente se présente finalement à la caisse, ses articles en mains. Ma mère me laisse donc à mon idylle avec mon petit pain. Alors que je mords joyeusement dedans entre Marcelo, ami de la famille et propriétaire d'Une Robe pour la Vie, le magasin où je loue un bureau pour mon entreprise.

— *Olá, pessoal ?* lance-t-il à la cantonade, sa voix couvrant la foule en délire à la télévision. *Tudo bem ?*

— *Tudo*, répond tante Viviane, à demi mangée par le réfrigérateur à boissons qu'elle est en train de regarnir. *E você ?*

« Couci-couça », répond-il d'un geste de la main, avant de déposer un baiser sur son front. Tous deux se sont rencontrés grâce à l'immense réseau qui aide les immigrés brésiliens du Maryland à s'acclimater à la vie aux États-Unis. Ils sont amis depuis des lustres. C'est par ce même réseau que toutes trois ont connu leurs maris, qui se sont volatilisés depuis.

Pour en revenir à Marcelo et Viviane, je les soupçonne d'avoir un arrangement un peu plus qu'amical, seulement je n'ai jamais eu le cran de demander confirmation. *Tia* Viviane n'est pas du genre à vous louper, quand elle a une paire de *Havaianas* sous la main.

Lorsqu'il m'aperçoit, Marcelo se rembrunit. Ce qui me fait douter de la sincérité de ses paroles quand il s'adresse à moi :

— Carolina, j'espérais bien te trouver là. J'ai à te parler.

Je cesse de mâcher, repose ma tranche de pain sur une serviette et époussette mon T-shirt pour en faire tomber les miettes.

— Je t'écoute, Marcelo.

Il pose les avant-bras sur le comptoir.

— L'agence immobilière m'a prévenu vendredi après-midi qu'ils allaient augmenter le loyer. De sept pour cent... En ce qui me concerne, c'est fini, m'annonce-t-il en se redressant pour faire mine de s'épousseter les paumes, comme s'il se lavait les mains de la situation. Je ne peux plus suivre. Plus maintenant que tout le monde achète sa robe de mariée en ligne. Ou la loue. Je vais rejoindre ma fille en Floride et me trouver une petite boutique où je pourrai vendre le reste de mon stock. Ce sera l'histoire d'une poignée d'années, puis je prendrai ma retraite et passerai mes journées à pêcher. Il est grand temps, *filha*, conclut-il en couvrant ma main de la sienne. Je sais que ça va t'affecter, toi aussi, et si je pouvais me le permettre, je resterai, mais les affaires n'étaient déjà pas au beau fixe, et ces frais sont le coup de grâce.

— Rappelle-moi quand le bail arrive à son terme ? je parviens à articuler, malgré l'énorme nœud qui se forme dans ma gorge.

Je connais déjà la réponse, mais entendre la date butoir me forcera à regarder le problème bien en face et m'évitera de plonger dans le déni.

— Dans soixante jours, lâche Marcelo en soupirant.

Je voulais être confrontée à la réalité, me voilà servie. Un bureau à Washington même est loin d'être un luxe pour mon activité. La plupart de mes clients ont des emplois très prenants et apprécient de me rencontrer dans un lieu bien situé, à proximité d'autres commerces et de restaurants où terminer leur journée. Un bureau proche de Connecticut Avenue projette en outre une image de stabilité, un certain sérieux. N'importe qui peut faire imprimer des cartes de visite dans une boutique du coin et se prétendre *wedding planner* ; une adresse professionnelle officielle garantit à un couple que leur organisatrice ne va pas prendre ses cliques et ses claques et disparaître avec leur argent.

Je n'ai pas besoin de grand-chose, en vérité, un coin de bureau me suffit. C'est pour ça que mon arrangement avec Marcelo me convenait parfaitement. Puisque je ne prends pas beaucoup de place, il a pu me faire un prix d'ami. Pour avoir vainement tenté de trouver mon propre bureau, il y a quelques années, je sais que louer le moindre placard en centre-ville me mettrait en difficulté pour payer le loyer de mon appartement. Même si je finis par trouver quelque chose d'abordable, ce ne sera jamais aussi idéal que l'emplacement actuel, alors peu importe comment se passera la transition, je ne sortirai pas gagnante.

Merde. Je ne peux pas me planter. Pas encore.

La décision de Marcelo m'a déstabilisée, et j'ai soudain l'impression de perdre pied. Les larmes perlent à mes cils, mais le regard que je surprends entre ma mère et Viviane, ainsi que l'expression particulièrement sévère de cette dernière, les assèche bien vite. C'est vrai. Il fut un temps où, innocente et naïve, j'ai dû apprendre les règles à mes dépens, mais je ne les connais que mieux aujourd'hui. Nous ne pouvons pas nous laisser dominer par nos émotions. Cela apparaîtrait soit comme un signe de faiblesse qui nuirait au respect obtenu de haute lutte, soit comme de l'agressivité, ce qui ferait dire aux gens que nous sommes des hystériques. En tant que femmes, à plus forte raison en tant que femmes de couleur, nous ne pouvons pas nous permettre d'être perçues comme telles.

Manque de pot, je suis une fille sensible. Capable de fondre en larmes à l'instant où l'on me tire un semblant d'émotion. Quand j'étais plus jeune, mon frère et mes cousines m'en faisaient voir de toutes les couleurs à ce propos. *Bebê chorão*, se moquaient-ils. « Chouineuse. » À l'époque, ça ne me dérangeait pas tellement. Au fond, quel mal faisait ce simple trait de caractère ? En tant qu'adulte, en revanche, j'ai vite constaté que la réponse était… *beaucoup*. En tout cas plus que je n'étais capable de gérer.

Je me suis donc construit un personnage au fil des années, afin de ne plus me laisser contrôler par mes émotions. Je suis posée. Pas du genre à me laisser marcher sur les pieds. Une nana en Téflon, imperméable insultes, même les plus tranchantes. Plus jamais je ne serai cette fille qui pleure toutes les larmes de son corps pour un mec. Plus jamais je ne serai la personne qui s'effondre dans un contexte professionnel et perd tout le respect de ses pairs. La force, c'est un état d'esprit, et je la crée de toutes pièces si nécessaire !

Me redressant, j'adresse un sourire crispé à Marcelo.

— Ce n'est absolument pas de ta faute. Tu ne pouvais pas prévoir une hausse des loyers aussi monstrueuse. Je suis sûre que je trouverai autre chose. Ne t'inquiète pas pour moi. Tout ira bien.

Marcelo m'observe attentivement, probablement conscient que je bluffe, mais trop gentil pour me le faire remarquer.

— Tu es sûre, *querida* ? insiste-t-il, l'air soucieux.

Sa sollicitude touchante essaie très fort de m'aller droit au cœur, mais je prends soin de dresser mes défenses. Je ne dois pas manifester une quelconque émotion.

— *Certa.*

Tout le monde (Marcelo, *tia* Viviane, ma mère, même le type qui fait semblant de suivre le match de foot, mais écoute secrètement notre conversation) respire aussitôt mieux, la tension ambiante résolue par la simple assurance de ma part que tout se passerait bien. Il le faut. Que tout se passe bien, je veux dire. Je n'ai pas le choix : il en va de ma carrière et de ma survie.

Intérieurement, je maudis le tour qu'a pris ma journée et ajoute un nouveau point à ma liste de choses à faire : me venger sur la nourriture. Mes yeux se posent sur ma tartine entamée. Non, ça ne suffira pas ; beaucoup trop triste. Il va me falloir du gras, beaucoup de glucides et une grosse remorque de sucre. Où sont les donuts au sucre glace quand on en a besoin ?

Chapitre 4

Lina

Une douzaine de petits beignets, ça vous requinque un moral. Je note.

Après toute une soirée à me gaver de télé et de sucreries, j'accueille cette nouvelle semaine avec un grand optimisme et plein de projets, à commencer par un rendez-vous matinal avec Rebecca Cartwright. Aujourd'hui plus que jamais, je dois consolider mes relations et me tenir prête à saisir toute nouvelle possibilité de travail. Lorsque je l'ai contactée, hier soir, et qu'elle m'a proposé que l'on se voie à la première heure, ce lundi, j'ai sauté sur l'occasion.

D'après mes rapides recherches sur le trajet, le Cartwright est l'un des trois hôtels de caractère du groupe. L'établissement principal se trouve à Washington, tandis que les deux autres sont en Virginie du Nord. Dans une autre vie, ce bâtiment abritait une banque, et les vestiges de son passé austère, tels que les grandes colonnes blanches qui flanquent l'entrée grandiose, rehaussent à merveille la décoration simple mais éclectique.

À l'intérieur, un immense puits de lumière fait étinceler le sol en marbre du hall de réception circulaire. Les rayons du soleil en illuminent les moindres détails, des œuvres abstraites qui ornent les murs texturés aux lignes d'acier du mobilier contemporain.

Le bruit des talons de Rebecca la précède. Comme elle s'approche de moi, sa voix haut perchée résonne dans la pièce.

— Lina, merci d'avoir accepté de me rencontrer sans tarder.

Me levant de l'élégant canapé de cuir jaune, je lui tends la main. Elle me la serre de manière ferme, sans excès. Nous nous regardons droit dans les yeux durant quelques secondes et agitons cette poignée de main trois fois, ce qui me donne à penser que nous avons suivi le même cours des usages et étiquette en affaires au lycée.

— Ravie de vous revoir, Rebecca.

Elle m'invite à une petite table, devant une fenêtre qui laisse filtrer l'activité de New Hampshire Avenue.

— Asseyons-nous une minute... Alors, voilà : nous sommes en train de repenser notre image sur plusieurs de nos produits, dont notre service de mariages. Je suis à la recherche d'un ou d'une *wedding planner* qui donnerait cette nouvelle direction et prêterait son image à nos hôtels. Cette personne serait aussi chargée d'organiser les mariages, bien entendu. Vous m'avez épatée, samedi. À tel point que j'aimerais vous voir en lice pour ce poste. Si tant est que l'idée de planifier des mariages pour un hôtel cinq étoiles au restaurant primé vous dise.

En dépit du choc me viennent deux questions :

— Nous sommes d'accord que, ce que vous recherchez, ce n'est pas quelqu'un pour organiser tout type d'événements ?

— C'est bien cela, répond-elle avec un sourire. J'ai besoin de quelqu'un qui se concentre sur les mariages et nous aide à nous développer dans ce secteur en particulier.

— Très bien, je vois.

Je m'essuie les paumes sur ma jupe et respire un bon coup.

— Dans ce cas, j'ai une autre question. Je travaille main dans la main avec une assistante. Quoi que j'entreprenne, elle devra être incluse. Est-ce envisageable ?

Cette fois, mon interlocutrice hoche encore plus vigoureusement la tête.

— Si nous vous offrons ce poste de directrice de notre service de mariages et que vous l'acceptez, vous aurez carte blanche concernant la sélection de vos collaborateurs. Si vous souhaitez employer votre assistante actuelle, je n'y vois aucun inconvénient. Je pourrais débloquer jusqu'à cinquante mille dollars pour un poste d'assistante à plein temps.

— Et quel serait mon salaire ?

— Le double. Pour votre travail sur nos trois hôtels.

Intérieurement, je frétille. *Cent mille dollars. Purée !* Est-ce que je rêve ? J'en couinerais presque, mais je contiens mon enthousiasme le temps de peser le pour et le contre.

Si je décrochais ce job, je n'aurais plus à m'en faire pour mon bail, j'emménagerais dans des bureaux plus grands et plus confortables au Cartwright, en doublant mon salaire au passage. C'est la chance que je ne pensais jamais avoir. Ma mère et mes *tias* en seraient folles de joie pour moi.

D'un autre côté, je préfère ne pas m'emballer trop vite. Je vais devoir continuer de chercher un espace de secours, pour le cas où cette offre ne déboucherait sur rien. Mais est-ce que je vais quand même tenter ma chance ? Je vais me gêner, tiens.

— Et vous voudriez me faire passer un entretien pour ce poste ? Aujourd'hui même ?

Jusqu'à cet instant, Rebecca a montré du sang-froid et de l'assurance, mais soudain, elle semble perdre contenance et s'agite un peu. Visiblement, ma question, bien que logique, la met mal à l'aise.

— Je vais être honnête avec vous, Lina. En faisant votre connaissance, j'ai immédiatement su que j'allais avoir du mal à faire un choix entre mon meilleur candidat à ce jour et vous.

Ah. Flûte. Quelqu'un d'autre, quelqu'un d'aussi doué et qualifié que moi, je présume, lui a déjà tapé dans l'œil. Bon, eh bien, je suppose que je vais devoir me démener deux fois plus, et prouver que je suis la meilleure pour ce poste.

— C'est donc là que mon équipe marketing entre dans l'équation, continue Rebecca.

Elle jette alors un coup d'œil à sa montre et se lève.

— Si vous voulez bien me suivre, nous pourrons poursuivre cette discussion dans l'une de nos salles de conférence.

Je bondis hors de mon fauteuil, bouillonnant d'une énergie que je dois me forcer à contenir pour le moment.

— Aucun problème. Après vous.

Elle avance à grands pas dans le couloir, sans pour autant cesser de me regarder tandis qu'elle me parle.

— Il se trouve que ma fantastique équipe marketing nous rend visite aujourd'hui même. J'ai estimé judicieux de faire d'une pierre deux coups, et de les tenir au courant des derniers développements, tout en vous détaillant ma proposition. Ils seraient fortement impliqués dans la manière dont vous mettriez en place vos idées, et je suis certaine que vous allez vous entendre à merveille. Qu'en pensez-vous ?

— Ça me va !

Après m'avoir fait entrer dans une salle de réunion, Rebecca désigne le fauteuil au bout de la grande table de verre.

— Mettez-vous à l'aise. Puis-je vous apporter quelque chose avant que nous commencions ? Un café ? De l'eau ?

Si j'ai bien un talent, c'est celui de tenir toute une journée sans boire une goutte de liquide. Un jour, je finirai déshydratée. Seulement, quand je suis stressée (comme à cet instant), l'idée de me renverser quelque chose dessus, ou pire, de renverser ma boisson sur quelqu'un, ne fait que m'angoisser un peu plus. Alors, non, rien à boire pour moi, merci.

Avec un sourire mesuré que j'espère plein d'assurance, je prends place sur le siège et pose les mains sur ma jupe crayon.

— Ça ira, merci.

Rebecca, qui s'était appuyée dans l'embrasure, se redresse.

— Très bien. Je vais chercher les gars, et nous pourrons démarrer. Je reviens tout de suite.

Restée seule, j'en profite pour inspecter le décor, à la recherche d'un point sur lequel me concentrer en cas de coup de stress. C'est une astuce que j'utilise depuis l'université, où j'avais fini par m'apercevoir que visualiser tout le monde en slip, comme me l'avait toujours conseillé ma mère, ne fonctionnerait jamais pour moi. À l'époque, je m'étais retrouvée à réfléchir aux marques que chacun et chacune portait, à leur style de sous-vêtements préférés, etc. Et il n'y a rien de pire que d'imaginer son prof d'éco en cravate à carreaux et string léopard. Rien.

Mon regard est aussitôt attiré par un phénix en bronze, trônant sur l'unique crédence de la pièce. Cela fera l'affaire. Je me doute que je vais en avoir besoin. Rebecca ne m'aura pas, avec sa tenue un peu décontractée et son attitude chaleureuse. Tout cela fait partie intégrante de mon entretien, et l'équipe marketing qu'elle a si nonchalamment désignée par « les gars » détient les clés de mon succès comme de mon échec. Si je veux décrocher cette chance en or, je vais devoir faire bonne impression. Leur prouver que je sais de quoi je parle et les convaincre de mes compétences fera peut-être pencher la balance vers moi. Puisque je ne suis pas la seule à convoiter le poste, tout ce qui pourra jouer en ma faveur sera bon à prendre.

Une minute plus tard, j'entends résonner le rire de Rebecca dans le couloir, telle une trompette annonçant son arrivée. Je me lève, lisse ma veste de tailleur, et plaque un grand sourire sur mes lèvres. Mais, tandis que la porte s'ouvre et que « les gars » pénètrent dans la pièce, l'air ambiant est soudain remplacé par une bouffée toxique qui me coupe le souffle. Une tape sur le derrière pour me forcer à inspirer une grande goulée d'oxygène ne serait pas du luxe à cet instant, malheureusement je ne suis pas un nouveau-né, et ces deux hommes se contrefichent bien de savoir si je vais survivre ou non.

Je n'en suis pas sûre. De survivre, je veux dire.

Car, devant moi, dans toute sa merveilleuse et ignoble gloire, se dresse mon ex-fiancé. Ou, ainsi que je l'ai rebaptisé après la rupture : le Grand Trouduc. Comme si cela ne suffisait pas, le pire témoin de l'histoire, son frère, Trouduc adjoint, se tient à ses côtés.

Paie ta vie de chiotte.

Que font-ils là ? Ensemble ? Aux dernières nouvelles, Andrew était à Atlanta et travaillait dans l'équipe marketing d'un cabinet d'avocats d'envergure internationale. Son frère habite et travaille à New York. Du moins, c'est ce que je pensais. Apparemment, pas aujourd'hui. Aujourd'hui, ils tournent tous les deux dans mon pire cauchemar. Et, à en croire leurs yeux exorbités, eux non plus ne s'attendaient pas à cette réunion presque familiale. Il me semble même qu'Andrew est à deux doigts de tourner de l'œil. Sans surprise, aucun ne bronche, comptant sans doute sur moi pour donner le ton à cette malheureuse coïncidence.

Rebecca me contemple avec un sourire guilleret.

— Messieurs, je vous présente Carolina Santos. Lina, pour faire court. Lina, voici Andrew et Max. Tous deux sont frères, en plus d'être collègues.

Merda. Jamais je n'aurais cru que cette journée prendrait une telle tournure. Vraiment pas. Moi qui comptais prouver à Rebecca qu'elle avait vu juste à mon propos. Voilà que, dans quelques secondes, elle va découvrir que l'une des deux *wedding planners* à qui elle songe pour un poste de rêve s'est fait jeter comme une vieille chaussette par l'agent marketing qu'elle tient en si grande estime. Comment suis-je supposée la convaincre qu'Andrew et moi saurons travailler main dans la main pour booster son service de mariages ? Moi-même, je ne suis pas persuadée que nous en soyons capables.

Au moment où elle cherche à départager deux personnes tout aussi qualifiées, est-ce qu'apprendre que l'une d'entre elles est assortie d'un joli lot de casseroles ne va pas la pousser à préférer l'autre ? Si elle venait à découvrir le pot aux roses avant même d'avoir investi un quelconque temps dans le recrutement de ladite candidate, pourquoi prendre le risque de signer pour plus d'histoires que nécessaire ?

Et puis, ce n'est pas seulement une question de malaise face à un ex-fiancé. Mon métier consiste à créer l'illusion du bonheur d'une vie entière. Admettre que je n'ai pas été capable de retenir le mien casse un peu le fantasme. En tant que professionnelle, je suis inévitablement considérée sous ce prisme, même si cela n'a aucune incidence sur mon travail d'organisatrice. Bien entendu, rien n'est ma faute, et ça ne fait pas systématiquement fuir les clients. Pourtant, lorsque les gens apprennent que l'on m'a abandonnée devant l'autel, ils prennent soudain pitié de moi. Surtout quand ils connaissent la nature de mon entreprise.

Très honnêtement, je voudrais pouvoir laisser libre cours au flot de larmes qui menace de m'inonder les joues. Toutefois, je refuse catégoriquement de donner à qui que ce soit dans cette pièce une raison de penser que je ne suis qu'une chochotte qui ne mérite aucun respect. Il faut que je trouve le moyen de désamorcer la situation si je veux me montrer à la hauteur des attentes de Rebecca. Il est hors de question que la réalité de ces retrouvailles se joue en sa présence.

Sans avoir une idée précise de mon plan d'attaque, j'offre une poignée de main aussi ferme que désespérée à Andrew.

— Heureuse de faire votre connaissance. Rebecca m'a dit que vous étiez très doués dans votre domaine, vous me voyez donc d'autant plus ravie de cette éventuelle chance de travailler avec vous.

Du regard, j'implore un Andrew visiblement sans voix de bien vouloir entrer dans mon jeu et faire semblant de ne pas me connaître non plus.

— Hem, euh… Enchanté, également.

Toujours aussi collet monté, on dirait. Même sous le coup de la surprise. En tout cas, il présente bien. Il s'est laissé pousser les cheveux, et sa peau claire rayonne de vitalité. Son costume bleu marine souligne à la perfection ses épaules larges et sa taille en V, à croire qu'il sert de modèle pour les mannequins de présentation dans les magasins. Tout cela est bien beau, mais je ne suis plus dupe. Il est comme un CV idéal : très enjolivé, ou bien écrémé des points les moins flatteurs.

Max semble en revanche avoir été touché par la grâce d'une puberté tardive, entre l'âge de vingt-cinq ans et ce lundi. Parce que je suis à peu près certaine qu'il n'était pas si beau la dernière fois que je l'ai vu. Ou peut-être n'étais-je pas dans les dispositions adéquates pour le remarquer, à l'époque. Quoi qu'il en soit, ces années passées lui ont ridiculement bien réussi. De ses cheveux bruns négligemment coiffés à sa mâchoire affûtée, l'addition de chaque détail de son physique forme un tout saisissant. Il a beau faire quelques bons centimètres de moins que son frère, il semble prendre tout l'espace. C'est le genre d'homme qui n'arriverait pas à se fondre dans le décor, même s'il le voulait. Et puis, il a de jolis yeux et des cuisses puissantes… le genre de combinaison mortelle. Bien dommage, sur un type comme lui.

Il s'éclaircit la voix et s'approche élégamment pour se joindre aux présentations.

— Lina, ravi de vous rencontrer.

J'ignore la main qu'il me tend. Un léger malaise s'installe, durant lequel nous nous dévisageons sans un mot, puis il fait un geste en direction de la table de conférence avec un grand sourire. Ce sale manipulateur…

— Et si nous commencions ? J'ai hâte que vous nous parliez un peu de vous.

Je remarque qu'il s'est glissé dans ce rôle comme un acteur de première classe, tandis que son frère aîné se laisse traîner tant bien que mal, comme une peluche dans le sillage d'un jeune enfant. Il y a une leçon à en tirer, mais je suis trop nerveuse pour m'en soucier.

— Avec plaisir, dis-je.

Après avoir soufflé un bon coup (en toute discrétion, je l'espère), je retourne m'asseoir à ma place.

Se ressaisissant enfin, Andrew nous rejoint à la table, le visage écarlate et un voile de transpiration au front. Bien fait. Il l'a cherché. Nous ne nous sommes parlé qu'une fois après ce mariage qui n'a jamais eu lieu, le jour où il a enfin trouvé le courage de m'expliquer qu'il en voulait tout simplement *plus* dans une relation. Plus d'affection, plus de conversation, plus de sexe, plus de tout.

Je me souviens encore du calme et du détachement avec lesquels il avait débité tous ces désirs, dont il ne m'avait jusque-là jamais fait part ; une vraie liste de courses, plus probablement basée sur ce que voulait Max que sur ses propres volontés. Aujourd'hui, ce beau flegme s'est envolé, et savoir que c'est moi qui le mets dans un tel état de panique me réjouit au plus haut point.

— Alors, donc… euh… madame… euh… Santos… Pourriez-vous nous en dire plus au sujet de votre entreprise, me demande-t-il en s'épongeant le front avec son mouchoir.

Max tente de maquiller son dépit devant la performance catastrophique de son frère en se passant la main sur le visage, mais j'ai le temps de le voir lever les yeux au ciel.

Je prends une grande inspiration, et ma poitrine se dénoue. Bon, ils n'ont pas l'air de vouloir me saboter ; voilà qui est encourageant. On continue donc sur cette lancée, c'est parti. Oui, j'ai bien conscience que c'est potentiellement une *grosse erreur*. À tel point que j'en entends la réplique de Julia Roberts à la vendeuse qui l'avait snobée, dans *Pretty Woman*. Mais il est trop tard pour faire marche arrière.

Chapitre 5

Max

J'observe aussi discrètement que possible la réaction d'Andrew à ce gigantesque coup de théâtre. Assis un peu plus droit qu'à l'accoutumée, il semble à première vue parfaitement serein, si ce n'est que l'un de ses genoux tressaute à un rythme alarmant. On croirait qu'il est à deux doigts de se faire dessus.

Cette mascarade va nous revenir en plein dans la tronche. C'est garanti. Mais me donne-t-on vraiment d'autres choix que d'y participer ? Lina nous a clairement signifié que l'on devait feindre de ne pas se connaître, et maintenant que nous sommes entrés dans son jeu, essayer d'agir autrement ne ferait que mettre en péril la relation que nous tentons de mettre en place avec Rebecca.

J'étudie notre complice forcée alors qu'elle nous décrit son travail. Elle n'a pas beaucoup changé depuis le jour où elle m'a demandé de foutre le camp de la pièce où elle s'était préparée pour son mariage. Les mêmes yeux en amande, la même moue pulpeuse, le même air princier. Elle s'est fait couper les cheveux, en revanche, le volume de ses boucles lui caresse tout juste les épaules. À part ça, j'ai devant moi la même femme qui avait manifesté si peu d'émotion quand je lui avais annoncé qu'Andrew se défilait. Bon, il est possible que son teint se soit un peu réchauffé, mais qu'on ne compte pas sur moi pour m'y tromper : sous cette peau hâlée se cache un cœur froid comme la glace. *Ne t'approche pas de cette femme, Max. C'est un vrai crotale… enroulée sur elle-même, prête à bondir à tout moment sur une proie innocente. Pour preuve, tu portes encore la marque de ses crochets.*

— Je travaille de manière habituelle à l'organisation de six à huit mariages à la fois, raconte-t-elle. Cela implique donc de mener de nombreuses tâches de front, mais c'est cette difficulté qui me fait avancer, et découvrir le résultat de tout ce travail me procure toujours une immense satisfaction…

C'est un discours tout prêt, j'en suis certain. Elle doit faire un effort pour se souvenir de ce qu'elle a à dire. Je vois également son attention dévier à intervalle régulier, comme si elle jetait un coup d'œil à quelque chose dans sa vision périphérique. Suivant la direction de son regard, je tombe sur une sculpture de phénix à l'autre bout de la pièce. Un exercice de visualisation pour apaiser sa nervosité, peut-être ? Ou alors elle s'est prise de passion pour ce piaf ? Allez savoir. En tout cas, elle est douée, on ne peut pas lui retirer ça. Vraiment très douée, même. Elle aurait simplement besoin de se détendre un peu. Si son pitch n'était pas aussi manifestement répété, il n'en serait que meilleur.

Lorsqu'elle termine enfin, Rebecca hoche poliment la tête, puis reporte les yeux sur Andrew et moi.

— Comme vous le savez déjà tous les deux, j'ai l'intention de faire bouger les choses, à présent que je suis à la tête du groupe. Mon grand-père approuve par ailleurs tous les changements que je compte introduire dans nos établissements. Un problème demeure cependant. Je ne connais strictement rien au marché du mariage. Ce qui signifie que je dois engager quelqu'un dont c'est le métier.

Elle se tourne alors vers Lina.

— J'ai bien pris note de tout ce que vous nous avez dit, toutefois, je suis une personne plutôt visuelle. J'ai besoin de *voir* à quoi va ressembler ce nouveau concept, et comment la personne que nous embaucherons compte compiler tout ce que le Cartwright a à proposer en une offre incontournable. De quelle manière incorporeriez-vous notre restaurant étoilé ? Comment aménageriez-vous nos salles de réception ? Que pouvez-vous nous apporter d'unique ? Comment *vendriez-vous* votre savoir-faire, pour que le couple face à vous ne conçoive même pas d'engager quelqu'un d'autre ? Montrez-moi de quoi aurait l'air le nouveau site web. Les nouvelles brochures. Notre stand à un Salon du mariage, etc.

Ma parole, si Rebecca est prête à se donner tant de mal pour recruter, je me demande bien à quel chiffre se monte le salaire pour ce poste. Il vaut peut-être mieux que je ne le sache pas, en fin de compte. Je pourrais être tenté de me reconvertir.

— Si je comprends bien, une esquisse de ce à quoi ressemblerait notre collaboration si je devenais votre coordinatrice de mariages, résume Lina.

Rebecca projette les deux mains dans sa direction.

— C'est ça, exactement !

Lina fronce les sourcils, premier signe qu'elle s'inquiète un peu de la proposition.

— De combien de temps est-ce que je dispose ?

— À peu près cinq semaines. J'aimerais avoir fait mon choix avant la prochaine réunion du conseil d'administration.

Lina semble se détendre.

— C'est envisageable.

Soudain, elle nous désigne, Andrew et moi.

— Et ces messieurs m'aideront à donner forme à tout cela.

— L'un d'eux, oui.

Voilà qui m'intéresse tout particulièrement.

— Un seul ? je demande.

Rebecca nous adresse à tous les trois un sourire penaud.

— Bien, je vous explique : avant de croiser Lina, ce week-end, j'avais commencé à me renseigner à propos de quelqu'un d'autre. J'y réfléchissais, chez moi, quand mon compagnon a zappé sur

Hell's Kitchen, et ça a fait tilt. Un entretien de plusieurs semaines, avec épreuves tests. Je me suis dit : pourquoi ne pas m'inspirer de ce principe pour départager Lina et mon autre candidat ?

Puis, s'adressant à l'intéressée :

— Je préfère ne pas vous donner son nom, question d'anonymat. Toujours est-il que l'idée m'a emballée. J'ai contacté l'agence marketing, et voilà. J'aimerais donc que les deux candidats au poste se soumettent à ce test. Je ferai ensuite mon choix en me basant sur mes impressions, vos références – n'oubliez pas de me les faire parvenir, d'ailleurs —, ainsi que votre capacité à me convaincre de votre projet. Selon moi, le plus logique serait de constituer deux équipes, et de nous retrouver pour vos présentations respectives à la mi-mai. Qu'en dites-vous ?

Andrew déglutit bruyamment, attirant tous les regards sur lui.

— Pardonnez-moi, balbutie-t-il. Je crois que j'ai la gorge un peu sèche. Personnellement, ça me convient tout à fait.

— À moi aussi, répond laconiquement Lina.

J'acquiesce à mon tour.

— Je vais vous laisser choisir vos binômes, reprend Rebecca en baissant les yeux sur son téléphone portable. Vous pourriez peut-être en discuter, le temps que je passe un rapide coup de fil ? Et, messieurs, ne vous en allez pas tout de suite quand ce sera fait, d'accord ? Je voudrais discuter de notre restaurant et de notre service de spa avec vous. Sans oublier l'optimisation de notre site Internet.

Un hochement de tête de notre part, et elle quitte prestement la salle.

Les petits rouages de mon cerveau manquent de se décrocher tant ils s'emballent. C'est parfait pour moi, ça. Je me suis donné pour but de convaincre Rebecca que j'étais la personne idéale pour gérer le marketing de ses hôtels, et elle a d'elle-même établi un processus de recrutement qui nous met en compétition directe, mon frère et moi. Cette fois, personne ne m'empêchera de prouver ma véritable valeur.

Lina se laisse aller contre le dossier de son siège, une expression indéchiffrable sur le visage.

— Avant de nous pencher sur tout ça, je tiens à clarifier quelques points. Premièrement, je ne suis pas ravie de ce développement, mais j'ai bien l'intention de faire au mieux, en dépit de la situation. Deuxièmement, si on me donnait le choix, je ne collaborerais avec aucun de vous deux, seulement on ne m'a pas demandé mon avis, alors, Max, nous allons devoir travailler…

Et, là, je la vois esquisser des guillemets avec les doigts.

— … « ensemble », durant les semaines à venir. Troisièmement, je n'ai aucune intention de prendre ton avis en compte, donc pas la peine de me faire des suggestions. Rebecca n'a pas besoin de connaître l'étendue réelle de notre collaboration, et je suis tout à fait prête à prendre l'entière responsabilité de ce pitch. Je pense que, pour ton propre bien, il vaudrait mieux que tu ne t'occupes de rien et que tu me laisses faire le job. On est d'accord ?

Ben, merde. Le pessimiste en moi choisit de faire une rare apparition pour me murmurer : *Personne ne t'empêchera de prouver ta véritable valeur, tu disais ?*

Andrew se racle la gorge.

— Une seconde… Tout cela est en train de prendre des proportions ridicules. Nous devrions peut-être faire marche arrière et tout avouer à Rebecca. Nous pourrions lui expliquer que…

Lina et moi secouons la tête, et il s'interrompt net.

— Comment tu t'y prendrais, Andrew ? lui demande-t-elle. Tu comptes lui dire que, dans l'affolement, nous avons décidé de faire semblant de ne pas nous connaître ?

— C'est la vérité, non ?

— Une vérité qui nous ferait passer pour des imbéciles, lui fais-je remarquer.

— Nous *sommes* des imbéciles, renchérit Lina. Très franchement, je ne sais pas ce qui m'est passé par la tête, sur le moment. J'ai paniqué. Je ne suis pas fière de moi, sur ce coup-là. Mais avouer maintenant à Rebecca que nous sommes loin d'être des inconnus nous engagerait sur un terrain plus que glissant et ne nous ferait pas entrer dans ses bonnes grâces. Or, j'ai vraiment très très envie de décrocher ce poste !

Percevant un léger trémolo dans sa voix, je sens une part de moi se rallier à sa cause. En dépit de l'absurdité de la situation, elle tente de garder le contrôle, et je trouve ça admirable.

Elle se tapote les lèvres de deux doigts. Aux petites rides qui se dessinent sur son front, je comprends qu'elle tente de décider ce qu'elle peut ou non se permettre de partager avec nous. Puis, avec un soupir résigné, elle reprend :

— Vous vous en fichez très probablement, mais, pour moi, il s'agit là d'une occasion en or, qui m'enlèverait une sacrée épine du pied. Et je ne vous parle même pas du bond que cela représenterait pour ma carrière. Si notre relation passée avait son importance dans la prise de décision de Rebecca, je serais la première à vouloir tout confesser. Comme ça n'a pas à avoir d'influence dans le cadre de cette embauche, ça ne serait pas juste. Alors, chacun va faire ce qu'il a à faire et, avec un peu de chance, tout le monde obtiendra ce qu'il veut. C'est l'histoire de cinq semaines, pas d'une vie.

Lorsqu'elle pose les yeux sur Andrew, une détermination sans complexes se lit dans son regard franc.

— Tu me dois bien ça.

Oh ! oui… et moi aussi.

Mon frère gonfle les joues, se frotte la nuque, réfléchissant au plan de Lina.

— Donc, tu veux travailler en binôme avec Max ?

— En apparence seulement, rétorque-t-elle avec un haussement d'épaules.

Andrew nous dévisage tour à tour, puis se fend d'un sourire suffisant.

— Très bien, dans ce cas, à moi l'autre candidat. Il faudra coordonner nos emplois du temps pour éviter de nous croiser ici.

Il considère un instant Lina avec une petite moue.

— C'est un peu bizarre, non ? Que j'en vienne à aider ton concurrent.

— Je ne m'inquiète pas trop pour ça, réplique Lina d'un air neutre et indifférent.

La vache, cette femme, c'est vraiment quelque chose ! Il y a une minute à peine, elle admettait être en panique, et la voilà qui prend l'avantage dans la conversation. J'aimerais pouvoir dire que j'ai ma part à jouer dans cette soudaine reprise de confiance, mais elle a déjà repoussé mon expertise. Comment cette journée a-t-elle pu dérailler aussi vite ?

Elle sort son téléphone.

— Tu peux me donner ton numéro, Max ? Je t'appellerai pour discuter du strict minimum que nous aurons à régler ensemble.

Mécaniquement, je lui récite mon numéro une première fois, puis une seconde.

— Je t'appelle bientôt, reprend-elle avant de quitter la pièce sans un regard en arrière, ses hanches roulant au rythme de son pas vif.

Après m'être ébroué et massé une raideur dans la nuque, je me tourne vers mon frère. Je crève d'envie de lui faire perdre ce petit air satisfait, mais rien de ce que je pourrais lui balancer ne l'atteindra.

— On dirait bien qu'on va devoir se battre pour nos organisateurs de mariage respectifs, fait-il joyeusement.

— On dirait. Et je ne pense pas me tromper en ajoutant que je ne pars pas avec l'avantage.

Andrew laisse échapper un bruit entre petit rire et grognement. C'est bien la première fois que je l'entends émettre un tel son.

J'en suis presque choqué. Un peu comme la première fois que j'ai entendu ma mère lâcher un pet.

— Qu'est-ce qu'il y a de si drôle ?

— Oh ! rien.

Puis, levant un verre imaginaire, il porte un toast.

— Que le meilleur gagne !

— Que le meilleur de ces deux organisateurs obtienne le poste, tu veux dire ?

— Ouais, voilà, fait-il avec un clin d'œil. Aussi.

Visiblement, quelqu'un a repris confiance... Aucune importance. Parce que c'est encore ce que nous faisons de mieux : tenter de nous surpasser l'un l'autre. Tant que, cette fois, c'est moi qui gagne... Ne me reste plus qu'à convaincre Lina que travailler main dans la main avec moi l'aidera à frapper Andrew là où ça fait mal, et elle devrait revoir sa position me concernant.

Quelle journée... J'imagine que la plupart des frères seraient en train d'avoir un tout autre genre de discussion à cet instant, un débriefing à propos de l'improbable coïncidence de retrouver son ex-fiancée dans ces circonstances. Mais ce n'est pas notre genre ; ça ne l'a jamais été. L'unique fois où Andrew s'est confié à moi, c'est quand il a décidé d'annuler son mariage. Du coup, il est plus sage pour tout le monde que nos conversations se limitent au sujet du travail.

— Qu'est-ce qu'on dit à maman ?

Il fait la grimace.

— Seulement ce qu'elle a besoin de savoir. Le principe de la mission. Si on est décidés à traiter Lina comme une candidate lambda, je ne vois pas l'intérêt d'entrer dans les détails ; ça ne ferait que l'inquiéter inutilement.

Mais bien sûr. Il veut surtout éviter de rappeler à notre chère mère la seule et unique occasion où il l'a déçue. Après la débâcle de son mariage, elle avait passé des semaines à essayer de le convaincre qu'il faisait la bourde de sa vie. Aucune femme qu'il a fréquentée depuis n'a jamais été à la hauteur, à ses yeux. Et, malheureusement pour lui, Andrew est le genre d'homme qui a besoin de la validation de sa maman.

— OK, motus et bouche cousue.

— Super, souffle-t-il en se laissant retomber contre le dossier de son fauteuil. Alors, quels projets, pour Lina ?

— Ah ah aaah…

Je l'arrête en faisant « non » du doigt.

— Ne compte pas sur moi pour te communiquer une quelconque info. Il n'y aura ni brainstorming ni session de stratégie commune. Je vais travailler avec Lina sur sa présentation, et toi avec ton gars sur la sienne. Sinon, ce serait de la triche.

Le regard d'Andrew s'égare dans la pièce, tandis qu'il soupèse ce chamboulement de nos habitudes.

— Très bien. Bon courage, en ce cas.

Quand on voit la manière dont Lina nous a tous les deux crucifiés en moins de trente secondes, je crois en effet qu'il va m'en falloir.

Chapitre 6

Lina

— C'est un véritable désastre ! gémit Natalia en s'inspectant dans le miroir. On dirait une star de *Disney on Ice*. Ou bien une candidate aux championnats du monde de patinage artistique.

Nous nous sommes retrouvées dans l'un des salons d'essayage de la boutique de Marcelo. Lui s'affaire à l'avant du magasin, auprès d'une cliente qui doute de son choix de voile. Hors rendez-vous clients et élaboration de propositions, j'ai passé la journée d'hier à repenser à la réapparition intempestive d'Andrew et Max dans ma vie. Démêler les soucis de garde-robe de ma cousine est donc une distraction plus que bienvenue, d'autant plus que, comme tout ce qui implique Natalia, cela demande une attention et une réactivité de tous les instants.

À ses pieds, occupée à placer le bas de la robe, Jaslene relève la tête.

— C'est faux. Tu as tout l'air d'une princesse.

Natalia lui adresse une moue perplexe.

— Oui. D'une princesse Disney en route pour faire des huit sur la glace. Et puis, tu me dis que c'est joli parce que je vous paie toutes les deux pour m'aider à organiser ce mariage.

— Non, miss Ronchon, objecte Jaslene. Je te dis que tu es jolie parce que c'est la vérité.

— Ouais, bref. Même en admettant que tu ne te fiches pas de

moi, cette robe va me donner des cauchemars. Je vois ça d'ici. Alors que je remonte l'allée centrale, Tim Gunn et Christian Siriano jaillissent de derrière des plantes en pot pour me dire que ma robe mériterait d'être épurée.

Pour le coup, difficile de la contredire. C'est visuellement très chargé : tulle, dentelle, taffetas… et un décolleté festonné, sur un corsage brodé de cristaux. Tant. De. Cristaux. Je suis presque tentée d'entonner « Libérée, délivrée », mais je doute que la référence à *La Reine des Neiges* fasse beaucoup rire la future mariée.

— Puis-je te faire une suggestion ?

— Si elle est bonne, bien sûr.

J'ignore le sarcasme. Chez ma cousine, c'est un mécanisme de survie.

— Que penserais-tu d'une combi-pantalon ? C'est simple, élégant. Et confortable, en prime. Si tu tiens à marquer les esprits, il en existe avec traîne. Mieux encore, dis-je en penchant le buste pour mieux appuyer mon propos, tu pourrais en choisir une avec des P-O-C-H-E-S.

— Il est trop tôt pour jouer à épeler les mots, Lina. Tu veux ma mort, ou quoi ?

Je grogne. Il est 11 heures du matin.

— Des poches, meuf. Des poches.

— Ooh, oooh, s'exclame Jaslene en agitant la main. Tout ce que je recherche dans une robe. Des. Poches.

Natalia lève les yeux au ciel et se tourne de nouveau face au miroir. Avec un long soupir mélancolique, elle penche la tête et contemple son reflet.

— Ça briserait le cœur de Marcelo, et ça me ferait trop mal de le lui blesser. Il m'offre celle-ci. Une petite retouche ici et là, et ça ira bien.

Je me lève et pose le menton sur son épaule.

— C'est votre mariage, à Paolo et toi. Pas celui de Marcelo. Tu l'aimes, cette robe ?

— Non, admet-elle en accrochant mon regard dans la glace. Je l'ai même en horreur.

— Est-ce le souvenir que tu veux garder de ton mariage ?

— Non, tu as raison. Une combinaison aurait l'air franchement cool. Bien plus en adéquation avec ma personnalité. En plus, c'est sans doute la seule occasion où une combi sera plus pratique qu'une robe pour aller au petit coin.

Elle écarquille les yeux, et j'y entrevois enfin une lueur d'enthousiasme.

— Je pourrai danser au bal sans me sentir encombrée. Oh ! pourquoi ne pas m'inspirer des tenues des *reinhas de bateria* du Carnaval ?

— Ne nous emballons pas, dis-je. Tu ne peux quand même pas te marier le derrière à l'air.

Les cheveux de Jaslene, mi-longs et lissés chaque semaine par sa coiffeuse dominicaine, se balancent d'un côté et de l'autre de ses épaules tandis qu'elle bat des mains avec ravissement.

— Des jambières violettes découpées aux fesses, et une coiffe gigantesque. Pour un côté princesse *et* carnaval.

— Yes ! renchérit Natalia avec un mouvement des poings.

Puis elle me regarde :

— Tu vois, Jaslene a tout pigé. Ce serait un hommage à mes deux cultures.

— Non. Je suis à peu près sûre que ça violerait le règlement sanitaire de la salle de mariage.

Elle me lance un petit rire hautain.

— C'est ça, ouais. Mon cul passerait haut la main tous les contrôles d'hygiène de n'importe quel inspecteur.

Oh ! bon sang ! Si une mariée doit être freinée dans ses ardeurs, c'est bien celle-ci. Si on la laissait faire, elle bookerait une école de samba entière pour la précéder sur le chemin de l'autel : percussionnistes, danseurs, chars et tout le tintouin. Maintenant que j'y réfléchis, elle serait bien capable de planifier une surprise de ce genre. Il faut à tout prix que je la maintienne sur les rails.

— Dans les prochains jours, je veux que tu jettes un œil en ligne, pour voir si tu trouves quelque chose qui te plaît. De mon côté, je vais me renseigner auprès des autres boutiques de mariage de la ville. Ce n'est pas un hasard si, à cinq semaines du jour J, tu n'as toujours pas de robe. Il est temps de changer notre fusil d'épaule.

Natalia hoche pensivement la tête.

— OK, tu m'as convaincue. Je commence à chercher ce soir, dès que je rentre.

Tandis que Jaslene et moi rassemblons les accessoires essayés par ma cousine, celle-ci s'attèle à la tâche délicate d'ôter la robe.

— Besoin d'aide, là-dedans ?

— Je crois que je gère, me répond-elle, derrière les portes battantes à claire-voie. Cette fermeture Eclair sous la rangée de boutons est un vrai coup de génie. Si je devais me battre avec ces boutonnières le matin de mon mariage, crois-moi, quelqu'un se ferait massacrer à coup de talon aiguille.

Jaslene et moi échangeons un regard, sachant que Natalia exagère à peine.

— Natalia, tu ne peux pas utiliser ton mariage comme prétexte à tout. Tout le monde sait que tu massacrerais n'importe qui à coup de talon aiguille pour la seule raison qu'il ou elle existe.

— *Exactement*, acquiesce-t-elle de la cabine d'essayage. C'est pour ça que j'ai toujours détesté le terme « *bridezilla* ». Déjà, c'est sexiste. Des femmes soumises à une immense pression, qui ont l'audace de savoir ce qu'elles veulent ? *Des monstres*. En ce qui me concerne, en plus, c'est déjà une part de mon identité. Mes vrais amis savent que je suis comme ça tout le temps.

Bien que Natalia ne puisse pas la voir, Jaslene met la main devant sa bouche pour me souffler :

— C'est vrai.

— Lina, ta mère a dit à la mienne que tu passais un entretien pour un poste important ? reprend ma cousine. C'est quoi, comme boulot ? Et pourquoi est-ce que tu ne m'en as pas parlé ?

En toute franchise, je ne lui ai rien dit parce qu'elle va en faire toute une histoire, et que ça m'embêterait qu'elle tente de me dissuader. Du moins tant que je peux faire marche arrière. J'ignore comment elle réagirait si elle venait un jour à recroiser Andrew et Max, mais je suis prête à parier qu'à un moment ou un autre la police serait forcée d'intervenir.

— Vous êtes toujours là ? demande-t-elle.

— Oui, oui. Ce serait une chance en or, pour moi, en fait. Je deviendrai organisatrice de mariages pour les hôtels Cartwright.

— Merde, la vache, Lina ! s'exclame-t-elle en sortant la tête de la cabine. C'est génial. Félicitations.

— Je n'ai pas encore le job, hein, dis-je en empilant plusieurs boîtes à chaussures sur un guéridon décoratif. Le processus de recrutement est costaud.

Elle enfile une manche de son haut et marque une pause.

— Ça ne peut quand même pas être si compliqué, si ?

Je fais alors l'erreur de laisser sa question en suspens quelques secondes de trop.

Elle lance un coup d'œil à Jaslene, puis me détaille des pieds à la tête.

— Qu'est-ce que tu me caches, *prima* ? Il y a un os, c'est ça ?

Comme elle regagne la cabine, je pousse un soupir de soulagement et remercie le ciel. Il sera plus simple de tout lui raconter si elle n'est pas plantée devant moi, à me fusiller du regard. Je lui fais donc un résumé précipité de la situation, mentionnant au passage les noms d'Andrew et Max comme un détail sans importance, et je prie pour qu'elle ne le relève pas. Je suis surprise par le lourd silence qui suit mes explications. À côté de moi, Jaslene secoue les mains pour me signifier que ce n'est pas bon signe.

Je n'ai pas le temps de tâter le terrain pour obtenir une réaction que Natalia surgit entre les deux portes battantes, tel un méchant cow-boy du Far West faisant son entrée dans le saloon local.

— Dis-moi que tu vas les faire morfler.

Si l'on devait mesurer nos manifestations d'émotion sur une échelle de un à dix, je serais la plupart du temps à trois, quatre, grand maximum. Jaslene, elle, serait plutôt à sept, pouvant monter jusqu'à dix avec un coup dans le nez (encore faut-il avoir la chance de la surprendre dans cet état, mais cela vaut le détour). Mais Natalia... Natalia est à dix, sept jours sur sept, vingt-quatre heures sur vingt-quatre. Et le meilleur moyen de calmer son tempérament de feu est de lui parler d'une voix douce. Comme pour calmer un cheval craintif. Appelez-moi « la femme qui murmurait à l'oreille des Natalia ».

— Je n'ai rien prévu de leur faire payer, non. J'ai dit à Andrew que je ne voulais pas le voir dans mes pattes, et même si Max et moi sommes censés travailler ensemble, j'ai bien l'intention de monter cette présentation toute seule, comme une grande. Après tout, c'est ce que je fais déjà au quotidien, non ?

Natalia se retourne pour attraper la robe, à présent soigneusement rangée dans sa housse, et me la tend.

— L'univers t'offre une chance de redresser les torts qu'ils t'ont faits. Pourquoi ne pas la saisir ?

Parce que je suis au-dessus de ce genre de mesquineries, voilà pourquoi. Ou, plus exactement : parce que je ne suis pas assez versée dans l'art de la mesquinerie pour lui faire honneur. De toute façon, ramener cela sur le tapis leur laisserait penser que ces vieilles histoires ont encore prise sur moi, or, ce n'est pas le cas. Je n'apprécie ni Andrew ni Max. Je n'ai aucune envie de travailler avec eux. Mais ça ne me donne pas le droit de les torturer pour autant.

— Les filles, ne croyez pas que je ne me sois pas imaginé mille façons d'attirer Andrew dans ma Chambre rouge de la Douleur-franchement-pas-marrante, mais le fait est que je suis avant tout une professionnelle dont l'entreprise est en péril. Soit je décroche ce boulot, soit je me débrouille pour trouver un nouveau local. Sous cinq semaines. Ce doit être ma priorité. Je refuse de me laisser distraire par quoi que ce soit d'autre.

— Sachant que je pourrais bénéficier de cette décision on ne peut plus mature de ta part, intervient Jaslene, je devrais soutenir ton projet de tout cœur, seulement… je commence à me demander s'il ne serait pas bon de mettre les choses à plat.

Je m'écarte, ahurie.

— Les choses à plat ? Avec Andrew ?

— Non, pour Andrew, tu as tourné la page, c'est bon. C'est avec Max que tu as encore des choses à régler.

— Et moi, je me demande si les chaussures de créateur de seconde main que tu t'acharnes à porter alors qu'elles te sont trop petites ne seraient pas en train de priver ton cerveau d'oxygène.

Elle me tire la langue.

— Adorable. Ce que je veux dire, c'est que Max n'est pas uniquement quelqu'un avec qui tu vas devoir collaborer. Vous avez *un passé*, tous les deux. Des émotions qui n'ont pas trouvé de résolution. T'en occuper une bonne fois pour toutes te permettrait de dépasser tout ça. À mon avis, c'est même nécessaire, si tu veux travailler efficacement avec lui.

Jaslene a tellement tort, sur ce coup, que c'en est gênant. Quel bien cela me ferait-il de ressasser avec Max cette journée que je préférerais oublier ?

— Jaslene, tu es tombée sur la tête ? Tu me connais, pourtant.

Je n'ai absolument aucune envie de revenir sur ce qu'a fait Max et la manière dont ça a pu m'affecter.

Elle m'attrape la main et me la secoue.

— Mais non, nounouille ! Quand je te parle de remettre les compteurs à zéro, il ne s'agit pas forcément d'une grande discussion à cœur ouvert avec lui.

Elle pouffe.

— J'ai honte de l'admettre, mais je pense que Natalia tient peut-être un début d'idée. Il est fort possible que l'univers t'offre là une chance de rectifier l'injustice que tu as subie.

Comme je la dévisage sans répondre, elle continue :

— Disons simplement qu'il y a différents moyens de tirer un trait sur le passé. Rendre la vie de quelqu'un impossible dans le seul but de satisfaire un petit penchant mesquin en est un. Juste une idée en l'air, conclut-elle avec un haussement d'épaules.

— Et qu'elle y reste, je bougonne. J'ai un poste à décrocher, un business à faire tourner. Je ne peux pas me permettre ce genre de petits jeux.

Natalia lève les yeux au ciel et renverse la tête en arrière, dans une imitation hyper dramatique de figurine à ressort.

— Tu me déçois, Lina. Surtout quand on connaît ton métier. Le mode multitâche, tu connais ? Tu es capable d'en mettre plein la vue à cette Rebecca, tout en faisant souffrir les frères Karamazov, là…

Je n'en crois pas mes oreilles.

— Je rêve, Natalia ? Dostoïevski ?

Elle fait mine de s'enlever une poussière sur l'épaule.

— Que veux-tu que je te dise ? J'ai une culture du rhabillage pour l'hiver très étendue.

Elle me prend les mains, et son regard s'adoucit.

— Écoute, si tu préfères le jouer à ta manière, c'est très bien aussi. Ta façon de réagir est tout aussi légitime que la mienne.

Je souris.

— Mais moins marrante, hein ?

— Tes mots, pas les miens, me fait-elle avec un clin d'œil.

Puis, d'un doigt sur la bouche, elle nous signifie de ne pas faire de bruit en quittant le salon d'essayage.

— Je n'ai pas le cœur à dire tout de suite à Marcelo que je ne veux pas de sa robe. Pas avec du monde autour. Il passe chez ma mère ce soir, je le lui annoncerai à ce moment-là. Couvrez-moi.

Bras dessus, bras dessous, Jaslene et moi formons donc un mur humain pour la dissimuler, tandis que nous dépassons en toute discrétion la boutique d'exposition et nous faufilons par la porte. Nous nous attardons à quelques mètres de l'entrée, hors de vue.

Tandis que Natalia et mon assistante discutent du planning du mariage, mon regard se perd au loin. Il faut absolument que je mette ma cousine au courant de *toute* l'histoire. Sans me laisser le temps de changer d'avis, je me lance :

— Il y a encore une chose que tu dois savoir, au fait…

Elle hausse un sourcil.

— Tu veux dire que ça va plus loin dans le délire ?

— Oui. En fait, quand j'ai vu Andrew et Max entrer dans cette salle de conférence, au Cartwright, j'ai paniqué, et j'ai fait semblant de ne pas les connaître. Rebecca ignore qu'Andrew a rompu nos fiançailles, et impossible de faire marche arrière, maintenant. Pas si je veux une chance de décrocher ce poste.

Natalia s'agite dans tous les sens.

— Déconne pas ! C'est complètement dingue. Toi ? Madame Il-faut-que-tout-soit-planifié-au-millimètre orchestre accidentellement l'imposture du siècle et doit vivre son bobard jusqu'au bout, sans savoir où ça va la mener ?

Théâtrale, elle regarde ostensiblement autour d'elle.

— Où est mon pop-corn ? J'imagine le film d'ici.

— C'est exactement ce que je lui ai dit, s'exclame Jaslene. Pour le pop-corn, du moins. Mais je me traînerais volontiers au cinéma pour voir ça sur grand écran, en effet. Et vous me connaissez : je ne prends la peine d'enfiler un soutien-gorge et des fringues dignes de ce nom pour n'importe quel navet.

Je décide d'interrompre leurs fantasmes.

— Que les choses soient claires : je ne suis pas fière de ce que j'ai fait, mais je l'assumerai jusqu'au bout. Lorsque Rebecca aura fait son choix, je tâcherai de lui dire la vérité. À ce moment-là, j'ose espérer qu'elle jugera plus important de m'avoir à ses côtés en tant que coordinatrice de mariages que de se préoccuper de mes relations passées.

Natalia m'observe en se mordillant la lèvre.

— Mouais, l'espoir fait vivre, *prima*, mais ce genre de mensonge risque de te revenir en pleine face. Tu es sûre de ce que tu fais ?

— Absolument pas. Je n'ai aucune idée d'où je vais avec tout ça, mais ce n'est pas ce qui va m'arrêter. Andrew sait qu'il est dans son intérêt de marcher dans la combine, et son frère n'a qu'à suivre le mouvement. Je sais gérer quelqu'un comme Max.

Jaslene se met soudain à toussoter, les yeux exorbités.

— Ce sont encore tes allergies ? dis-je, inquiète. Argh. Ma voiture était couverte de pollen, ce matin.

Elle tousse dans sa main.

— Non, c'est pas ça.

— Enfin, bref, si je la joue bien, je poursuis, Max ne participera pas à ce projet. Il est tellement à côté de la plaque ! J'aurais signé mon contrat avant qu'il ait eu le temps de comprendre qu'il n'a servi à rien.

Natalia pousse un soupir, la tête rejetée en arrière.

— Quoi ?

Elle pose un regard assassin sur un point au-dessus de mon épaule.

Mon petit déjeuner fait un saut périlleux dans mon estomac, un frisson me parcourt l'échine.

— Il est juste derrière moi, c'est ça ?

— C'est ça, répond Max, une pointe d'amusement dans la voix.

Merde. Finalement, on devrait peut-être faire un film de ma vie.

Chapitre 7

Max

Si méritant ou doué qu'il soit, tout adversaire a un point faible. J'entrevois déjà celui de Lina. Elle veut tout contrôler. Et dès lors qu'elle n'a aucune prise sur ce qui se passe, son cerveau ne répond plus. Déstabilisée, submergée par le stress, elle ne sait plus où elle en est, au point de faire n'importe quoi... Comme prétendre ne pas connaître son ex-fiancé et le frère de celui-ci lors d'une réunion impromptue. En débarquant sans prévenir, je profite de cette vulnérabilité. Vil, je sais, mais nécessaire.

Elle fait volte-face, une grimace gênée sur le visage. Un léger déséquilibre perturbe la fluidité de son mouvement. *Ouh.* Mon plan marche.

Je lui offre mon sourire le plus charmant.

— Lina, heureux de te revoir.

J'ai droit à une moue qui m'invite, au mieux, à aller jouer sur l'autoroute.

— J'aimerais pouvoir en dire autant, mais ce serait mentir. Que faites-vous là, monsieur Hartley ?

Si elle pense me pousser à bout avec ses piques, elle se fourre le doigt dans l'œil. J'ai un tempérament plutôt cool. Il faut vraiment se foutre de moi dans des proportions épiques pour m'énerver, et son petit ton hargneux est à des années-lumière de là.

— C'est un trottoir public, madame Santos. Mais n'est-ce pas insensé que je sois passé par là à l'instant même où vous me débiniez joyeusement ?

Une femme s'interpose physiquement entre nous et me toise d'un regard venimeux.

— Quand on te pose une question, tu réponds pas par une autre question, gros naze !

Elle enlève l'une de ses boucles d'oreilles, puis l'autre, dégaine un élastique et ramasse ses longues boucles couleur caramel en une queue-de-cheval. Elle se prépare à un truc et, vu sa façon de faire craquer ses poings, je doute que ce soit prendre le thé.

— Qu'est-ce que tu lui veux ? me lance-t-elle.

Cette femme en colère me dit quelque chose. Si je me rappelle bien, c'est elle que j'ai croisée, accourant dans le couloir, juste après m'être fait mettre à la porte du salon d'habillage par Lina, le jour de son mariage. De toute évidence, elle m'a aussi dans le collimateur...

— Woh, woh, woh, pourquoi tant d'agressivité ? dis-je en levant les mains en signe de paix. Ce n'est pas très *fair play* de tirer sur le messager, si ?

— Le messager ? Ne me fais pas rire. Un mec qui a convaincu le fiancé de ma cousine d'annuler son mariage, j'appelle ça un complice, pas un messager.

Je jette un coup d'œil du côté de Lina. Un tremblement lui agite la lèvre, mais je n'ai pas le temps de cligner des yeux qu'elle a déjà purgé son visage de toute expression. Est-ce comme ça qu'elle me voit, elle aussi ? Ou me méprise-t-elle par simple association ? Si seulement elle me laissait entrevoir un peu ce qui se passe dans sa tête. Ça a l'air de bouillonner, là-dedans, ce doit être fascinant.

— Écoutez... Comment vous appelez-vous, déjà ?

— Natalia, me répond mon interlocutrice entre ses dents.

Puis, désignant la troisième femme présente :

— Et voici Jaslene.

Jaslene me salut avec gravité.

— Bonjour, Max.

Hum. Elle, au moins, ne semble pas m'avoir dans le nez. Étonnant. Une alliée potentielle, peut-être ?

Je reporte mon attention sur la plus belliqueuse des trois.

— Bon, Natalia, j'ai l'impression que vous connaissez la situation. Vous savez donc aussi que Lina et moi allons être forcés de collaborer. J'essaie de faire au mieux pour tout le monde, alors verriez-vous un inconvénient à ce que je parle à votre cousine, une seconde ?

— Mais, je t'en prie, lâche-t-elle en s'écartant, les bras croisés sur la poitrine.

— Seul à seule, s'il vous plaît ?

Natalia et Jaslene reculent alors de quelques pas, tout en restant à portée de voix.

— Lina, je passais simplement t'inviter à déjeuner. Je crois qu'il faut qu'on parle. Histoire de crever l'abcès, peut-être, et de trouver un moyen d'aller de l'avant ? Qu'est-ce que tu en dis ?

Inclinant la tête de côté, elle ouvre des yeux ronds, façon chouette sous *speed.*

— Crever l'abcès ? Mais pourquoi donc ? Nous ne nous connaissons même pas, je te rappelle.

Oh ! elle veut jouer à ça ? Bien, bien, bien.

— Disons que nous ne nous connaissons pas tant que je veux bien coopérer. Il me suffirait d'un coup de fil à Rebecca...

Elle se redresse brusquement, le regard noir.

— Tu ne ferais pas ça.

Chiotte. Pris à mon propre piège.

— Non, c'est vrai. Mais tu vois les films dans lesquels un groupe d'ados font une connerie ? Il y en a toujours un qui craque sous la pression et finit par tout déballer. Eh bien, c'est tout à fait le style d'Andrew. Si on ne fait pas attention, toi et moi, il va prendre peur et cracher le morceau.

Pensive, elle pousse un petit soupir et m'observe.

— Nous pouvons crever l'abcès ici et maintenant.

— Ou en parler devant un bon déjeuner. Comme des adultes.

Elle se penche en avant, les mains sur les cuisses, comme si elle s'adressait à un enfant.

— Tu es certain que ça ne risque pas de te demander trop d'effort, à toi ?

Bon sang… Quand elle en aura fini avec moi, je ne serai plus seulement l'ombre de moi-même ; non, je serai une version mutée, qui portera des pulls en cachemire à cols en V, aimera se détendre sur une chaise longue et gloussera du nez quand on lui fera une blague.

— Joli, lâche Jaslene.

Tu parles d'une alliée…

Pourquoi est-ce que je la laisse me parler de cette manière ? J'ai pas signé pour ça, moi. OK, d'un côté, il est possible que j'aime assez ce côté peau de vache, mais ce n'est pas le propos. Si je ne m'impose pas davantage, Andrew n'aura aucun mal à conduire son organisateur à la victoire, et c'est totalement hors de question. Et puis, j'en ai assez d'être puni pour les conneries des autres. Surtout celles de mon frère. Je décide alors de froncer les sourcils, l'air perdu.

— Pardon, mais j'ai dû louper le moment où je t'ai laissée en plan devant l'autel…

Une main sur la hanche, je me tapote le menton.

— Oh ! mais, attends une seconde… C'était *mon frère*, ça. Désolé, je nous confonds, parfois. Toi aussi, on dirait.

Lina me fusille du regard. Natalia gronde. Jaslene, elle, pousse une petite exclamation de surprise.

Merde. Je ne voulais pas être si dur. Me voilà à la dérive sur un bouchon poussé trop loin, et ces trois femmes sont ma seule planche de salut. Avant même que j'aie eu le temps de présenter mes excuses à Lina, Jaslene la prend par les épaules, comme une coach bien déterminée à l'aider à surmonter une crise personnelle.

— À mesquin, mesquin et demi, lui souffle-t-elle d'une voix pleine d'urgence. Tu peux le faire.

Lina regarde ses amies tour à tour, et Natalia hoche la tête, tel le Parrain plaçant un contrat sur la tête de quelqu'un. Quelles drôles de dames !

Lina prend finalement une grande inspiration, gonflant fièrement la poitrine, avant d'expirer avec calme.

— Très bien, Max. Où est-ce que tu proposes d'aller ?

C'est tout ? Elle ne va pas m'écorcher vif pour cette sortie malencontreuse ? Voilà qui me donne l'impression d'être gracié par la reine d'Angleterre. Eh bien, il ne faut pas me le dire deux fois : j'accepte ce sursis avec joie. J'ai encore cinq semaines pour me faire pardonner.

— Où tu veux. C'est toi qui vois.

— Que dirais-tu de Grill from Ipanema ?

— Dans le quartier d'Adams Morgan ? C'est juste à côté de chez moi. Parfait.

— Je t'y retrouve dans trente minutes.

Je lui montre ma voiture en stationnement interdit. Je risque une prune si je ne bouge pas dans la minute.

— Je peux t'y conduire, si tu veux.

— Pas la peine. J'ai une petite course à faire avant. On se rejoint là-bas.

Elle se détourne de moi, mais il faut que Jaslene tire Natalia par la manche pour que celle-ci fasse de même.

Alors que je fais quelques pas dans le sens inverse, je me fige en entendant Lina m'appeler.

— Oui ?

— Je suis ravie de déjeuner avec toi, dit-elle. J'apprécie le geste.

Ramenant une mèche de cheveux derrière son oreille, elle m'adresse un sourire timide.

Elle a une présence lumineuse par essence, mais ce sourire lui transforme littéralement le visage. Comme si elle rayonnait soudain de l'intérieur. Ça ne me coupe pas le souffle, ça me l'arrache de force. Je prends une profonde inspiration, parce que je tiens à le récupérer, merde.

— Hum, oui. Content que tu acceptes. À tout de suite.

Après un hochement de tête, elle tourne les talons.

Je reste planté là, épaté par mon œuvre, envisageant avec un optimisme prudent ces rapides progrès. En fait, j'ai pris les choses à l'envers. Je ne dois pas voir les interactions avec Lina comme une lutte. Cela tient plus de la confection d'un cocktail : une science que je perfectionnerai avec le temps. Prenez une personne qui pense maîtriser la situation (Lina), ajoutez-y quelqu'un de déterminé à bousculer cette certitude (moi), et agitez vigoureusement : effervescence garantie dans le verre et explosion de saveurs sur la langue, qui mène à de petites avancées comme celle que nous venons de vivre. Encore quelques ajustements, et nous serons bientôt si bons ensemble qu'on voudra mettre notre alchimie en bouteille.

Platonique, l'alchimie, bien sûr. Entre deux personnes opérant dans un cadre strictement professionnel et œuvrant dans un but commun.

Eh merde. Maintenant que j'y ai pensé, c'est fini. C'est moi qui suis soudain perturbé au point de faire des choses absurdes. Comme me demander ce qui se serait passé si j'avais rencontré Lina avant mon frère.

Lina et moi avons commandé notre déjeuner : une entrée, un plat et un dessert pour elle (elle dit préférer choisir son dessert en premier, et aviser en fonction pour le reste), un plat pour moi.

Jusque-là, tout va bien.

Je la regarde siroter une concoction à base de citron vert et de menthe. Elle est étrangement sereine depuis que nous nous sommes installés à cette table, et je me vois contraint de réévaluer ma manière de dialoguer avec elle, maintenant qu'elle ne me fusille plus de regard.

— Avant toute chose, bravo d'avoir décroché cette chance en or. Tu as dû en mettre plein la vue à Rebecca. Elle ne rigole pas avec ce recrutement.

Un coude sur la table, Lina donne des coups de mélangeur dans ses glaçons.

— Justement, je me demandais si ce qu'elle faisait n'était pas un peu inhabituel, pour un client qui cherche à repenser sa marque.

Enfin ! Un pas dans la bonne direction. Elle me parle comme à n'importe quel collègue. On dirait presque qu'elle veut que l'on efface tout et que l'on recommence. Quant à moi, je compte bien exploiter ce soudain radoucissement.

— C'est la première fois que j'entends parler de ce genre d'approche. Mais je ne suis pas surpris. Rebecca semble du genre à sortir des sentiers battus. La bonne nouvelle, c'est que le type de présentation qu'elle attend est pile dans mes cordes. Je pourrai donc t'être utile, en particulier sur ce qui touche aux réseaux sociaux et leur utilisation à ton avantage.

Elle hoche la tête.

— À supposer que j'accepte de faire appel à tes compétences, comment proposerais-tu de préparer ce pitch ?

— Facile. Je commencerais par retrancher Rebecca de l'équation et par te considérer, toi, comme ma cliente. Généralement, je mène quelques recherches sur le travail de mes clients et sur la façon dont ce travail est perçu par les gens. Dans ton cas, je me pencherais sur la manière dont tu organises un mariage.

L'espace d'une seconde, il y a comme un malaise. Chez moi, du moins. Car ça me rappelle qu'elle avait, entre autres, planifié le sien, et qu'elle n'a pas eu l'occasion de voir se concrétiser. Sans compter que je suis l'abruti qui le lui a allègrement rappelé un peu plus tôt… Allons, oublions tout ça, et allons de l'avant.

— En gros, je chercherais à cerner ce que tu proposes, en quoi tu te démarques de tes concurrents. Ensuite, je vérifierais tes références. Histoire de me faire une idée de ce qu'on pense de toi. Après ça, il s'agirait de discuter de ton positionnement sur le marché. D'essayer de visualiser tous les deux à quoi ça pourrait ressembler. Pour finir, on combinerait le tout pour constituer ta présentation.

— Et donc, tu comptes…

Notre serveur lui apporte son entrée.

— Les *bolinhos de bacalhau* ?

— *Sim*, répond-elle en se frottant les mains d'avance. *Obrigada.*

L'homme place l'assiette au centre de la table, et Lina la tire à elle.

— Tu es sûr que tu ne veux pas goûter ?

Je décline.

— Je n'ai jamais été un grand fan de morue, alors ce n'est pas vraiment par là que je tiens à démarrer mon initiation à la nourriture brésilienne.

— Logique.

Elle se saisit d'un petit beignet rond et mord dedans à pleines dents. Fermant les paupières, elle pousse un soupir de satisfaction.

— Mmh, c'est un délice. *Un. Dé-lice.* Et absolument pas gras.

Elle en enfourne un autre dans la bouche et gémit de plaisir.

Je n'ose plus la regarder. Pas alors qu'elle fait des choses pareilles. C'est tout simplement obscène. Incapable de me retenir, je risque tout de même un coup d'œil. *Punaise !* C'est pire avec l'image. J'attrape mon verre d'eau et le descends cul sec, avant de me coller une baffe mentale. *C'est quoi, ton problème, Max ? Laisse cette femme manger en paix.* Je devrais peut-être lui ménager un peu d'intimité ? Ou bien tenter une blague pour soulager cette tension unilatérale.

— Si tu veux que je te laisse en tête à tête avec tes accras, il suffit de me le dire, hein !

Elle se redresse brutalement et rouvre les yeux. Je crois sincèrement qu'elle avait oublié ma présence, et je dois faire tous les efforts du monde pour ne pas rire devant son expression mortifiée.

— Pas mauvais, on dirait ? je fais en désignant l'assiette.

— Un vrai régal !

Elle se tamponne les coins de la bouche de sa serviette avant de reprendre :

— Pour en revenir à cette présentation et à l'idée que tu aimerais te faire de mon travail au quotidien… Tu as l'intention de m'observer à l'œuvre ?

Je lui suis reconnaissant de nous maintenir sur les rails ; durant un instant, j'ai oublié ce que nous faisions là.

— Exactement. J'ai besoin de te voir évoluer dans ton environnement habituel. Mais j'aimerais également te filmer, si ça ne t'embête pas. Certains segments pourraient être inclus dans ta vidéo de promo. Ou nous aider à procéder à des choix stylistiques.

— Tu me préviendrais qu'on enregistre ?

— Bien entendu.

— Puisque, dans ce scénario, c'est moi la cliente, tu prendrais mes directives en compte, n'est-ce pas ?

En partie seulement. Dans le cas présent, il ne s'agit pas tout à fait de satisfaire le moindre de ses desiderata. J'ai une autre cliente, ma véritable cliente, à contenter.

— Je t'écouterai, c'est certain. Mais n'oublie pas que je travaille pour Rebecca, et ce sont à ses intérêts ainsi qu'à ceux du groupe Cartwright que je dois veiller en priorité.

— C'est compréhensible, me répond-elle avec un hochement de tête. Merci d'être honnête sur ce point.

Si je ne me méprends pas, nous venons de faire un autre pas dans la bonne direction ; elle semble s'ouvrir à l'idée d'une collaboration avec moi. Ce qui me conforte dans ma décision : ce déjeuner était exactement ce qu'il nous fallait.

Deux serveurs surgissent avec nos commandes, les déposant

devant nous avec des gestes raffinés qui me donnent le sentiment de ne pas être habillé pour l'occasion.

Sur les conseils de Lina, j'ai choisi une *moqueca de peixe*, un ragoût de poisson brésilien. Elle a commandé… tout le reste du menu, semble-t-il. Les serveurs se relaient pour arranger les plats devant elle. Du poulet. Du riz blanc. Des haricots noirs. Un accompagnement qui ressemble à de la farine de maïs. Un bol de tomates et d'oignons baignant dans une sorte de vinaigrette. Et une assiette de verdure.

Je me penche, soulève la nappe, et regarde sous la table.

— Qu'y a-t-il ? me demande Lina. Tu as fait tomber quelque chose ?

— Non, je cherche les gens qui vont t'aider à avaler tout ça.

Les coins de sa bouche frémissent.

Ah ha ! La voilà qui fond sous mes yeux.

Elle porte la fourchette à sa bouche, comme si j'avais besoin qu'elle me montre comment me servir du plus commun des ustensiles.

— Mange, Max. Ça vaut mieux pour tout le monde, à ce stade.

— Très bien, très bien, dis-je avec un sourire penaud. Je peux te poser une question, d'abord ?

— Je t'écoute.

Elle repose sa fourchette.

— C'est quoi, ce truc qui ressemble à de la farine de maïs ?

Son visage s'illumine aussitôt, et un grand sourire vient l'éclairer un peu plus.

— De la *farofa*. De la farine de manioc grillée. C'est un accompagnement courant dans un repas brésilien. On y ajoute un peu d'huile, d'oignon et d'ail pour plus de saveur. Ma mère a la bonne idée d'y mettre du bacon.

Visiblement, elle apprécie de partager cette facette d'elle-même. Je pourrais l'écouter comme ça pendant des heures. Je m'efforce donc de penser à d'autres questions sur le sujet pour qu'elle continue.

— Et ça, c'est du chou ?

— Cavalier, à la brésilienne, oui. On appelle ça *couve à mineira*. Au lieu de le faire mijoter, on le tranche en julienne et on le fait sauter avec de l'ail et de l'huile d'olive. Tu veux goûter ?

Je me penche pour respirer les délicieux parfums qui me parviennent de l'autre côté de la table. Lina plonge sa fourchette dans le bol de chou et m'en dépose une petite quantité sur le bord de l'assiette. Je me jette aussitôt dessus.

— Waouh, délicieux ! La texture est plutôt intéressante.

Elle me sourit, puis se rembrunit aussitôt, comme si elle se rappelait soudain qui je suis, et pourquoi elle ne devrait pas faire copain-copain avec moi. Avec un soupir, elle s'attaque à son assiette. Au bout de quelques secondes, cependant, elle se redresse sur sa chaise et claque des doigts.

— Mince ! J'ai oublié de te conseiller d'essayer les piments, dans ton ragoût.

Puis elle fronce le nez.

— Non, laisse tomber. Ce sera trop épicé pour toi.

Pardon ? Trop épicé ? Elle pense vraiment qu'un peu de piment me fait peur ? Elle me fait rire.

— Tu as devant toi un grand consommateur de sauce Cayenne. J'adore ça. Et puisque je veux faire l'expérience d'un repas authentique, allons-y pour le piment.

Ses lèvres se fendent d'un grand sourire, et elle fait venir un serveur.

— *O senhor poderia trazer o molho de pimenta malagueta ?*

L'homme ouvre des yeux ronds.

— *Sério ? Tem certeza ?*

Lina acquiesce.

— *Sim.*

Il lui adresse à son tour un petit sourire.

— « Certeza » veut dire « certaine », c'est ça ? je demande à Lina après le départ du serveur. Il me semble reconnaître des mots par-ci par-là… Le fait d'avoir étudié l'espagnol au lycée doit aider, les deux langues sont assez proches.

— Oui, il voulait être sûr, pour le piment.

— D'accord, dis-je en m'essuyant la bouche. Le ragoût est excellent, au fait. Merci de t'en soucier.

Le coin de ses lèvres se retrousse, mais on ne peut pas dire qu'il s'agisse d'un sourire. Elle a l'esprit ailleurs. Sans doute est-elle encore en train de ruminer la remarque désobligeante que je lui ai faite devant la vitrine du magasin de robes de mariage.

Comme je tiens à ce que nous allions de l'avant, je trouve le courage de prendre à bras-le-corps le problème qui se dresse gros comme un T-Rex entre nous.

— Lina, permets-moi de te redire combien je suis désolé du rôle que j'ai joué dans ta rupture avec Andrew.

Elle relève le menton et fige son expression en un masque neutre. Vu le peu d'efforts que ça a l'air de lui demander, je parie qu'elle a opéré la manœuvre des millions de fois.

— Inutile de t'excuser, Max. Je m'en suis bien remise.

Je suis tout sauf convaincu. Si elle s'en était si bien remise, aurait-elle réagi de cette manière à mon apparition, tout à l'heure ? Battrait-elle en retraite chaque fois que je fais un pas vers elle ? Je ne crois pas, non. Elle ne manifeste peut-être pas ouvertement son ressentiment, mais ça ne signifie pas pour autant qu'il n'y en a pas.

— Écoute, je comprends très bien tu n'aies pas forcément envie d'être aimable avec moi. À ma décharge, Andrew n'était pas prêt à épouser qui que ce soit, à cette époque. Je suppose que, quoi que je lui aie dit, ça l'a forcé à regarder les choses en face. En un sens, je t'ai rendu service.

Je ris, avec l'espoir qu'elle se joigne à moi. Il serait beau que l'on puisse un jour repenser aux événements avec humour, sachant qu'elle a échappé à une fin tout sauf heureuse.

— Max, je crois que tu ferais mieux de te taire, avant de…

— Et puis, si vous aviez été faits l'un pour l'autre, tu aurais fini par le retrouver, non ? De toute façon, je suis sûr que ce ne sont pas les gens prêts à prendre sa place qui manquent.

Un muscle tressaute dans sa mâchoire. Attrapant son cocktail, elle le vide d'un trait, puis s'essuie les lèvres d'un revers de main.

— Voilà. C'est ça.

Le serveur réapparaît avec la sauce aux piments, dont je me sers largement.

— Je vous remercie, dis-je. J'ai hâte de goûter.

Sans un mot, l'homme recule lentement.

— Tu n'en as pas mis assez pour un goût authentique, m'explique Lina. N'hésite pas à en rajouter. Ah, et puis, il faut que tu goûtes quelques piments entiers.

Suivant son conseil, j'assaisonne mon ragoût de quelques cuillerées de sauce supplémentaires, me pourléchant les babines d'avance.

Elle m'observe par-dessous ses longs cils, tandis que je goûte de nouveau mon plat.

— Oh ! tu as raison. Cette sauce donne tout de suite un petit peu plus de punch.

Elle me pique la langue, sans pour autant l'emporter sur les saveurs.

Lina me dévisage avec une attention accrue.

— Tu es sûr que ça va ?

— Super, j'acquiesce, avant de gober un petit piment rouge, entier.

Cette fois, la sensation de brûlure se répand jusque dans ma gorge et descend le long de mon œsophage. *Ouah*. Ça, c'est du piment !

— C'est quelle variété, déjà ?

— Malagueta. Deux fois plus fort que le piment de Cayenne, mais encore très loin du *ghost pepper*.

— Hmm.

Je m'éponge le front, tout en en prenant un autre. *C'est moi ou il fait de plus en plus chaud, ici ?* Tout en mâchant, je regarde autour de moi. Les autres clients rient et savourent leur repas, mais, à mes yeux, ils ne sont plus que des mirages flous ; j'ai l'impression que si je tendais la main pour les toucher, ils s'évaporeraient aussitôt. Il me semble qu'on m'étire la langue. Elle devient beaucoup trop imposante pour ma bouche. Les yeux larmoyants, je m'évente avec ma serviette. *Qu'est-ce qu'elle me fait manger ?*

— Du es zûre que ze d'est bas un gauchebebber ?

Elle secoue la tête avec incompréhension.

— Pardon ? Je n'ai pas saisi, tu peux répéter ?

— Un gauchebebber. Z'est un beu vort, don ?

Elle se moque.

— Un *ghost pepper* ? C'est un peu fort ?

Puis, penchant la tête de côté :

— Ça va, la langue, Max ?

Je lui signifie que oui.

— Zuber, imbec.

Les deux mains sur les cuisses, je me penche en avant et m'écarte de la table. Le frottement des pieds de la chaise sur le sol attire quelques regards curieux. *Bon sang !* Je suis peut-être un dragon-garou. Serait-ce ma première transformation ? En tout cas, mon gosier me paraît prêt à produire des flammes à même de réduire le restaurant en cendres. Les lèvres en *o*, j'essaie de ventiler ma bouche en feu. *Houshhhh, houssshhhh, houssshhhh.* C'est bon, le feu se dissipe, ouf. Ma langue me fait toujours l'effet d'une saucisse prête à éclater, mais je survivrai.

— Tu veux que je demande un verre de lait au serveur ?

La voix de Lina semble un peu plus légère, comme si ma détresse avait tempéré la sienne. Redressant la tête, je considère le visage de mon bourreau. À en juger par le sourire qu'elle peine à dissimuler, elle a obtenu ce qu'elle voulait. Ça alors… Y aurait-il donc une grande farceuse sous ce vernis teigneux ? Voilà qui change tout. Je ne me contenterai plus de m'amuser de ses remarques acides. Oubliées mes envies de mixer le cocktail parfait ! À partir de maintenant, je n'exigerai rien de moins que sa reddition. Repli, réévaluation de la situation et contre-attaque… voilà le plan.

— Ça va aller, mais pas grâce à toi.

— Moi ? rétorque-t-elle en portant la main à sa poitrine. C'est *toi* qui as voulu du piment.

— Une décision prise sur la base de tes encouragements sournois. Je n'imaginais pas que ces piments allaient m'annihiler les papilles.

Je secoue la tête, navré.

— Je n'aurais jamais cru ça de toi.

— Vois-moi comme un caméléon, Max, déclare-t-elle en s'essuyant délicatement les coins de la bouche avec sa serviette. Je me fonds dans mon environnement et m'y adapte, y compris en fonction de la compagnie.

Avec un peu de chance, elle va se fondre jusqu'à s'évaporer et disparaître.

— C'est assez fascinant, en fait. Je ne t'imaginais pas jouer à ce *genre* de petits jeux. Ça complète à ravir ta merveilleuse personnalité, cela dit.

Elle darde sur moi un regard plein de venin.

— Tu ne sais rien de ma personnalité.

— J'en ai beaucoup appris sur toi, aujourd'hui. Je sais aussi qu'il fut une époque où tu aurais voulu épouser mon frère. Rien que sur la base de cette information, je peux déterminer ton type de personnalité façon Myers-Briggs : ISTP. Insensible. Sournoise. Têtue. Et…

Ses yeux se font plus perçants.

— N'y songe même pas, Max. Essaie de me traiter de pétasse, et je te fais bouffer le bol de piments entier !

— Jamais je ne t'aurais traitée de pétasse.

On dirait que cela suffit à la calmer. Le nuage de vapeur qui auréole sa tête s'évapore.

Je me penche au-dessus de mon assiette, les coudes plantés sur la table, comme prêt à lui lancer un défi.

— D'autant plus qu'il s'agit d'un nom, pas d'un adjectif. Non, le mot à un million de dollars, c'est… *puérile*.

Elle se fige, une veine palpitant tel un minuscule *alien* au milieu de son front. Soudain, elle me grogne dessus. *Littéralement*. De toute ma vie, c'est certainement le son le plus doux qui ait résonné à mes oreilles. Tirer d'elle ce type de réaction me procure une immense satisfaction. Et pour une raison incompréhensible, j'ai envie de recommencer à n'en plus finir.

Chapitre 8

Lina

C'est pas vrai... Est-ce que je viens de grogner ? Au beau milieu d'un restaurant ?

Coude sur la table, j'appuie le front dans ma main et jette un coup d'œil autour de nous. Personne ne semble m'avoir remarquée. À part Max, évidemment. Max qui me regarde, impassible, alors qu'il y a un instant à peine il semblait en pleine crise d'hémorroïdes.

Tout m'énerve, chez lui : son absence totale d'introspection (réelle), ses sarcasmes (rudimentaires), son sourire gamin (tout sauf sincère), sa mâchoire absurdement carrée, qu'il fait mine de frotter d'un air absent (complètement calculé), ses cheveux si bruns qu'ils en sont presque noirs. J'aurais aimé qu'ils soient teints, juste pour l'imaginer assis dans un salon de coiffure, sa crinière (naturelle, malheureusement) emballée dans du papier alu, et j'en passe. *Grrr.*

Lui et moi ne sommes pas faits pour nous entendre, c'est tout ce qu'il y a de sûr. Il joue avec mes nerfs, mais je n'ai pas d'autre choix que de le supporter. Pour les cinq prochaines semaines, au moins... peut-être plus. Et voilà qu'il me croit aussi immature que lui ! Pire, il est peut-être en train de remettre en question ma capacité à tenir ce poste pour le groupe Cartwright.

Respire, Lina. Rien n'est encore perdu. Je me creuse la cervelle pour trouver une explication, n'importe laquelle, à ma réaction explosive à ses provocations. Il ne me faut pas longtemps pour identifier un coupable : le stress. C'est forcément ça qui me perturbe. J'invoque donc la déesse de la sérénité (qui ressemble étonnamment à une actrice de pub pour produits d'hygiène intime) et me ressaisis.

— Max, il faut qu'on en finisse avec cette énergie négative. Ce n'est bon pour personne. Rembobinons et reprenons où nous en étions il y a quelques minutes, si tu veux bien.

Il pousse un grand soupir de soulagement, qui me donne à penser que son air imperturbable n'était qu'une façade.

— Tu as raison. Toutes mes excuses.

J'incline le buste et poursuis sur le ton de la confidence.

— Je suis particulièrement sous pression, en ce moment, et ça commence à me ronger. Si je n'avais qu'une chose à gérer, ça irait sans doute mieux. Mais, ces derniers jours, je me heurte à un obstacle après l'autre. La boutique de mariage où je loue un bureau ferme. Ce poste éventuel au Cartwright, si alléchant soit-il, apporte son lot de questionnements. Et pour finir, je ne m'attendais pas à revoir Andrew. Encore moins dans cette salle de conférence. Bref, je ne suis pas vraiment moi-même.

Hmm, en réalité, je suis tout à fait moi-même ; ce n'est simplement pas la version de moi que je tiens à présenter au monde, ni à un homme qui m'a déjà vue au plus bas.

— Ça peut se comprendre, me répond-il, le front tendu. Pour être franc, je ne suis pas au mieux de moi-même non plus.

Désignant l'espace entre nous, il ajoute :

— Rien de tout ça n'était nécessaire, alors autant ne pas nous attarder dessus. Pour ce qui est de ton stress, il n'y a pas une activité qui pourrait te soulager ?

Ses yeux s'arrondissent, et il se reprend.

— Un genre d'activité physique, je veux dire.

Il secoue la tête.

— Une activité sportive, quoi. Le lancer de hache ? Le yoga ? Je ne sais pas, termine-t-il avec une grimace et un léger haussement d'épaules.

Je fronce le nez.

— Ma manière de gérer le stress prend généralement des formes moins actives : regarder la télé, faire du shopping, manger des cochonneries, couper tous mes appareils électroniques et lire sans être dérangée…

Il se carre contre le dossier de sa chaise et me considère un moment en se mâchonnant la lèvre inférieure. Au bout de quelques secondes, il reprend la parole.

— J'ai un cours de capœira cette semaine, en ville. Ce soir, pour être exact. C'est génial pour évacuer les tensions.

Je cligne des yeux, interloquée.

— Pardon, des cours de quoi ?

— De capœira. Un art martial brésilien qui…

Je lève les yeux au ciel.

— Je sais ce qu'est la capœira, Max. Je suis simplement surprise que tu pratiques.

Il hausse un sourcil perplexe.

— Pourquoi ça ?

— Parce que voilà trente minutes que nous mangeons brésilien, et que tu n'as pas jugé opportun de mentionner que tu connaissais déjà quelques aspects de la culture qui va avec cette cuisine.

Ce qui m'intrigue plutôt, d'ailleurs. Cela suggère qu'il y a un minimum de relief sous cet extérieur lisse, et pourtant si irritant.

— Ah. Eh bien, maintenant, tu sais. Tu voudrais te joindre à moi ?

— Quoi ? Ce soir ?

Je fais la moue.

— Non, je ne vais pas pouvoir.

Il hoche la tête, comme s'il n'était pas surpris de mon refus.

— J'ai pensé que ce genre de chose pourrait te plaire ; un mélange de musique, de danse et d'arts martiaux… Enfin, c'est peut-être trop physique. Tu dis toi-même que tu préfères des activités moins exigeantes pour te relaxer.

Notre serveur est de retour avec mon dessert, un énorme *brigadeiro.* Max fixe aussitôt le monstre. Oui, une gigantesque boule de chocolat décorée de vermicelles de cacao. Quoi de mieux pour soulager le stress ? Et s'il pense que je ne vais pas profiter au maximum de ce délice, il se met le doigt dans l'œil. Je peux tout à fait me régaler de chocolat *et* aller à un cours de capœira. Ce n'est pas incompatible.

— Il a lieu où et quand, ce cours ? Je passerai peut-être. Par curiosité.

— Mon cours de caœira ? s'enquiert-il en se grattant la tête. Je t'enverrai les infos par SMS dès que je serai de retour au bureau, pour savoir quelle tenue adopter et comment trouver la salle. Je joindrai le lien pour que tu t'inscrives.

— OK.

Je plonge ma cuillère dans la bombe de ganache.

— Tu veux goûter ?

— Merci, ça ira. Ma langue n'est plus bonne à rien.

Mon regard tombe sur ses lèvres. Il a une jolie bouche. Mais bon, qui est-ce que ça intéresse ?

— Je ne pourrai plus m'en servir avant un moment, ajoute-t-il avant d'écarquiller les yeux d'horreur. Pour ce qui est de la nourriture, j'entends.

— Oui, Max, j'avais compris.

Précisions superflues. Qu'en ai-je à faire, de ce à quoi peut servir la langue de Max ? Malheureusement, quand quelqu'un vous met en tête une image que vous auriez préféré ne jamais voir, votre cerveau se fait une joie de l'imprimer à l'arrière de votre rétine. *Pourquoi est-ce que je ne vois plus que son visage entre mes cuisses, à présent ? Au secours. Stop !*

Il fait signe au serveur d'apporter la note, puis lui tend sa carte sans même avoir jeté un coup d'œil au total.

— Si je veux assister à mon cours, ce soir, il va falloir que je retourne vite au bureau. Ça t'ennuie, si je file une fois que j'aurai réglé ? Je peux t'appeler un VTC, si tu veux.

Je secoue la tête et refuse l'offre d'un mouvement de cuillère.

— Non, ça ira. Je vais profiter un peu de cette merveille, dis-je en désignant mon *brigadeiro*.

Le serveur refait son apparition avec les tickets, et Max signe l'exemplaire du restaurant.

— Généreux pourboire inclus ou il faut que je m'en charge ?

— Généreux pourboire inclus, toujours.

Je hoche la tête. Il a au moins cela pour lui.

— Merci pour ce déjeuner.

— De rien, me répond-il en se levant. À ce soir, peut-être, alors ?

— Peut-être.

— Sans doute pas, donc, me fait-il avec un petit sourire narquois.

— Max, « peut-être » veut dire « peut-être ».

J'agite les doigts de ma main libre.

— *Tchau.*

— Au revoir, Lina.

Je le regarde zigzaguer entre les tables, puis quitter le restaurant. Maintenant, je me sens obligée d'aller à ce cours de caœira, rien que pour lui donner tort. Je suis sûre que c'était prémédité de sa part.

La prochaine fois, il aura droit à un *ghost pepper.*

— C'est une très mauvaise idée, si tu veux mon avis, déclare Jaslene, comme nous gravissons les marches menant au studio Capœira Afro-Brasilia.

Non, je ne l'y traîne pas uniquement pour son soutien psychologique. Elle aussi a besoin de se détendre. Ses cours du soir à l'université se révèlent plus éprouvants qu'elle ne s'y attendait. Elle est un peu plus âgée que la moyenne des étudiants, et n'a plus étudié depuis un certain nombre d'années, du coup, elle peine à gérer cet emploi du temps exigeant. Quant à moi, après cette semaine riche en émotions, je commence à ne pas détester l'idée d'apprendre à évacuer toute la hargne accumulée grâce à cette danse complexe. Jaslene n'est pas du même avis.

— Écoute, je veux seulement prouver à Max que je ne suis pas aussi prévisible qu'il le pense. Un cours. Rien qu'un. Et puis, tu as besoin de te lâcher un peu. En plus, on parle de capœira. Ne me dis pas que tu n'as pas hâte de te lancer ?

Elle lève les yeux au ciel et dodeline de la tête tandis que nous arrivons sur le palier.

— Très bien, tu as gagné. Mais quand je te demanderai de venir avec moi à la *pole dance*, n'essaie même pas de te dérober.

— Promis.

Nous ne nous sommes pas trompées de porte, c'est clair dès l'instant où nous franchissons le seuil de la grande salle. Parmi la foule très diverse rassemblée là, nombreux sont ceux et celles qui parlent anglais avec cet accent distinctif des lusophones natifs. L'énergie qu'elle dégage est tout simplement électrique. En revanche, je ne vois Max nulle part. S'il ne vient pas, je me ferai une joie de le lui en rebattre les oreilles pendant des semaines.

Jaslene et moi restons dans l'embrasure, à contempler cette effervescence. Un groupe d'une vingtaine de personnes de tous âges, genres et couleurs de peau ne tarde pas sortir, à la file, par une porte secondaire. S'asseyant sur les chaises le long du mur du fond, ils commencent à chauffer leurs instruments, dont le *berimbau*, l'arc musical qui imprime le rythme des cercles de capœira. Je tapote le bras de Jaslene avec insistance.

— Ils ont une vraie *bateria* ! Ne me fais pas croire que tu n'es pas épatée.

Elle m'accorde un sourire réticent.

— Bon, j'avoue, ça en jette. Mais ce ne sont pas leurs percussions qui vont me transformer en acrobate de génie comme par magie. Je vais avoir l'air d'une belle *pandeja*, c'est moi qui te le dis. Et Max n'est même pas là.

Je n'ai pas le temps de répondre. Un homme, pieds nus et vêtu d'un pantalon blanc et d'un T-shirt estampillé du logo du studio, nous fait signe d'approcher.

— *Olá, minhas amigas.*

— *Olá, estamos aqui para a aula inicial de capœira*, dis-je, priant pour qu'il ne remarque pas que mon portugais n'est pas des plus avancés.

Son regard s'illumine, et un flot de mots déferle de ses lèvres à un rythme torrentiel. J'en saisis à peine un sur trois ou quatre ; heureusement, Jaslene l'arrête d'un geste.

— Attendez, attendez… Moi, je suis portoricaine, pas brésilienne, alors j'ai un peu de mal à vous suivre, là.

Il semble surpris. De toute évidence, il l'avait prise pour une compatriote. Il n'est pas rare que ça lui arrive, vu le temps qu'elle passe avec ma famille et moi ; d'autant plus qu'elle est afro-portoricaine, et qu'elle a la même peau que la mienne, très brune. L'homme se tourne alors vers moi.

— *E você ? Brasileira ?*

Je me sens rougir sous son regard inquisiteur. Je suis toujours un peu gênée de devoir expliquer que je ne parle pas la langue couramment.

— *Sim, meus pais são brasileiros, mas eu não falo português fluentemente.*

— Aucun problème, mes amies. Je suis Raul, votre prof pour ce soir. Bienvenue.

Dans un faux murmure, il ajoute :

— J'ai fait toutes mes études supérieures ici, et je perds mon accent. Mais ne le répétez à personne.

Souriant devant tant d'efforts pour nous mettre à l'aise, Jaslene et moi nous présentons avec une poignée de main. Nous lui expliquons que c'est la première fois que nous venons ici, et que ce cours nous a été recommandé par un participant régulier.

— Max Hartley, je précise. Vous le connaissez ?

Raul réfléchit.

— Ça ne me dit rien, comme ça. Mais nos membres vont et viennent. Je le reconnaîtrai quand je le verrai.

Un grand sourire aux lèvres, il se frotte les mains.

— En tout cas, vous allez bien vous défouler. Trouvez un casier où ranger vos affaires, et un coin pour vous échauffer. On commence dans cinq minutes.

Une fois nos sacs posés, Jaslene s'affale sur le sol, bien déterminée à me signifier qu'elle n'apprécie toujours pas de se faire entraîner dans un conflit qui n'est pas le sien. Avec un soupir théâtral, elle attrape ses orteils.

— Tu me permets une remarque ?

Je m'approche et saisis ma cheville dans mon dos pour m'étirer le mollet.

— Évidemment.

— Quand je t'ai suggéré de te lâcher dans la mesquinerie, je pensais à une approche plus subtile.

Je me laisse tomber à côté d'elle avec une grimace.

— Les piments, c'était un peu abuser ?

— Oui, fait-elle. C'était un peu abuser, Lina. C'est comme si on te demandait simplement de flirter et que tu décidais de tomber le haut directement.

— Comment ça ? Montrer ses seins, ça ne relève pas du flirt ?

Soudain, la tête de Max surgit dans l'espace qui nous sépare.

— Salut, vous.

Nous bondissons avec un petit cri.

Se redressant sur un genou, il nous gratifie d'un petit sourire en coin.

— Max ! Mais ça ne va pas ?

Il m'a surprise, mais je suis surtout embarrassée. Bien entendu, il fallait qu'il débarque quand je parlais de montrer mes seins.

— Désolé, je ne voulais pas vous interrompre, seulement vous faire un petit coucou.

Bon, on dirait qu'il n'a rien entendu de compromettant.

— Coucou ! s'exclame Jaslene avec enthousiasme.

Quelle traîtresse...

— D'où est-ce que tu sors, Max ?

— Des vestiaires, je me changeais, me répond-il en désignant son T-shirt de compression blanc et son pantalon de sport. Le costume, ce n'est pas idéal pour la capœira.

Comme il se relève, je suis forcée de constater la fâcheuse réalité. Il est doté de pectoraux. Une paire de pectoraux sculptés. Le genre de torse que je me représente sans peine et sans tissu. Il est également pourvu de creux et de bosses là où la plupart des gens n'ont qu'un simple ventre. Ses abdos sont d'une telle indécence qu'ils se dessinent sous ses vêtements. Et, doux Jésus, cette définition des avant-bras... De deux choses l'une : soit il passe son temps à la salle de sport, soit il se masturbe vraiment beaucoup. Maintenant que j'y pense, le droit est effectivement plus développé que le gauche.

Mais d'où sort ce beau gosse ?

Je vais finir par me faire un torticolis, si je ne détourne pas très vite la tête, seulement mon cerveau peine à traiter cette surcharge d'informations. Pour la sécurité de tous, ce genre de données explosives devrait être dispensé à dose homéopathique. Ce qu'il fait là est tout à fait irresponsable. *J'espère que tu as honte de toi, Max.*

Sur un signe de Raul, la *bateria* se lance dans un rythme afro-brésilien. Alors que je force mon cerveau à effacer ce qu'il vient de voir, chacun trouve sa place.

Max s'installe à côté de moi, puis se penche à mon oreille.

— À moins qu'on ne t'en fasse la demande expresse, montrer tes seins est à peu près aussi malvenu qu'envoyer une *dick pic* à quelqu'un qui n'a rien demandé.

C'est pas vrai… Je le hais. S'il y a une justice en ce monde, ce cours m'apprendra à lui rabattre le caquet.

Après avoir conduit une petite série d'échauffements parmi les rangs, Raul retourne à sa place, face à nous, d'un pas plein de grâce, la *bateria* battant toujours son plein à l'arrière.

— Les origines précises de la capœira ne sont pas claires, commence-t-il. Il existe de nombreuses théories concernant sa création. Ce que l'on sait avec certitude, c'est qu'elle doit beaucoup aux esclaves transportés au Brésil au XVIer siècle. Saviez-vous que le Brésil n'a aboli l'esclavage qu'en 1888, et que près de quatre millions de personnes y ont été amenées de force pendant la période qu'a duré le commerce des esclaves ?

Quelques membres secouent la tête, tandis que d'autres, au fait de l'histoire du pays, acquiescent gravement, comme s'ils étaient au courant depuis toujours.

— Certains pensent que tout a commencé dans les quartiers des esclaves, poursuit Raul, ou dans les *quilombos*, les communautés formées par ceux et celles qui avaient pu fuir l'esclavage. L'idée, c'était de dissimuler cet entraînement au combat en le faisant passer pour un jeu, ou une danse. Aujourd'hui, elle est reconnue comme une forme d'art martial et le symbole de la culture brésilienne.

Il se plante au sol, pieds écartés à largeur d'épaules, et place les mains sur les hanches.

— Ce soir, nous allons nous concentrer sur la *ginga*, un mouvement absolument essentiel de la capœira. Puis nous ajouterons un peu de piment avec la *meia-lua de frente*, qui est un genre de coup de pied avant.

Soudain, il pointe un doigt en l'air.

— Oh ! j'ai failli oublier. Y en a-t-il parmi vous qui sont déjà venus ? C'est censé être votre premier cours, à toutes et à tous. Le cours pour les initiés a lieu après celui-ci.

M'attendant à ce que Max lève la main et présente de plates excuses pour son erreur, je me tourne vers lui, puis adresse un petit sourire en coin à Jaslene. Pourtant, il ne bouge pas, écoutant docilement Raul, et distribuant des sourires aux autres élèves.

— Pssst, dis-je. Mauvais cours, Max.

— Non, non, rétorque-t-il, les yeux rivés droit devant lui. C'est mon premier cours à moi aussi.

Jaslene pousse un soupir exaspéré.

— Vous deux, alors…

Du coin des lèvres, je l'assaille de questions.

— Comment ça ? Tu m'as pourtant dit que tu assistais à ce cours, non ? Tu te fiches de moi, ou quoi ?

— Non. J'ai dit que j'avais un cours. C'est un cours. Et j'y suis venu. La vérité, rien que la vérité. Il se trouve seulement que je suis aussi novice que toi.

Je lève les yeux au plafond et compte jusqu'à dix. J'ai deux options : péter les plombs, ou lui rendre coup mesquin pour coup mesquin. Le choix n'est pas difficile : je choisis la mesquinerie. Maintenant, il ne me reste plus qu'à trouver comment procéder.

Il agite une main devant mon visage.

— Hé, pas la peine de faire cette tête. Si tu veux tout savoir, voilà un moment que j'envisageais de m'inscrire. C'est à deux pas de chez moi. Quand tu m'as avoué être stressée, je me suis dit que c'était le moment ou jamais pour moi d'essayer, et que ça te ferait sans doute du bien aussi.

Cela me rassure, mais à peine. Je suis tout de même en colère qu'il m'ait attirée ici sous un prétexte fallacieux, et il est hors de question qu'il s'en tire à si bon compte.

— C'est bon… On est là, on est là. Autant en profiter.

— Très bien, je vais vous demander de vous trouver un partenaire, claironne Raul. Vous allez vous entraîner à la *ginga* en binôme.

Puis, faisant face à Jaslene, il ajoute avec sourire doux :

— Comme tu es nerveuse, tu peux travailler avec moi, si tu veux.

Certes, elle n'est pas très rassurée, mais j'ai comme l'impression que ce n'est pas la seule chose qui motive la proposition de Raul.

Jaslene m'interroge du regard, et j'acquiesce.

Tout le monde se met en paire rapidement, je lève donc le menton en direction de Max.

— Ça te dirait de faire la *ginga* avec moi ?

Il fait mine d'être choqué et porte la main à sa poitrine.

— Voilà une proposition qui me paraît bien cavalière. Après tout, nous nous connaissons à peine. Ne devrait-on pas passer un peu plus de temps ensemble, avant de nous lancer ?

Je lui réponds d'un regard mauvais, et il se redresse.

— D'accord, d'accord. C'est parti.

Nous suivons les instructions de Raul, qui nous décompose le jeu de jambes, une série de pas simples intégrant le mouvement de balancier auquel on songe quand on parle de capœira. Face à face, Max et moi reculons le pied, puis nous déplaçons avec fluidité d'un côté et de l'autre, tout en balançant les bras de manière à se protéger le visage.

— Une fois que vous vous sentez plus à l'aise avec la *ginga*, n'hésitez pas à y ajouter votre propre grain de sel, déclare Raul. Un peu plus d'amplitude dans les hanches. De petites feintes au niveau des jambes. Ensuite, vous pourrez tester la *meia-lua de frente*, qui n'est ni plus ni moins qu'un coup de pied qui se fond en *ginga* et qu'on répète avec l'autre jambe.

Il nous montre le mouvement plusieurs fois.

— Répétez et répétez les pas, jusqu'à vous sentir au point.

La *bateria* ralentit un peu et, à mesure que je répète les mouvements au rythme du *berimbau*, je trouve la *ginga* de plus en plus relaxante. Mais, tandis que je patiente, certaine d'être bientôt enveloppée de la sérénité la plus totale, mon esprit rejoue le scénario qui m'a menée ici. Max n'est même pas un membre régulier de ce studio. *Ce type ne doute de rien.*

— C'est génial, non ? me demande-t-il.

Il a choisi d'en rester à la *ginga*, sans incorporer les coups de pied que Raul nous a pourtant encouragés à tenter.

— Je crois que ça commence à venir.

— Vraiment ? Dans ce cas, laisse-moi essayer une *meia-lua de frente*. Ça ne peut pas être bien compliqué, si ?

— Mais je t'en prie.

Nous poursuivons une *ginga* simple durant quelques instants, puis je passe à l'attaque et effectue un grand balayage de la jambe, ramenant le pied en arc de cercle jusque devant le visage de Max… tout comme me l'a appris Rey.

Max n'y était pas préparé. Emporté par son mouvement de recul, il tombe sur les fesses. Grommelant contre les gens revanchards, il se relève tant bien que mal, tandis que Raul nous rejoint.

— C'était excellent, me félicite-t-il. Tu avais déjà essayé ?

Je hoche la tête.

— Seulement à la maison. Mon frère a suivi des cours, il y a quelques années de ça. Il se servait de moi comme partenaire d'entraînement.

Max se redresse et se frotte l'arrière-train.

— C'est drôle, tu avais omis de le mentionner, ça.

Je lui lance un petit sourire satisfait.

— Mon frère n'était pas professeur. Nous ne faisions que nous amuser. Je reste donc une débutante. On recommence ?

Max préfère m'ignorer.

— Raul ?

— Oui, mon ami ?

— Je pourrais changer de partenaire, s'il te plaît ?

— Viens. Lina et Jaslene vont travailler ensemble, et, toi, tu vas t'entraîner avec moi.

Je laisse échapper un petit rire moqueur à l'adresse de Max, et le salue d'un signe tandis qu'il s'éloigne (fuit) en compagnie de Raul. Il avait raison, finalement : quand il s'agit de soulager le stress, la capœira fait des miracles. La preuve, je me sens déjà mieux.

Chapitre 9

Max

En retard pour la réunion du personnel hebdomadaire, j'entre dans la salle de conférence et m'installe sur le premier fauteuil libre. Alors que je m'assieds, ma fesse droite me rappelle la déculottée que Lina m'a infligée hier soir.

L'instant suivant, ma mère entre dans la pièce, tel un général pour une rare apparition devant ses troupes.

Elle prend place en bout de table, tend le cou pour lire le document que son assistant lui présente, puis laisse courir ses yeux d'une personne à l'autre, jusqu'à avoir croisé le regard de tout le monde.

— Bien. Pour commencer, parlons de l'expansion de nos activités. Quelles sont les nouvelles, concernant le groupe Cartwright ? lance-t-elle en tournant la tête en direction d'Andrew.

C'est sans doute l'un des rares moments où je ne lui en veux pas de s'adresser à lui en premier. C'est sa faute, si on est dans une telle panade.

Mon cher frère desserre un peu le nœud de sa cravate et tente de gagner du temps.

— Le dossier Cartwright ? Ah-hem… Hum, eh bien, voyons… Les choses se passent bien. Qu'est-ce que tu en penses, Max ?

Je lui jette un regard noir de l'autre côté de la table. C'est vraiment le roi des enflures ! Personne ne refourgue sa merde aux autres avec plus de maestria. Lina est son ex-fiancée, pas la mienne. Pourtant, il compte sur *moi* pour dissimuler activement l'implication de celle-ci dans le projet. Pour ne pas changer, je me charge cette fois encore du sale boulot à sa place.

— Avec cette mission, on entre en territoire inconnu, dis-je. Pour faire court, la cliente a imaginé un long test de recrutement pour deux candidats au poste de coordinateur des mariages. Je travaille avec l'une de ces personnes, Andrew s'occupe de l'autre, et nous avons cinq semaines pour préparer une présentation.

— Très intéressant, déclare ma mère. Ce sera un excellent moyen de confronter vos deux approches d'une même mission.

Exactement. Heureux qu'elle le voie elle aussi sous cet angle.

Elle nous regarde tour à tour.

— N'oubliez toutefois pas que votre but est de séduire notre cliente. Nous voulons que le groupe Cartwright nous confie l'intégralité de ses missions marketing, si possible.

— On s'en charge, dit Andrew.

Réponse parfaitement inutile.

Les autres employés font à leur tour le point sur leurs dossiers, puis, à 11 heures, nous clôturons la réunion. Le temps que tout le monde quitte la pièce, je vérifie ma boîte de réception sur mon téléphone.

Quand je relève la tête, Andrew est toujours assis à sa place, m'observant l'air pensif.

— Quoi, qu'est-ce qu'il y a ?

— J'ai discuté avec le deuxième candidat, ce matin, commence-t-il en lissant sa cravate. Il s'appelle Henry. Il a l'air plutôt sympathique. Nous nous voyons demain pour parler de notre plan d'attaque. Comment ça se passe, de ton côté ?

Pas terrible, mais ce n'est pas à lui que je risque de confier cette information croustillante.

— J'ai eu un déjeuner de travail avec Lina, hier.

Dois-je lui parler du cours de capœira ? Non. Finalement, je considère que ça n'avait rien à voir avec le job. Ce qui est un peu une révélation à mes yeux, je dois dire. Cette sortie n'avait pas d'autre but que de passer du temps avec une femme à la fois irritable, sans pitié et exaspérante au possible. Rien de tout cela ne regarde Andrew.

— On a discuté de la manière dont on allait aborder ce projet, et j'espère pouvoir en finaliser les détails cette semaine.

Enfin, si elle daigne répondre à mes coups de fil. Il se peut qu'elle ait bloqué mon numéro.

Andrew pince les lèvres et hoche la tête, visiblement impressionné (à juste titre) que Lina et moi ayons réussi à établir un contact.

— Comment va-t-elle ? Est-ce qu'elle voit quelqu'un ?

Alors là, non. Certainement pas ! Je ne serai pas sa taupe, ou pire, son ré-entremetteur.

— Andrew, pour ce genre de renseignements, je te suggère de les prendre directement à la source. Je refuse de faire l'intermédiaire.

— Oui, non. Je comprends. Ce n'est rien. Je pensais que la revoir me ferait peut-être un autre effet, mais, non : je sûr et certains que nous n'étions pas faits pour nous marier. C'est une femme super, cela dit. Je lui souhaite tout le bonheur du monde.

— Tout en aidant quelqu'un d'autre à décrocher le job dont elle rêve.

Il hausse les épaules.

— C'est un peu dommage que faire mon travail signifie lui faire perdre le sien, mais Lina est professionnelle. Elle saura le prendre avec classe.

Incroyable... La dernière fois qu'il a dit un truc de ce style, il me demandait de lui annoncer qu'il ne l'épouserait pas.

— Tu oublies un truc, quand même.

— Quoi donc ? demande-t-il en bâillant.

Alors que je le fais languir, il se penche légèrement en avant, signe que cette nonchalance vis-à-vis de ce que ce truc peut bien être n'est qu'une façade.

Je me lève et attrape mon téléphone sur la table.

— L'équipe à battre, c'est Lina et moi. Et quelque chose me dit qu'ensemble on va être invincibles.

Potentiellement.

OK, avec un peu de chance.

Eh merde.

Qui j'essaie de convaincre ?

Assis à mon bureau, je compose une maquette de newsletter pour un client, quand mon téléphone vibre à l'arrière de mon pantalon. Machinalement, je le tire de ma poche, tout en terminant de relire le dernier paragraphe que j'ai rédigé. Lorsque je jette enfin un coup d'œil sur l'écran, je découvre un SMS de Lina, qui se trouve être la réponse à mes prières.

Salut, Max. Et si on faisait la paix ? La rancune ne peut être que contre-productive. Je vois un client pour une dégustation de gâteau. Je me suis dit que c'était peut-être l'occasion pour toi de me voir à l'œuvre. Ça t'intéresserait ?

Eh ben… Tout ce que j'ai toujours voulu dans un seul et unique SMS : le pardon et la promesse de gâteaux. J'ai un gros faible pour les sucreries. Je n'ai pas honte d'admettre que je m'infligerais les pires privations (du type résilier mon abonnement Netflix), si cela m'autorisait à me délecter chaque jour de mon gâteau favori : cette incomparable merveille qu'est le marbré recouvert de crème au beurre. Je n'ai encore jamais assisté à une dégustation de gâteaux de mariage, mais j'imagine que l'on doit en goûter plusieurs et, très franchement, ça ressemble à un après-midi de rêve.

Rien de mieux qu'un gâteau pour repartir sur de bonnes bases, comment refuser ? Où et quand est-ce qu'on se rejoint ?

Lina m'envoie l'adresse de la pâtisserie, et nous nous mettons d'accord pour nous retrouver quelques minutes en amont de son rendez-vous, de façon à ce qu'elle m'explique deux ou trois choses. Elle a déjà prévenu ses clients que j'aimerais assister au processus, ils n'y voient pas d'inconvénient.

Une demi-heure plus tard, je pénètre au Sugar Shoppe, dans Georgetown. Tout d'abord, je me contente d'absorber la vue de tous ces desserts, qui couvrent, semble-t-il, la moindre surface de la boutique : tartes, gâteaux, pâtisseries, chocolats… Puis je suis tenté de tomber à genoux pour prier face à cet autel de perfection sucrée. L'endroit est gai, avec ses murs d'un blanc lumineux et ses tables de bistro pastel. Et ces odeurs… Mon Dieu, ces odeurs ! J'ai l'impression de m'être parfumé les poignets à l'essence de gâteau. Comment ai-je pu ignorer si longtemps l'existence d'un tel endroit ? Est-ce qu'ils livrent ? Est-ce qu'ils embauchent ?

On me tapote l'épaule, et les visions de bonbons dansants s'évanouissent. Lina me dévisage, l'air soupçonneux.

— Tout va bien ?

— Tout va bien. J'admire la vue, dis-je en désignant le décor d'un geste ample.

Elle sourit.

— C'est quelque chose, n'est-ce pas ?

Puis, se penchant pour jeter un coup d'œil derrière moi :

— Nous aurions dû réserver une table. Je vais les prévenir que nous sommes là.

Elle se présente au comptoir et échange quelques mots avec la vendeuse. Il ne lui faut pas longtemps pour me faire signe de la rejoindre à une table, dans un coin.

Nous nous asseyons face à face. Cette table est tellement minuscule que nous sommes pratiquement l'un sur l'autre.

— C'est cosy, fait Lina.

Je lâche un petit rire.

— Moi, je dirais plutôt « gênant », mais bon.

— Ouf, ce n'est pas seulement moi, alors, lâche-t-elle avec un grand sourire.

Aujourd'hui, ses cheveux sont retenus en queue-de-cheval, et son visage attire toute mon attention. Je n'avais encore jamais remarqué à quel point elle a des traits expressifs, quand elle ne fait pas la tête. Lorsqu'elle est entrée, la confusion se lisait sur son front. Et, là, difficile de manquer l'amusement dans ses yeux.

La dame du comptoir arrive avec une carafe d'eau et trois verres.

— Nous attendons M. Sands, c'est bien ça ?

— Tout à fait. Serait-il possible de déplacer cette chaise-ci ? Mon client est en fauteuil roulant.

— Aucun problème, je vous l'enlève.

Je ferais bien de réviser mes préjugés sur la clientèle de Lina. Moi qui m'attendais à voir arriver la future mariée… Quels réflexes vieux jeu !

— Je t'écoute, dis-m'en plus sur ce M. Sands.

— M. Sands, Dillon de son prénom, est le futur marié. Nous nous voyons pour choisir son « gâteau de marié ». Sa future épouse n'a pas souhaité participer, car Dillon est la personne la plus indécise de la planète. Autant dire que notre patience risque d'être mise à rude épreuve. Heureusement, il en est conscient et reconnaît volontiers ses défauts.

Je me carre contre le dossier de ma chaise.

— Voilà qui est bon à savoir. C'est quelque chose que tu fais souvent, avec tes clients ?

— Goûter une sélection de gâteaux ? Tout à fait, oui. Je suis là pour leur signaler que leurs invités ne seront pas nécessairement conquis par un machin en gelée recouvert de brisures de cacahuètes et d'un glaçage au citron vert. Tu ne me croirais pas si je te disais ce que les gens seraient prêts à faire servir ! Je suis là aussi pour leur rappeler que ce n'est pas toujours la saison des fruits rouges, ou que beaucoup de personnes sont sujettes aux allergies.

— Comment se fait-il que le marié ait toujours son propre gâteau, d'ailleurs ?

Lina lève les yeux au ciel.

— Il faut croire qu'à un moment de l'histoire, un futur marié s'est senti lésé en constatant que la majorité des coutumes de mariage mettaient sa moitié avant, et qu'il a considéré que, même dans ce contexte d'union, il avait l'obligation, le *devoir* même, de lancer une toute nouvelle tradition, focalisée sur lui, et rien que lui.

Je hausse les sourcils à cette explication lapidaire.

— Tu peux développer, je n'ai pas bien saisi ton point de vue sur la question ?

Lina se mord les lèvres pour ne pas sourire.

— Impossible. J'ai laissé mon PowerPoint sur l'injustice à l'égard des hommes que représente la cérémonie du mariage sur le bureau de mon ordinateur.

Elle me cherche, et j'aime ça. Probablement plus que je ne le devrais. Il me semble qu'il y a une tout autre Lina à découvrir sous la façade, et ces éclats de personnalité qui percent parfois cet extérieur trop sérieux m'intriguent au plus haut point.

— Oh ! il y a autre chose que tu dois savoir, reprend-elle.

Ressaisis-toi, Hartley.

— Quoi donc ?

— Dillon sera incapable de se décider pour un parfum sans une seconde opinion, mais je ne vais pas pouvoir l'aider. L'intolérance au lactose, c'est si pénible. Si tu te sens de le faire, tu pourrais peut-être lui proposer de goûter avec lui ?

Je fais craquer mes phalanges de manière théâtrale.

— Tu as frappé à la bonne porte pour ce genre de corvée. Je pourrais passer ma vie à manger du gâteau.

Son regard se fait plus acéré.

— Tant mieux, je n'en espérais pas moins de toi.

Je n'ai pas le temps d'essayer de décrypter le message lancé par ses yeux malicieux, car Dillon Sands arrive : dans quelques minutes, mon boulot du jour consistera à m'empiffrer. Si ce n'est pas beau, ça.

Chapitre 10

Lina

— Je ne sais pas, Max. Je ne suis pas un grand fan de marbré, chipote Dillon. Qu'est-ce que vous en pensez, vous ?

Max sursaute, comme si mon client l'avait brusquement giflé.

— Comment ça, vous n'aimez pas le marbré ? C'est la perfection faite dessert !

Pour appuyer son propos, il plante sa fourchette dans sa part, puis porte le morceau à la bouche avec force moulinets.

Il s'amuse beaucoup trop… ce n'était pas du tout le but.

Dillon et lui ont déjà goûté huit combinaisons de parfums et glaçages et ne montrent aucun signe de lassitude. *Note à moi-même : les hommes sont des goinfres.*

— Hé, Dillon, regardez, regardez !

Les paupières de Max semblent lourdes, comme s'il était soûl d'avoir avalé tant de sucreries.

Mon client n'a pas l'air beaucoup plus frais. Le bras gauche négligemment appuyé sur le dos de son fauteuil, il s'évente de la main.

— Oui, quoi ?

Max enfonce le doigt dans le restant de son marbré.

— J'ai touché ma part du gâteau !

Dillon le regarde fixement, avant de se plier en deux de rire – un rire silencieux, ses cordes vocales probablement engluées de crème au beurre.

Je ne vois pas en quoi c'est drôle. Est-ce un truc de mec, ou l'overdose de gâteau affecte-t-elle le fonctionnement des neurones ?

Agacée, je me lève de ma chaise.

— Pardonnez-moi, je fais un saut aux toilettes.

Je me lave les mains, puis jette un coup d'œil rapide à mon reflet, au-dessus du lavabo. Retouchant mon rouge à lèvres, je réfléchis à ce qui a bien pu mal tourner, alors qu'il n'y avait que deux issues possibles. Porte numéro un : Max déclinait ma proposition de goûter les échantillons, et regarder Dillon tester une dizaine de combinaisons allait l'exaspérer au plus haut degré. J'étais là quand mon client avait dû sélectionner un style de boutonnière pour ses garçons d'honneur : il lui avait fallu trois heures. Et c'est précisément l'expérience que je voulais faire vivre à Max. J'y tenais vraiment. Porte numéro deux : Max avalait son poids en gâteau et regrettait à jamais d'avoir franchi les portes du Sugar Shoppe. Au lieu de ça, il s'empiffre joyeusement, sans s'inquiéter une seconde du sucre et du gras qu'il ingère.

Il me prive des deux dénouements sur lesquels je misais. C'est si injuste que j'en taperais presque du pied par terre. Peut-être n'ai-je pas les épaules pour ce genre de petits jeux sournois. Tant pis. Je trouverai un autre moyen de me venger de lui, c'est promis.

Lorsque je regagne la table, Dillon est affalé contre le dossier de son fauteuil roulant, et Max a posé le front sur la table. La nappe est couverte des vestiges d'un carnage.

— Ça n'a pas l'air d'aller, vous deux. Qu'est-ce que j'ai manqué ?

Max pousse un gémissement.

— Il a commandé quelques gâteaux et a lancé le concours de celui qui en mangerait le plus.

Atterrée, je dévisage les deux épaves en face de moi.

— Visiblement, vous avez tous les deux perdu.

Dillon ouvre un œil.

— Bien au contraire, j'ai gagné ! Dans un souci de transparence, je tiens à préciser que, à l'université, je détenais le record du nombre de hot-dogs avalés en trois minutes.

— C'est une chose dont j'aurais préféré être informé il y a trois minutes.

Mentalement, je fais une petite danse de la joie. Ce n'était pas ainsi que je m'étais imaginé le calvaire de Max, mais ce n'est pas mal non plus. Vaincu par son propre esprit de compétition ; ça lui servira de leçon, tiens !

— Avez-vous au moins fait un choix de gâteau et de glaçage, je m'enquiers auprès de Dillon.

La tête rejetée en arrière, il tente d'acquiescer comme il peut.

— Je vais opter pour le fondant chocolat-cappuccino. Et le quatre-quarts pour les invités qui ne mangent pas de chocolat.

— Excellent choix. Tricia va être ravie.

— Bon, si vous pensez qu'on en a terminé, reprend-il en se frottant l'estomac, je vais retourner au bureau.

Max se redresse un instant, le temps de lui serrer la main.

— Ce fut un plaisir, Dillon. Je vous souhaite le mariage de vos rêves.

— Merci. Avec Lina à la barre, cette journée sera fantastique, je n'en doute pas une seconde !

Dillon parti, me voilà libre d'asticoter Max. Fredonnant joyeusement, je m'assois sur la chaise voisine de la sienne et approche le visage de son oreille.

— Alors, la forme, champion ?

Sa tête roule dans ma direction, une joue sur la nappe.

— Je crève de chaud. J'ai le ventre plein à craquer. Je crois que je vais exploser, articule-t-il avec peine, la voix éraillée. Je ne veux plus voir aucune tranche de gâteau de ma vie.

— Même pas du marbré avec glaçage crème au beurre ?

Pressant plus fermement les paupières l'une contre l'autre, il fait mine de fondre en larmes.

— Même pas !

Il est adorable. Absolument craquant. *Non. Attends…* Le but, c'est de le torturer. Ce n'est pas censé être mignon. Et, pourtant, ça l'est. Comment ne pas fondre ? On dirait un écureuil ivre mort. Un écureuil beau à couper le souffle, mais quand même.

— Tu veux que je t'appelle un chauffeur ? Une ambulance ?

Il redresse lentement le buste, se passe une main dans les cheveux, et, le nez froncé, tente de retrouver ses marques.

— Nan, je vais m'en remettre. Je te rappelle que j'ai survécu aux piments malagueta.

Il se tourne pour me faire face, puis s'essuie la bouche.

— Ça se voit beaucoup que j'ai avalé trois kilos de gâteau ?

— Pour être franche, oui. D'ailleurs, tu en as encore sur le sourcil et la joue.

— C'est pas vrai, quelle boucherie ! souffle-t-il en se frottant pour déloger les miettes.

— Attends, laisse-moi faire.

Du petit doigt, j'essaie à mon tour de lui nettoyer l'arcade. Quand il tend le menton vers moi pour m'aider, je ne peux m'empêcher de remarquer les pépites d'or qui rehaussent le marron de ses yeux. Je prends alors conscience qu'il est un peu près, que mes mains le touchent, et que ce n'est pas du tout de cette manière que nous sommes censés interagir. Je n'arrête pas mon geste pour autant. Parce que, tout ce que je voudrais, c'est suivre de la pulpe de mes doigts le contour de ses sourcils, de son visage, de ses lèvres… et c'est ce qui m'en rapproche le plus, sans que cela paraisse bizarre.

Max attrape du bout de la langue une miette à la commissure de sa bouche, et mon regard croise brusquement le sien. Le feu qui émane de ses prunelles est difficile à déchiffrer.

Vas-y, semblent me dire ses yeux.

J'en ai envie. Je pourrais tout à fait. Quelques centimètres seulement séparent nos lèvres.

Non, mais, oh… C'est quoi, cette histoire ? Pourquoi est-ce que j'envisage une chose pareille ? Je m'écarte vivement, et le raclement de ma chaise résonne dans toute la pâtisserie, telle une sirène m'avertissant que j'ai bien failli dépasser une borne invisible.

— Tout va bien ? dit Max, la voix tendue.

— Oui, oui, bien sûr.

Je me frotte minutieusement les mains pour en faire tomber la moindre miette, puis entreprends de fouiller dans mon sac, afin de continuer à éviter son regard inquisiteur.

— Je viens de me souvenir que j'ai un autre rendez-vous. Si je ne veux pas être en retard, je ferais mieux d'y aller.

Il s'ébroue un peu.

— Ah, oui. Je… Il faut que j'y aille, moi aussi.

Du coin de l'œil, je le vois glisser les mains sur ses jambes, et se donner une grande claque sur les cuisses, avant de se lever au ralenti.

— Tu dois repartir avec cinq kilos de plus, dis-je, désireuse de couper court à la tension qui s'installe entre nous.

Très honnêtement, j'aimerais qu'elle reparte très vite de là où elle est venue. On était très bien sans elle.

— Je n'en doute pas une seconde, approuve-t-il, l'œil rieur.

— Oh ! avant que j'oublie…

Je claque des doigts.

— Je ne peux pas quitter cette boutique sans une poignée de leurs truffes au chocolat au lait. Elles me rappellent les *brigadeiros* que ma mère et mes tantes vendent au magasin.

Il m'accompagne jusqu'au comptoir, le pas considérablement moins fringant qu'à son arrivée.

— Elles tiennent un magasin ?

— Oui, de produits brésiliens, majoritairement. Un peu tout et n'importe quoi. Je me suis souvent moqué d'elles à ce propos, d'ailleurs. J'avais rebaptisé la boutique « Épicerie, Tongs et Linoleum ». Ça ne les a pas fait rire.

La vendeuse approche.

— Quatre truffes au chocolat au lait, s'il vous plaît.

Après avoir payé, je plonge la main dans le petit sac blanc pour en tirer un chocolat, dans lequel je mords aussitôt avidement. Je lève les yeux au ciel de bonheur et n'attends pas d'avoir avalé ma bouchée pour reprendre :

— Délicieux !

Se frottant pensivement le front, Max m'observe tandis que je mâche.

— Mais, attends voir… Tu n'as pas dit que tu étais intolérante au lactose ?

Je finis ma truffe et me pourlèche les lèvres.

— Pas du tout.

Il ouvre des yeux ronds d'incrédulité.

— Mais si ! C'est même pour ça que tu m'as demandé de goûter les échantillons avec Dillon. Et pour ça aussi que j'ai l'impression qu'on me passe sur l'estomac avec un rouleau à pâtisserie.

Je fais « non » de la tête.

— Tout ce que j'ai dit, c'est que l'intolérance au lactose était pénible. Et c'est la vérité, dis-je avec un haussement d'épaules. Du moins pour les gens qui en souffrent. Tu sembles oublier que tu m'as vue m'empiffrer de chocolat au dessert, lors de notre déjeuner. Ce n'est pas ma faute si tu as tiré des conclusions hâtives.

La tête penchée de côté, il siffle entre ses dents et hoche le menton, comme s'il me voyait soudain d'un nouvel œil.

— Je ne sais pas à quoi vous jouez, madame Santos, mais il faudrait voir à ne pas perdre de vue notre principal objectif. Si on travaille main dans la main plutôt que l'un contre l'autre, et que l'on tape dans le mille avec cette présentation, c'est un job de rêve – tes mots, pas les miens – qui t'attend au bout du chemin. Ça ne te ferait peut-être pas de mal de t'en souvenir, chaque fois qu'il te vient l'envie irrépressible de me jouer un sale tour.

Il ne me dit rien que je ne sache déjà. Toutefois, j'avoue que je ne m'étais pas autant amusée au travail depuis longtemps. Et puis, en quoi préparer ce pitch et l'agacer serait incompatible ? Je comprends bien ce que voulait dire Natalia, maintenant. Que comptait-il faire, de toute façon ? Moucharder ? Auprès de qui ? Avec le plus grand sourire dont je suis physiquement capable, je referme le sachet de truffes et gratifie Max d'un clin d'œil.

— Je te remercie de veiller au grain, Max. Mais ne t'inquiète pas. J'ai la situation bien en main.

— Il y en a qui mordent dans des parts de gâteau, et d'autre qui finissent par se mordre les doigts, me rétorque-t-il, alors que je le précède dans la rue.

Je tourne la tête et l'épingle d'un regard sans la moindre trace d'humour.

— C'est une menace ?

— Jamais de la vie, se gausse-t-il en portant une main à sa poitrine.

C'est très réussi, ce petit ton condescendant, je ne peux pas le lui enlever. Mais il a tort. Je ne m'en mordrai pas les doigts, parce que je compte bien garder le contrôle de la situation. Ni l'un ni l'autre des frères Karamazov ne l'emportera plus sur moi.

Chapitre 11

Max

— Gaffe, Max !

Trop tard. Le ballon de basket s'aplatit sur mon crâne avec un bruit sourd. Sur le terrain, les têtes se tournent et m'offrent une grimace compatissante.

— Argh !

Je me plie en deux, la main pressée sur une bosse que je vais sentir toute la semaine.

Dean, mon meilleur ami, me rejoint en trottinant.

— Merde, Max, ça va ?

Je me redresse et m'ébroue.

— Nickel.

Il m'observe, un air soupçonneux flottant sur son visage en sueur.

— Qu'est-ce qui se passe, aujourd'hui ? T'es pas avec nous, là. Ces mecs vont te fumer si t'es pas au top de ta forme, et clairement tu ne l'es pas. T'en es loin, même.

Il a raison. Mon esprit est tellement ailleurs que je ne suis d'aucune utilité à mes coéquipiers.

— J'abandonne pour aujourd'hui.

Dean se charge d'avertir les autres joueurs que nous retournons au vestiaire. Aucun problème : ils reprennent une partie à quatre contre quatre avant même que nous ayons quitté la salle. Quand on est d'humeur pour un petit match improvisé, c'est là, à la salle polyvalente de Columbia Heights, que nous venons trouver notre bonheur. Même si je ne suis d'ordinaire pas un grand joueur, je ne m'étais jamais montré aussi mauvais qu'aujourd'hui.

Après un rapide détour par les toilettes, je retrouve Dean dehors. Nous échangeons un regard, les yeux plissés, et décidons de mettre nos lunettes de soleil. On forme une drôle d'équipe, physiquement. Si jamais un de ses cheveux blonds ne dépasse, mes cheveux bruns vivent leur propre vie dans une sorte de chaos organisé. Je ne perds jamais une occasion d'arborer une petite ombre de trois jours, tandis que Dean ne sort pas de chez lui sans un kit de rasage de secours dans sa mallette. Et il est sacrément grand, en prime. Il me dépasse de sept ou huit centimètres ; un atout que nous mettons généralement à profit sur le terrain de basket… enfin, quand je ne joue pas comme un remplaçant de troisième zone.

— Tu veux passer à l'appart ? me demande-t-il. Si t'as besoin de la douche, elle est tout à toi.

Il se penche et renifle l'air autour de moi.

— Crois-moi, ça ne serait pas du luxe.

Je le repousse.

— Non, il faut que j'y aille. J'ai une rude journée de boulot qui m'attend, demain.

Il habite tout à côté, dans un loft rénové qu'il a pu s'offrir grâce au salaire ridiculement confortable qu'il touche en tant que collaborateur dans un cabinet d'avocats. Son appartement est équipé d'encore plus de gadgets que le mien, ainsi que d'une télévision si high-tech qu'il ne faudra pas s'étonner si je le trucide un jour dans son sommeil. Je devrais le détester de tant d'excès, mais Dean mérite ses jouets. Il bosse facilement soixante heures par semaine, divisant son temps à parts égales entre dossiers privés et travail *pro bono*, en vertu d'un arrangement très sympa avec son cabinet.

— C'était pas un « non » très convaincant, ça. Ramène tes fesses chez moi. Tu sais comme moi que t'as besoin de parler de ce qui te bouffe le cerveau.

Difficile à nier. Mon esprit est effectivement parasité, et Dean est sans doute la seule personne au monde avec qui je me sentirais assez à l'aise pour parler de ce qui me perturbe. Nous nous connaissons depuis l'université. Durant plusieurs années, nous ne nous sommes pas beaucoup vus, car j'étais à New York, et lui à Philadelphie pour ses études de droit, mais quand nous sommes revenus dans le même coin, c'est comme si nous ne nous étions jamais quittés. Il est cet ami que l'on finit toujours par retrouver, quoi qu'il arrive, celui qui connaît tous vos petits secrets et se contrefiche de vos défauts, celui qui a vu toutes vos photos « avant », pour la simple raison qu'il est dessus.

— Très bien, c'est d'accord. Je suis à vélo. Je suis chez toi dans dix minutes.

Un quart d'heure plus tard (je suis en plus mauvaise forme physique que je l'aurais cru), je sonne à l'Interphone. Après avoir attaché mon vélo dans le local prévu à cet effet derrière les ascenseurs, je grimpe les trois volées de marches jusqu'à l'appartement.

La porte est ouverte et j'entre, comme chez moi. Dean est devant son frigo, en train de descendre un verre d'eau d'au moins trois litres.

— Tu as pris ton temps, me lance-t-il en s'essuyant le menton.

J'ignore la pique et pointe le pouce en direction de sa deuxième salle de bains.

— J'en ai pour dix minutes.

Pendant que le jet d'eau chaude opère son tour de magie sur mes muscles endoloris, je réfléchis à ce que je suis prêt ou non à partager avec lui. Peut-être que ce n'est rien. Peut-être que je me fais des films. Peut-être suis-je simplement un blaireau qui saute sur le premier moyen d'entrer en compétition avec son frère. *Pff, tu parles d'un sac de nœuds…*

Une fois douché, j'enfile la tenue propre que je garde toujours dans mon sac de sport, lance ma serviette en boule dans le panier de linge sale, puis rejoins mon ami sur le canapé de cuir gris qui trône dans son salon.

Il saisit aussitôt la télécommande et éteint la télé.

— Il y a un reste de pizza au four. En attendant que ce soit chaud, raconte-moi ce qui ne va pas.

Je lui explique alors en détail ma mission pour le groupe Cartwright. Il ne m'offre pas beaucoup de réactions. Mais, lorsque je lui confie que Lina est l'une des deux personnes en compétition, sa mâchoire manque de se décrocher.

— Punaise, c'est dingue ! Je comprends mieux que tu sois à côté de tes pompes. Tu essaies de décrocher plus de responsabilités au bureau, de te distinguer de ton gland de frère, et voilà que tu te retrouves contraint de bosser avec son ex-fiancée, et en cachette, en plus.

Je ne suis pas idiot, j'ai conscience que mes préoccupations ne s'arrêtent pas à ces quelques points. Ce qui me tracasse vraiment, c'est que j'ai pris beaucoup trop de plaisir à me chamailler avec Lina lors de ce déjeuner ; que je me suis démené pour la faire venir à un cours de capœira à laquelle je n'avais jamais assisté moi-même ; que je n'arrive pas à m'enlever de la tête ce moment à la pâtisserie, quand elle a voulu me débarrasser des miettes collées sur mon visage et a eu ce brusque mouvement de recul, comme si ce contact avec ma peau lui avait brûlé les doigts.

— C'est encore plus compliqué que ça.

Dean soupire et lève les yeux au plafond.

— Il va me falloir une bière, je crois. T'en veux une ?

— C'est pas de refus.

Comme il fouille le frigo, je me penche, coudes sur les genoux, et rassemble les pointes de mes doigts, m'efforçant de trouver le courage d'énoncer mes pensées à haute voix. *Dis-lui simplement ce que tu as en tête. Il ne te jugera pas. Ça n'a jamais été son genre. Il va te remettre du plomb dans la cervelle, sans passer par quatre chemins.*

Il revient avec deux bouteilles décapsulées et m'en tend une.

— OK, donc, tu disais ?

Inutile de tergiverser pendant trois heures. Quoi qu'il arrive, il finira par me tirer les vers du nez.

— Lina et moi nous sommes vus cet après-midi, pour aider l'un de ses clients à choisir son gâteau. Pour faire court, elle m'a essuyé une miette collée sur le visage, et j'ai ressenti… un truc. Aucune idée de ce que c'était. Elle semblait se rapprocher peu à peu de moi, et puis elle a fait un bond en arrière, comme si se retrouver si près de moi l'avait déstabilisée… Ce qui me donne à penser qu'elle a ressenti la même chose. Pire, en ce qui me concerne, ce n'est pas la première fois. Depuis que nous nous sommes recroisés au Cartwright, je remarque chez elle des choses que je ne devrais peut-être pas remarquer.

J'avale une longue gorgée de bière.

— Dis-moi de ne plus y penser et de passer à autre chose.

— N'y pense plus et passe à autre chose, déclare-t-il en me posant une main ferme sur l'épaule.

Je me redresse et le dévisage.

— Tu crois que c'est aussi simple que ça ?

Il soutient mon regard, l'air grave.

— Oui. Absolument. Tu voudrais une liste de dix raisons sur le million qui font que c'est la meilleure option ?

— Je crois qu'il va falloir, oui.

Dean se lève et entreprend de faire les cent pas.

— Un : elle n'est pas seulement sortie avec Andrew, elle était sur le point de l'épouser. Rien que ça, ça devrait te suffire, non ? Deux : ta mère t'étriperait. Si elle était au courant que Lina est réapparue dans la vie d'Andrew, elle le harcèlerait pour qu'il la récupère dare-dare. Trois : tu risquerais de mettre en péril ta relation déjà vacillante avec ton frère. Alors, bon, ce n'est peut-être pas la fin du monde, mais c'est la promesse de bons petits repas de famille tendus, chez les Hartley. Quatre : tu essaies désespérément de t'extirper de l'ombre de ton frère. Tenter de séduire son ex va totalement à l'encontre de cette démarche. Je te rappelle le mauvais délire avec Emily ? Cinq : vu la compétition permanente entre ton frère et toi, est-ce que tu arriverais à déterminer avec certitude qu'elle te plaît vraiment, et pas seulement parce que ton inconscient tordu espère la remporter comme un vulgaire trophée ? Pense un peu à Lina ; est-ce qu'elle ne se poserait pas la même question ? Pour finir, peut-être que tu te fais bêtement des idées, et qu'elle a eu un instant de panique parce que c'était une situation gênante. Je te dis ça en tant que meilleur et plus intelligent de tes amis. Cette ville grouille de femmes qui seraient prêtes à t'épouser, à sortir avec toi, ou simplement à passer une nuit dans ton lit. Va courir après elles, et laisse celle-ci tranquille. Je t'en supplie.

Je suis cent pour cent d'accord avec tous les points qu'il soulève. En vérité, ses paroles font écho à ce que j'ai ressassé tout le long de mon trajet à vélo. Mais j'aurais besoin d'une liste plus longue. Une liste à puces au format poche, plastifiée. Un guide pratique à ressortir chaque fois que je suis assez idiot pour laisser Lina prendre ses aises dans ma tête.

— Quoi d'autre ?

Dean prend un air effaré.

— Pardon ?

— Tu m'as dit que tu me donnerais dix raisons.

Il siffle entre ses dents.

— Eh ben. S'il t'en faut plus que celles que je viens d'énumérer, San Antonio, on a un problème…

C'est à mon tour de m'étonner.

— « Houston, on a un problème », tu veux dire ?

— Pitié, non, mon ex est de là-bas. Je refuse de prononcer ce nom. Par principe.

J'explose de rire.

— Juste quand je me dis que tu es décidément un génie, tu me sors une connerie pareille…

Il hausse les épaules, puis boit une gorgée de bière.

— Quoi qu'il en soit, ne crois pas que je n'ai pas remarqué que tu as soigneusement évité d'argumenter contre cette brillante plaidoirie pour le rejet pur et simple de ce que tu as *cru* ressentir, en pleine descente glycémique.

Pour le coup, ce n'est pas bête. J'avais l'esprit embrumé, et quelque attirance que j'aie ressentie à cet instant, elle était probablement conditionnée par trois kilos de gâteau dans le sang… Je dois tirer un trait sur tout ça, et me concentrer sur ma réelle mission : aider Lina à préparer sa présentation pour s'attirer les faveurs de Rebecca.

— Tu as raison sur toute la ligne. Je vais effacer ces données du disque dur.

Dean fait sonner le col de sa bouteille contre la mienne.

— Ravi de l'entendre. Maintenant, dis-moi en quoi je peux t'aider. Tu voudrais que je te présente des amies ?

Je secoue la tête avec véhémence.

— Non. Je croule déjà sous les rendez-vous.

— Une centaine de premiers rendez-vous, ce n'est pas sortir avec qui que ce soit, Max. C'est se défiler.

— Je ne me défile pas. Je ne m'engage pas sur le long terme auprès de qui que ce soit, c'est tout. L'alchimie, ça ne se commande pas, tu vois.

Il pousse un soupir.

— Emily t'a mis dans la tête que tu n'étais pas le genre d'homme avec qui on envisage quelque chose sur le long terme. Tu penses qu'une femme finira toujours par en préférer un autre, je me trompe ?

Dean me fait rire, à s'essayer à cette psychologie de comptoir. J'admets que la raison évoquée par Emily pour rompre avec moi m'a perturbé durant un temps, mais c'est du passé. D'accord, elle pensait que mon frère était un homme nettement plus idéal, mais, très sincèrement, si elle a préféré Andrew à moi, c'est son problème, pas le mien.

— Dean, tu vas chercher beaucoup trop loin. Je ne suis tout simplement pas pressé d'entamer une relation sérieuse.

— Parce que, tant que tu ne t'engages pas dans une relation sérieuse, tu n'as pas à te demander si cette personne ne te mènerait pas en bateau en attendant mieux.

Foutu Dean ! Toujours à me mettre le nez dans des conneries auxquelles je préférerais ne pas penser. Je pose de nouveau les avant-bras sur les cuisses et joins les mains.

— Et c'est pour cette raison que je devrais me tenir loin de Lina, c'est ça ? Parce que, s'il y a bien une femme qui risque de me faire penser que je ne suis qu'un pis-aller, c'est elle ?

— Je la crois plus intelligente que ça. Et c'est un problème entre toi et toi, elle n'a rien à voir là-dedans.

Il m'observe alors avec une expression indéchiffrable. Heureusement pour moi, je suis sauvé par la minuterie du four.

— La pizza est prête ! je claironne.

Nous sautons hors du canapé et gagnons la cuisine. Dean est en train d'enfiler une manique, quand mon téléphone vibre dans ma poche avant. Je déverrouille l'écran, et mon sourire s'élargit lorsque je découvre le SMS de Lina.

Coucou. Je vois des clients pour une répétition, vendredi soir. Une nouvelle occasion de voir en quoi consiste mon travail. Ce couple poste tout sur les réseaux. Ils accepteront sans doute que tu filmes. Ça te dit ? Il n'y aura pas de gâteaux, promis.

L'idée que, quelque part dans l'univers, Lina pense à moi, même si ça n'a duré que le temps de m'envoyer ce message, illumine un peu ma journée. Pourtant, il ne devrait y avoir aucune raison pour que ce soit le cas. Merde, je suis dans le pétrin.

— Une seconde, dis-je. Je lui réponds vite fait.

Une main coincée dans son gant, Dean parvint tout de même à m'arracher le téléphone de l'autre. La lecture du SMS lui fait lever les yeux au ciel.

— Ne réponds pas. Ta journée de boulot est terminée. Attends demain.

Je me jette sur lui pour tenter de récupérer mon portable, mais il le tient à bout de bras au-dessus de la tête, hors de portée.

— Reprends-toi, Max ! Ce genre de gestes désespérés, ça ne te va pas au teint.

Je me laisse tomber sur le tabouret de l'îlot central.

— Je ne suis pas désespéré. Seulement professionnel.

— Ça n'a rien de « non professionnel » d'attendre les heures ouvrées pour répondre à une collègue. Trouve une autre excuse.

Sur ces mots, il range *mon* téléphone dans *sa* poche de pantalon.

— Au cas où cette pizza et ma stimulante compagnie ne suffiraient pas à te distraire, je garde ton portable jusqu'à ce que tu t'en ailles. OK ?

— OK.

Il n'empêche que je brûle de reprendre l'appareil pour répondre à Lina. Et c'est précisément pour cette raison que je ne le ferai pas. Du moins pas avant demain matin. Quoi qu'il se passe en moi, ça s'arrête là.

Chapitre 12

Lina

Je couvre le combiné de la main et me racle la gorge pour attirer l'attention de Jaslene.

— Je crois que je tiens une piste prometteuse.

Elle articule un « *yes* » silencieux, et fait mine de me taper dans la main.

Chacune un téléphone à l'oreille, nous prenons des renseignements sur d'éventuels bureaux à louer, avant que les quartiers d'affaires de la ville ne plient boutique pour le week-end. L'agent immobilier que j'ai contacté, et qui m'a mise en attente le temps de retrouver les informations relatives à l'annonce, m'a appris que son client venait de baisser le prix de la location au mètre carré, et j'ai hâte de savoir de quel genre d'aménagements dispose le local. Si on me donnait le choix, je déménagerais immédiatement mes affaires et celles de Jaslene dans les bureaux du Cartwright, mais ce poste n'est pas encore dans la poche, alors je suis forcée d'explorer d'autres options.

L'agent reprend la ligne en marmonnant dans sa barbe, un bruit de papiers en fond. Pourquoi ces données ne sont-elles pas sur ordinateur, bon sang ?

— Voyons voir… Ah, voilà. Il s'agit d'un local de classe B, adjacent à New York Avenue. À deux pas du palais des congrès. Un peu plus de vingt-trois mètres carrés. Possibilité de réaménager pour accueillir deux preneurs. Comprend un cabinet de toilette, qui jouxte l'espace. Évier. Vous avez déjà vu les photos ?

Je réponds par l'affirmative.

La possibilité de partager le local, donc le loyer, est des plus intéressantes. Seulement, il ne m'a pas encore fait part du prix au mètre carré, alors j'aime mieux ne pas vendre la peau de l'ours…

— En ce qui concerne le montant ?

— Quatre cent cinquante-deux dollars pour un bail d'un an. Quatre cent neuf, si vous optez pour un bail de trois ans.

Je laisse retomber les épaules et fronce les sourcils. Je ne pourrai jamais louer à ce prix si je veux continuer à payer le loyer de mon appartement. Il y a toujours la possibilité de retourner habiter chez ma mère et mes tantes, mais ces économies ne seraient pas encore suffisantes pour me permettre la location de ce local, tout en conservant un minimum de revenu disponible. Reste le développement de clientèle, mais je ne me tourne déjà pas beaucoup les pouces, et puisque la plupart des mariages sont célébrés le week-end et qu'il n'y en a qu'un maximum de cinquante-deux dans l'année, je ne vais pas en inventer.

— Ah, et il y a une ou deux choses dont vous devez être informée, me prévient l'agent. Le système de gicleurs automatiques et l'une des portes ne sont pas aux normes. Le contrat prévoit une mise aux normes obligatoire, à la charge du locataire. Aimeriez-vous visiter les locaux ?

Bon, eh bien, un nouveau coup dans l'eau. Hors de question de signer pour un bail trop cher pour moi, encore moins d'accepter de rénover les lieux à mes frais.

— Je vous remercie pour ces détails. Je vais faire quelques recherches supplémentaires avant de planifier des visites.

Une fois que j'ai raccroché, je lève les yeux vers Jaslene, qui se masse les tempes.

— À ce point ? je m'enquiers.

Mon amie hoche la tête.

— Un classe A. Six cent treize dollars du mètre carré.

Je grimace à l'idée de dépenser une telle somme dans un bureau. Chaque jour, la situation semble un peu plus désespérée. Si je ne parviens pas à convaincre Rebecca que je suis la meilleure candidate, je suis fichue.

— En tout cas, ce n'est pas ce soir que nous allons régler ça, me fait remarquer Jaslene. Et je te rappelle que tu es attendue à l'autre bout de la ville dans trente minutes.

Je bondis de mon fauteuil.

— Eh crotte ! Le temps file quand on se fait assommer par les prix de l'immobilier commercial à D.C.

— Ton chauffeur devrait être là d'ici cinq minutes. C'est bien au Josephine Butler Parks Center que tu vas ?

J'acquiesce d'un hochement de tête et attrape mon téléphone.

— Que ferais-je sans toi, Jaslene ?

Elle m'envoie un baiser dans l'air.

— Tu sècherais sur place et tomberais raide morte, sans doute.

Vingt minutes plus tard, j'arrive au centre, une bâtisse historique de Columbia Heights au parc splendide, avec des escaliers parfaits pour les photos de mariage et des infrastructures en intérieur, pour le cas où la météo ne serait pas coopérative. Les futurs mariés, Brent Sales et Terrence Ramsey, se sont rencontrés durant leurs études de médecine. Ils sont peu exigeants et faciles à contenter, leurs deux principaux buts étant de célébrer le plus beau jour de leur vie dans la joie, et de servir un repas de roi. Les clients comme eux me facilitent grandement la tâche. Cerise sur le gâteau, c'est le couple le plus sympathique avec qui j'ai eu l'occasion de travailler. Et comme si ça ne suffisait pas, ils sont tous les deux beaux comme des dieux, grands, bien bâtis, et tout simplement adorables.

Il n'y aura pas de gros cortège d'honneur, seulement trois de leurs plus proches amis, ainsi que la sœur cadette de Brent. Quand j'arrive, le couple, la personne qui officiera et tous les invités d'honneur, à une exception près, sont dans le jardin.

— Croisons les doigts pour qu'on ait ce temps le jour J, dis-je en guise de salut à la ronde.

Brent et Terrence me prennent au mot, tandis que l'officiante (une amie qui a demandé pour l'occasion un permis l'autorisant à procéder à des cérémonies de mariage) joint les mains en direction du ciel. Les salutations faites, le couple et moi grimpons les marches de l'allée en pente douce d'où démarrera la procession.

— J'aime autant vous prévenir tout de suite, dit Terrence en agitant son bipeur. Je suis le spécialiste d'astreinte, ce week-end, alors, si l'on doit s'interrompre parce que l'hôpital appelle, ce ne sera pas ma faute.

— Bien sûr que si, ce sera ta faute, plaisante Brent. C'est ça d'être trop doué dans son domaine, les gens veulent tout le temps ton avis.

— Aucun problème, je le rassure. On s'adaptera, si besoin. Le photographe et le vidéographe seront bientôt là pour reconnaître le terrain. Ils voudront voir où vous comptez vous tenir durant la cérémonie pour prévoir leurs plans, et déterminer où ils se placeront. En attendant, rassemblons tout le monde et voyons un peu cette entrée de cortège. Bien entendu, ce seront les musiciens qui joueront votre chanson le jour de la cérémonie, mais, pour aujourd'hui, je l'ai chargée sur mon téléphone.

Brent et Terrence ont décidé d'apparaître au bras l'un de l'autre, précédés de leur cortège d'honneur, dont chacun des membres avancera seul. Nous répétons depuis quelques minutes quand Max et mes prestataires arrivent.

Max porte un pantalon de toile noir et un petit pull à col en V en laine de mérinos gris sur une chemise simple. Pas l'ombre d'une cravate. Impossible d'ignorer à quel point il est bel homme dans ces conditions et, puisque j'aurais préféré ne pas le remarquer, je n'en suis bien évidemment que plus consciente…

J'échange quelques mots avec le photographe (qui porte lui aussi des vêtements, j'imagine), lequel part ensuite explorer les lieux, le vidéographe sur les talons.

Max se tient un peu à l'écart, en attendant que nous ayons terminé. Ses lunettes de soleil ne sont pas assez sombres pour dissimuler le regard qu'il braque sur moi, aussi je prends mon temps pour expliquer à chacun la meilleure manière de marcher (oui, de marcher…), afin de retarder au maximum le moment où je vais devoir lui parler.

Fidèles à eux-mêmes, les futurs mariés l'accueillent chaleureusement, puis se présentent. Pour ma part, je me contente d'un vague signe de la main. Je suis tout de même forcée de constater que Max est aussi grand et large d'épaules que Brent et Terrence. Tandis qu'ils plaisantent ensemble, on les croirait en train de poser pour une double page de *GQ* ; j'aimerais pouvoir effacer Max de cette image d'un coup de Photoshop, mais, non, il n'en bougera pas. Grrr.

Le photographe émerge soudain de derrière un buisson, m'arrachant un petit cri de surprise qui fait se retourner tout le monde.

Mes oreilles chauffent, et j'ai presque envie de me jeter derrière la haie pour disparaître.

— Pardonnez-moi, fait-il, l'appareil à la main. Pourrait-on demander à notre couple de se placer à l'endroit exact où ils prononceront leurs vœux ? J'aimerais voir où tombe la lumière et déterminer les meilleurs angles de prise de vue.

Je saisis à bras-le-corps cette occasion d'arracher mon regard de Max.

— Ils s'arrêteront au bout de l'allée, j'explique. Une fois parvenus à cet endroit, ils se feront face. Les chaises seront disposées de sorte que les invités les regardent redescendre.

Brent et Terrence se mettent en place… et c'est le moment que le bipeur de Terrence choisit pour sonner. Il s'excuse, mais n'a pas d'autre choix que de prendre l'appel. Au bout de quelques instants, quand il devient clair, à sa grimace désolée, que le coup de fil risque de durer, le photographe pousse un soupir et se tourne vers moi.

— Lina, ça vous embêterait de prendre sa place ? Rien qu'une minute. C'est seulement que… j'ai un autre rendez-vous après celui-ci.

Je n'ai pas besoin de me poser la question. Tout pour aider mes clients à obtenir les meilleures photos possible, c'est en ça que consiste mon travail.

— Aucun souci. Dites-moi ce qu'il faut que je fasse.

L'homme désigne mes mains.

— Je peux ?

Je hoche le menton, et le voilà qui nous positionne, Brent et moi, face à face, les mains dans les mains.

— Très bien, ça devrait suffire.

Le vidéographe s'approche à son tour.

— Si vous pouviez vous dire quelques mots, s'il vous plaît. Ça me permettra de vérifier la prise de son.

— Je peux réciter mes vœux, propose Brent. Je les connais par cœur.

Le cameraman acquiesce et ajuste son trépied.

— Parfait. Tant que vous parlez. Et, Lina, précise-t-il en me pointant du doigt, n'ayez pas peur de dire ce qui vous passe par la tête également. J'ai besoin de vous entendre tous les deux.

Brent prend une expression grave, puis me regarde avec les yeux de l'amour.

— Et voilà. C'est le grand jour. Enfin, on se marie. J'avais commencé à croire que ce moment n'arriverait jamais, et puis je t'ai rencontré. Je n'aurais jamais osé espérer qu'une personne veuille un jour s'unir à moi autant que je voudrais m'unir à elle, pourtant, toi, tu l'as voulu.

Il parle avec son cœur. Des mots simples, mais percutants, et je ne peux m'empêcher de me remémorer ceux que j'avais rédigés pour mon propre mariage. Ceux que je n'ai jamais pu partager, car mon fiancé a finalement décidé que je n'étais pas ce qu'il désirait. Non qu'Andrew me manque. Je me suis remise de notre rupture avec une facilité extraordinaire. Ce n'est pas une question de cérémonie de mariage. Ni même de vie maritale. Ce ne sont pas là des prérequis à l'accomplissement de soi. Ce dont je rêve, c'est de partage, de la certitude de toujours avoir quelqu'un à mes côtés pour me soutenir, de la possibilité de réconforter et d'être réconfortée en retour. C'est de la complicité. De vacances à deux. Peut-être même des enfants, un jour. J'espère quelqu'un de stable, de prévisible. Une personne qui n'a pas besoin de passion et d'éclat pour construire une relation durable. Il se pourrait bien que je ne trouve jamais cette perle, et cela m'emplit d'une immense tristesse.

Je sens poindre les larmes, et, à ma grande horreur, je me rends compte qu'il est trop tard pour les ravaler. Si seulement j'étais plus forte. Si seulement je ne me laissais pas systématiquement dépasser par mes émotions.

Un mouchoir apparaît brusquement dans mon champ de vision. Levant les yeux, je croise le regard de Max. L'empathie se lit sur son visage tandis qu'il agite le morceau de tissu sous mon nez.

— Les allergies ? me demande-t-il. C'est terrible, en cette période de l'année. Moi aussi, j'ai sans arrêt les yeux qui coulent.

J'accepte le mouchoir et m'en tamponne les cils.

— Oui, c'est toujours un peu dur, pour moi, au printemps.

— C'est bien ce qu'il m'a semblé, acquiesce-t-il avec un hochement de tête.

Nous nous regardons un instant en silence. *Il sait.* J'ignore comment, il a compris que l'émotion me gagnait, et il est monté au créneau pour m'épargner un moment gênant. Je voudrais vraiment le détester, mais il ne me rend pas la tâche facile.

Il se tourne vers le photographe.

— Je crois que Lina a besoin d'une minute à elle. Ça vous va, si je prends sa place ? Vous avez juste besoin que je prenne les mains de Brent et que je fasse mine d'être amoureux fou, c'est ça ? C'est à ma portée. Ça ne devrait pas être trop dur.

J'en reste sans voix. Il est là pour m'observer, pourtant il n'hésite pas à intervenir doublement pour me sauver la face. Je ne peux qu'apprécier le geste. Plus qu'il ne le saura jamais.

Le photographe accepte avec enthousiasme.

— Ce sera encore mieux. Vous faites la taille idéale.

— Faisons comme ça, alors, approuve Brent.

Je m'écarte pour que Max puisse prendre place face à mon client et lui saisir les mains. Tous deux sourient comme s'ils savaient quelque chose que nous ignorons, et le cortège des futurs mariés se gausse en les regardant faire.

Brent gratifie Max d'un regard de braise, et ce dernier part dans un grand fou rire.

Le photographe sourit avec patience.

— De vrais enfants…

Max s'assouplit la nuque.

— OK, OK, je peux le faire.

Reprenant son sérieux, il lève de nouveau les yeux sur Brent.

— J'ai su que tu étais l'homme de ma vie le jour où tu m'as rendu visite avec de la soupe parce que j'étais malade, se lance celui-ci, le regard plongé dans celui de Max. Tu m'as dit que tu n'imaginais pas me laisser seul dans cet état.

Max bat des cils.

— Han, trop mignon.

Certes, le vidéographe leur a demandé de parler tous les deux, mais je ne suis pas persuadée que c'était ce qu'il avait en tête… Toujours est-il que c'est très drôle à voir, et que je dois cacher mon sourire derrière ma main en observant la scène.

— Je n'avais encore jamais été amoureux, alors je ne savais

pas quoi rechercher, à quoi m'attendre, ni comment l'accepter, poursuit Brent.

Max prend une grande inspiration.

— Moi non plus. Je n'ai connu qu'une seule relation longue, et c'était il y a des années.

— Pour quelle raison avez-vous rompu ?

Max hausse les épaules.

— Elle a rencontré mon frère et, à l'en croire, ça lui a fait prendre conscience qu'il y avait bien mieux que moi sur le marché. Elle n'a pas eu l'indécence de me quitter pour lui, mais elle m'a clairement signifié que je n'étais pas à la hauteur, comparé à lui.

Oh non… Elle lui a dit ça en face ? Qui fait des choses pareilles ? Je n'imagine pas ce que cela me ferait que l'on me dise que je n'arrive pas à la cheville de mon frère. Pire encore, que cela vienne d'une personne dont l'amour ne faisait pour moi aucun doute. En veut-il à Andrew, à cause de cela ? Est-ce là la source de leur rivalité ?

— J'en suis navré, répond Brent. Qu'avez-vous ressenti ?

Il est psychiatre. Chassez le naturel… Il se pourrait bien que nous soyons coincés ici un moment.

Un voile de tristesse tombe sur les prunelles de Max.

— Sincèrement ? Ça m'a foutu en l'air. J'ai l'habitude de me comparer à mon frère. C'est lui l'aîné. Nous sommes sans arrêt en compétition. C'est comme ça que ça marche. Mais quand votre petite amie vous annonce que vous n'êtes qu'une pâle copie de l'autre… Vous imaginez bien que ce n'est pas facile à entendre, pour un gars d'une vingtaine d'années.

Il se redresse.

— Mais j'en suis remis depuis un bail, ça va.

Ouais. C'est ça. Permets-moi d'en douter.

— De toute évidence, elle ne vous méritait pas, déclare le futur marié. Les gens comme ça…

— Brent, c'est pas grave, laissez tomber, s'esclaffe Max. Ce n'est ni l'endroit ni le moment. Revenons à vos vœux.

— En effet.

Mon client roule des épaules et souffle un bon coup avant de redémarrer.

— Enfin bref, tout était tellement nouveau pour moi que je n'y ai pas cru. Alors j'ai fui, je t'ai dit que je n'étais pas prêt à m'engager…

Max secoue la tête, un sourire niais sur les lèvres.

— C'est important d'être sûr qu'on est prêt. Quand on s'engage, on s'engage. Il faut être certain que c'est la personne et la relation qu'il nous faut.

Son ton amusé m'arrache à ce moment pour me propulser de nouveau dans le passé. Je l'imagine sans peine tenir ce même discours à Andrew, à mon propos, le soir précédent notre mariage. Et s'il disait la vérité sur l'étendue de ses relations sentimentales, cela signifie qu'à cette époque il avait prodigué ces conseils à son frère sans avoir la moindre idée de ce dont il parlait. Pour une raison ou une autre, il s'était mêlé de mes affaires, alors qu'il ne connaissait pratiquement rien de moi. Et je ne sais toujours pas pourquoi.

Brent ne se laisse pas décourager par les interruptions de Max et continue de déclamer ses vœux :

— Mais, au bout du compte, j'ai dû m'avouer vaincu face à ton amour et ta volonté de bâtir quelque chose de réel et solide avec moi. Et je ne pourrais être plus heureux d'avoir perdu cette bataille.

De retour, Terrence pousse Max du chemin.

— Bon, ça suffit, maintenant. Ces mots sont pour moi. Vous avez de la chance que je les aie déjà entendus. Sinon, ça ne se serait pas passé comme ça.

Max recule avec le sourire, levant les mains en signe de capitulation.

— Il est tout à vous. Vous en avez de la chance.

Quand il se tourne pour chercher mon regard, je le laisse le trouver, arborant ce que j'espère être une expression neutre.

— Merci pour ton aide. Je vais régler quelques derniers trucs avec les futurs mariés et y aller. Je reprendrai contact dès que j'aurai un autre rendez-vous qui pourrait t'intéresser.

Il redresse un peu le menton et m'étudie un instant.

— C'est fini ? Tu ne veux pas que je reste encore un peu ?

Je fais « non » de la tête, le regard focalisé sur mes heureux futurs mariés, à quelques pas de là.

— Il ne reste plus grand-chose à faire. Nous allons répéter l'entrée du cortège une dernière fois, puis je les libérerai. J'ignorais que Terrence serait d'astreinte, et je ne veux pas le monopoliser davantage.

Osant un coup d'œil en direction de Max, je constate qu'il ne m'a pas lâchée du regard. Curieusement, il a l'air à la fois attentif et détaché, comme s'il essayait de démêler un sac de nœuds sans y tenir particulièrement.

— Que dirais-tu que je me fasse tout petit et que je filme quelques images de toi en action ? Tes clients t'ont déjà donné leur accord pour ça, je me trompe ?

— Oui, oui. Et tu es libre de faire ce qui te chante. Bon week-end.

Sur ce, je me dirige vers Brent et Terrence. La tête haute. Le dos droit. Comme une reine. Cela me pompe toute mon énergie, mais c'est nécessaire. Je refuse de laisser voir à Max à quel point il me déstabilise. Déjà que je n'ai pas très envie de le reconnaître moi-même…

Jaslene a raison. J'ai effectivement besoin de remettre les choses à plat. Car, chaque fois que je parviens à me convaincre que je n'en veux pas à Max, il se passe quelque chose qui me prouve que si. Enfin bon, je ne peux pas demander à cet homme pourquoi il a découragé son frère de m'épouser. Pas comme ça. Cela reviendrait à admettre que ses arguments ont une valeur, et c'est une autre chose à laquelle je ne suis pas prête. C'est un vrai casse-tête. Comment procéder, à partir de là ?

C'est en rejoignant mes clients et en saisissant au vol la fin d'une remarque à propos de la mère intimidante de Brent que la solution me vient. Mes proches sont une arme redoutable dont je ne fais pas assez usage. Il est temps de lâcher la famille sur Max.

Chapitre 13

Max

De : MHartley@AtlasCommunications.com
À : CSantos@LePointsurleOui.com
Le : 12 avril à 9 h 32
Objet : Suite des événements
— --

Chère Lina,

Dans le cadre de mes démarches pour t'aider à la préparation de ta présentation du mardi 14 mai, j'aurais aimé discuter avec quelques-uns de tes clients pour recueillir leurs impressions sur toi et tes services. Pourras-tu m'envoyer, à ta convenance, le nom et le numéro de téléphone de trois références ? J'apprécierais aussi que tu inclues la date et le lieu approximatifs de l'événement que tu as organisé pour chacun.

Cordialement,

Max

De : CSantos@LePointsurleOui.com
À : MHartley@AtlasCommunications.com
Le : 12 avril à 9 h 37
Objet : Re : Suite des événements
— --

Voici.

Anthony & Sandra Guerrero
443-555-3334
Cérémonie de mariage sur le National Mall en mai de l'année dernière

Patrice Bell & Cynthia Stacks
202-555-3293
Réception à la Meridian House en juin de l'année dernière

Bliss Donahue & Ian Grey*
215-555-8745
Cérémonie et réception au Savoy Inn, en avril de cette année
*À noter qu'Ian est le cousin de Rebecca Cartwright.

Bien cordialement,

Lina

P.-S. Si tu es libre ce jeudi soir, j'ai une consultation dans le Maryland à laquelle tu pourrais assister. Sinon, fait rarissime, je n'ai pas de mariage prévu ce samedi, et je vais mettre ce temps à profit pour visiter des locaux pour un mariage. C'est en Virginie, deux heures de trajet, à peu près. Si ça t'intéresse, tu peux te joindre à moi.

De : MHartley@AtlasCommunications.com
À : CSantos@LePointsurleOui.com
Le : 12 avril à 9 h 41
Objet : Re : Suite des événements
— --

Je suis libre pour les deux. Envoie-moi l'adresse de ton rendez-vous de jeudi, et j'y serai. Nous pourrons discuter de samedi à ce moment-là. Merci.

Les dix minutes qui suivent, je les passe à laisser des messages aux clients dont Lina m'a confié les coordonnées. En théorie, ils devraient pouvoir me fournir un aperçu de ses exceptionnels talents d'organisatrice. Mais ce que je recherche réellement, c'est une perspective qui irait au-delà de ses capacités professionnelles. Une anecdote poignante. Le sauvetage in extremis d'un mariage qui virait à la cata. Un souvenir de Lina, plus que du mariage. Les clients n'engagent pas une entreprise, mais des personnes. En clair, je creuse donc pour déterrer ce petit truc en plus, qui donnera un peu de couleur au CV déjà impressionnant de Lina.

Parce qu'il ne faut pas compter sur elle pour partager ce genre d'infos. Du moins, pas avec moi. Chaque fois que j'ai l'impression que nous progressons, elle me ramène de force en terrain miné. Peut-être sommes-nous tout simplement destinés à coopérer dans la douleur. Cela dit, au vu de notre histoire, je devrais m'estimer heureux que nous coopérions tout court. Lina ne me doit rien ; il faut que je cesse de me comporter comme si c'était le cas. Si des détails déterminants restent à découvrir, je les obtiendrai de ses clients passés, c'est tout.

Cette ferme résolution en tête, je laisse un message à la dernière personne sur ma liste de références : Bliss Donahue.

Moins d'une minute plus tard, mon téléphone sonne.

— Max Hartley, j'écoute ?

— Monsieur Hartley, c'est Bliss Donahue. Vous venez de laisser un message ?

— Tout à fait. Merci de me rappeler.

Je lui explique le projet, sans mentionner le fait qu'il s'agisse du processus de recrutement pour un poste que Lina convoite.

— J'aimerais donc beaucoup que vous me confiiez vos impressions générales. Y a-t-il quoi que ce soit que vous auriez voulu la voir mener autrement ? Plus globalement, la recommanderiez-vous à de futurs mariés ?

— Oh ! sans réserve aucune, oui !

Pas l'ombre d'une hésitation, tant mieux.

— Lina connaît son métier, poursuit Bliss. Des éléments d'organisation globale, comme la location, aux plus petits détails, comme le modèle de chaises le moins susceptible de pincer les doigts de vos invités, elle pense à tout. Quand on sait la masse d'informations qu'elle doit garder en tête, ça donne le vertige. Elle ne s'est pas imposée pour autant. J'ai porté une robe verte, malgré les gros doutes que ce choix lui inspirait très certainement. Au bout du compte, cette journée a été tout ce que j'espérais. Enfin, si l'on exclut l'absence de sourcils de mon époux.

— Pardon ?

Elle laisse échapper un soupir d'exaspération.

— Ses témoins les lui ont rasés la veille de notre mariage. On les croirait droit sortis de *Very Bad Trip*. Vous savez, le film avec Bradley Cooper ? Bref, Lina a géré ça comme la pro qu'elle est, et mon homme s'est marié avec des sourcils.

— C'est parfait. Rien d'autre ?

— Eh bien…

— Ne vous en faites pas, Bliss. Mon but est d'aider Lina. Si vous pensez à une chose qui aurait pu rendre cette expérience encore plus idyllique, nous serions ravis que vous nous en fassiez part.

La jeune femme soupire.

— Bon. C'est simplement que… Ce n'était pas nécessairement quelque chose qui m'était *dû*, vous comprenez, mais j'aurais aimé que Lina soit un peu plus enthousiaste au sujet des mariages de manière générale. Je ne sais pas trop… J'avais envie qu'elle se réjouisse avec moi quand j'ai trouvé l'arrangement floral idéal. Ou quand Ian et moi avons répété nos vœux de mariage. L'impression que j'en ai retirée, c'est qu'elle ne croit pas tellement à ces histoires de « bonheur éternel ». Ça n'a jamais affecté son travail, mais c'est une chose qui m'a marquée. Ne m'en voulez pas trop, d'accord ?

— Pas du tout, pas du tout. Je vous ai demandé votre opinion sincère, et c'est ce que vous m'avez donné. Merci d'en avoir pris le temps d'ailleurs.

— Pas de problème, s'exclame-t-elle d'une voix pleine d'entrain. Bonne chance pour ce projet !

La voilà, l'information que j'attendais. Un aspect du produit de Lina qui pourrait nuire à son succès. Un pan de son *business model* sur lequel je pourrais potentiellement intervenir de manière positive. L'aider à mettre en avant ses plus grandes qualités implique de découvrir ce qui peut être perçu comme des faiblesses. Une part de moi se demande également si Bliss n'a pas raison. Peut-être Lina est-elle désabusée depuis son expérience avec Andrew ? Ou bien était-elle déjà insensible avant de le rencontrer ? Plus je creuse, plus le mystère Lina s'épaissit, et plus je brûle de l'élucider.

Le tambourinement caractéristique de ma mère à ma porte m'informe qu'elle a entamé sa tournée hebdomadaire. Elle passe la tête dans l'embrasure.

— Tu as une minute ?

— Bien sûr, entre.

Elle s'assied dans l'un des fauteuils réservés aux clients et inspecte les murs, mon bureau et, enfin, moi.

— Je voulais simplement faire le point avec toi sur le dossier Cartwright. Puisque Andrew et toi ne travaillez pas main dans la main, cette fois, je ne peux pas planifier de réunion commune. Je ne suis pas certaine de ce que vous faites, et c'est une position déstabilisante.

Elle se fait une fierté de toujours apparaître sûre d'elle à cent pour cent. C'est à la fois ce que je préfère et ce que je déteste le plus chez elle. Le fait qu'elle admette être troublée me détend un peu, et je relâche les épaules.

— Nous en sommes au stade de compilation des informations, dis-je. Je vérifie ses références. Je me fais une idée de tout ce qui constitue le travail de l'organisatrice au quotidien. J'effectue quelques recherches sur la clientèle ciblée, également.

Elle approuve d'un hochement de tête, puis fronce les sourcils.

— L'ex-fiancée de ton frère était organisatrice de mariages. Carolina.

Un air de nostalgie auquel je ne suis pas habitué se peint sur ses traits.

— Je me demande ce qu'elle devient.

Je hausse les épaules. Pas question de me mouiller. Je ne tiens pas à ce que la foudre s'abatte sur moi.

— Quel genre de présentation envisagez-vous ? Multimédia ?

Trop heureux de m'éloigner du sujet qui fâche, je me lance dans l'exposé de mes ébauches d'idées.

— Nous n'en sommes pas encore là, et je vais la laisser donner le ton. Mais je prévois de lui proposer une composante vidéo, et…

L'Interphone sonne, et la voix de mon assistante retentit dans la pièce.

— Max, Patrice Bell sur la ligne une. Elle dit qu'elle vous rappelle concernant une référence pour Carolina Santos et Le Point sur le Oui. Vous êtes libre ?

Bon sang, mais qu'ai-je fait pour mériter ça ?

Ma mère se rembrunit et se tend comme un arc sur sa chaise.

Je m'éclaircis la voix.

— Dites-lui que je la rappelle dans une minute, merci.

— Très bien, me répond Sammy d'un ton guilleret, sans se douter une seconde du nombre d'années qu'elle vient de retrancher de ma vie.

Ma mère se masse les tempes, les yeux rivés sur ses genoux.

— J'aimerais m'assurer que j'ai bien tout compris, Max : l'organisatrice de mariages avec qui tu travailles est en fait Carolina Santos ?

— C'est bien ça.

Elle redresse vivement la tête, l'air sévère.

— Et ni toi ni ton frère avez jugé bon de me faire part de ce détail ?

— Nous ne voulions pas que tu t'inquiètes.

Cela me vaut une œillade glaciale.

— Quelle raison aurais-je de m'inquiéter ?

— Il se trouve que nous n'avons pas fait part de cette information à Rebecca Cartwright non plus.

Un silence est parfois plus intimidant que tous les parrains de la mafia du monde. Cet instant en est la preuve. Si seulement je pouvais perdre connaissance et éviter la discussion fort désagréable qui va suivre… Je cherche du regard un objet suffisamment lourd pour m'assommer sans causer trop de dégâts. Mais, après plusieurs secondes de silence, et à ma grande surprise, ma mère se contente de se lever de son siège en secouant la tête.

— Vous me décevez tous les deux, mais je refuse de me mêler de ça. Ne comptez pas sur moi pour vous dire quoi faire, ou intervenir pour vous sauver la mise. Mais n'oublie pas : si tu veux davantage de responsabilités chez Atlas, il va falloir les mériter. Si jamais tu fiches tout en l'air, ton frère et toi pouvez d'ores et déjà commencer à dépoussiérer vos CV.

Elle ne plaisante pas. Sur ce discours cinglant, elle quitte la pièce d'un pas rageur et tourne à droite dans le couloir. Il n'y a qu'un seul autre bureau après le mien. Celui d'Andrew. Je pourrais l'avertir, mais non. Il mérite de subir la fureur de sa mère, lui aussi. Mince, à la fin : il s'agit de son ex-fiancée ! Moi, je suis innocent dans cette histoire. À peu près.

Je ne peux pas en vouloir à notre mère. Si tout autre employé se permettait ce genre de cascade et qu'il ne soit pas capable de réparer ses conneries, il serait fichu à la porte à coup de pied au derrière. Elle nous avait prévenus qu'elle ne nous maternerait pas, j'ai accepté de travailler pour l'agence en connaissance de cause. Qui plus est, elle a raison. Si je veux obtenir plus de responsabilités, je *dois* les mériter. Et je les mériterai. Fini de louvoyer. Terminé les distractions. Plus de petits jeux.

Jeudi soir, je prends la direction de Wheaton pour retrouver Lina à l'épicerie familiale. C'est elle qui a suggéré que, de là, nous nous rendions ensemble à la rencontre de ses clients. Une fois garé sur la rue, je me dirige vers l'entrée du magasin et actionne la poignée. Rien… La porte est fermée à clé. Pourtant, c'est allumé à l'intérieur.

Je m'appuie sur le montant et m'apprête à tirer mon téléphone de ma poche pour envoyer un message à Lina, quand celle-ci fait une apparition providentielle de l'autre côté et m'ouvre.

— Salut, salut ! me lance-t-elle joyeusement.

Trop joyeusement.

— Entre !

Comme je me faufile à l'intérieur, je découvre avec choc une masse de paires d'yeux braqués sur moi, ceux de Natalia, plein d'animosité, parmi eux.

— Max, je te présente tout le monde, m'annonce Lina avec un mouvement aussi ample qu'enthousiaste. Tout le monde, voici Max. Lui et moi travaillons ensemble sur un projet qui m'aidera à décrocher ce poste de coordinatrice de mariages dont je vous ai parlé.

Debout derrière le comptoir, un type se redresse en posant sur moi un œil perçant. J'ai l'impression de le reconnaître, mais je ne vois pas d'où. Son teint et ses traits rappellent ceux de Lina. Sauf qu'il est immense. Et super costaud. Bien plus grand que moi.

— À peu près sûr qu'on a dû se croiser, dit-il en plissant les yeux, comme si cela allait l'aider à mieux m'identifier.

— Tout à fait, Rey, déclare Lina.

Rey. Diminutif de Reynaldo. Je me souviens, maintenant. Il s'agit du frère aîné de Lina. Nous avions un peu discuté lors du dîner de répétition… deux jours avant que mon propre frère n'annule le mariage.

Lina me décroche un sourire espiègle, avant de s'adresser à la famille entière.

— Vous vous souvenez tous et toutes d'Andrew, n'est-ce pas ? L'homme qui m'a larguée le jour même de notre mariage ? Eh bien, voici son frère. Qui l'a encouragé à rompre. Enfin bref, asseyons-nous donc. Une discussion sérieuse s'impose à propos de ce mariage.

Toute l'attention s'est déplacée sur moi, le pauvre type complètement déstabilisé.

Elle tire. Marque. Et m'achève.

Je vois d'ici l'épitaphe laconique que l'on inscrira sur ma tombe : *Il ne l'avait pas vu venir.*

Chapitre 14

Lina

Négocier un traité de paix entre les membres de la famille incapables de se mettre d'accord sur les divers détails du mariage de Natalia et Paolo ? Obtenir des réponses de Max en le jetant dans la fosse aux lions ? Qui a dit que je ne pouvais pas faire les deux en même temps ?

— Qu'est-ce qu'il fout là ? demande Rey en dardant un regard noir sur mon binôme.

Tia Izabel, qui se tient à côté de lui derrière le comptoir, lui colle un coup de coude dans les côtes. Elle a beau aimer quand ça pète, elle préfère généralement éviter de mettre le feu aux poudres.

Max se laisse tomber sans un mot sur la chaise, derrière moi. Voilà qu'il me prend pour son bouclier personnel…

— Comme je viens de le dire, il m'aide à préparer une présentation pour le boulot auquel je postule. Une partie de son rôle consiste à m'observer en action, j'ai donc pensé qu'il pourrait être intéressant pour lui de me voir tenter de résoudre une situation délicate.

Natalia et Paolo me rejoignent à ma table, tandis que ma mère s'installe à une autre, toute proche. *Tia* Viviane, mère de la future mariée, et principale raison d'être de ce rassemblement, retourne sa chaise et s'y assoit à cheval face au dossier, se positionnant ainsi dans son propre espace. Elle veut de l'attention, et compte bien l'obtenir.

— En quoi est-ce que la situation est délicate ?

Mon regard se tourne vers Natalia et Paolo. Le futur marié, qui est un véritable amour, ne dira pas grand-chose, ce soir. Il n'osera pas s'élever contre sa future belle-mère. Quant à ma cousine, elle est pleine de gnaque… sauf quand il s'agit de sa mère. Aujourd'hui, je suis là pour être teigneuse à sa place.

— Il va falloir que l'on accorde nos violons à propos de certains aspects de ce mariage. Tant d'idées ont été lancées qu'on ne sait plus très bien où donner de la tête. Or, notre but est de respecter les envies et les goûts des mariés, même s'ils ne sont pas forcément de notre avis.

— Sois plus précise, je te prie.

— Commençons par ta robe.

Tous les membres de la famille assis, je dis bien *tous* sans exception, se redressent et se carrent bien à l'aise contre le dossier de leur chaise, comme pour se distancier de cette conversation, à laquelle ils n'ont aucune intention de prendre part. *Traîtres.*

Viviane pose les mains sur les hanches.

— Qu'est-ce qui ne va pas avec ma robe ?

Je déglutis profondément avant de me lancer.

— Disons qu'elle est un peu… voyante.

C'est un sacré euphémisme ! La robe incriminée est une boule à facettes de lycra violet, découpée de panneaux de tulle couleur chair à la taille et aux hanches. Un mélange de *Real Housewives of New Jersey*, de *Danse avec les stars* et des costumes de ring des divas de la WWE. Ma mère et Izabel, elles, ont prévu de porter des couleurs neutres, se mariant avec la palette choisie pour la décoration.

— Elle est parfaite pour la réception ! me rétorque Viviane. L'effet sera fabuleux avec les lumières de la piste de danse.

Natalia souffle.

— Vu la tonne de paillettes, c'est la robe elle-même qui va fournir l'éclairage de la piste de danse. Un éclairage disco, même.

D'un autre côté, c'est un bon moyen de faire des économies sur le budget électricité.

Max laisse échapper un petit rire.

Viviane manque de se dévisser la tête en se tournant pour le fusiller du regard.

— Toi, tu n'as aucun droit de rire, ici !

Une expression menaçante sur le visage, elle fait courir son pouce sur la largeur de sa gorge.

— *Nunca.*

Je me penche en arrière pour jeter un coup d'œil à Max par-dessus mon épaule.

— Ça, ça voulait dire « jamais ».

Je vois un muscle de sa mâchoire tressauter, et il me rend mon regard.

— J'avais deviné tout seul, merci.

Je dois retenir un gloussement. Si ma famille nous voit complices, ils risquent de lui lâcher la bride, alors que ce petit cinéma est beaucoup trop drôle. J'ai envie de laisser courir, pour voir ce qu'ils sont capables de tirer de lui.

— Écoute, *tia*. Tu es la mère de la mariée ; quoi qu'il arrive, tu seras une pièce maîtresse de cette journée, mais l'attention devrait être dirigée en priorité sur Natalia et Paolo. Si jolie soit-elle, ta robe risque de leur voler la vedette.

— C'est ce que tu penses, Natalia ?

Celle-ci hoche le menton.

— Oui.

— Pourquoi tu ne me l'as pas dit ?

— Je l'ai fait, lâche Natalia en soupirant. Au moins cinq fois, même.

— Je n'ai pas dû t'entendre, répond Viviane en s'enroulant une serviette en papier autour des doigts.

Puis, au bout de quelques secondes, elle ajoute :

— Puisque vous y tenez, je trouverai autre chose.

Je jette un regard à ma mère.

— *Mãe*, tu l'aideras à faire son choix ?

— *Sim, filha.* Je m'en occupe.

— Adjugé ! je proclame, en tapant du plat de la main sur la table. Bien, deuxième point à l'ordre du jour : le Stroganoff *de frango* au menu.

— Le Stroganoff de *quoi* ? demande Max derrière moi.

Rey frappe du poing sur le comptoir et pointe un index sur lui.

— Toi, là. Tu te tais. Tu observes.

Max croise les bras sur la poitrine et grommelle entre ses dents.

Le pauvre. J'imagine que c'est nouveau pour lui. Se faire tout petit et être forcé d'écouter. Il déteste probablement ça. Pour ma part, j'aaaaa-dore !

— Ça va comme tu veux, champion ? Tu tiens le coup ?

— C'est gentil de t'inquiéter pour moi, ISTP.

Cette référence au type de personnalité qu'il a inventé pour moi sur le modèle Myers-Briggs m'arrache le rire qu'il espérait probablement obtenir. Je me tourne légèrement vers lui.

— Je vois qu'on garde le sens de l'humour, même sous la pression. Impressionnant. Bravo, tu remportes le droit à l'information : le Stroganoff *de frango* est un Stroganoff de poulet. Le Stroganoff à la brésilienne est très rose, à cause des tomates, et il tache beaucoup.

— Et quel est le problème avec le Stroganoff ? demande Viviane, sans comprendre.

Je ne tiens pas à jouer les médiatrices entre Natalia et ma tante à chaque problème, en revanche, je peux montrer à ma cousine qu'elle est tout à fait capable de parler à sa mère toute seule.

— Nat, si tu devais demander un seul service à la famille pour vous faciliter les préparatifs, qu'est-ce que ce serait ?

Elle échange un regard avec son futur mari, qui l'encourage d'un signe de tête.

— Je demanderais à chacun de ne pas nous causer davantage de stress. Rien de plus.

J'acquiesce d'un signe.

— Très bien, et en quoi est-ce que le Stroganoff te stresse ?

Les mots jaillissent alors des lèvres de Natalia comme la vapeur d'une cocotte-minute.

— C'est trop dangereux. On risque un vrai scénario catastrophe. Des taches sur les tenues, sur les photos de mariage. Ce truc, c'est comme un stylo qui a coulé dans ton sac, tu vois. Tu t'en colles partout. Je ne veux pas avoir à m'inquiéter que la petite demoiselle d'honneur mette les doigts dedans, ou qu'un invité me prenne dans ses bras et en barbouille ma combi-pantalon. C'est un souci que j'aimerais m'épargner.

— Mais… et les traditions ? geint Viviane.

Ma mère se lève et fait signe à sa sœur de se taire.

— *Pare de choramingar,* Viviane. *Ela não quer Stroganoff de frango no casamento, então não vai ter. Ponto final !*

Yes, mãe !

Max se penche pour me murmurer à l'oreille :

— Qu'est-ce qu'elle a dit ?

Il est beaucoup trop près, son haleine à la menthe me chatouille la nuque comme une nuée de papillons. Je me décale un peu, puis me racle la gorge.

— Elle dit que Natalia ne veut pas de Stroganoff à son mariage, et qu'il n'y en aura pas, point final.

— J'adore ta mère.

Malgré moi, je souris à cette déclaration aussi sincère que ridicule, avant de revenir à mes moutons.

— Parlons plutôt d'une tradition brésilienne que nous pourrions intégrer à ce mariage. Des idées, *tia* ?

Viviane se frotte le menton.

— Nous pourrions distribuer des *bem-casados* au départ des invités.

Puis, levant le nez en direction de Max :

— Avant que tu ne poses la question, ce sont des petits gâteaux porte-bonheur.

— Parfait, dis-je. On avance.

Trente minutes plus tard, nous sommes parvenus à régler un certain nombre de différends, et le mariage de Natalia et Paolo est sauvé.

— Bon, je pense que ce n'est pas mal. Le mariage a tout de même lieu dans un mois, alors s'il vous reste des tâches à terminer, je vous conseille de vous y mettre très vite.

Je bondis sur mes pieds et m'étire.

— Pas si vite, m'interpelle ma mère. Il faut encore que l'on parle à celui-là, là.

Max, toujours assis, regarde à droite, à gauche, et par-dessus son épaule.

— Qui ? Moi ?

— Oui, toi ! assène *mãe*.

Izabel tente de la rappeler à l'ordre.

— Mariana, ce n'est pas nécessaire.

— Je crois que si, dit ma mère.

Muahaha. Par-fait. Ma famille prend le relai.

Max

Pourquoi est-ce que je ne demande pas tout simplement à Rey de m'assommer, qu'on en finisse ? Ce serait moins désagréable que d'avoir affaire à la mère de Lina.

Je me mets debout et joins les mains en signe de supplication.

— Permettez-moi de vous rappeler…

Je lance un coup d'œil du côté de Rey, avant de reposer le regard sur sa mère.

— … avec tout le respect que je vous dois, bien sûr, que ce n'est pas moi qui ai quitté Lina le jour de son mariage. C'était mon frère, pour le cas où il y aurait confusion sur ce point.

— Mais tu l'y as encouragé, non ? me demande-t-elle.

— C'est possible. Ça n'a peut-être aucun sens pour vous, mais j'étais un sale petit c… un crétin, à l'époque. Immature. Laissez-moi seulement dire ce que j'ai à dire, et vous pourrez me pourrir autant que vous voudrez après. Je l'accepterai sans broncher.

Elle acquiesce sèchement, et, de l'index, me fait signe d'approcher. On croirait un personnage de film d'arts martiaux qui défie son adversaire au combat. Un geste qui ne fait que confirmer mes soupçons : si je n'arrive pas à l'amadouer, elle va littéralement me botter le derrière.

Je prends une grande inspiration et me lance dans ce que je fais de mieux : isoler un thème et le vendre.

— Je ne vois pas l'intérêt de revenir en long, en large et en travers sur ce qui s'est passé. Je dirai seulement que, si mon frère avait réellement aimé Lina, il ne l'aurait pas abandonnée à deux pas de l'autel. Ou il aurait trouvé le moyen de la reconquérir.

Je pivote pour m'adresser directement à l'intéressée.

— À supposer que tu aies été disposée à lui pardonner, bien sûr.

Puis, me tournant de nouveau vers sa mère, je poursuis :

— En tout cas, voilà ce que je sais *aujourd'hui*. Mon frère est un gars correct. Il n'est pas méchant, il se montre rarement grossier, mis à part avec moi, et il n'est pas du genre à faire des histoires. Je ne doute pas qu'il fera un bon père et un bon mari, un jour. Seulement, j'ai beau avoir passé moins d'une heure en présence de votre famille, ça me suffit pour constater qu'Andrew n'aurait pas été l'époux idéal pour Lina. Elle mérite une personne pleine de vie, comme vous tous. Quelqu'un qui l'adore plus que tout. Qui l'encourage à se détendre et à se lâcher une minute. Qui la fasse pleurer uniquement pour les raisons les plus cucus du monde.

Je respire profondément, puis hausse les épaules.

— Je suis sincèrement navré d'avoir joué un rôle dans cette rupture, mais je ne crois pas que mon frère aurait été la bonne personne pour Lina.

Lentement, pour éviter que la manœuvre ne soit trop flagrante, je me retourne pour juger de la réaction de Lina à mon monologue. Surprise, surprise, elle affiche une expression neutre. Mais, alors que je m'apprête à lancer une plaisanterie pour détendre l'atmosphère, elle s'excuse et file dans l'arrière-boutique, derrière le comptoir.

Sa mère joint les mains et sourit à ses sœurs.

Rey, le torse bombé, passe devant le comptoir et s'approche de moi.

Je ferme les yeux.

— Si tu comptes m'en coller une, fais-le vite et assomme-moi. Ne sois pas sadique.

— Je ne vais pas te frapper, me répond-il, ses pattes d'ours se posant sur mes épaules avec la légèreté d'une plume. Tout homme capable de parler de ma sœur comme ça ne peut pas être complètement mauvais. Je suis toujours pour donner une seconde chance, continue-t-il en me pressant les épaules. Et vu comme Lina et toi avez l'air de vous entendre, je crois qu'elle est d'accord avec moi.

Ce n'est toutefois pas suffisant pour Natalia, qui secoue la tête, sourcils froncés.

— Qu'est-ce que j'ai fait, encore ? je m'exclame, incapable de maquiller ma frustration.

— Cette personne hypothétique que tu viens de décrire ? Celle qui ferait son bonheur ?

— Oui ? Quel est le problème avec lui ? Ou elle. Ellui.

Je secoue la tête.

— Tu as compris ce que je voulais dire.

Elle me tapote l'épaule d'une main compatissante.

— Tu viens de dépeindre son pire cauchemar.

C'est-à-dire ? Où veut-elle en venir ? Mais on parle de Lina, alors pourquoi suis-je surpris ? Une autre facette de sa personnalité que je trouve incompréhensible ? Bah, on commence à avoir l'habitude…

Je dévisage Natalia.

— Mais encore ?

— C'est tout ce que tu tireras de moi, mon petit pote.

— Ah, parce qu'on est potes, maintenant ? je fais en haussant un sourcil.

Ce qui me vaut un clin d'œil.

— Rectification : nous sommes des connaissances.

— Ça me va.

— Ce n'est pas comme si je te donnais le choix, me lance-t-elle d'une voix chantante, en arrachant Paolo à sa chaise pour le faire virevolter au son de la musique qui emplit soudain le magasin.

Si l'univers était moins cruel, c'est d'une fille comme Natalia que je tomberais amoureux. Une personne ouverte, ne craignant pas de dire ce qu'elle a en tête. Pourtant, la seule femme qui occupe mes pensées, c'est celle qui vient de quitter la pièce. J'espère qu'elle va bien. Que ne donnerais-je pas pour la voir à nouveau sourire bien malgré elle… En tout cas, une chose est claire dans cette histoire : l'univers me hait !

Chapitre 15

Lina

Je me cogne le coude au coin de l'armoire à pharmacie en essayant de m'asperger le visage d'eau. Ces toilettes sont vraiment minuscules. Et si je ne m'en aperçois que maintenant, c'est sans doute parce que je n'ai aucune raison de m'y trouver, si ce n'est pour échapper à tout le monde.

Comment cette soirée s'est-elle transformée en cours magistral à propos de l'homme que je serais soi-disant censée épouser ? Ah, mais c'est bien sûr ! Max Hartley, maître de conférences, éminent spécialiste en « J'en sais rien, mais je le dis quand même », est dans les murs. Max *ne me connaît pas*. Il n'a pas la moindre idée de ce qui me plaît, il ne comprendrait jamais pourquoi je suis la personne que je suis aujourd'hui, pourtant il ne se gêne pas pour expliquer *ma* vie sentimentale à *ma* famille.

S'il savait que j'ai bel et bien rencontré la créature légendaire qu'il décrit… Il s'appelait Lincoln et, durant mes troisième et quatrième années à l'Université du Maryland, j'ai cru que nous étions faits l'un pour l'autre. Après tout, même nos deux surnoms, Linc et Lina, semblaient un signe du destin.

Lincoln m'avait draguée pendant des mois, mais je rechignais à me caser, surtout sachant que mes camarades changeaient de partenaires à la même fréquence qu'ils et elles séchaient les cours du matin. Est-ce que ce n'était pas cela, l'expérience de l'université ? Ne devais-je pas en profiter, moi aussi ? Mais Lincoln n'avait pas abandonné. Il me donnait l'impression d'être unique. Jamais personne ne m'avait porté autant d'attention. Alors j'ai succombé.

Ce qui a, incidemment, coïncidé avec le moment où il a décidé que je n'étais plus si spéciale. Il a commencé à jouer avec mes nerfs, au point de me faire pleurer et hurler. Il disparaissait durant des jours, oubliait mon anniversaire, me demandait régulièrement de lui laisser un peu d'air, puis revenait comme une fleur, quand je lui en laissais trop. À l'époque, j'avais un tempérament explosif. Et Lincoln adorait ça. D'après lui, mes coups d'éclat prouvaient à quel point je tenais à lui et cultivaient la passion dans notre couple.

Il m'a fallu longtemps pour comprendre que me provoquer était devenu un jeu pour lui. Au bout d'un temps, même cela a commencé à ne plus l'amuser. Il s'est éloigné petit à petit, jusqu'au jour où je suis entrée dans une cafétéria bondée du campus et que je l'ai vu embrasser et caresser une autre femme. J'aurais été plus forte, je serais partie sans me retourner. Mais, tandis que j'étais plantée là, à le regarder prodiguer ses petites attentions à une autre, ma poitrine s'est serrée à m'en faire exploser le cœur, et je me suis trouvée envahie d'une profonde tristesse. Pas le genre de tristesse qui vous pousse à ingurgiter votre poids en chocolat. Non, quelque chose de bien pire. Une tristesse impossible à maîtriser et contenir à l'intérieur de soi. J'ai craqué. Le visage baigné de larmes, j'ai porté des accusations. Hurlé ma douleur. Je suis tombée à genoux comme une tragédienne auditionnant pour un rôle de figurante dans un film de série B. Ça a été moche. Et gênant. *Atrocement* gênant. Quand j'ai redressé la tête, tout ce que j'ai vu dans les yeux des autres étudiants, c'était de la pitié. Je venais de perdre leur respect à jamais. Tout cela parce que j'étais incapable de maîtriser mes émotions. J'ai juré à cet instant que je ne laisserais plus jamais quiconque ou quoi que ce soit me réduire à cet état pitoyable. Depuis ce jour, je n'ai dérapé qu'une seule fois… qui se trouve être aussi l'incident qui m'a valu d'être virée de mon poste d'assistante juridique. Cependant, je peux à présent affirmer que, désormais, c'est moi qui contrôle mes émotions, et non l'inverse.

Ce n'est pas juste de ma part de m'attendre à ce que Max comprenne tout cela. Il n'a pas toutes les clés en main. Mais je ne vois pas l'intérêt de l'instruire sur ce point ; qu'il croie ce qu'il veut.

Quittant mon sanctuaire miniature, je regagne le magasin, où résonnent les rires et les percussions de samba. Mon premier regard se pose sur ma mère, en train d'enfourner un *brigadeiro* dans la bouche de Max. Celui-ci pousse un gémissement et lève les yeux au ciel, faisant la joie de ma mère qui l'observe comme si bien nourrir cet homme était devenu sa priorité dans la vie. Rey, lui, va se chercher un verre d'eau, et enfonce un doigt joueur dans les côtes de Max en revenant à sa place. Le reste de la famille danse la samba au centre de la pièce. C'est officiel : ils l'accueillent en grande pompe. En vérité, je ne peux pas leur en vouloir. Moi aussi, j'ai secrètement apprécié de passer du temps avec lui.

Tia Izabel me fait signe d'entrer dans la ronde. C'est quelque chose que j'ai fait un nombre incalculable de fois, seulement, jamais avec Max dans les parages. Quand je me rends compte que je retarde volontairement le moment fatidique, je m'élance, pour me prouver que je n'hésite pas parce qu'il est là. Les plus exubérants lors des rassemblements familiaux, Rey et Natalia, lèvent les bras et m'accueillent avec de grands cris de joie. Mon corps entame alors le pas rapide et familier, qui nécessite de mes pieds, mollets, fesses et hanches une coordination sans faille. Il m'a fallu des années pour le maîtriser à la perfection, mais à présent le mouvement me semble tout aussi naturel que la marche. Emportée par la musique, je ferme les yeux et bouge au rythme des percussions, ondulant le haut du corps, les bras au-dessus de la tête.

Le morceau suivant est plus lent, mais je m'adapte sans peine, le roulis de mes hanches se fait moins ample… Jusqu'à ce que j'entrouvre les paupières et voie Max, debout près du comptoir. Il m'observe, son regard parcourant mon corps tout entier avant de s'arrêter sur mon visage. Mon souffle s'accélère, et mon cœur s'emballe. Je ne détourne pas les yeux. Lui non plus. Si nous étions seuls, nous franchirions la distance qui nous sépare à coup sûr. L'attirance est *à ce point* irrépressible.

Natalia me cogne de la hanche, me déséquilibrant un instant. J'ai à peine le temps de me redresser que je vois Max prendre la porte.

Je croise le regard de ma mère, l'air interrogateur, mais elle se contente de hausser les épaules, une trace de sourire sur ses lèvres pulpeuses. Puisqu'il est là à ma demande ce soir, je me sens forcée de le suivre dehors, pour m'assurer que tout va bien.

À mon grand soulagement, il n'est pas allé bien loin, et fait les cent pas entre deux voitures en stationnement.

— Que se passe-t-il ? je lui demande.

L'air est frais, je me frotte les bras pour me réchauffer.

Il redresse vivement la tête, sans cesser de marcher de long en large.

— J'aurais bien envie d'une clope.

— Qu'est-ce que tu fumes ? Des cigarettes ? De l'herbe ?

— Ni l'un ni l'autre. Mais je ferais bien une exception ce soir. Je ne me sens pas tout à fait dans mon assiette, c'est tout.

— Si tu veux y aller, pas de problème. Nous avons terminé ce que nous avions à faire.

Il se tourne pour me faire face et pose les deux mains sur la voiture qui se dresse entre nous. Il m'a l'air un peu plus pâle qu'à l'accoutumée, mais ne semble pas aller trop mal.

— Je crois que ça vaut mieux, oui. Tu pourras dire au revoir à tout le monde pour moi ? Leur expliquer que je ne me sentais pas très bien ?

— Bien sûr. Tu crois que c'est quelque chose que ma mère t'a fait manger qui ne passe pas ? Il y a du lait concentré dans les *brigadeiros*.

Il secoue la tête, mais refuse de croiser mon regard.

— Non, non. Rien à voir. Je suis simplement fatigué. Je ne réfléchis plus très clairement.

Il me regarde dans les yeux, avant de se concentrer sur un point derrière moi.

— Tu as une famille super, soit dit en passant. Intimidante, mais très sympa.

Je lui réponds d'un grand sourire.

— Tu les as parfaitement cernés.

— Et ton père ?

— Il ne fait plus partie de notre vie, dis-je avec un haussement d'épaules. Et ça nous va très bien comme ça.

Il hoche la tête, puis tapote du poing le capot de la voiture.

— Écoute, au sujet de ce que j'ai dit, tout à l'heure : si je t'ai mise mal à l'aise, je te présente mes excuses. Ta famille a un sacré don pour mettre la pression, et je n'ai fait que formuler ce que je pense. Cela dit, j'ai tout à fait conscience que, mon opinion, on s'en fout royalement, alors faisons comme si je l'avais bouclée, OK ?

Je pourrais accepter le rameau d'olivier qu'il me tend, mais mon premier mouvement est de le rejeter tout net. Est-ce que ça fait de moi une sale conne ? J'espère que non ! Malgré tout, je le gratifie d'un sourire doucereux à souhait.

— Dans la vie, il n'y a pas de seconde chance, Max.

Waouh, je suis bel et bien une connasse.

L'intéressé retrousse les lèvres, comme si ma réponse ne le surprenait pas.

— Bon.

Qu'est-ce qui ne tourne pas rond, chez moi ? Pourquoi est-ce que je m'obstine à le rembarrer, alors qu'il fait de toute évidence des efforts pour arranger les choses entre nous ? Je comptais sur ce soir pour tourner la page une bonne fois pour toutes, mais maintenant que je touche au but, je lui renvoie son gage de paix à la figure, comme s'il me brûlait les doigts. Peut-être parce que j'ai *besoin* de ce fossé entre nous. Après tout, sans ce désir de vengeance brûlant, comment tenir Max à distance raisonnable ? Il m'obsède beaucoup trop pour mon bien. Pour autant, je ne peux pas le diaboliser s'il n'est finalement pas le sale type que je pensais. Ce serait bien pratique, mais pas très fair-play.

Je le regarde tripoter son porte-clés. Il veut filer, et je l'empêche de fuir, en restant plantée là. Je devrais lui dire au revoir, mais cela m'embête de terminer la soirée là-dessus.

— Max, ce que je veux dire, c'est qu'on ne peut pas réécrire le passé. En revanche, nous pouvons aller de l'avant et passer à quelque chose de plus constructif. J'aimerais que nous soyons amis.

Il pousse un grand soupir, tout en continuant à tapoter le toit de la voiture.

— J'aimerais aussi.

Soudain, sans prendre le temps de réfléchir, je lâche :

— J'espère que tu n'as pas trop de doutes à ce sujet, mais ton ex-petite amie avait tort. Tu es quelqu'un de super, indépendamment de qui que ce soit. Ne laisse personne te faire croire le contraire.

— C'est gentil, merci, me répond-il avant de se passer une main nerveuse dans les cheveux. Mais il faut quand même que je rentre. Je t'appelle, pour samedi.

Il n'attend pas ma réponse. Ébahie par tant d'impolitesse, je le regarde regagner sa voiture et se couler sur le siège. Quelques secondes plus tard, il disparaît à toute allure, comme déterminé à échapper à ses propres démons.

Max

Cela fait deux heures que j'ai quitté le Rio de Wheaton, et je suis toujours troublé. Ma peau fourmille, je suis salement agité. Même une bonne douche froide n'y a rien changé. Et comme si ça ne suffisait pas, Dean ignore mes messages.

Une bière m'aiderait peut-être, mais je me retiens d'en boire une, car si Dean finit par me répondre, je prendrai la voiture pour aller chez lui. Il saura me remettre les idées en place. Parce que, pour l'instant, mes synapses ont de grosses ratées, et les deux lobes de mon cerveau se livrent un combat féroce.

Je me précipite sur mon portable en entendant l'alerte SMS.

Dean : Désolé. J'avais un rendez-vous. Qu'est-ce qu'il y a ?

Max : T'es avec quelqu'un ?

Dean : Non. Ça n'a pas collé. La recherche de l'âme sœur continue.

Max : Je peux passer ? Besoin de parler.

Dean : C'est pas ce qu'on fait, là ?

Max : On s'envoie des SMS.

Dean : Ça va pas, copain ?

Max : Ça va très bien.

Dean : Tu veux me pécho, c'est ça ?

Max : Va te faire voir. Je peux venir, oui ou non ?

Dean : Évidemment, amène-toi.

Quinze minutes plus tard, je sonne à sa porte.

Il ouvre, puis m'arrête sur le seuil.

— C'est quoi, tout ça ?

Je lève mes bras chargés.

— Mes affaires pour la nuit et un oreiller. Au cas où.

Il se gratte une joue et pousse un soupir.

— Allez, reste pas là, dit-il en dégageant le passage pour se diriger vers la cuisine.

Perché sur un tabouret, il me regarde poser mes affaires dans un coin.

— Il est tard, et je dois me lever de bonne heure et de bonne humeur demain matin. Raconte.

Je me mets à faire les cent pas dans son salon, m'efforçant de formuler ce que j'ai en tête.

— J'ai besoin que tu me rappelles cette liste de raisons.

Je ne sais pas combien de temps il me dévisage en silence, mais ça me paraît très long. Une minute, peut-être ?

— Que s'est-il passé ?

Le ton est résigné, comme s'il avait déjà des soupçons et voulait simplement que je les confirme.

— Rien du tout. Et j'essaie de m'assurer que ça reste le cas.

— Arrête tes conneries, Max, fait-il en se relevant.

Secouant la tête, il me désigne d'un geste vague.

— Tout ça, là, ça ne ressemble pas à du rien. Qu'est-ce que t'as foutu ?

Je ralentis le pas et affronte son œil sceptique.

— J'ai eu des pensées déplacées à propos de Lina.

— Des pensées, c'est tout ?

Je confirme.

— C'est tout.

Dean lance les bras en l'air, puis se laisse retomber sur son tabouret.

— Où est le problème, alors ? Ça arrive à tout le monde de temps à autre, les pensées déplacées. Ça s'appelle « être humain ».

Il ne comprend pas. Ça fait deux heures et demie que des idées indécentes au sujet de Lina me trottent dans la tête. Y compris *à l'instant même*. Et je n'ai aucune envie de me mettre au lit, car j'ai peur de ce à quoi ces pensées pourraient me mener. Ce serait une pente très glissante, au propre comme au figuré.

— Les pensées, c'est une chose, mais si elles conduisent à davantage ?

Dean gonfle les joues et pouffe un grand coup, me dévisageant avec incompréhension.

— Qu'est-ce que tu veux dire ?

Au bout de quelques secondes, sa mâchoire manque de se décrocher, et il éclate de rire.

— Oh merde ! T'as peur de penser à elle pendant tes petits plaisirs en solitaire ?

L'entendre le dire tout haut est mille fois pire. Je m'arrache les cheveux, parcourant le salon de long en large comme une boule de flipper.

— C'est pas drôle. Je suis abominable. Un sale dégueu.

— Qu'est-ce qui t'a mis dans cet état, cette fois ? ricane Dean.

— Elle dansait dans la boutique familiale, sans se rendre compte que je la regardais. Et je peux te dire que j'étais hypnotisé comme jamais.

Un petit gémissement m'échappe au souvenir de la manière dont elle roulait des hanches.

— Bon sang, elle a failli devenir ma belle-sœur, à un moment donné.

Dean fait la moue.

— Mais ce n'est pas ta belle-sœur, au final, alors zen !

— Dis-moi ce que je dois faire.

Il réfléchit un instant, puis me demande :

— Des signes qui suggéreraient qu'elle ressent la même chose ? Tu penses que c'est réciproque ?

— Je ne suis même pas sûr qu'elle m'aime bien. En tant que personne, je veux dire. Elle m'a dit que nous pourrions être amis. Que j'étais un type super. J'ai eu l'impression d'avoir gagné au loto. Ça m'a foutu une trouille pas possible. Mais, pour elle, ce n'est rien du tout. Je crois qu'elle me tolère surtout à cause de ce gros job qu'elle espère décrocher. Elle voulait épouser mon frère. Jamais elle ne s'intéressera à moi.

— Dans ce cas, attache-toi les mains dans le dos et va dormir. Mon canapé est tout à toi. Il y a des draps et des couvertures dans le placard de l'entrée. On en reparlera demain. Bonne nuit, me fait-il en prenant tranquillement la direction de sa chambre.

Contrarié par son manque de soutien alors que j'en aurais eu grand besoin, je traîne des pieds jusqu'à la salle de bains pour me brosser les dents et me passer un coup de fil dentaire. Toujours pas calmé, je colle un drap sur le canapé, éteins la lumière dans le hall d'entrée, puis plonge sous la couette, trouvée dans le placard. Elle est imprégnée d'un parfum de femme. *Je n'ai même pas droit à des draps propres. Tu parles d'un accueil !*

Sans rien d'autre pour m'occuper l'esprit, je me résigne à laisser défiler le flot d'images de Lina que me fournit mon cerveau en ébullition. Sa façon de gémir de bonheur en goûtant son déjeuner. Le moment où elle a chassé les miettes de mon visage. La danse de la torture.

Elle est toujours dans le contrôle. Le détachement. Pas exactement méchante, mais sur la réserve, plutôt. Visage neutre, voix neutre. Chacun et chaque chose à sa place. C'est l'organisatrice en elle, sans doute. Mais, punaise, j'ai une de ces envies de la désorganiser comme jamais elle a été désorganisée… De la désorienter à tel point qu'elle en remettrait ses vêtements à l'envers, après coup. Points bonus si j'arrive à lui en faire oublier la différence entre un bouton et une boutonnière.

Je nous imagine tous les deux en haute définition, son surround et replay à la demande. Ce n'est qu'une vision de ma main qui se glisse sous sa jupe crayon, la faisant fermer les yeux et respirer un peu plus fort, mais c'est suffisant à me faire bondir hors du canapé et aller frapper à la porte de Dean, ma couette parfumée à la lavande sous le bras.

— Quoi ? aboie-t-il.

Je passe la tête dans l'entrebâillement.

— Je peux dormir avec toi ? Ton lit est grand. C'est pour m'assurer de ne pas… tu vois… je promets de ne pas te gêner.

Il se frappe le front de la main.

— Bordel de merde. T'es à ce point incapable de te maîtriser ?

Quelques secondes s'écoulent en silence, puis il reprend :

— Peu importe les dettes que j'ai encore envers toi, après ça, je ne te devrai plus rien. C'est pigé ?

J'accepte de bon cœur, soulagé qu'il ne me jette pas dehors.

— Et si je sens le lit bouger de manière suspecte, ne serait-ce qu'à peine, tu finiras par terre, et tu seras interdit de séjour chez moi à vie.

— Ça me va.

Je saute sur le lit et m'allonge sur le dos.

— Merci, vraiment, dis-je en arrangeant la couette sur mes jambes.

— Va te faire voir, me rétorque-t-il en me tournant le dos. Il va falloir que tu te prennes par la peau du cul et que tu te ressaisisses, parce que ça ne va pas devenir une habitude, ça.

— Je sais.

Je m'en inquiéterai plus tard. Pour l'instant, je peux enfin me reposer sur mes deux oreilles, avec la certitude que je pourrais regarder Lina dans les yeux la prochaine fois qu'on se verra. C'est toujours ça de gagné.

Chapitre 16

Max

De : MHartley@AtlasCommunications.com
À : CSantos@LePointsurleOui.com
Le : 19 avril à 11 h 37
Objet : Samedi
— --

Hello Lina,

Comme promis, je te recontacte à propos de demain. J'ai quelques questions :

1) Est-ce qu'on fait le trajet ensemble ?

2) Comment s'appelle l'endroit que l'on va visiter ?

3) Dois-je prévoir d'apporter quelque chose ?

Il serait bon qu'on finisse par parler de notre stratégie, pour cette présentation, c'est pourquoi je vote « oui » à la question 1.

En espérant que tu ailles bien,

Max

De : CSantos@LePointsurleOui.com
À : MHartley@AtlasCommunications.com
Le : 19 avril à 13 h 13
Objet : Re : Samedi
— --

Salut Max,

1) Si tu veux, mais on prend ma voiture, et c'est moi qui conduis.

2) Surrey Lane Farm, à Raven Hill, en Virginie.

3) J'ai regardé la météo, et il se pourrait qu'on ait droit à une averse. Puisqu'il s'agit d'une ferme, il serait peut-être judicieux de te munir d'une paire de bottes imperméables. Et de vêtements de

rechange, aussi. On n'est jamais trop prudent (le terrain pourrait être particulièrement boueux).

Je peux passer te prendre chez toi samedi matin, à moins que tu préfères me rejoindre et laisser ta voiture à College Park. Mais, pour le coup, ça te ferait faire de la route pour rien, puisqu'on repartira dans l'autre sens. C'est comme tu veux.

Bien cordialement,

Lina

Je suis en train de taper ma réponse quand Andrew frappe et déboule dans mon bureau sans attendre mon invitation à entrer.

— Et bien le bonjour à toi aussi ! j'ironise, sans même quitter l'écran des yeux.

— Salut, t'as une minute ? demande-t-il en prenant place dans le fauteuil face à moi.

— Laisse-moi juste terminer cet e-mail.

Je pianote. Il attend. Pas de bavardages pour passer le temps. Je presse sur le bouton « envoyer » et me redresse, posant mes mains jointes devant moi.

— Tu désirais ?

— Deux choses. Tout d'abord, Le Virginie Real Estate Consortium veut discuter de son marketing pour le troisième trimestre. Dans les deux semaines qui viennent, si possible. Quand tu auras le temps, tu pourras transmettre tes disponibilités pour un déjeuner à Sammy ?

Je gribouille un mot pour me le rappeler.

— Ça marche. Et le deuxième truc ?

— Concernant la présentation pour Rebecca Cartwright, tu as déjà songé à l'équipement audiovisuel dont tu vas avoir besoin ? Est-ce qu'un ordinateur te suffira ? Un écran de projection pour un PowerPoint ? J'essaie de déterminer s'il faudra ou non prévoir de déposer une demande particulière.

Ah, vraiment ? Si le matériel dont il a besoin est toujours à sa portée, c'est parce que je m'assure qu'il le soit. La vérité, c'est qu'il ne s'est jamais soucié de ce genre de détails auparavant. Ça sent le bobard à plein nez. Inutile d'être un génie pour comprendre de quoi il retourne. Mon grand frère est venu fouiner, et, en plus, il s'y prend comme un manche.

— Je n'y ai pas encore réfléchi. Lina et moi n'avons pas discuté de la forme que va prendre sa présentation. Pour l'instant, j'en suis à l'étude préliminaire.

Andrew redresse à peine le menton.

— Vraiment ? Le pitch est pour dans un mois. Ça ne laisse pas beaucoup de temps pour se préparer.

— On se prépare, dis-je en haussant les épaules. Fais-moi confiance, tout ce qu'on fait là va contribuer à cette présentation d'une manière ou d'une autre. Et ton gars, à toi ? Henry, c'est ça ?

— C'est ça. On ne fait pas plus organisé. C'en est presque effrayant. J'ai hâte de montrer à Rebecca ce que nous lui avons concocté.

— J'imagine que c'est pour ça qu'ils font ce métier. Ils ont la planification dans le sang.

— Lina avait d'autres options, lâche Andrew en se tapotant la cuisse.

Il se lève et poursuit :

— Tu savais qu'elle avait été assistante juridique, avant de se lancer sur le marché du mariage ? Tu devrais lui en parler, à l'occasion.

Ça m'agace qu'il en sache plus que moi à propos de Lina. Pas étonnant, cela dit, c'est son ex-fiancé. Mais ça m'irrite tout autant. Avec un petit sourire satisfait, je lève les yeux vers lui.

— J'y songerai, oui. On part en Virginie, ce week-end. Pour le travail. J'aurai tout le temps de lui demander de m'en parler, sur le trajet. On va être coincés dans la même voiture pendant deux heures.

Il se raidit, et serre la mâchoire à cette annonce.

Merde. C'était vraiment gratuit, ça. Je vois tout à fait Dean pointer un doigt accusateur dans notre direction à cet instant. « *Là. Tu vois, c'est précisément ce que je voulais dire, Max.* » J'ai honte de m'être montré aussi petit, et j'aimerais pouvoir retirer mes paroles, mais ce n'est pas comme ça que ça marche. Comme l'a dit Lina, il n'y a pas de seconde chance. Elle a raison. Il n'y a que de nouvelles occasions à saisir.

— Bref, je lance, cherchant le moyen de me tirer de ce bourbier. On va visiter un lieu potentiel de mariage. J'espère qu'on ne va pas s'entretuer avant d'arriver là-bas.

Son corps tout entier se détend… enfin, autant qu'il le laisse se détendre, et il bascule sur les talons.

— Bonne chance, alors. Tu vas sans doute en avoir besoin.

Ça, il n'a pas tort. Mais pas pour les raisons qu'il s'imagine.

— C'est ça, ta voiture ? Une Volvo de 99 ? Elle est très jaune.

Lina souffle, tout en jouant avec la serrure récalcitrante du coffre.

— Elle est de 2002, OK ? Et n'importe qui s'y connaissant un minimum reconnaîtrait la couleur or maya.

Serrant les dents, elle tire sur la poignée jusqu'à ce que le hayon s'ouvre enfin dans un grand bruit de casserole.

— C'est juste un léger blocage de la serrure. La voiture elle-même est en forme olympique.

Je lui coule un regard méfiant. Est-ce bien sage de mettre mes affaires à l'arrière de ce vieux pachyderme ?

— J'ai une Acura tout à fait correcte garée à trente mètres. Il n'est pas trop tard pour décider de la prendre.

Lina me jette un regard exaspéré.

— Écoute-moi bien, le snob : c'est moi qui conduis, et je conduis *ma* voiture. Ne modifions pas les paramètres sans raison.

Grommelant entre ses dents, elle fait le tour de sa banane motorisée et s'installe sur le siège conducteur.

Elle porte un jean aujourd'hui et, honnêtement, j'ignore si je serai un jour capable d'en voir de nouveau une paire sans l'imaginer dedans. Qui aurait cru que l'on puisse être fétichiste des jeans ? Elle l'a assorti d'une chemise noire, en partie rentrée à la ceinture, pour un style qui, une fois de plus, bouscule toutes les idées que je me suis faites d'elle. Ce voyage démarre mal, et nous n'avons pas encore brûlé un millilitre d'essence.

Conscient que je vais devoir me rattraper après m'être moqué de sa voiture, je grimpe côté passager et agite un sac en papier et un thermos.

— J'ai pris des provisions.

Tournant la tête, elle me regarde un instant, puis le coin de ses lèvres brillantes se retrousse sur un sourire.

— Il est 9 heures du matin. Je pense pouvoir tenir le coup jusqu'à notre arrivée à la ferme, mais si toi, tu as faim, ne te gêne surtout pas pour moi.

Je hausse les épaules.

— Comme tu veux. Laisse-moi juste une seconde pour m'organiser.

Je coince le thermos entre mes jambes, le temps de boucler ma ceinture, puis dévisse le bouchon et verse du café dans mon gobelet réutilisable. Ce délice crémeux contient certainement plus de sucre qu'une bouteille entière de sirop d'érable, mais j'adore. Un vrai bonheur.

— Ta mère fait un café du tonnerre.

Sans quitter la route des yeux, le temps de s'insérer dans la circulation, Lina fronce le nez.

— Ma mère ?

— Oui, je suis passé chez Rio de Wheaton, ce matin. Résultat : *cafe* et…

Je secoue le sachet.

— … *pão de queijo.*

Elle en reste bouche bée.

— Tu n'as pas fait ça ?

— Eh si, madame Santos, j'ai osé. J'ai compris que tu ne te laisserais pas amadouer par un quelconque baratin, alors j'essaie de t'avoir par le ventre. D'engranger les bons points, ou points *pão de queijo*, en l'occurrence.

— Pourquoi est-ce que tu aurais besoin de bons points ?

— En gage d'assurance. Si on se fie à mes antécédents, je suis condamné à faire de nouveaux faux pas dans le futur, alors je prends tout ce qui pourra jouer en ma faveur, le jour où… Là, je commence à faire des réserves.

— C'est qu'il est malin, lâche-t-elle avec un grand sourire.

Quelques instants passent en silence. Je la vois battre des paupières avec une telle insistance que je me demande si elle n'a pas un cil dans l'œil. Finalement, ses épaules s'affaissent en signe de résignation.

— Tu m'en donnes un, s'il te plaît ?

— Une boule au fromage ?

Elle fait la grimace.

— Si tu tiens à tes bons points, n'appelle pas ça comme ça.

Je ricane.

— C'est pourtant la traduction littérale de *pão de queijo*.

— Non, pas du tout. La traduction est « pain au fromage ». C'est un morceau de bonheur fait d'une croûte qui croustille et d'un intérieur chaud et moelleux. Quand tu croques dedans, le fromage s'étire sur des kilomètres.

— Tu en veux un ou pas ?

— Oh que oui, me répond-elle dans un souffle, tout en tendant une main.

— Ah, ah, ah !… On n'oublie pas les consignes de sécurité : les deux mains sur le volant, je te prie.

Un tic lui agite les lèvres, mais elle obéit. Il faut que je la fasse conduire plus souvent. Nos interactions sont bien plus plaisantes quand elle est concentrée sur la route.

Malgré son expression indifférente, elle ouvre grand la bouche à l'approche de ma main et gobe la boulette entière. Je me refuse à un quelconque commentaire et m'assure qu'aucun ne m'échappe en me mordant la lèvre inférieure avec assez de force pour me déchirer la peau.

— Ils sont bons, annonce Lina, la bouche pleine. Mais ils seraient mille fois meilleurs tout chauds sortis du four.

— C'est ce que m'a dit ta mère. Par chance, elle m'en a donné quelques-uns à goûter au magasin, alors qu'ils étaient encore brûlants.

Elle grommelle quelques paroles inintelligibles, puis reprend d'une voix plus claire :

— Tu es en train de perdre des points *pão de queijo*, là.

— Tu en veux un autre ?

— Juste un.

Je lui donne la becquée, puis en avale un à mon tour, avant de me caler dans mon siège, en préparation à la longue route qui nous attend.

Alors qu'elle s'engage sur Rock Creek Parkway, je me tourne de nouveau vers elle.

— Tu es sûre que tu ne veux pas que je fasse une partie du trajet ?

— J'aime bien conduire. C'est même un antistress, pour moi, alors si ça ne t'ennuie pas, je préférerais rester au volant tout du long.

— Peu importe. Fais-toi plaisir. Tu veux de la musique ?

Elle inspire entre ses dents, comme si elle s'attendait à une réaction négative à ce qu'elle s'apprête à dire.

— J'en écoute très peu, en voiture. L'effet antistress dont je viens de te parler ? C'est d'avoir le volant entre les mains, de me concentrer sur la route, et d'en profiter pour réfléchir. Mais je ne suis pas psychorigide non plus. Si tu as envie de mettre de la musique, mets-en, il n'y a pas de problème.

— Non, non. C'était seulement une question. Le silence me va très bien.

— Parfait.

Nous sommes enfin parvenus à un point où toute animosité a

disparu entre nous. Ça fait un bien fou. C'est sans doute le moment idéal pour lui poser des questions sur sa carrière précédente.

— Andrew m'a appris que tu avais été assistante juridique avant de te lancer comme organisatrice de mariages. Qu'est-ce qui t'a décidé à changer du tout au tout ?

Ses traits se durcissent plus vite que du ciment à prise rapide. Si elle tentait d'esquisser un sourire à cet instant, son visage s'émietterait sans doute en mille morceaux.

— Hmm. Vous avez parlé de moi, avec Andrew ?

Ouah. Je ne pensais pas avoir à utiliser ces points *pão de queijo* aussi rapidement. Je comprends que, hors contexte, elle ne soit pas ravie de cette révélation ; heureusement pour moi, c'est quelque chose qui s'explique sans peine.

— Pas exactement, non. Il a fait une remarque en passant à propos des *wedding planners* et de leurs capacités d'organisation et a sous-entendu que tes qualités dans le domaine provenaient peut-être en partie de ton expérience en tant qu'assistante juridique. Il m'a suggéré de te demander de m'en parler, à l'occasion.

Le regard rivé sur la route, elle serre un peu les dents, puis pousse un soupir.

— Ce n'est pas moi qui ai décidé de changer de carrière.

— Ah non ?

— Non, Max. J'ai été virée.

Eh chiotte. On était si bien partis. Et voilà que je l'ai lancée sur un sujet dont elle n'a de toute évidence aucune envie de parler. Dépité, je ferme les yeux et maudis mon frère. Même quand il n'est pas là, Andrew arrive à foutre la merde dans ma vie.

Chapitre 17

Lina

Je n'en veux pas à Max d'avoir posé une question innocente sur les conseils d'Andrew ; je suis en colère contre Andrew, qui a sournoisement encouragé son frère à soulever ce point. Andrew ignore l'impact que cette expérience a eu sur ma vie, car je ne le lui ai jamais expliqué. En revanche, il sait que je n'aime pas en parler. Rien ne sert ni ne justifie de revenir sur cet épisode pénible. Le but d'Andrew était de mettre Max en mauvaise posture, tout simplement.

Je lui jette un coup d'œil, et mon cœur se serre : il a l'air dévasté. Je suis étonnée de ressentir un tel élan protecteur envers lui. C'est vraiment inattendu.

— C'est du passé, ne t'inquiète pas. Mais, oui, l'organisation de mariage, c'est une seconde chance.

— Une nouvelle occasion à saisir, plutôt, dit-il, impavide.

Je fronce les sourcils.

— Hein ?

— Tu m'as dit que la vie n'offrait pas de seconde chance, tu te souviens ? C'est donc une nouvelle occasion que tu as saisie. Je trouve le terme approprié. Et je... Pardon si ma question a remué de mauvais souvenirs.

Je préfère minimiser la chose.

— Ne t'en fais pas, Max. Ce n'est vraiment pas grave.

Il se dandine un moment sur son siège, puis tend le bras vers son gobelet de café, avant de se raviser.

— Comment peux-tu affirmer que ce n'est pas grave ? Ça a forcément eu une influence sur la personne que tu es aujourd'hui. C'est important.

Secouant la tête, il se met à tapoter la vitre.

Je vois bien qu'il est agacé du coup que lui a fait son frère, mais j'ai comme l'impression qu'il est également frustré de ne pas connaître ce pan de mon passé. Je ne m'explique pas cette dernière réaction de sa part, mais il s'agit d'un sujet trop pesant pour faire l'objet d'une discussion en cet instant. Incapable de supporter le silence plus longtemps, je tends la main pour allumer la radio. Mes doigts n'ont pas touché le bouton que Max se tourne de nouveau vers moi d'un mouvement brusque, qui me fait sursauter.

Se passant une main dans les cheveux, il s'éclaircit la voix avant de déclarer :

— Autant être honnête : je déteste le fait qu'Andrew connaisse tes secrets. Il ne les mérite pas.

OK, j'imagine donc qu'on va en parler, que je le veuille ou non.

— Et alors ? Tu crois peut-être les mériter davantage ?

— J'en prendrais bien mieux soin, dit-il doucement.

Le pire, c'est que je le crois… et ça me terrifie. Max ne serait pas immature au point de se servir de mon passé pour tenter de piéger son frère. Pourtant, même si je ne demande pas mieux que de prendre cette déclaration pour argent comptant, difficile d'ignorer la nature problématique du propos. Si Max n'en a pas nécessairement conscience, moi, je le vois très bien : ni lui ni son frère ne sont capables d'agir sans se comparer l'un à l'autre. En dépit de tous leurs efforts pour se défaire du lien qui les unit, il demeure malgré eux, bon, mauvais, exaspérant tout à la fois.

— Personne n'est jamais entré dans mes bonnes grâces en

rabaissant qui que ce soit d'autre. Tu veux connaître mes secrets ? Débrouille-toi pour les mériter.

J'enfonce le clou d'un regard en coin bien senti.

— Et débrouille-toi *tout seul.*

J'aimerais observer sa réaction au défi que je viens de lui lancer, mais le plus important reste d'arriver entiers à destination. Mais si je ne la vois pas, cette réaction, je l'entends. Je l'entends bien, même.

— Je ferai en sorte de mériter tes secrets, proclame-t-il d'une voix sérieuse et sûre. Je te le promets.

Je ne suis pas surprise qu'il veuille tenter le coup. Ce qui m'étonne, c'est de me rendre compte que j'ai envie qu'il le tente. Troublée, tendue, je m'efforce de trouver un autre sujet de conversation.

— Pourquoi ne pas discuter de la stratégie à adopter pour la présentation ? Ce serait une manière productive de meubler les deux prochaines heures.

Avec un léger soupir de soulagement, il acquiesce d'un hochement de tête.

— Bonne idée.

Il attrape alors un sac sur la banquette arrière et en tire un bloc-notes et un stylo, aussi pressé que moi, visiblement, de passer à autre chose.

— Je dois t'avouer qu'au départ je n'avais pas idée de ce que fait un ou une *wedding planner* au quotidien, mais en t'observant ces deux dernières semaines, je suis allé de surprise en surprise. J'ai pensé qu'une approche centrée sur les divers rôles que tu endosses au fil des préparatifs pourrait être particulièrement convaincante. C'est vrai, tu n'es pas seulement là pour t'assurer que le jour J se déroulera sans accroc, tu as de multiples casquettes : intermédiaire entre clients et prestataires, repéreuse de lieux de rêve, conseillère en mode, nutritionniste, même thérapeute familiale… et je suis sûr que j'en oublie. Quand un couple commence à songer seul aux démarches pour son mariage, la masse de corvées peut lui sembler écrasante, et à raison. Ça pourrait être une bonne accroche pour ton image de marque.

C'est gratifiant de l'entendre parler de mon travail en des termes si élogieux. Les gens pensent souvent qu'une *wedding planner* se charge de détails frivoles, mais les mariages qu'on me demande de gérer impliquent des dynamiques familiales complexes, mettent à l'épreuve la solidité des relations, honorent différentes cultures et traditions, et célèbrent l'amour et le couple sous quelque forme qu'ils prennent. On est loin des niaiseries superficielles. Que quelqu'un s'avise de me dire le contraire, et il ne sera pas déçu du voyage ! Je suis contente de constater que Max n'est pas de ceux-là.

— Ça me plaît bien, ça. J'ai envie de me focaliser sur l'aide pratique que j'apporte au couple. Les tâches ingrates dont je peux les soulager, s'ils m'engagent. C'est de là que vient le nom Le point sur le Oui.

— Un nom génial, vraiment ! Dans le jargon marketing, on dirait que c'est un excellent moyen de susciter un bon taux de mémorisation de la marque. C'est un nom qui sort du lot. En revanche, il ne faut pas oublier que, si tu tiens à toucher ta clientèle cible, il faut aussi faire appel à l'aspect plus sentimental de l'organisation de mariage. Juste pour illustrer mon propos : j'ai discuté avec quelques-unes de tes références, et un thème est ressorti chaque fois…

Je ne suis pas surprise de sentir une pointe d'hésitation dans sa voix.

— Laisse-moi deviner : je ne suis pas aussi chaleureuse qu'ils l'auraient aimé.

Max prend une grande inspiration et baisse le menton.

— Voilà, quelque chose comme ça. Note que tous ont jugé ta prestation extraordinaire sur toute la ligne, mais s'il y a un point qui mériterait d'être un peu travaillé, c'est ce que les gens perçoivent comme une certaine froideur.

Ah, encore une fois, le mot est prononcé. Celui qui me rappelle sans cesse que je ne risque pas de gagner un jour un prix de cordialité. C'est la rançon de ma façade mesurée. Je suis au courant. Certaines personnes l'interprètent autrement. Les qualificatifs fusent : distante, froide, désagréable... Ça me fait mal, bien sûr, mais je ne peux pas leur en vouloir de ne pas distinguer ce que je leur cache. Sans compter que certains me collent ces étiquettes sur le dos sans rien savoir de moi.

L'ironie de la situation est loin de m'échapper : je vais devoir me montrer *plus* engageante pour contrebalancer les effets d'un personnage développé pour dissimuler les facettes les *moins* engageantes de ma personnalité. Cette seule idée me donne le tournis !

— Je suis désolé, reprend Max. Ça ne doit pas être facile à entendre. Mais sois assurée que c'est là un souci purement marketing, rien à voir avec toi personnellement.

Je lui jette un coup d'œil. Sourcils froncés, il griffonne sur son bloc-notes.

— Max, je comprends tout à fait. Je travaille dans une industrie qui capitalise sur l'émotion. Je ne me répands pas en effusions, je ne tombe pas en pâmoison, pas plus que je ne couine avec mes clientes. Ce n'est pas mon genre, c'est tout. Mais si la perception qui découle de ma nature pas très fleur bleue nuit à l'image de mon entreprise, je suis prête à faire le nécessaire pour corriger cela en vue de ma présentation. Il faut que je donne le maximum de moi-même pour ce poste, je le dois à ma famille.

— À ta famille ?

Je tapote des doigts sur le volant.

— Oui. Ma mère et mes tantes m'ont aidée à monter mon entreprise. Et je ne parle pas des sacrifices qu'elles ont pu faire en amont ! Je ne veux pas les décevoir.

— Je suis sûr que tu n'y arriverais pas, même si tu le voulais.

J'aimerais pouvoir en être aussi certaine, mais ce n'est pas si simple. J'ai déjà piétiné leurs espoirs, une fois.

— J'imagine que tu aimerais qu'on trouve un *gimmick* pour adoucir mon image. C'est ça l'idée ?

Max se remet à taper sur son carnet du bout du stylo.

— Je ne le dirais pas comme ça. Il s'agit avant tout d'adopter un code qui parlera à tes clients potentiels. Une identité qui fera le travail émotionnel pour toi. Je ne vais pas te proposer de te filmer en train de courir dans un champ de pâquerettes avec le vent dans les cheveux, mais je suis sûr qu'en s'y mettant à deux, on va tomber d'accord sur un concept qui nous ira à l'un comme à l'autre.

J'approuve de la tête.

— Autant commencer à y réfléchir tout de suite, donc ?

— Voilà.

Nous passons l'heure suivante à *brainstormer*, et à rejeter systématiquement les idées de l'autre.

— Que dis-tu de « La femme qui murmurait à l'oreille des mariés » ? me demande-t-il.

Je fais la grimace, repensant au surnom que je me suis moi-même attribué concernant Natalia.

— Beaucoup trop gnangnan à mon goût. Ça me donne l'impression de jouer sur le stéréotype de la mariée incontrôlable, qu'il faut dresser. Et quel genre de logo on associerait à ça ? Une silhouette de moi, immobilisant une mariée, son cou coincé sous mon bras ?

L'évocation arrache un rire rauque à Max.

— OK, OK, tu n'as pas tort.

— Et un jeu de mot sur « demoiselle d'honneur » ? « Organisatrice d'honneur », peut-être ?

Je secoue la tête.

— Je n'en sais rien, je suis tellement nulle pour ce genre de choses…

— Ne te décourage pas. Faire des propositions et les éliminer fait partie du processus.

Apercevant une aire de repos, je ralentis pour m'y arrêter.

— Ça ne t'embête pas si on fait une pause ? J'ai besoin d'aller aux toilettes.

Il range son stylo et son bloc-notes dans son sac.

— Aucun problème.

Alors que je suis en train de me garer, il pivote brusquement sur son siège en claquant des doigts.

— Je crois que je tiens un truc ! Quelque chose qui se baserait sur le personnage de la bonne fée. Tu pourrais devenir la bonne fée du mariage. Celle qui transforme l'ordinaire en conte de fées, justement. Alors que tout semble perdu, tu apparais comme par magie pour assurer aux mariés une journée de rêve. Le baratin mérite d'être travaillé, mais ça pourrait marcher. Le point clé étant que la fée marraine est cette présence bienveillante et attentionnée dans notre vie. C'est la personne qui est là pour nous chaque fois que les choses dérapent et que l'on a besoin de réconfort. Pour des clients potentiels, ça représente l'assurance que quelqu'un sera là pour les guider pas à pas.

Je coupe le moteur.

— J'aime assez. Tant que nous insistons sur le fait que je ne me contente pas de distribuer les pantoufles de verre. Oh ! Et s'il nous faut un slogan, je vote pour « Bibbidi-bobbidi-peau-de-vache ». Parce qu'un brin de vérité, dans une publicité, ça ne fait pas de mal, et puis ça sonne plutôt bien, tu ne trouves pas ?

Max me dévisage sans rien dire.

— Qu'y a-t-il ? je m'inquiète.

Les coins de sa bouche se retroussent.

— Mais qui es-tu, bon sang ?

Je sors de la voiture. Avant de refermer la portière, je me penche pour lui faire un clin d'œil.

— Ah, Max. Ça, c'est à toi de le découvrir.

Loin de se laisser abattre, il me rend mon clin d'œil.

— Tu n'as pas idée à quel point j'ai hâte de démarrer les recherches.

C'est le moment que je choisis pour fermer la portière et me précipiter vers les toilettes. *Oups.* Il se pourrait bien que cette trêve vienne avec son lot de surprises…

À mon retour, quelques minutes plus tard, Max est toujours à la place passager, paupières closes. Je ne fais pas exprès de remarquer combien la peau au-dessus de son ombre de barbe est parfaite ; ses lèvres, pleines ; sa mâchoire, bien dessinée et marquée d'une petite tache de naissance en forme de croissant du côté gauche ; mais lorsqu'on a l'occasion de l'étudier ne serait-ce que dix secondes, difficile de faire autrement.

Si je suis un peu à côté de mes pompes quand je tente d'insérer la clé de contact, c'est uniquement parce que cela fait presque deux heures que je roule, et que la fatigue commence à se faire sentir. Lorsque je tourne la clé et que rien ne se passe, c'est forcément une hallucination.

Max tourne la tête et ouvre un œil.

— Un souci ?

— La voiture ne démarre pas. Elle ne tousse même pas.

Je vérifie le tableau de bord.

— Aucun voyant ne s'allume non plus.

Il se redresse, examine le tableau de bord à son tour, comme si voir la chose de ses yeux allait résoudre un mystère qui n'en est pas un.

— La batterie est morte.

— Sans déc ? Je ne l'aurais pas deviné toute seule…

— C'est toi qui as insisté pour qu'on prenne ta bananemobile pour son ultime baroud d'honneur, me lance-t-il en pointant sur moi un doigt accusateur. Alors, inutile de t'en prendre à moi !

Et voilà. La trêve aura été de courte durée.

Je flatte le tableau de bord et le volant, suppliant mon bébé de se réveiller.

— Allez, ma belle. Encore une poignée de kilomètres et tu auras droit à une petite visite chez le garagiste.

Max gronde.

— C'est n'importe quoi.

Il saute hors de la voiture et dégaine son téléphone.

Je sors à mon tour et le dévisage par-dessus le toit.

— Qui est-ce que tu appelles ?

— Une dépanneuse. Tu as une meilleure idée ?

Je prends un air sévère.

— On demande à quelqu'un de nous redonner un peu de jus. J'ai l'habitude.

Menton en avant, il me scrute de ses yeux perçants.

— Je croyais que cette auto était en forme olympique ? Combien de fois tu l'as redémarrée aux câbles ?

Quelle importance ? Et qu'est-ce que c'est que cet interrogatoire ? Je hausse les épaules.

— Trois fois, je crois. Ce n'est vraiment rien. La plupart des fabricants ne recommandent un changement de batterie qu'après six ou sept recharges aux câbles.

Max fait la moue.

— C'est pas vrai, ça.

— Eh bien, ça devrait.

— Pour quelqu'un d'aussi organisé, je te trouve un peu laxiste sur l'entretien de ta voiture.

— Son entretien nécessite de l'argent, et je ne nage pas exactement dans les billets, OK ? Et puis, c'est faux : je prends soin d'elle. Je pensais simplement que la batterie avait encore quelques vies en réserve.

Il porte une main exaspérée à son front.

— Bref. Trouvons quelqu'un avec une batterie fonctionnelle.

Mains sur les hanches, il tourne sur lui-même, à la recherche de quelqu'un pour nous aider à démarrer. Le problème, c'est que nous n'avons pas vu une seule voiture passer depuis dix minutes que nous sommes là.

Après avoir attendu quelques minutes de plus en silence, je finis par reconnaître ma défaite.

— J'appelle une dépanneuse.

Max écarquille les yeux et lève les bras.

— Quelle idée géniale ! Pourquoi est-ce que je n'y ai pas pensé plus tôt ?

— Si tu tiens à faire du sarcasme, il va falloir travailler ton imagination. C'est pas brillant, ça, je rétorque, téléphone à l'oreille.

Il lève les yeux au ciel. Pour quelqu'un qui se dit plutôt cool et relax de nature, il ne se prive pas de me faire des caprices.

— Appelle la dépanneuse, OK, réplique-t-il. En attendant, je vais jeter un œil sous le capot. Histoire de vérifier que ce n'est pas autre chose.

Il tire sa chemise de son pantalon et entreprend de la déboutonner lentement, révélant le T-shirt blanc qu'il porte dessous.

Mes yeux manquent de sortir de leurs orbites.

— Qu'est-ce que tu fabriques ?

À l'autre bout du fil, le représentant du service client s'éclaircit la voix.

— Ahem, pardon ?

Crotte.

— Excusez-moi. Ce n'est pas à vous que je m'adressais.

Max penche la tête de côté, une lueur amusée dans le regard.

— Hors de question que je gratte dans le moteur avec ma chemise. Je ne veux pas la fusiller.

— Je vais m'en charger, moi, je murmure. J'ai une chemise noire. Je peux me rouler dans le cambouis, personne ne verra la différence.

— Tu es au téléphone avec le service de dépannage, moi je regarde le moteur.

Sur ces mots, il retire sa chemise, puis la suspend avec soin au dos du siège passager.

Argh. C'est le retour de Hartley le beau gosse. Des pensées tout à fait scandaleuses me viennent à propos de celui qui aurait dû devenir mon beau-frère, et cela me met d'une humeur de chien. Je grimace devant cette vue alléchante et n'ai d'autre choix que de m'en prendre à la personne qui m'a si brutalement ébranlée.

— Ne reste pas planté là. File regarder ce moteur, allez, hop !

— J'y vais, j'y vais, grommelle-t-il. Inutile d'être désagréable. Franchement…

Comme il se retourne, je me surprends à lorgner son dos, pour voir s'il est tout aussi musclé sous cet angle.

Ouh. La réponse est oui.

— Ouais, votre batterie est morte, nous annonce le dépanneur, « TJ », à en croire le nom inscrit sur sa poitrine. Mais vous avez de la veine. Je vais pouvoir ramener votre voiture à l'atelier. Quelques coups de fils pour vous trouver une nouvelle batterie, et j'aurai l'animal dès demain matin.

— Demain matin ? nous exclamons-nous à l'unisson, Max et moi.

TJ ôte sa casquette de base-ball et s'éponge le front.

— Eh oui, mes jolis. C'est plus Washington, ici. Il n'y a pas un fournisseur de pièces détachées à chaque coin de rue. On n'a même pas de coin de rue ! Et puis, on parle quand même d'une Volvo de 2002, hein.

— On n'aura qu'à commander un VTC, déclare Max.

TJ éclate de rire.

— Je vous souhaite bien du courage ! On ne fait pas trop dans le chauffeur à louer non plus, ici. La plupart des gens ont leur propre pick-up. Ou leur propre voiture. De toute façon, il vous faudra bien récupérer votre véhicule demain matin.

Si nous n'honorons pas au moins notre rendez-vous, cette

excursion aura été un désastre de bout en bout, aussi suis-je bien déterminée à parvenir au but. Pour ce qui est de la suite des événements, on verra plus tard.

— TJ, nous nous rendions à Surrey Lane Farm. D'après Google Maps, c'est à quatre kilomètres seulement. Est-ce que ça vous dérangerait de nous y conduire avant de tracter ma voiture jusqu'à votre atelier ?

L'homme remet son couvre-chef en place.

— Avec plaisir.

— Et moi, je n'ai pas mon mot à dire sur la suite du programme ? se plaint Max. Sachant les désagréments que je subis par ton incapacité à anticiper une panne pourtant hautement prévisible ?

Je lui fais signe que non.

— Désolée, tu as déjà utilisé tous tes points *pão de queijo*.

Grimpant dans le camion de TJ, je perçois les ronchonnements caractéristiques d'un Max agacé, douce musique à mes oreilles mesquines.

Surrey Lane Farm abrite des prairies et des champs luxuriants qui auraient tout à fait leur place dans une séquence paysage de film. Avec les montagnes Blue Ridge pour toile de fond, le tableau pittoresque qu'offre la ferme est d'une beauté à couper le souffle. Mes clients, qui prévoient de renouveler leurs vœux, étaient venus y passer un week-end à l'occasion d'une retraite pour couples en difficulté, alors que leur mariage connaissait quelques problèmes. Ce lieu représente beaucoup pour eux et, aujourd'hui qu'ils décident de réaffirmer leur engagement l'un envers l'autre, ils aimeraient organiser les festivités à l'endroit où s'est présentée leur seconde chance.

Tassés à l'avant d'un pick-up, Max et moi faisons le tour de l'immense propriété, dédiée à l'agriculture et à l'élevage durables. Hannah, notre guide et coordinatrice des événements de la ferme, se débrouille comme une pro sur ce terrain accidenté ; mon derrière, en revanche, gère ça comme un amateur. Pire, ma cuisse est si collée à celle de Max que nous ferions tout aussi bien de les attacher l'une à l'autre et de nous lancer dans une course à trois pattes.

Plus tôt dans la journée, je me suis mentalement fait la liste des questions à poser à Hannah, mais chaque bosse sur le chemin de terre me projette contre Max, et je suis incapable de m'en rappeler une seule. Chaque fois que mes parties charnues entrent en contact avec ses muscles d'acier, je manque de laisser échapper un gémissement.

Lui semble loin d'être aussi affecté par cette proximité, même si, de temps à autre, je le vois fermer les yeux et serrer les dents.

— Je vais vous conduire à la Grange étoilée, déclare Hannah. Elle est très demandée pour les réceptions et se trouve juste à côté de l'endroit où l'on organise la plupart de nos cérémonies en extérieur.

— Ça me semble parfait.

À en juger par son air renfrogné, je doute que Max en dise autant d'un quelconque aspect de cette journée. À coup sûr, il m'en veut toujours à propos de la voiture, mais ce n'est pas comme si j'avais tout orchestré.

— Dites-moi, Hannah, auriez-vous des chambres libres pour ce soir, par le plus grand des hasards ?

Notre conductrice se mord la lèvre, l'air désolé.

— Pas la moindre, j'en ai peur. Nous sommes complet. Nous recevons une retraite de couples, ce week-end. Vous me voyez navrée.

— Où pourrions-nous loger ce soir ? insiste Max. Pas trop loin, de préférence.

— Vous ne trouverez rien à moins d'une heure. Mais vous pouvez passer la nuit dans la grange. Vous seriez surpris de découvrir à quel point le foin peut être confortable.

— C'est sans doute la raison pour laquelle tant de gens s'y roulent, siffle Max entre ses dents.

Je lui assène un coup de coude dans les côtes.

— Stop !

Tout à coup, une secousse particulièrement violente me fait basculer sur lui. Cherchant à adoucir l'impact, j'attrape l'appuie-tête d'Hannah d'une main, et Max de l'autre. Malheureusement, la première prise à laquelle mes doigts parviennent à se raccrocher est son entrejambe. Mon corps se fige malgré moi, comme si mon traître de cerveau avait décidé de saisir la chance qu'il avait sentie. Je ne peux pas regarder. Je ne peux pas bouger. Je suis soudain incapable de respirer. Tout comme Max, apparemment.

Hannah arrête le pick-up et descend.

— Eh voilà ! Je vous laisse explorer seuls quelques minutes, le temps de regarder mes messages.

Le moteur coupé, je me rends compte que la respiration de Max est audible. Et hachée. La mienne aussi.

— Hum, Lina, pourrais-tu lâcher ce que tu tiens ?

Il a beau murmurer sa question, le moindre degré de décibels ne la rend pas moins embarrassante.

Lentement, comme si le ralenti allait d'une manière ou d'une autre rendre le mouvement indétectable, je tourne la tête et croise le regard interrogateur de Max. Ma main est sur son entrejambe. Ma. Main. Est. Sur. Son entrejambe. Et je suis incapable d'y faire quoi que ce soit.

— Lina, répète-t-il, la dernière voyelle se fondant dans un gémissement torturé.

J'aspire une bouffée d'air, pousse un cri de surprise et le lâche, dans cet ordre, avant de me précipiter dehors par la portière conducteur. Le champ de vision de Max ne doit plus être qu'arrière-train et coudes qui volent, mais, au moins, je parviens à m'extraire du véhicule sans une égratignure ; physique, du moins. Mentalement, c'est une autre paire de manches. Si une nouvelle catastrophe survient avant notre retour, j'aurais la certitude que cette sortie était maudite.

Chapitre 18

Max

Je sais déjà de quoi je vais rêver, ce soir : de petits plaisirs à la main. Des plaisirs rapides, traînants, furtifs, ou urgents... Et puisque l'univers m'en veut, l'invitée d'honneur, dans mon subconscient, sera la main de Lina. Ce n'était pas mon intention, au départ, mais c'est comme ça.

Elle s'est élancée à grandes enjambées vers la grange, et je lui emboîte le pas de mauvais gré, tentant de raisonner mes pensées vagabondes. *Il n'y a rien à y lire. C'était un geste maladroit, rien de plus. Elle ne te voit pas sous cette lumière. Et tu ne devrais pas penser à elle de cette manière non plus. Tu te souviens de toutes les bonnes raisons que Dean t'a fournies ? Fais-en un Post-it et agrafe-le-toi sur le front, bordel !*

Quand je pénètre dans le bâtiment, Lina est déjà en train d'inspecter les lieux, s'arrêtant tous les deux ou trois pas pour poser une question à Hannah. Personne ne soupçonnerait jamais qu'il y a une minute à peine elle avait la main entre mes jambes. Si elle peut occulter si facilement l'incident, je devrais y arriver aussi. Du moins, je crois.

— Combien de tables rondes d'un mètre quatre-vingts de diamètre peut-on faire tenir dans cet espace ? demande-t-elle.

— Confortablement ? Seize. Il est possible d'en ajouter deux, mais ça ne laisse pas beaucoup de place pour la piste de danse.

Lina désigne ensuite le toit.

— Il est bien étanche ?

— Résistant à la pluie. C'est de la tôle, et les plaques sont surélevées pour un meilleur écoulement.

— Et les gouttières ?

— Chéneaux et descentes de gouttières ont été remplacés il y a deux ans.

Lina examine la grange d'un bout à l'autre, cochant un à un les éléments de la liste qu'elle a en tête. Son inspection est méthodique et rigoureuse. Elle va même jusqu'à s'appuyer sur un poteau de soutien pour vérifier qu'il ne grince pas. Hannah la laisse faire sans sourciller. J'imagine qu'elle a l'habitude des professionnels.

— Vous avez une licence de débit de boisson ?

Hannah rit de bon cœur.

— Babette, la propriétaire, n'imaginerait même pas qu'il en soit autrement.

Lina déambule jusque devant moi et me dépasse sans même un regard. Son incroyable capacité à se focaliser sur ses objectifs est l'une de ses nombreuses qualités. À mesure que je l'observe, j'essaie d'imaginer comment nous pourrions illustrer au mieux en quoi cet atout bénéficie tout particulièrement aux couples qui l'engagent. Je vois déjà le visuel : elle, concentrée sur sa tâche, pendant que deux familles en tenues de mariage se battent dans une fontaine.

— D'où provient l'électricité ? poursuit-elle. Vous avez des générateurs ?

Ah bah, oui. Un mariage, c'est mieux avec l'électricité. Je serais si mauvais dans le rôle d'organisateur d'événements.

— Il y a quelques années, nous avons fait tirer les lignes jusqu'à la grange, elle est raccordée au réseau. Quelle date les Jensen envisagent-ils ?

— Mai de l'année prochaine.

— Vous avez de la chance, alors. Nous passons à l'énergie solaire en mars prochain. Tout fonctionnera grâce à ce cher soleil : lumières, radiateurs infrarouges, équipement audiovisuel…

Ravie de la nouvelle, Lina hoche la tête avec enthousiasme.

— Les Jensen vont adorer. Le respect de l'environnement serait un point très positif pour eux.

Hannah jette alors un coup d'œil à sa montre.

— Si vous n'avez pas d'autres questions, je vais retourner fermer les bureaux avant de rentrer chez moi. Quand vous voudrez visiter le gîte, allez-y directement. Il y aura quelqu'un pour vous montrer les salles communes, les cuisines et les cabinets de toilette.

Lina lui adresse un petit signe poli.

— Merci infiniment, Hannah. Votre aide m'a été précieuse.

Comme nous nous retrouvons seuls, je me tourne vers elle avec ce qui ne peut qu'être une admiration sans bornes dans le regard. Pour qui souhaite engager une professionnelle pour organiser son mariage, Lina devrait être le choix évident.

— J'avoue tout : je n'aurais pas songé à un tiers de toutes ces questions.

— Mes clients non plus. C'est pour cette raison que j'inclus les visites d'établissements dans mes prestations.

Elle me fait signe de la suivre.

— Sortons. J'aimerais prendre quelques photos de l'endroit réservé aux cérémonies. Celles qui figurent sur le site ne m'ont pas permis de me faire une idée des proportions.

L'endroit en question est un grand rond d'herbe, délimité par un chemin dallé circulaire, abrité par un rideau clairsemé de pins et de chênes.

— Et s'il pleut ? je demande.

— Soit nous déplaçons la cérémonie à l'intérieur, soit nous prévoyons un barnum.

Puis elle souligne, se tournant vers le gîte derrière nous :

— C'est pratique, de quoi se changer et se reposer si près.

— Si seulement on pouvait dormir dans l'une de ces chambres, ce soir !

Pour ne pas changer, elle m'ignore et continue de photographier les lieux. Alors qu'elle a pris quelques clichés, son téléphone sonne. Un coup d'œil à l'écran lui arrache un soupir de soulagement.

— C'est TJ. J'espère qu'il a de bonnes nouvelles.

Moi aussi. L'idée d'avoir à passer la nuit dans la grange, même équipés d'une dizaine de couettes et de lampes chauffantes, ne m'enthousiasme pas franchement. Sans compter que l'atmosphère risque d'être particulière…

Lina écoute le dépanneur en hochant la tête.

— D'accord. C'est super, TJ. Et donc… à quelle heure pourrez-vous nous l'amener ?

Elle accueille la réponse avec un sourire.

— Vous êtes le meilleur. Merci infiniment.

Après avoir raccroché, elle esquisse une petite danse de la victoire.

— Un ami peut lui avoir une nouvelle batterie dès la première heure demain matin. On devrait pouvoir repartir d'ici avant 9 heures et demie.

Ça fait vraiment beaucoup d'heures dans cette grange. Avec Lina. Seuls.

— Et du coup, c'est quoi, la bonne nouvelle ?

Elle me tire la langue.

— Quelqu'un a oublié de se lever du bon pied, ce matin. Je sais que la situation n'est pas idéale. Mais j'essaie de voir le bon côté des choses. Au moins, nous n'étions plus très loin de la ferme quand nous sommes tombés en panne. Nous aurions pu être perdus au milieu de nulle part, et ça aurait été beaucoup moins drôle.

Cette simple remarque m'entraîne dans une spirale de réflexions dont je me serais bien passé. Et si je ne l'avais pas accompagnée ? Elle se serait retrouvée là-bas toute seule. Je l'imagine, coincée sur ce bord de route, à attendre que quelqu'un passe pour l'aider à redémarrer. *Bon sang.* J'ai conscience qu'elle se fait une fierté d'être cent pour cent indépendante, mais elle prend des risques en faisant ce genre de choses. Je n'aime pas du tout. Pire, je m'en veux de prendre ça tant à cœur.

— Ta bananemobile mériterait qu'on abrège ses souffrances. D'abord, c'est la batterie. Ensuite, ce sera l'alternateur. Ou le moteur. Quand tu prévois de longs trajets, tu devrais d'abord la faire vérifier. On ne serait pas dans ce merdier, si tu avais été plus prévoyante.

Le téléphone toujours à la main, Lina croise les bras et pose sur moi un regard froid.

— Elle passe au garage régulièrement, mais je ne peux pas prédire les problèmes avant qu'ils arrivent.

— Dans ce cas, trouve-toi un meilleur mécano.

— Mais c'est quoi, ton problème ? hurle-t-elle, les yeux réduits à deux fentes assassines.

Le volume de sa voix nous surprend tous les deux et ne fait qu'attiser la rage qui bouillonne en moi. Je lui réponds sur le même ton, peu importe que l'on puisse nous entendre.

— *Toi !* C'est *toi*, mon problème. Et tu ne sais pas ce que je donnerais pour que ce ne soit pas le cas.

— Est-ce que tout va comme vous le voulez, les amis ? nous demande un homme, grand, noir, apparu devant le gîte.

Vêtu d'un pantalon de toile beige, d'un pull à col en V et d'une chemise blanche fermée par une cravate, on le croirait tout droit sorti d'une émission éducative pour enfant. Dans deux secondes, il va nous apprendre l'alphabet, ou la différence entre « grand » et « petit ».

— Tout va bien, monsieur, répond Lina en repoussant les cheveux qui lui volent dans les yeux. Seulement un petit désaccord au sujet d'un souci *sans importance.*

— Je ne qualifierais pas ça de « sans importance », je rétorque.

Mais j'imagine que tu es en droit d'interpréter la situation comme ça t'arrange.

Avec un petit rire, l'inconnu descend les marches du perron et nous rejoint.

— Ma foi, j'en connais deux qui feraient bien de passer le week-end avec nous au gîte.

— Si seulement ! fait Lina en soupirant. Le problème, c'est que nous n'avons pas de chambre.

L'homme se rapproche et semble réfléchir à une solution, la main sur la bouche.

— Nous réservons toujours une chambre supplémentaire, au cas où l'un de nos couples aurait besoin de faire chambre à part, à un moment donné. Je ne la donnerais pas à n'importe qui, car chacun se sent plus à l'aise quand nous sommes exclusivement entre nous. Mais pour un couple à qui cela ferait de toute évidence du bien de participer à nos ateliers, c'est très certainement envisageable… Je m'appelle James, soit dit en passant.

Lina serre la main qu'il lui tend.

— Enchantée, James. Mais, tous les deux, nous ne sommes pas…

— Très sûrs de vouloir participer à votre retraite, j'interviens, en passant un bras autour des épaules de Lina. Qu'est-ce que ça implique, exactement ?

Je sens son regard interrogateur peser sur moi et ne peux qu'espérer qu'elle percutera vite, car ceci… ceci est notre chance.

— La retraite a déjà commencé, mais nous pourrions vous expliquer de quoi il retourne. Cela consiste en quelques exercices. Par exemple, l'un d'eux s'appelle « Ce que j'aimerais » et encourage nos couples à parler de ce qui peut représenter un frein à leur relation. Il y a des exercices plus physiques, aussi. C'est à la fois amusant et éprouvant. Parfois, ça peut être particulièrement difficile, mais ma femme et moi faisons ça depuis plus de dix ans, et plus grand-chose ne nous surprend.

— Quels sont vos tarifs ?

— Quatre cents dollars pour le week-end. Deux cents pour aujourd'hui seulement. Plus le prix de la chambre, en temps normal, mais puisque celle-ci est déjà comprise dans notre contrat avec le gîte, nous vous en ferions grâce. Tout ce qu'il me faut, c'est une copie de vos permis de conduire et votre signature sur notre accord de confidentialité, promettant que vous ne divulguerez rien de ce que vous aurez appris sur les autres couples.

Deux cents dollars pour ne pas avoir à dormir dans une grange ? La décision est toute prise, non ?

— Vous nous excusez une minute ? J'aimerais en discuter avec ma… euh, elle.

James esquisse un petit salut de deux doigts sur la tempe.

— Bonne idée, jeune homme. Il est toujours sage de prendre ensemble les décisions qui nous affectent en tant que couple.

— Voilà, exactement, fais-je distraitement en entraînant une Lina abasourdie un peu plus loin, pour éviter que James ne nous entende.

Nous nous arrêtons sous les branches tombantes d'un cerisier du japon. Là, elle fait volte-face et me souffle sa confusion entre ses dents serrées.

— Qu'est-ce que tu fiches, Max ?

— Ce n'est pas évident ? Je nous trouve une chambre. Avec un lit.

— Mais nous allons devoir faire semblant d'être un couple !

— Pour une nuit seulement.

Je l'observe, tête penchée de côté.

— Tu crois que ça sera si dur que ça ?

— Très dur, même, répond-elle, une ride profonde se creusant entre ses sourcils froncés. Ce serait mentir à ces gens. Ils vont partager des choses très personnelles, et nous jouerions les oreilles indiscrètes. C'est malhonnête.

Elle n'a pas tort, mais nous sommes deux personnes intelligentes.

On devrait trouver le moyen d'éviter d'être là, quand ces couples s'exprimeront sur leurs difficultés.

— Et si nous trouvons des excuses pour ne pas participer à la plupart des ateliers ? Ou pour nous éclipser quand les autres couples font ce qu'ils ont à faire ? Si ça se révèle trop difficile, il sera toujours le temps de nous carapater et d'aller passer la nuit dans la grange. Mais on a la possibilité de dormir dans une vraie chambre, je pense que ça se tente.

Lina réfléchit à ma proposition en se mordillant le doigt.

— Reste un problème : il n'y aura qu'un seul lit.

— Pas de problème, uniquement des solutions. Je peux dormir par terre. Ou alors on se partage le temps par terre et sur le lit. Placer des oreillers entre nous fonctionne aussi. On verra bien. On peut aussi faire moitié-moitié sur le prix de la journée.

Elle sautille sur place, pesant le pour et le contre. Je ne l'avais encore jamais vue si indécise. Et il ne faut pas compter sur moi pour me retenir d'utiliser les armes à ma disposition !

— Question, parce que je ne me rappelle plus si tu l'as posée à Hannah tout à l'heure : y a-t-il des toilettes dans la grange ? Oh ! et est-ce que tu as pensé à apporter du spray antimoustique ?

Elle redresse vivement la tête, les yeux écarquillés.

— Merde.

— CQFD.

Pour toute réponse, elle me passe les bras autour du cou et me fait un clin d'œil.

— Crois-moi, tu ne connaîtras jamais meilleure petite amie.

Un frisson me parcourt, et les poils de mes bras se dressent. Ouais. C'est bien ce qui me fait peur. Mais, hé, au moins, je ne dormirai pas dans une grange ce soir.

— C'est… le grand confort, déclare Lina en tournant sur elle-même pour promener un regard dans la pièce. C'est au moins un *king size.* Amplement la place pour nous deux.

— Tu crois ?

Elle acquiesce avec une petite moue sûre d'elle.

— Ça ira très bien. Mieux que le sol de la grange, toujours.

Certes, le lit est immense, mais elle omet l'évidence. C'est un lit à baldaquin aux voiles vaporeux, drapé de soie à chaque coin. Il ne fait aucun doute que c'est l'attraction principale, dans cette chambre. Tout le reste, que ce soit la petite commode ancienne ou le set de luxueux fauteuils, n'est qu'accessoire. Si je devais vendre cette chambre en un pitch, ce sont des mots comme « sensuel » et « décadent » que j'utiliserais pour décrire ce lit. En gros, rien qui puisse calmer une situation déjà source de tension.

Lina saute dessus, teste la fermeté du matelas, puis se laisse tomber sur le dos et tend les bras au-dessus de la tête. Elle non plus, n'aide pas…

— Il est si grand que je peux m'allonger dans le sens de la largeur ! s'exclame-t-elle en agitant les bras sur les côtés. Rien à voir avec le lit simple de mon enfance.

Bon, ben, c'est officiel : cette femme me tue. D'un côté, c'est absolument adorable, de l'autre, c'est de la torture pure et simple. Clairement, il va falloir passer le moins de temps possible dans cette chambre.

Je me plante au pied du lit, puis attends qu'elle baisse les bras pour les lui attraper et la forcer à s'asseoir.

— La récré est finie, Lina.

Elle laisse échapper un petit « oh » surpris, baisse les yeux sur nos mains jointes et bondit précipitamment du matelas, manquant de me faire tomber dans sa hâte de remettre de la distance entre nous.

Je bascule en arrière, mais, cette fois, c'est elle qui m'agrippe les bras et m'attire à elle pour m'éviter de m'étaler par terre. Résultat :

l'intégralité de ses douces rondeurs se retrouve pressée contre mon corps dur comme un roc. Mes excuses se coincent dans ma gorge quand je baisse les yeux sur son visage, et j'aperçois la même prise de conscience sous ses paupières mi-closes. Elle s'humidifie les lèvres. Mon cœur s'emballe, ralentit, omet quelques battements par-ci par-là, ne sachant plus quel rythme adopter. Si elle lève le menton et approche sa bouche de la mienne, il se pourrait qu'on me perde.

Quelques coups francs à la porte nous arrachent à ce moment, et nous nous séparons vivement, comme deux boxeurs rappelés à leur coin de ring à la fin du round.

— Les ateliers reprennent bientôt, les amis, lance une voix. Retrouvez-nous dans le pré, à l'arrière, dans dix minutes.

Les yeux et les mains plongés dans son sac, Lina m'annonce qu'elle va faire un brin de toilette avant.

— On se rejoint là-bas ?

J'acquiesce d'un hochement de tête, bien qu'elle ne me regarde pas.

— Oui. Bonne idée.

Très sincèrement, je suis preneur de toutes les bonnes idées, surtout si elles peuvent neutraliser les moins bonnes, qui tourbillonnent dans mon esprit.

Chapitre 19

Lina

À peu près certaine d'avoir mal entendu, je lève la main.

— Excusez-moi, James ?

Le conseiller se retourne avec un grand sourire.

— Oui, Carolina ?

— Je crois que la chaleur m'embrouille un peu le cerveau, fais-je en louchant. Vous venez de dire qu'on va jouer au ballon ? Genre basket ? Ou foot ?

Avant même qu'il ait le temps de me répondre, une grosse boule gonflable transparente pourvue d'une paire de jambes humaines surgit de derrière la grange, nous charge, et nous force à nous éparpiller.

— Eeeeeeet, striiiiiiiiiiike ! hurle-t-elle.

— Wanda, un peu de sérieux ! lance James, hilare. Nous sommes censés être les adultes responsables de ce camp.

Sa femme le heurte volontairement et éclate d'un rire diabolique quand il perd l'équilibre. Se redressant de toute sa taille, James s'adresse de nouveau à moi.

— Pour répondre à votre question, Carolina…

— Vous pouvez m'appeler Lina.

— Pour répondre à votre question, Lina, vous allez enfiler des bulles gonflables pour une bataille : le ballon, c'est vous.

Puis il reporte son attention sur le reste des couples (sept, avec nous) et se frotte les mains comme un méchant de dessin animé.

— Le but est de s'amuser, d'évacuer un peu d'agressivité, et de travailler en équipe. Votre objectif est de rester à l'intérieur des cônes orange. Si vous êtes poussés en dehors des limites, vous êtes éliminés. Le dernier couple à l'intérieur des cônes sera proclamé gagnant. C'est bon pour tout le monde ?

Nous hochons la tête.

— Oh ! encore une chose…, reprend James. Sous aucun prétexte vos mains ne doivent quitter la bulle. Laissez-les sur les poignées intérieures. Si vous les utilisez pour quoi que ce soit d'autre, vous serez aussitôt disqualifiés.

Je me tourne vers Max.

— Tu as vu dans quoi tu m'entraînes ?

— Je sais, me répond-il, très content de lui. C'est pas génial ?

— Allez, tout le monde ! appelle Wanda. On s'équipe.

Je trouve que c'est beaucoup me demander, pour le seul privilège de ne pas dormir par terre dans la grange. Surtout quand je constate que certains couples n'ont pas le sourire, comme s'ils n'avaient pas entendu James nous encourager à relâcher la pression.

— Bon, me fait Max. Quelle est notre stratégie ?

Débarrassé de sa chemise, il est revenu à son état de beau gosse et, rien que pour ça, j'ai envie de l'écrabouiller avec ma bulle gonflable. J'ai eu vraiment chaud, il y a quelques minutes, dans cette chambre. Si un tel moment venait à se reproduire, je doute qu'une douche froide suffirait à me calmer.

Je vois des bains glacés, dans les jours qui viennent. Beaucoup de bains glacés.

Wanda, charmante derrière son côté taquin, a eu la gentillesse de m'offrir en avance le T-shirt que reçoit normalement tout participant au terme de la retraite. Je l'ai associé à un caleçon emprunté à Max.

— On dégomme tout le monde.

Max approuve avec une petite moue.

— Ça me va.

J'enfile le harnais, résistant à un court accès de claustrophobie.

— Tout va bien, là-dedans ? demande-t-il.

Je me saisis des poignées et me penche pour le regarder par le trou percé au sommet.

— Ça va, et toi ?

— Heureux comme tout. J'ai déjà tenté de convaincre mon meilleur ami, Dean, d'essayer ces trucs au centre de loisirs qu'on fréquente, mais il n'a jamais voulu.

— Dean m'a tout l'air d'un homme intelligent.

— Oui, vous vous entendriez bien, tous les deux. C'est quelqu'un de pragmatique, comme toi. Un peu plus fun, je dirais.

— Ce Dean semble vraiment parfait, j'ironise en battant des cils. Tu n'as jamais songé à sortir avec lui ?

James ne lui laisse pas le temps de me répondre, il nous rameute sur le terrain d'un coup de sifflet. Puisque nous avons rejoint le groupe après tout le monde, nous ne connaissons aucun des couples, pas plus qu'ils ne nous connaissent. Je me dis qu'en tant que petits nouveaux – en retard, qui plus est (du moins c'est ce qu'ils croient) – Max et moi risquons d'être pris pour cible les premiers. Vu de l'extérieur, je ne suis que sourires polis et esprit de franche camaraderie. Intérieurement, je les mets tous au défi de venir me chercher des poux.

Je cogne discrètement dans Max pour attirer son attention.

— Hé, suis-moi un peu, par là.

— Qu'y a-t-il ? demande-t-il en m'emboîtant le pas.

— Finalement, je pense à une stratégie. Séparons-nous. Ensemble, nous leur offrons une cible plus importante, mais chacun de notre côté, nous attirerons moins l'attention. On peut les laisser se défouler les uns sur les autres jusqu'à ce qu'il ne reste plus que nous.

Max m'informe de son avis contraire en secouant le corps, donc la boule d'un côté et de l'autre.

— Je crois qu'il vaut mieux rester ensemble. Faire front commun. Ils vont nous attaquer les premiers, c'est sûr, mais si on leur montre de quel bois on se chauffe, ils vont vite abandonner et s'en prendre à quelqu'un d'autre.

Je réfléchis un instant.

— Attends…

Puis, interpellant notre hôte :

— James, y a-t-il un prix pour les gagnants ?

— Le droit de frimer ! me crie-t-il en retour.

Max et moi échangeons un regard.

— Bon, on n'a pas grand-chose à perdre, dit-il. Je propose de tester ta méthode et de voir ce que ça donne. Si cette tactique ne fonctionne pas, on essaiera la mienne. OK ?

Je sautille sur place pour lui signifier que c'est bon pour moi.

— OK.

James donne un nouveau coup de sifflet, et tout le monde s'éparpille dans le périmètre défini. Je cours me réfugier dans un coin, prenant garde à ne pas me tenir trop près des limites du terrain. Je n'ai pas le temps de prendre mes marques qu'un homme tout en muscles, avec des bras particulièrement poilus, me fait un croche-patte, m'envoyant valser en direction du bord du terrain. Je perds l'équilibre et bascule. Mes pieds ne touchent plus terre, mes jambes pendent lamentablement, et je ne sais absolument pas comment me relever. Je suis coincée. Flûte. Max avait raison : nous aurions dû faire front commun.

Mon coéquipier me retrouve en train de me tortiller comme un ver sur le sol et ne peut s'empêcher de se moquer.

— Si seulement je pouvais attraper mon téléphone pour prendre une photo… Je n'aurais jamais cru te voir un jour dans une telle position. Mais alors, vraiment pas.

Il peut parler ! Il rit de me voir en mauvaise posture, mais a-t-il conscience d'avoir l'air presque aussi bête ?

— Max, dois-je vraiment te rappeler que tu es debout dans une boule de plastique géante ?

Il se penche pour me regarder par le sommet du costume.

— Le mot-clé, ici, c'est bien : « debout ». Tu ne peux pas en dire autant. Si tu veux tout savoir, on dirait un T-Rex qu'on aurait renversé. Je t'aiderais bien, mais…

À travers ma bulle, je le vois déguerpir, un autre joueur sur les talons.

— Je revieeeeeendraiiii…

Je suis forcée de rire en le voyant essayer de traverser le pré en courant de ce pas mal assuré. *Comment en suis-je arrivée là ?*

Pendant ce temps, je me balance d'avant en arrière, dans l'espoir de gagner assez d'élan pour retomber sur mes pieds. Sans grand succès. En revanche, j'explose de rire en visualisant de quoi je dois avoir l'air aux yeux des autres dans cette parfaite imitation de Humpty Dumpty, s'il ne s'était pas cassé en tombant du mur.

Au prix d'immenses efforts, je parviens à pivoter de manière à mieux observer le terrain et à retrouver Max au milieu du monceau de balles plastique rebondissant sur l'herbe. Dans une action stupéfiante, il s'élance contre le type aux bras velus, poussant ainsi mon ennemi juré au-delà des cônes.

— Yes ! je m'exclame.

Entre slalom et esquives, il finit par me rejoindre, haletant comme un chien resté au soleil trop longtemps.

— J'ai… une… idée.

— Ça tombe bien, j'ai nulle part où aller. Je suis tout ouïe.

— Bon, si je m'assieds derrière toi et qu'on plie les genoux, on pourra peut-être s'appuyer l'un sur l'autre pour se relever. Ça ne va pas être très beau à voir, mais je pense que ça peut marcher.

Je le regarde, les yeux plissés, et pivote pour échapper aux rayons aveuglants du soleil.

— Au point où j'en suis, je suis prête à essayer n'importe quoi.

Nous nous mettons à l'œuvre et, après plusieurs tentatives, dont une sabotée par une femme cherchant vainement à venger l'homme aux bras velus, nous arrivons à nous remettre sur nos pieds. La fierté que j'en ressens est totalement disproportionnée au regard de notre modeste victoire, mais après cinq minutes à m'être débattue par terre, je suis contente d'être de nouveau en piste.

— Tu vois ? fanfaronne Max. On se débrouille mieux quand on fait équipe.

Me remémorant notre session de *brainstorming* dans la voiture, je commence à le croire, oui. Et si me chamailler avec lui est relativement plaisant à petites doses, faire les andouilles ensemble comme aujourd'hui est bien plus drôle.

Cette fois, c'est à lui de me pousser légèrement pour me faire revenir sur terre.

— OK, approchons-nous de ce couple, l'air de rien, et puis chargeons. On va les dégommer un à un. Et hurlons en les poursuivant, tant qu'à faire.

Je le regarde, ne voyant pas le rapport.

— Pourquoi ferions-nous une chose pareille ?

— Pour les intimider. Les mettre sur la défensive, tu vois. Ça va les déstabiliser.

Il se penche de sorte que j'aperçoive son visage et ajoute :

— En plus, ça fait un bien incroyable.

Ces mots me font un effet qui n'était sans doute pas celui prévu. J'entrevois un certain nombre d'autres choses qui me feraient « un bien incroyable », et toutes incluent Max… *On se concentre, Lina. On se concentre.*

— Je doute que nous nous fassions beaucoup d'amis, si on leur hurle dessus.

— Qui parle de se faire des amis ? On est là pour les battre. De toute façon, tu ne les reverras jamais. Tu n'as rien à perdre.

Il n'a pas tort sur ce point, alors, c'est vrai, pourquoi pas ? C'est la journée du grand n'importe quoi, alors un peu plus ou un peu moins…

Regardant autour de moi, je m'aperçois qu'il y a déjà quatre joueurs sur la touche. Cela nous laisse encore quatre couples à éliminer. Place au mode brute.

— OK, Max. C'est parti !

Nous titubons en direction de nos cibles en sifflotant, comme si nous ne faisions que nous promener. Alors que nous nous rapprochons, il me crie « un, deux, trois ! », et nous fonçons aussitôt.

— Vous ne nous vaincrez jamais ! hurle Max.

Je suis son exemple :

— C'est nous, les boss, bandes de connards. Aaaaaaah !

Max se fige.

— Tu y vas un peu fort, là, Lina, quand même.

J'esquisse une grimace désolée.

— Pardon.

Deux minutes plus tard, ma voix est déjà éraillée d'avoir trop hurlé. Max avait raison, ça défoule de crier avec un tel abandon, sachant que personne ne vous regardera de travers pour ça. Enfin, sauf si vous les traitez de connards.

Il ne reste plus que nous, et un couple de babas cool en Birkenstock. Avec des chaussettes.

— C'est dans la poche, me fait Max. Elles sont probablement défoncées, de toute façon.

J'ai honte qu'il ait fait cette remarque à haute voix, mais je ris tant que j'en ai mal au ventre.

— Ha. Tu n'as pas tout à fait tort sur ce point, chaton, répond l'une des femmes.

Sans nous laisser le temps de réagir, toutes les deux s'accroupissent et se projettent en avant, se muant en boules de bowling humaines, roulant et bondissant vers nous. Quand nous comprenons enfin que nous sommes les quilles, nous échangeons un regard horrifié à travers la membrane de plastique, mais il est déjà trop tard.

Nous sommes éliminés.

Mauvaise nouvelle : le droit de nous vanter nous passe sous le nez.

Bonne nouvelle : je m'éclate comme jamais.

Pire nouvelle : je suis à cent pour cent certaine que c'est parce que je passe la journée en compagnie de Max.

— On applaudit Lina et Max, qui ont fait une belle partie, déclare James. Maintenant que nous avons évacué toute cette mauvaise énergie, nous allons passer à l'exercice suivant. Nous l'appelons « J'aimerais que tu », et le principe est très simple. Un membre du couple mentionnera trois choses qu'il aimerait que son ou sa partenaire fasse, ou fasse plus souvent. L'autre parlera de trois choses qu'il préférerait que son ou sa partenaire ne fasse pas, ou moins. Tâchez de ne pas vous braquer. Chacun aura son tour de parole. Point important : la personne qui parle devra expliquer ses raisons, afin que l'autre ait une chance de comprendre ce qui la travaille. Règle supplémentaire : votre partenaire a le droit de vous poser des questions à ces fins. Ça va, ça tient la route ?

Nous sommes assis en cercle dans le salon du gîte, une pièce aux lourdes tentures de brocart, meublée de merisier, dont les murs jaunes atténuent l'aspect sombre. Malgré une pause pipi et un en-cas, le groupe semble épuisé et sur ses gardes. J'aurais du mal à déterminer si nous sommes moins enthousiastes à l'idée de cet atelier que nous ne l'étions pour les balles à cause de la fatigue, ou parce que nous n'avons pas hâte de nous attaquer à ce sujet. On va en arriver à des choses très personnelles, et je n'envie pas le couple qui devra se lancer le premier.

Wanda frappe un coup dans ses mains.

— Très bien, les amis, qui veut commencer ?

Max répond prestement.

— Moi, ça ne me dérange pas.

Je sens mon estomac se nouer tandis que quelques personnes tournent le regard vers moi pour mesurer ma réaction. Comme à mon habitude, je ne laisse rien transparaître, mais, intérieurement, j'ai envie de l'étrangler. Qu'est-ce qu'il fabrique ? Nous ne sommes pas ensemble, qu'aurait-il à dire ? Et pourquoi diable tenir à jouer les cobayes dans cette expérience de couple ?

Je me penche à son oreille :

— Pourquoi tu voudrais passer le premier ?

— Tu t'inquiétais de devoir entendre des histoires trop personnelles, me souffle-t-il, le bras posé sur le dossier de ma chaise. Si nous passons les premiers, nous pourrons prendre congé et nous éclipser. Sans oublier que nous n'avons pas déjeuné. J'aimerais manger un bout.

Oh ! d'accord. J'apprécie qu'il se soucie de mes préoccupations. Ça vaut bien quelques points *pão de queijo*. En plus, il va raconter quelques âneries sans importance. Je ferai de même, puis nous pourrons partir en quête de nourriture. *Parfait.*

— Max, déclare alors Wanda. Je vous en prie.

— De préférence debout, ou assis ?

— Comme vous êtes le plus à l'aise, répond-elle avec un haussement d'épaules.

— Bien, je vais me mettre debout, dans ce cas.

Il se lève.

— Comme ça, je laisse un peu d'espace à Lina.

— Tu protèges tes bijoux de famille, surtout ! s'esclaffe l'homme aux bras velus.

Sa conjointe lui colle une claque derrière la tête à ma place.

Max souffle un coup et se passe la main sur le visage, prenant une mine grave.

— Pour le contexte, Lina et moi ne sommes pas ensemble depuis longtemps, et certaines … difficultés sont peut-être dues à la nouveauté de cette relation. C'est ce que je me dis, du moins.

Oh ! bravo, Max. Quelle excellente manière d'introduire les bobards que tu vas nous servir.

— Enfin bref, poursuit-il en se frottant les mains et en rivant sur moi un regard bien plus sincère et solennel que nécessaire. J'aimerais que tu t'ouvres à moi. J'ai l'impression que tu te fermes à tout le monde, et je n'arrive pas à comprendre pourquoi. J'aimerais savoir ce que tu as en tête, mais jamais tu ne dis à quoi tu penses. Par exemple, est-ce qu'il t'arrive de te mettre en colère ? *Vraiment* en colère ? Qu'est-ce qui te rend triste ? Quelle est ta plus grande crainte ?

Je ne sais plus où me mettre, mais reste impassible. Soit ces paroles viennent du cœur, soit il est un acteur de talent et sait précisément comment me mettre mal à l'aise. J'espère qu'il s'agit d'une improvisation ; après tout, il s'est glissé à merveille dans le rôle de l'inconnu quand nous nous sommes recroisés au Cartwright, il y a deux semaines. Mais il a l'air si sérieux ! Et si ce n'est pas du cinéma, il me pose des questions qu'aucun autre homme ne m'a jamais posées dans ma vie, pas même Andrew. Bon sang, je ne veux pas me mettre à pleurer. Pas devant tous ces inconnus.

— Lina, aimeriez-vous répondre ? me demande James.

Il est trop tôt pour décider de quoi il retourne exactement, j'inspecte donc mes ongles pour souligner mon (faux) ennui.

— Non, pour l'instant.

Max hoche la tête, puis ouvre et referme les doigts, avant de continuer.

— Bon, deuxième chose. Liée à la première. J'aimerais savoir quels sont tes sentiments pour moi. En tant que personne. Est-ce que tu m'en veux encore ? Est-ce qu'on arrivera à dépasser ça un jour ? Parce que j'aimerais beaucoup. Je ne suis plus le même homme qu'à l'époque, et je crois que, toi aussi, tu as changé.

Merde. Je pourrais l'assommer. Ou le prendre dans mes bras. Il se sert de cette comédie pour me parler. Me parler *véritablement.* Et j'ignore ce que je peux lui répondre sans trahir des sentiments que je devrais probablement garder pour moi. Max n'a pas besoin de savoir qu'il m'attire. Ni qu'il sape progressivement mes défenses en essayant d'apprendre à me connaître. Encore moins que j'aime la personne que je suis avec lui. D'un autre côté, peut-être que si je réponds précisément à ses questions, j'arriverai à éviter ce genre de révélations.

James se tourne vers moi.

— Quelque chose à dire, Lina ?

Je fais de mon mieux pour ignorer le nœud dans ma gorge et prends une grande inspiration pour me donner du courage.

— Je t'aime bien, Max. En tant que personne. Beaucoup, même. Je ne m'attendais pas du tout à ce que ce soit le cas, mais j'ai fait pas mal de choses qui ne me ressemblent pas ces deux dernières semaines, et ça me va très bien. Je ne t'en veux pas. Plus, en tout cas. J'aimerais qu'on se concentre sur les personnes que nous sommes aujourd'hui, et qu'on se rappelle notre but commun.

Il fait la moue et pousse un soupir.

— La présentation, bien sûr. Comment ai-je pu l'oublier ?

Il est déçu de ma réponse. Est-ce qu'il voudrait que je creuse davantage ? Que j'en révèle plus ?

— Non, ça ne concerne pas seulement la présentation, Max. Du moins, pas pour moi.

J'avance le buste, curieuse.

— Mais en quoi est-ce si important pour toi que l'on tire ou non un trait sur le passé ?

— C'est bien, très bien, intervient James. Vous acceptez d'entendre ce qu'il a à vous dire. Vous posez vos propres questions. Les autres, prenez-en de la graine.

Max hésite, ferme la bouche, la rouvre…

J'insiste :

— Dis-le-moi.

— C'est lié à la troisième chose que j'aimerais que tu fasses, me répond-il.

Wanda lui fait signe de poursuivre.

— Dites, puis nous laisserons la parole à Lina.

Certainement pas, non. Lina, elle va s'en aller. Très vite. Si je ne m'éclipse pas, je vais exploser mon quota émotionnel du jour, entrer en surchauffe et m'évanouir.

— Très bien, reprend Max, sans lâcher mon regard. C'est la dernière chose, mais elle est importante. J'aimerais que tu voies le potentiel en nous. Je sais que ce n'est pas facile de me regarder d'un œil neuf, surtout au vu de notre histoire. Seulement, il y a *quelque chose.* Je ne sais pas exactement de quoi il s'agit, mais c'est assez fort pour que je n'ai aucune envie de tirer une croix dessus. C'est beaucoup demander, je sais. Et c'est compliqué. Il y a probablement mille raisons de ne pas essayer. Peut-être que tu ne t'imagines pas une seconde avec moi. Seulement, je tiens à ce que tu saches que, s'il y a la moindre chance pour nous, je la saisirai sans hésiter.

L'une des femmes en Birkenstock pousse une petite exclamation. L'autre se tasse sur son siège. J'ai peur de bouger un muscle, de cligner des yeux, ou de réagir d'une manière quelconque, mais je suis tentée de faire pareil. Cet exercice semble spécialement conçu pour me pousser à bout, et Max s'en est largement servi. Je devrais être folle de rage qu'il me mette volontairement dans cette position, mais, si je suis honnête, réellement honnête avec moi-même, c'est aussi très libérateur. Je n'ai pas besoin de refréner mes émotions, ici, et je ne partage que ce que je veux partager. Et puis, je ne peux pas ignorer la façon dont mon cœur a bondi dans ma poitrine quand Max a déclaré vouloir sa chance avec moi. Je ne devrais pas l'encourager, alors que je ne peux pas lui offrir ce qu'il désire, mais il a eu le courage de se mettre à nu, alors je me dois de lui rendre la pareille.

Me sentant probablement vulnérable, Wanda s'adresse à moi d'une voix douce.

— Lina, souhaitez-vous partager trois choses à votre tour ? Si vous n'êtes pas à l'aise, personne ne vous y oblige. Nous aimerions que vous profitiez de cette occasion, sachant tout de même que notre priorité reste que vous fassiez ce qui est bon pour vous.

Je lève les yeux vers Max, souffle un coup et me mets moi aussi debout.

— Ça va. Aucun problème.

OK, Lina. Quand il faut y aller…

Chapitre 20

Max

Alors, c'est ça d'avoir l'impression de quitter son corps ? Je ne suis pas fan.

J'ai du mal à croire que je viens de mettre mon cœur à nu dans une pièce essentiellement remplie d'inconnus. Je comprendrais que Lina soit en rogne. Pour le coup, c'est entièrement ma faute. Elle m'a laissé une mince ouverture en me disant qu'elle pensait à moi au-delà du contexte de la présentation, et je me suis engouffré dedans comme une brute.

Après m'être éclairci la voix, je lui coule un regard éloquent et lui fournis une porte de sortie.

— Hum, Lina, tu n'avais pas un coup de téléphone important à passer ? Maintenant, en fait, j'ajoute avec un coup d'œil à ma montre. Nous devrions peut-être sortir et te trouver un endroit tranquille.

Elle m'observe, son expression ne laissant rien paraître. Au bout de quelques secondes pesantes, elle déclare :

— J'ai oublié de te prévenir. Cet appel a été reporté. Je n'ai pas d'impératifs pour l'instant. Je suis libre comme l'air.

Je me laisse retomber sur ma chaise. *Cinq sur cinq.* Elle s'apprête sans doute à me porter le coup fatal. Ou à partager un fait embarrassant à mon sujet avec le reste du groupe. L'incident de la dégustation de gâteaux, peut-être ? Je ne serais pas surpris si elle décidait également d'inventer des histoires peu flatteuses. Je ne serais même pas en position de me défendre. Sincèrement, après ce que je viens de lui infliger, je le mériterais largement. Alors je la regarde et j'attends que le couperet tombe.

Elle porte toujours le T-shirt de la retraite conjugale, qu'elle a noué sur le côté, dévoilant une mince bande de ventre. J'ai l'impression de découvrir un cadeau que j'ai toujours voulu sous le premier lambeau de papier cadeau déchiré. Le seul problème étant qu'elle me pèterait le nez, si j'arrachais le reste de l'emballage.

Elle se frotte les mains sur le devant des cuisses et se racle la gorge.

— Trois choses que j'aimerais que tu ne fasses pas, ou peu. OK, alors voilà… Pour commencer, j'aimerais que tu ne prennes pas tant à la légère ce que tu me demandes, quand tu me reproches d'être trop fermée. Tu veux savoir s'il m'arrive de pleurer ? De me mettre en colère ? Bien entendu. Mais j'ai besoin de me sentir en sécurité pour cela, et ces occasions sont rares. Je suis une femme, Max. Et afro-latinx, en prime. Je ne peux pas me permettre de laisser libre cours à mes émotions sans craindre des répercussions.

— Amen ! s'exclame Wanda.

— Une femme noire ne fait pas preuve d'une colère légitime, elle est « hystérique ». Une personne originaire d'Amérique latine ne se laisse pas faire sans broncher, elle est « agressive », « sanguine ». Je n'aime pas élever la voix en public. Les implications sont trop lourdes. Quand une femme a le malheur de montrer une émotion au travail, elle est « irrationnelle » et inapte à tout poste à responsabilités. J'ai été virée pour avoir fait preuve de trop d'émotivité dans un environnement majoritairement masculin, Max.

Ce ne sont pas des paroles en l'air. Elle aborde de toute évidence cet exercice avec sérieux, et il est hors de question que je prenne ce qu'elle me dit de son expérience à la légère. En dépit de mes réticences à l'interrompre, la question me brûle les lèvres :

— Que s'est-il passé, Lina ? Pourquoi t'ont-ils renvoyée ?

Elle ferme brièvement les paupières, puis relève le menton.

— Avant d'être organisatrice de mariages, j'étais assistante juridique dans un cabinet d'avocats prestigieux.

Elle laisse courir son regard sur nos visages.

— J'adorais mon travail. J'étais jeune, diplômée depuis moins de trois ans. J'aurais tout fait pour prouver que je méritais ma place. Quand on m'a donné l'occasion d'assister un avocat associé au cours d'un procès, ça a été quelque chose ! Malheureusement, j'ai fait une bourde. Une bourde énorme. J'ai mal numéroté les pièces à conviction. L'épuisement, peut-être, je n'en sais rien. Toujours est-il que la juge n'a rien compris. L'avocat n'a rien compris. *Je* n'ai rien compris. Les jurés n'avaient pas de pièces à conviction à examiner. Tout aurait pu rentrer dans l'ordre. La juge nous aurait accordé le temps de rectifier l'erreur. Mais je me suis tellement laissé submerger par l'émotion, j'étais si déçue de moi que je me suis mise à pleurer. Et je ne parle pas de jolies larmes de cinéma ! Quand je dis que j'ai pleuré, c'est que je me suis littéralement effondrée ; c'était hideux. Après ça, j'ai été incapable de réparer mes bêtises, j'avais trop honte. Sans grande surprise, après ça, l'associé a perdu toute confiance en moi.

Je peine à imaginer cette version qu'elle dépeint d'elle, mais je la crois sur parole. De toute évidence, elle a changé du tout au tout, depuis cette époque.

— Être renvoyée n'est pas la pire chose qui puisse arriver, dans la vie, poursuit-elle. Je le sais, croyez-moi. Mais me faire virer parce que je n'avais pas été capable de contenir mes émotions a été difficile à avaler. Ça l'est toujours, d'ailleurs. Surtout quand je pense à la résilience dont a su faire preuve ma mère dans les moments difficiles. Je m'en veux *tellement* d'avoir été incapable de me montrer aussi forte qu'elle. Enfin bref, suite à cela, aucun de mes collègues n'a plus vraiment voulu travailler avec moi, ils ont donc fini par me licencier. En l'absence de recommandations élogieuses, j'ai eu du mal à retrouver un emploi. Consciente que la situation me pesait, une amie m'a demandé de l'aider à organiser son mariage, et la suite, tu la connais. Je refuse de retraverser une chose pareille un jour. Alors, quand tu me demandes de laisser percer mes émotions, ce n'est pas aussi simple que tu le crois.

Merde. En tant qu'homme blanc, j'ai honte de me rendre compte que rien de tout ça ne m'aurait traversé l'esprit, si Lina ne m'avait pas forcé à ouvrir les yeux. C'est un privilège que je tiens pour acquis : la possibilité d'*être* qui je veux et d'exprimer *ce qui me plaît*, quelle que soit la situation. Combien de fois ai-je vu des collègues masculins s'énerver et taper du pied en réunion, parce qu'ils avaient estimé qu'on leur avait manqué de respect d'une manière ou d'une autre ? Les ai-je trouvés ridicules ? Non. Mais les larmes d'une collègue femme dans cette même salle de conférence ? Oui, je dois admettre que cela m'a déjà mis mal à l'aise. Est-ce pour cette raison que ma mère insiste pour qu'Andrew et moi oubliions qu'elle est notre mère, une fois franchie la porte du bureau ? Pour ne pas donner l'image d'une figure maternelle, donc dans l'émotion, ou celle d'une dirigeante faible ? Difficile à dire. Quant à Lina, eh bien, ça explique beaucoup de choses. Elle a bâti une forteresse autour d'elle par nécessité.

— Je suis navré que tu aies à subir tout ça. Et je voudrais que tu te sentes en sécurité avec moi. Que ce soit en tant qu'amis ou… autre, c'est à toi de voir, bien entendu.

— Ça me touche beaucoup, me répond-elle avec l'ombre d'un sourire. Je te remercie.

Wanda tape de la main sur la feuille posée sur ses genoux.

— Bravo, tous les deux ! C'est précisément ce que James et moi attendions de vous. Vous vous ouvrez l'un à l'autre. Vous *communiquez.*

Elle se penche pour prendre la main de Lina.

— Je suis fière de vous, ma belle. Vous lui avez fait part de votre réalité, vous l'avez forcé à la voir. Y a-t-il autre chose ? Si vous préférez vous arrêter là, c'est très bien.

— Oui, la journée a été longue, soupire Lina. Je suis fatiguée, morte de faim, et je ne pense pas que je vais m'épancher beaucoup plus.

Je me tasse un peu plus sur ma chaise, lessivé pour nous deux. Si je pouvais faire quoi que ce soit pour alléger son fardeau émotionnel, à cet instant, je le ferais.

— Autre chose, que j'aimerais que tu cesses, reprend-elle.

Je me redresse et plonge de nouveau les yeux dans les siens.

Elle cogite un moment, comme si elle cherchait une manière diplomatique d'aborder son sujet.

— J'aimerais que tu ne te serves pas de la réussite des autres comme unité de mesure de ton propre succès. J'ai beau ne pas te connaître depuis très longtemps, j'ai eu le temps de me rendre compte que tu étais une personne formidable. La rivalité avec les autres ne t'apportera jamais ce que tu cherches. La seule compétition qui vaille, c'est celle que tu établis avec toi-même. Quand on veut s'améliorer, il vaut mieux se référer à son dernier grand succès en date, et s'en servir comme point de repère pour la suite.

Elle parle d'Andrew. On le sait tous les deux. Et elle a sans le vouloir mis le doigt sur ce qui fait que je me méfie un peu de mes sentiments envers elle. Me compare-t-elle à Andrew ? Se sert-elle de lui comme mètre étalon pour juger de *ma* propre valeur ? Je n'en ai pas l'impression. Sinon, pourquoi me recommander de l'éviter moi-même ? Pourtant, je mentirais si je disais que ça ne m'inquiète pas.

— Ce n'est pas facile. Toute ma vie, j'ai été comparé à quelqu'un d'autre. Mais je te promets que j'y travaillerai.

— Très bien.

— Autre chose ? lui demande Wanda.

Lina fait « non » de la tête et se rassied.

Je suis un peu déçu, je dois le reconnaître. Elle n'est pas revenue sur cette chance que je lui ai demandé de nous laisser. Mais qu'espérais-je, exactement ? Que l'ex-fiancée de mon frère admette une attirance ? Qu'elle soit prête à explorer l'idée d'une relation différente avec moi ?

Je ne me rappelle aucune des raisons qui, d'après Dean, rendaient impossible quoi que ce soit entre elle et moi. Mais ça n'a pas d'importance. Lina est une femme raisonnable et ne nourrira pas mes fantasmes idiots.

Lina

James annonce une pause de quinze minutes. Avant même qu'un seul couple n'ait quitté la pièce, Max et moi lui sautons dessus. Il est clair que nous avons tous les deux eu notre dose de cette comédie.

— Nous sommes épuisés…, je commence.

— Nous sommes affamés…, dit Max en même temps.

Nous nous interrompons pour échanger un regard lourd de sens.

James lève les yeux au ciel.

— Allez, déguerpissez, tous les deux ! Vous avez bien mérité votre soirée tranquille.

Puis, sur le ton de la confidence, il ajoute :

— Il paraîtrait que les cuisines sont en train de préparer un buffet. Ils vous donneront peut-être un petit quelque chose à grignoter.

Comme nous nous précipitons en direction de la porte coulissante, il nous interpelle.

— Je compte tout de même sur vous pour me confier vos impressions sur le camp, demain matin.

— Bien entendu, je lance par-dessus mon épaule.

— Aucun problème, fait Max sur mes talons.

Tandis que les autres sortent prendre l'air, nous gagnons les cuisines, où un homme et une femme s'affairent à couvrir des chauffe-plats de feuilles d'aluminium.

L'homme, d'âge moyen, sourit en nous apercevant.

— Vous êtes un peu en avance, les amis. Le dîner ne sera pas servi avant une demi-heure, à peu près.

Max gémit, à moins que cela ne soit son estomac.

— Vous n'auriez pas un bout de pain à nous offrir ? Du porridge ? Un morceau de fromage ? Je ne suis pas difficile.

— Nous ne pouvons pas décemment laisser nos hôtes mourir de faim ! s'esclaffe la femme, avant de nous tendre de grandes assiettes blanches. Nous avons du poulet saumuré au citron et au poivre, une salade de haricots verts et tomates, une fricassée de patates douces, et des petits pains tout chauds. N'hésitez pas à vous servir.

Elle jette un regard dans le couloir qui mène à la cuisine.

— Évitez seulement de manger dans les parties communes. Je ne voudrais pas que tout le monde se rue déjà sur le buffet.

— Vous êtes un ange, dis-je. Vous allez m'éviter de tomber dans les pommes.

Ensemble, Max et moi découvrons les plats. Une fois servis, nous emportons tant bien que mal notre butin, incluant couverts, serviettes et verres de limonade en plus de nos deux assiettes remplies à ras bord, en prenant soin de ne pas nous faire remarquer en passant devant la porte d'entrée.

— Que fait-on ? On monte dans la chambre ? je chuchote.

Mon complice approuve du chef.

— Je te laisse passer devant.

Installés dans les fauteuils encadrant la cheminée, nous nous jetons sur notre repas comme des loups affamés.

— Ouah, ça fait du bien, dis-je, la bouche pleine. Oh ! pardon. J'en oublie mes bonnes manières.

Max se saisit d'une cuisse de poulet à deux doigts et mord dedans comme un chien attaquerait un os.

— Pas grave. Je ne fais pas exactement dans le raffinement non plus.

En quelques minutes, nous avons dévoré notre dîner. Après nous être lavé les mains chacun notre tour dans les toilettes du couloir, nous nous laissons retomber dans nos fauteuils, incapables de résister à tant de moelleux.

C'est la voix de Max qui me tire de mon coma postprandial.

— Tu sais, rien ne nous empêche de poursuivre notre somme sur le lit. Sauf si tu n'es pas certaine de savoir te tenir. Parce que, bon, j'ai beau être conscient de mon charme magnétique, si tu étais capable de te contrôler, on profiterait d'un bon matelas bien ferme, et j'éviterais un torticolis.

Il mériterait que je le fusille de l'un de mes regards noirs, mais mon cerveau n'est pas d'accord et me force à sourire à la place.

— Je ne suis pas persuadée que nous tenions tous les trois sur ce lit.

— Tous les trois ?

J'ouvre une paupière.

— Toi, moi et ton ego, je lui lance avec un clin d'œil.

Avec un petit rire, Max se lève et me tend une main, que je saisis, malgré mes réticences. Il m'aide à me mettre debout sans peine. C'était ce que nous avions prévu, alors pourquoi ai-je soudain des réserves à partager un lit avec lui ? Sa déclaration d'intérêt, durant l'atelier, n'a pas à signifier quoi que ce soit pour moi, à moins que je ne le décide… mais peut-être est-ce justement ce que je veux. J'ai besoin d'y réfléchir, et je n'y arriverai pas avec Max à quelques centimètres de moi. Je me jette sur mon sac de voyage comme sur une bouée de sauvetage.

— Je suis dégoûtante et en sueur. Je pense que je vais aller prendre une douche avant que tout le monde ne se décide à faire pareil.

— Bonne idée. J'irai après toi.

Le savoir ne devrait pas m'inspirer de pensées obscènes, mais aujourd'hui rien ne semble avoir de sens, alors, forcément, je me fais des films. Je l'imagine en train de se savonner et de se caresser dans la vapeur de la salle de bains, l'eau chaude ruisselant sur son torse et ses jambes. Je ferme les yeux dans l'espoir d'effacer cette image de mon esprit, mais ça ne la rend que plus vive, comme si les pixels se faisaient plus nets à mesure du téléchargement. *Eh oh, le cerveau ! On se calme, oui ?*

— D'accord, je ne serai pas longue.

Une fois bien en sécurité dans la salle de bains, j'ouvre le robinet et me déshabille. À ma grande horreur, je découvre des traces d'herbe sur l'une de mes culottes préférées, une La Perla édition limitée qui m'avait coûté une petite fortune, en vue d'une nuit de noces qui n'a jamais eu lieu. J'aurais probablement dû m'en débarrasser il y a des années, mais, crotte ; elle n'était vraiment pas donnée.

Ne désespérant pas de parvenir à la nettoyer avant que les marques vertes ne soient trop incrustées, je dégaine le flacon de lessive liquide au format voyage que je transporte toujours dans mon sac et frotte jusqu'à ce qu'elles aient presque disparu. Puis je laisse la culotte à tremper dans l'un des gobelets en carton mis à disposition. C'est l'avantage d'avoir l'organisation dans le sang : je suis toujours prête à parer à toute éventualité.

Alors, certes, je n'oublie pas les reproches désagréables de Max à propos de ma voiture, mais bon. Personne n'est parfait.

Quelques minutes me suffisent pour me rafraîchir. Tout en chantonnant, je réenfile mon soutien-gorge (je refuse que mes seins fassent leur vie en liberté à proximité de Max), puis fouille pour trouver une culotte propre et un haut. Je n'ai aucun mal à repérer l'immense T-shirt de la retraite conjugale que Max m'a permis de lui emprunter, maintenant que j'ai sali le mien, en revanche, j'ai beau retourner mon sac, impossible de mettre la main sur l'unique chose que j'ai habituellement toujours sur moi. Je dois me rendre à l'évidence : j'ai oublié d'apporter une culotte de rechange. Retournant au lavabo, j'observe ma seule autre option : un sous-vêtement gorgé d'eau, en boule dans un gobelet. Me sentant soudain l'âme d'une Lady Eloise dans le film *Boomerang*, je résume la situation délicate dans laquelle je me trouve en imitant le roucoulement d'Eartha Kitt face au miroir :

— Aujourd'hui, je n'ai pas mis de culotte…

Chapitre 21

Lina

Ça ira très bien. Le T-shirt m'arrive juste au-dessus du genou, je ne devrais donc montrer mes fesses à personne. Il n'empêche que ce n'est pas idéal : me voilà dans une situation potentiellement sexy au moment exact où je devrais m'abstenir de penser à quoi que ce soit de sexuel.

Je respire un grand coup pour me donner du courage et entre dans la chambre.

Max s'extirpe du fauteuil, les yeux fixés quelque part au-dessus de mes épaules.

— La douche était bonne ?

Mon traître de sac de voyage sur l'épaule, je tire un peu sur l'ourlet de mon T-shirt.

— Super. Vraiment top. D'une qualité rare. La meilleure douche de ma vie.

Il me dévisage, l'air perplexe.

— Eh ben, tu me vends du rêve.

La tête tournant comme un ventilateur, je continue de débiter des inepties malgré moi.

— Attends de l'avoir essayée ! Si revigorante. Ultra rafraîchissante. Tu vas a-do-rer. Promis.

— Hmmm, fait-il, visiblement pas convaincu.

J'esquisse un salut tandis qu'il passe la porte, son sac à la main.

— Bonne douche !

Une fois seule, je pousse un grognement et me laisse tomber à plat sur le lit. Je devrais fermer les yeux et laisser ce mélange entêtant de nervosité et d'épuisement m'emporter pour la nuit. C'est presque le cas, d'ailleurs… jusqu'à ce que je me souvienne que j'ai laissé ma culotte dans la salle de bains.

En boule dans un gobelet d'eau.

Alors que c'est là que se trouve Max, à cet instant.

J'en déplie la couverture au bout du lit pour me la rabattre sur la tête. On dirait que je n'ai pas besoin de dormir pour faire des cauchemars.

Quelques minutes plus tard, j'entends la porte se refermer, et mon cœur manque de bondir hors de ma poitrine. Je serre lentement les cuisses, le visage toujours dissimulé sous la couverture. De cette façon, j'évite le regard de Max, et le feu qui me dévore les joues ne risque pas de lui causer de brûlures.

Le matelas s'enfonce au moment où il grimpe sur le lit, mais il ne dit pas un mot, pensant peut-être que je me suis endormie.

— Alors, comment c'était ? je lui demande de dessous ma cape anti-honte.

Il rit.

— Je n'étais pas sûr que tu sois encore réveillée.

Il marque une pause, puis reprend :

— La douche était correcte. Bonne pression. Mais rien d'exceptionnel non plus.

— Tu dois être plus expert que moi en la matière, il faut croire.

— Tu arrives à respirer, là-dessous ?

Avec un petit rire, je sors de ma cachette et me tourne sur le côté. *Oh non…* Max est étendu sur les draps. Il porte le même jean, et ses cheveux semblent d'un noir de jais, maintenant qu'ils sont humides. Il a changé de T-shirt ; même style, autre couleur. Et ses lèvres me semblent plus roses et pulpeuses que d'habitude. L'effet tout sauf indésirable d'une douche bien chaude, peut-être ? Peu importe le pourquoi, l'énergie qui se dégage de cette bouche est indécente, et ça me plaît un peu trop.

— Désolée pour la voiture, je déclare soudain, dans une tentative désespérée de meubler le silence par une conversation tout sauf sexuelle, quitte à verser dans les banalités. Tu es bloqué ici à cause de moi, et je m'en veux.

Il se tourne pour me faire face et détaille mon visage, avant de plonger les yeux dans les miens.

— Je ne me sens aucunement coincé, tu n'as pas besoin de t'excuser. Moi, en revanche, je tiens à le faire.

Je me redresse sur un coude et hausse un sourcil surpris.

— Ah bon ?

— Oui.

Avec un soupir, il se laisse retomber sur le dos et ferme les paupières.

Je l'imite.

— Je suis désolé de ce qui s'est passé tout à l'heure, dit-il, à peine plus haut qu'un murmure. Tu n'avais pas signé pour étaler ta vie comme ça. Je n'aurais pas dû profiter de la situation. Je peux parfois être impulsif, et le résultat n'est pas toujours beau à voir.

Je lâche un petit rire, au souvenir de mes propres comportements impulsifs de ces deux dernières semaines.

— Max, j'ai fait semblant de ne pas vous connaître, ton frère et toi, au cours d'un entretien professionnel, et je vous ai convaincus de marcher dans ma combine. Je t'ai grogné dessus au beau milieu d'un restaurant. J'ai failli te coller un coup de pied dans la tête en cours de capœira. Je crois que, ce mois-ci, je te bas, côté impulsivité. En plus, tu m'as laissé une chance de passer mon tour. Si je ne l'ai pas saisie, c'est que j'avais envie d'aborder certains sujets.

Il demeure silencieux un long moment.

— Mais pas tous, n'est-ce pas ? me demande-t-il enfin.

Ouvrant les yeux, je contemple fixement le plafond. En effet. Je n'étais pas prête à parler de tout. Pas devant un parterre de spectateurs. Ici, à l'abri de la chambre, je peux essayer.

Il m'a demandé de voir le potentiel d'une relation entre nous, mais il n'y en a aucun. Max est l'exact opposé de son frère par tant d'aspects… et c'est précisément ce qui fait que nous sommes incompatibles. Je ne veux pas de quelqu'un qui me fasse les jambes en coton. Je hais l'idée d'être avec une personne qui me testera jusqu'à provoquer une réaction. Cela ne m'intéresse pas de songer à qui que ce soit bien plus que je ne devrais. Or, tout cela s'est déjà produit avec lui, alors que nous ne sommes même pas en couple. Et puis, quel avenir aurions-nous, ensemble ? Je ne m'imagine pas aller dîner chez ses parents et me retrouver assise face à mon ex-fiancé. Je finirais sans doute par le tabasser à grands coups de baguette de pain.

Après, il se pourrait peut-être que… eh bien, que Max soit la personne idéale pour une liaison sans lendemain, justement parce qu'il est, sans équivoque, la pire personne avec qui je puisse envisager une relation. Si je sais d'avance que rien ne sera possible avec lui sur le long terme, ça devrait m'éviter de tomber amoureuse, non ?

Ne serait-ce pas injuste envers Max ? Si… Enfin, dans le cas où il souhaiterait plus que je ne suis en mesure de lui donner. C'est d'ailleurs une partie du problème : j'ignore ce qu'il attend.

Avant que j'aie le temps de le lui demander, il se lève avec précipitation.

Je me redresse et m'assois sur le bord du lit, veillant à garder les jambes bien fermées.

— Ça ne va pas ?

Il décolle le T-shirt de son ventre et s'évente, comme s'il faisait brusquement trop lourd dans la chambre.

— Je vais faire un tour dehors. Histoire de profiter un peu de l'air de la campagne.

Comme il saisit la poignée de la porte, je bondis hors du lit et place la main sur la sienne pour l'empêcher d'ouvrir.

Il attend, mais refuse de croiser mon regard. J'observe donc son profil.

— Je ne suis pas intéressée par quoi que ce soit de sérieux, dis-je d'une voix plus rauque que je ne l'aurais voulu. Toi, moi, nous. Ça ne fonctionnerait pas, Max. Pas sur le long terme. Ça générerait beaucoup trop de complications.

Il lève la tête en direction du plafond, et je me trouve subjuguée par le mouvement de sa pomme d'Adam.

Enfin, il prend la parole.

— En d'autres termes, tu ne veux pas t'engager.

— Voilà. Mais, je ne suis pas contre un peu de compagnie. Sans rien promettre.

Il se tourne pour me considérer, la tête et l'épaule appuyées à la porte.

— Et si je te disais que ça ne me fait pas peur ?

Je lui caresse la joue. Paupières closes, il niche le visage au creux de ma main, ses lèvres frôlant ma paume. Une chaleur de braise s'allume dans ma poitrine et se répand lentement dans mon corps comme une coulée de lave. Mes doigts brûlent d'explorer le reste de sa peau, mais je me force à me concentrer sur ma réponse à sa question.

— Si ça te va, alors j'ai un troisième « J'aimerais » pour toi.

Il rouvre les yeux.

— Qui est ?

— J'aimerais que tu ne quittes pas cette chambre.

Un demi-sourire apparaît sur ses lèvres, comme s'il jugeait mon souhait prometteur, mais attendait de voir où mène cette conversation avant de se faire une idée précise.

— Et moi, est-ce que j'ai le droit de te faire part de mes autres envies ?

Je baisse le bras et romps le contact, sans pour autant prendre mes distances. Je suis tout ouïe, frémissant d'anticipation jusqu'au bout des doigts.

— Dis-moi.

Se redressant, il repousse une mèche de cheveux qui s'est échappée de ma queue-de-cheval.

— J'aimerais t'embrasser. J'aimerais te toucher. J'aimerais…

Il secoue la tête et me dévisage intensément.

— Non, tu n'es pas prête.

Je le supplie aussitôt de continuer, tant pis si cela trahit avec qu'elle facilité je me laisse appâter.

— Quoi d'autre ? Je peux tout entendre.

Il se mordille la lèvre inférieure et m'examine avec attention pour s'assurer que je dis vrai. Il s'efforce de toute évidence à ne pas paraître excessivement intéressé parce ce que pourrait lui révéler son inspection, mais sa respiration s'est faite plus laborieuse, et ses pupilles dilatées mangent l'iris de ses yeux, masquant leur réelle couleur. Max est excité. *Par moi.* Je n'ai même plus besoin de l'entendre me le dire. Quoi qu'il désire, je suis sûre de le vouloir aussi.

— Très bien, lâche-t-il dans un soupir, comme si je le forçais enfin à parler, à regret. J'aimerais te faire jouir si fort que tu en ferais éclater les vitres de ce charmant gîte.

J'inspire quelques grandes et très nécessaires bouffées d'air, ma poitrine se soulevant en rythme. C'est un sacré souhait ! L'idée d'atteindre un tel degré d'abandon m'inquiète un peu, mais je peux difficilement ignorer la moiteur de mes mains, ou les contractions de mon sexe sous la montée d'un incroyable désir.

Si j'étais certaine de ne pas le terrifier, je déchirerais son T-shirt tout net, du col à l'ourlet, pour laisser courir mes mains sur son torse, et admirer la manière dont ses muscles se contractent au naturel. Oh ! et puis, je veux des détails. Avec quoi compte-t-il me rendre à ce point folle ? Sa bouche ? Ses doigts ? Son sexe ? Les trois ? Pas en même temps, bien sûr, mais en plusieurs fois, peut-être ?

— Tu en as perdu la parole ? me demande-t-il, interrompant là mes pensées en roue libre.

— Non, non. C'est juste que je doute que ce soit possible.

Son expression se décompose, comme s'il avait espéré une autre réponse, plus explicite.

— Il n'empêche, j'aimerais beaucoup que tu essaies, j'ajoute.

Rejetant la tête en arrière, il souffle mon nom. Pas « Lina », non… « Carolina ». Puis, sans même avoir le temps de comprendre ce qui se passe, je me retrouve dos contre la porte, ses doigts enroulés à la racine de mes cheveux, dans ma nuque.

— Oh… Tu es vif !

— Trop ? s'enquit-il en étudiant mes traits pour y déceler le signe qu'il a dépassé les bornes.

Je l'attrape par la taille et l'attire plus près. Je *veux* qu'il envahisse mon espace personnel.

— Non, c'est parfait.

Trop, même. C'est le démarrage sur les chapeaux de roues d'une expérience que je préférerais décevante. Parce que cela simplifierait bien des choses, n'est-ce pas ? Un mauvais coup, on passe vite à autre chose. Un bon, c'est tout de suite plus difficile à oublier.

Lentement, avec tant de précautions que je commence à douter de ses intentions, il s'écarte, me soulève le menton de la pointe de l'index. Sous ses paupières sensuelles, je lis les dimanches matins entre les draps froissés, le soleil filtrant par un voilage délicat, agité par une brise légère. Incapable de résister plus longtemps, j'attrape doucement sa lèvre inférieure entre mes dents et la mordille, jusqu'à ce qu'il plaque entièrement sa bouche contre la mienne sans pour autant m'embrasser. Il la frôle. D'avant en arrière, de haut en bas. Il recommence tant de fois que j'en perds le compte. Il fait grimper la température, sans jamais nous faire totalement basculer.

Au seuil de mes limites, alors que je suis sur le point de le supplier d'aller plus loin, il m'encourage à entrouvrir les lèvres, puis mêle sa langue à la mienne. Remontant les mains sur ma tête, il m'emprisonne contre sa bouche. Moi qui espérais que ce soit un fiasco… voilà qu'il me prend en traître. Si c'est un aperçu de ce qui m'attend, je suis dans le pétrin.

Lorsque nous nous écartons enfin, il redresse la tête, ne prenant même plus la peine de dissimuler le désir brûlant dans son regard. Il me dévisage, à la recherche d'une trace de… quelque chose. S'il est en quête d'une réaction à son baiser, ce n'est pas là qu'il la trouvera. Mais s'il baissait un peu les yeux, il apercevrait le contour de mes tétons durcis. S'il faisait courir un doigt au centre de ma poitrine, il sentirait les battements anarchiques de mon cœur. Et s'il glissait la main entre mes cuisses, la chaleur qu'il rencontrerait ne laisserait aucune place au doute. Oui, mon corps répond présent. Mon esprit, en revanche, accuse un temps de retard. Parce qu'il n'y aura pas de marche arrière. Une fois que ce sera fait, ce sera fait.

Par pitié, que ce soit médiocre ! Pitié, pitié, s'il vous plaît.

— À quoi tu penses ?

Je décale la tête et laisse mes yeux se perdre derrière lui.

— Tu ne veux pas savoir.

Penchant la tête, il dépose un baiser au bas de ma joue.

— Dis-le-moi.

Ce seul contact me déclenche un frisson. *Mais quel traître, quel traître…*

— Très franchement, j'espère que tu vas être affreusement mauvais à ce jeu-là. Je voudrais que ce soit la pire partie de jambes en l'air de ma vie. Ça résoudrait une montagne de problèmes.

Il relève la tête et hausse un sourcil perplexe.

— Parce que ça t'éviterait de t'attacher ?

Je ne vois pas l'intérêt de tourner autour du pot.

— Oui.

Le coin de ses lèvres frémit.

— Donc, tu es en train de me dire que, si le sexe est dingue entre nous, tu seras déçue ?

J'esquisse une grimace penaude.

— C'est tordu, hein ?

— Dans ce cas, il ne te reste qu'une chose à faire.

— Laquelle ?

— Te préparer à une immense déception.

Chapitre 22

Max

Sans le vouloir, Lina m'a mis au défi, et j'entends bien le relever. Elle espère une performance au ras des pâquerettes ? Qu'elle ne compte pas sur moi pour lui donner satisfaction. Mais quelle approche adopter, pour qu'elle accepte d'œuvrer dans le même sens que moi ?

Je recule d'un pas et l'observe en me frottant le menton, réfléchissant à un angle d'attaque sur mesure pour mieux la désarmer. Elle est toujours appuyée contre la porte, sa poitrine se soulevant à chacune de ses inspirations, tandis qu'elle attend un mot, une action de ma part. Rembobinant mentalement les dernières minutes écoulées, je m'arrête au moment où elle a pris l'initiative d'amorcer notre baiser ; ce souvenir me donne une idée soit géniale, soit parfaitement stupide.

— La moindre des choses serait que tu me laisses une chance de démarrer sur de bonnes bases, et dans ce but je dois pouvoir t'aider à m'orienter. Tu vois, je tiens beaucoup du chien. Pas dans le sens « les mecs, tous des chiens », comme tu pourrais le penser, mais plutôt en ce que rien ne me rend plus heureux que de faire plaisir, et que j'apprends très vite. Du coup, si tu m'éclaires sur la façon dont je pourrais tout faire foirer, il me suffira d'agir à l'inverse.

Je dégaine et secoue les deux pouces.

— Qu'est-ce que t'en dis, vieille branche ?

Elle étudie la question en se mâchonnant la joue.

— Autrement dit, tu fais reposer toute la responsabilité sur mes épaules.

— Pas du tout, pas du tout. Bien au contraire, je réfléchis pour que nous investissions à parts égales dans le succès de cette entreprise commune.

Avec un petit rire, elle baisse la tête et porte les doigts à ses tempes.

— Tu parles trop.

— C'est vrai. Et d'aucuns, plus connus sous le nom de Son Altesse royale Moi-même, pourraient vous reprocher de ne pas être assez causante. Alors ? Tu veux bien me filer un coup de main ?

Après quelques instants de silence, elle finit par hocher la tête.

— OK, comme tu veux.

— Ce qui veut donc dire comme tu veux, toi, je lance avec un sourire jusqu'aux oreilles.

— La ferme, Max !

— Pardon.

Elle s'adresse donc à moi comme pour une présentation, appuyant son propos de sa gestuelle.

— Alors voilà ce qui ne me fait pas grande impression. Quand un type pense que son pénis est la solution à tout. Ça signifie généralement qu'il va tout bâcler en amont dans sa hâte de parvenir à la pénétration, qu'il semble voir comme le but ultime. Il a tort. Un homme qui ne prend pas le temps d'explorer mon corps perd une occasion en or de me donner le genre de plaisir auquel je repenserai pendant des semaines.

— C'est bien noté. Permission d'approcher ?

Elle sourit.

— Permission accordée.

Je franchis l'espace qui nous sépare et passe les mains sur sa nuque.

— Comment peut-on ne pas avoir envie de caresser ta peau magnifique ? Ce serait un crime de la négliger.

Paupières closes, elle rejette la tête en arrière, offrant son cou à mes caresses. Je laisse courir mes lèvres le long de sa clavicule, puis remonte le long de son cou, et dépose un baiser léger au bas de sa joue. Sa peau dégage un parfum enivrant de pêche et de vanille et, si je ressors de cette chambre vivant, ma mission première sera de trouver un dessert qui me rappelle cet arôme délicieux.

J'attrape son T-shirt à ses hanches.

— Qu'y a-t-il, là-dessous ? Je peux voir ?

Pour toute réponse, elle baisse la tête et remonte lentement le tissu, me révélant ses cuisses soyeuses. Je la dévore déjà des yeux, mais elle semble hésiter.

— Montre-moi, Lina.

Se mordant le coin de la lèvre, elle soulève le T-shirt de quelques centimètres de plus. *Putain de merde.* Elle ne porte pas de culotte. C'en est trop pour mon pauvre cœur, déjà bien malmené.

— Eh bien, on ne perd pas de temps !

Elle glousse, et c'est le son le plus doux qu'il m'ait été donné d'entendre.

— Ce n'était pas prévu. Longue histoire.

— Qui commence par la petite culotte que j'ai aperçue dans la salle de bains, c'est ça ?

Elle lâche tout pour se couvrir les yeux.

— Oui.

— Pas la peine de te cacher, dis-je en lui faisant baisser les mains. Je l'ai essorée et te l'ai rapportée. C'était un coup à ce que l'un des hôtes ne fasse une attaque. Maintenant, c'est notre petit secret. Un secret que je n'aurais pas détesté que tu partages, il y a une demi-heure. Tu voudrais bien enlever ce T-shirt complètement ?

— Aucun problème.

En moins de deux secondes, le T-shirt a disparu, jeté dans le fauteuil à sa droite.

Le premier regard que je pose sur elle manque d'avoir raison de moi.

— Lina…, je souffle, incapable de trouver quoi que ce soit de plus profond à dire.

Avec ses hanches rondes, sa poitrine généreuse aux tétons sombres, qui pointent sous un soutien-gorge bleu transparent, et sa peau resplendissante d'un brun chaud, elle a tout pour me rendre fou. La verge compressée par la fermeture de mon jean, je dois décaler le bassin pour soulager cette sensation inconfortable.

— J'aime m'exposer aux regards, déclare-t-elle, me tirant de ma transe, mais seulement si la personne en face fait de même. Ne te contente pas de me dire que tu as envie de moi. *Montre-le-moi.*

C'est au tour de mon T-shirt de voler. Puis je déboutonne mon pantalon et ouvre la fermeture Eclair. Sans la quitter des yeux un instant, j'abaisse mon jean jusqu'au milieu de mes cuisses, puis libère mon érection de mon boxer. Raide et haute, celle-ci fouette l'air un instant, avant de se mettre au garde-à-vous, dans l'attente de ses ordres.

— C'est mieux comme ça ?

Elle acquiesce, une lueur d'intérêt s'allumant dans ses yeux sombres.

— Bien mieux. Avec une arme pareille dans ton arsenal, tu as de fortes chances de gagner cette guerre. Approche, que je te touche.

— Et « s'il te plaît », c'est en option ?

Je ne peux retenir un sourire, qui retire tout son poids à mon ton faussement outré.

— S'il te plaîîît, répète-t-elle, la bouche en cœur.

Elle ôte son soutien-gorge, me dévoile ses seins lourds. Déconcentré par cette vue, je fais un pas en avant… et manque de percuter le mur.

— Il vaudrait mieux enlever ton pantalon, d'abord ! s'esclaffe-t-elle.

Grommelant de ma maladresse, je quitte mon jean et l'envoie valser au loin d'un coup de pied.

— Un autre signe que le sexe risque d'être triste : quand la personne ne sait pas le prendre à la rigolade, souligne Lina. Un peu d'autodérision ne fait pas forcément de mal.

Je vois où elle veut en venir. Plié en deux, je me colle une claque sur la cuisse.

— Ha, t'as vu ça ? Je me suis pris les pieds dans mon jean ! Qu'est-ce qu'on se marre, non ?

— Viens-là, m'ordonne-t-elle, l'air amusé.

Titillé par son ton faussement autoritaire, je m'empresse d'obéir et la rejoins d'un grand pas pour l'embrasser à pleine bouche, les mains sur ses hanches. Nous gémissons tous les deux avec délice quand nos corps se rencontrent à nouveau. Je suis entouré de chaleur, de douceur et de courbes, mon nouveau petit paradis fait chair. Lina glisse une main entre nous et se met à me caresser d'une manière sûre et ferme. Je lâche ses lèvres, incapable de contrôler le son qui jaillit de ma gorge. C'est trop. Cette fille va me tuer. Je peux déjà prédire que j'aurai envie de recommencer tout ça avec elle, encore et encore. Il ne me reste donc plus qu'à m'assurer qu'il en aille de même pour elle à la fin de la nuit.

Je me mets à genoux et lève les yeux vers son visage.

— J'aimerais passer un peu de temps là.

Me penchant plus près, je la respire. Je me lèche les lèvres d'avance.

— Des conseils, avant que je me lance ?

Son regard se voile, et elle se raccroche à la poignée de la porte.

— Je n'apprécie pas particulièrement quand un homme me donne des petits coups de langue secs comme il testerait un nid de guêpes avec un bâton, ou quand il me mâchouille comme du pop-corn. Le cunnilingus est un art. Il requiert de l'imagination et de la finesse. Oh ! et j'adore que l'on me dise des choses cochonnes en même temps… À petite dose, bien entendu, il faut quand même rester concentré sur ce que tu fais.

Se rend-elle compte que c'est elle qui me dit des choses cochonnes, en ce moment même ? Sait-elle quel tableau prometteur elle offre, à se frotter les cuisses l'une contre l'autre d'impatience, son dos cambré mettant en avant sa poitrine gonflée de désir ? Si je peux lui procurer la moitié du plaisir qu'elle me donne en se tenant simplement là, devant moi, les vitres de la pièce vont en exploser.

Je touche sa jambe droite.

— Pose-la sur mon épaule. Retiens-toi à mes cheveux, si tu veux. J'aime beaucoup ça.

Sans pour autant lâcher la poignée – à croire que c'est tout ce qui l'empêche de s'effondrer —, elle passe la jambe par-dessus mon épaule et m'agrippe l'arrière de la tête. Je plonge entre ses cuisses et glisse la langue dans les replis de sa chair. Je ne peux m'empêcher de gémir en détectant une légère trace d'humidité.

— Oh oui, souffle-t-elle. Oui, Max. Comme ça.

Je redresse la tête pour la regarder.

— Dis-moi ce que tu veux, ma belle. Peu importe ce que c'est, compte sur moi.

— Mon clitoris, halète-t-elle. Suce-le. Effleure-le de tes dents.

J'obtempère. Sans me presser, je commence l'exploration de ses moindres recoins du plat de la langue. Je la goûte de lentes caresses, ponctuées de stimulations plus précises, puis enveloppe son clitoris de mes lèvres et l'aspire délicatement, écartant le haut de son sexe de mes doigts pour un meilleur accès.

Quelques minutes à ce rythme, et je sens ses doigts faiblir dans mes cheveux. Elle se ressaisit aussitôt et s'accroche de plus belle à ma tête, son bassin ondulant au rythme des caresses de ma langue.

— Oh ! je ne peux plus… c'est… je vais… Max, c'est si bon…

Sa voix gagne en intensité à chaque mot. Dans un monde idéal, elle me le dirait si elle approchait de l'orgasme, car je refuse d'abandonner ce petit coin de paradis sans une bonne raison. Décidant de tester moi-même ses dispositions, je fais appel à mon imagination, comme elle me l'a demandé, et taquine son clitoris du bout des dents, tout en coulant deux doigts en elle. Un cri s'échappe de sa gorge lorsque l'orgasme la secoue, son corps tremble comme si elle explosait de l'intérieur, et sa main cogne sur la poignée jusqu'à finalement lâcher prise.

Tandis qu'elle tente de reprendre ses esprits, les paupières papillonnantes, je m'essuie la bouche et m'assieds sur mes talons pour profiter de cette image. Elle a l'air K-O, toute décoiffée, l'élastique de sa queue-de-cheval ayant glissé au bout de ses cheveux. Son ventre et ses cuisses luisent d'un mince voile de sueur.

Je pourrais la contempler en proie à cette langueur durant des heures, mais à peine dix secondes après qu'elle a frémi sous ma langue, quelqu'un frappe à la porte.

— La cuisine fermera bientôt, les amis ! En attendant, nous prenons un dernier petit verre au salon, si jamais vous êtes libres et que vous voulez nous rejoindre.

Les yeux ronds, Lina laisse échapper un petit rire, puis se plaque une main sur la bouche, prenant conscience qu'on l'entend peut-être de l'autre côté.

— Merci pour l'invitation, je réponds. Mais je pense qu'on ne va plus bouger pour ce soir.

Lina se penche vers moi et retrousse le nez.

— Qui voudrait d'un petit verre quand on peut avoir la petite mort ?

Comme si elle n'était pas assez irrésistible comme ça, je découvre qu'elle a un excellent sens de l'humour et du timing. Je suis foutu : cette femme est parfaite pour moi. Et ça, ça risque de me causer des ennuis. De purs ennuis, élevés au grain sans OGM. Mais, à cet instant ? Je m'en contrefous.

Chapitre 23

Lina

Pour l'instant, le moins que l'on puisse dire, c'est que Max me déçoit superbement. J'aurais dû me douter qu'il ne coopérerait pas. Mon corps ne coopère pas beaucoup non plus. Il considère que Max est vraiment un *très bon garçon*… Et comment lui en vouloir ? Je lui ai dit que le cunni était un art : il s'est chargé de créer un chef-d'œuvre digne de sa propre aile au Louvre.

Qu'il aille en enfer ! Tout ce que je lui souhaite, une fois qu'il y sera, c'est qu'il n'y ait pas de gâteau.

L'homme qui aura le rôle-titre dans mes rêveries des semaines à venir se redresse de toute sa taille, son pénis épais dressé vers le ciel. À chacun de ses mouvements, une multitude de muscles que je n'aurais jamais cru trouver chez un seul être humain s'activent et se contractent tout à tour, comme les rouages d'une horloge mécanique. C'est fascinant… et troublant.

J'ai conscience qu'il peut encore tout gâcher, mais la chance ne semble pas avec moi et, comme il l'a déjà fait remarquer, je suis autant responsable que lui du succès de cette entreprise.

— Tu as quelque chose contre ce lit ? me demande-t-il soudain.

— Rien du tout, non. Pourquoi ?

— Parce que je commence à me demander si ton dos n'est pas en train de fusionner avec la porte.

Je m'en écarte, mes joues s'échauffant sous son regard amusé.

Je jette un coup d'œil au lit, qui m'invite avec sa tête joliment travaillée et ses élégantes tentures. Mais un lit est si… intime. Nous finirons par nous y endormir, peut-être même blottis l'un contre l'autre, si nous sommes téméraires. Et le sommeil conduit aux réveils difficiles. Souvent porteurs de regrets et de « oh-merde-qu'est-ce-que-j'ai-fait ». Seulement, croire que je vais pouvoir indéfiniment repousser tout cela est idiot, et je suis contente que Max me l'ait fait remarquer.

Profite du moment présent, tu t'inquiéteras du reste plus tard.

— Je n'ai aucun problème avec ce lit, je répète.

Pour le lui prouver, je vais repousser le couvre-lit et m'installer sur le matelas. Allongée de côté, le menton dans la main, je lui demande de me rappeler où nous en étions.

Me rejoignant, il me fait face.

— Tu allais m'enseigner les meilleurs moyens de te faire grimper aux rideaux.

Voilà une affirmation qui ne me plaît pas. Il ne s'agit pas que de moi. Se focaliser sur mes désirs serait égoïste, surtout si l'on considère à quel point il y a déjà été attentif.

— Inversons un peu la vapeur, et parlons plutôt de ce que tu aimes, toi.

Son expression se fait pensive, puis il grimace.

— Tu promets de ne pas me juger trop durement ?

— Si cela mérite mon jugement, ça ne sera jamais trop dur.

Il grogne et lève les yeux au plafond.

— Bon. Je prends le risque. Disons que je ne suis pas fan du sexe de type opossum.

Je le regarde, bouche bée.

— De type opossum ? C'est quoi, ça ? Ne me dis pas que tu te transformes en bestiole pendant l'acte ?

Il éclate de rire.

— Non ! Le sexe façon opossum, c'est quand une femme se

contente de rester allongée, immobile comme une statue, ou à faire la morte comme un opossum. C'est salement perturbant. Après, ne me fais pas dire ce que je n'ai pas dit, je ne suis pas un connard fini, non plus. Si quelqu'un n'est pas physiquement en mesure de me chevaucher comme une star de rodéo, je le comprends tout à fait. Mais, à cette exception près, je préfère un peu plus d'action de la part de la personne dans mon lit.

Je suis secouée d'un rire silencieux en imaginant la scène. Une fois remise, je suggère une autre explication :

— Tu es sûr que ce n'était pas une sorte de jeu sexuel et que tu n'avais tout bêtement pas été mis au courant ?

— Si c'était le cas, je n'avais vraiment pas signé pour ça.

— Ou peut-être n'étais-tu pas assez excitant, tout simplement. C'est une possibilité à envisager.

— Tu es cruelle. Ne crois pas que je vais prendre des gants avec toi juste parce que je t'ai trouvée délicieuse, m'assène-t-il en se rasseyant, l'air de rien.

Avant que je saisisse où il veut en venir, il attrape un coussin et me l'aplatit sur la tête.

Avec un petit cri de surprise, je me redresse sur les genoux et brandis mon propre oreiller, prête à répliquer, quand on frappe de nouveau à la porte.

— Tout va bien, là-dedans ?

— Je crois que c'est James, chuchote Max, avant de répondre à haute voix : Tout va bien, merci.

— Juste une petite bataille d'oreillers, renchéris-je, beaucoup trop fort.

— D'accord, très bien. Mais je crois que quelques personnes sont parties se coucher, nous prévient notre hôte.

— Nous ferons moins de bruit, dis-je. Promis.

Max se glisse hors du lit et fouille dans la poche arrière de son jean. Lorsqu'il revient, il a une poignée de préservatifs à la main.

Je le dévisage avec une moue désabusée. Ainsi, monsieur je-présume-beaucoup-de-moi-même avait prévu le coup…

— Comme par hasard, tu en avais sur toi, hein ?

Il fait la grimace, feignant de se sentir insulté.

— Même pas. Je les ai dénichés dans l'armoire à pharmacie de la salle de bains. J'ai farfouillé en me disant qu'au cas où ce genre de chose arriverait…

— Tu as vérifié la date de péremption ?

— Ouep.

— Donnes-en un, s'il te plaît.

Il s'avance à genoux jusqu'au centre du lit et me tend une pochette, la main un peu tremblante. Mon intention n'a jamais été de le rendre nerveux, mais je me demande si mes discours sur le sexe, dont le but premier était de me donner du courage, ne lui ont pas flanqué une pression inutile. Si c'est le cas, il va falloir corriger ça.

Je me rapproche de lui à genoux et pose le préservatif sur le lit. Une main sur son épaule, je lui embrasse le torse, la pomme d'Adam, l'angle de la mâchoire… Lorsque je me redresse, je plonge le regard dans le sien.

— Jusque-là, tout a été incroyable. Je crois qu'il n'y a aucun risque que l'on gâche la suite.

Pressant doucement les lèvres contre les siennes, je coule la main entre nous et lui caresse lentement le sexe.

— Tout ce que je veux, c'est qu'on se fasse du bien.

Les yeux mi-clos, il est secoué d'un frisson.

— Ooh, Lina. Je crois qu'on peut déjà rayer ça de la liste.

— Pas tout de suite, je rétorque, en l'incitant à s'allonger d'une pression sur l'épaule.

Il s'assoit sur les talons, puis étend les jambes et se laisse tomber sur le dos. Je contemple sa peau douce, ses larges épaules, sa belle érection… Tout ça est là, rien que pour moi, et c'est effrayant à quel point j'ai hâte d'en profiter.

— Lina, j'ai envie de toi, gronde-t-il.

Le désir qui transparaît dans sa voix soudain rocailleuse nourrit ma propre fièvre, m'électrisant à un niveau qui menace de court-circuiter tout le réseau. Mes tétons sont gonflés à en être presque douloureux, et je sens l'humidité gagner le haut de mes cuisses. Je m'installe rapidement au-dessus de lui et saisit la pochette de préservatif d'une main maladroite, soupirant de frustration lorsqu'elle ne cède pas à ma première tentative. Tandis que je me bats avec l'emballage récalcitrant, Max, lui, explore ma poitrine, faisant rouler la pointe de mes seins par petites touches. Au supplice, je viens enfin à bout du paquet rebelle et glisse un doigt à l'intérieur.

J'écarquille les yeux, et mon cœur fait un bond dans ma poitrine.

— Il est vide !

Max lève la tête de l'oreiller.

— Hein ? Je vais en prendre un autre.

J'examine la pochette et pouffe de rire.

— Pas la peine. Ce sont des préservatifs de farces et attrapes, Max. De la marque Nojan. « Pour la personne qui va devoir se le mettre derrière l'oreille, ce soir », dit le paquet.

Les joues de Max se teintent d'un joli rose, digne d'un mercredi chez les Plastics dans *Lolita malgré moi*. Il se rabat un oreiller sur le visage, puis, semblant se raviser, me jette un coup d'œil par en dessous.

— Admets-le, c'est la pire partie de jambes en l'air de ta vie, finalement.

Je lui enlève l'oreiller.

— Pas la pire, mais certainement la plus mémorable.

Je change de position pour me placer sur le côté et saisir sa verge.

— Mais, ne t'inquiète pas, le meilleur est encore à venir, dis-je, avant de le prendre dans ma bouche.

Chapitre 24

Lina

La place de Max est vide lorsque je me réveille. Les yeux rivés au plafond, j'attends que les « oh non, qu'est-ce que j'ai fait ? ! » commencent leur ronde dans mon esprit, mais il ne se passe rien. Ce n'est pas si étonnant. Andrew appartient au passé. Max est mon présent. De toute façon, Max et moi ne sommes pas intéressés par un éventuel avenir ensemble. Nous avons été pris au dépourvu par une attirance mutuelle, et nous la vivons pour ce qu'elle est. Nous n'avons pas à nous sentir coupables, ni à nous inquiéter des potentielles conséquences à long terme, puisque ce n'est pas le plan.

Je me blottis sous le couvre-lit pour profiter quelques minutes encore de la tranquillité et du silence. Mais à peine ai-je fermé les paupières que Max fait irruption dans la pièce, son gobelet de voyage à la main.

— Debout, trésor, le soleil brille et il y a du café. Il est temps de se mettre en route.

Je me redresse et mets de l'ordre dans mes boucles.

— Mais nous n'avons pas encore de voiture.

Il pose la tasse de café sur la table de chevet et se penche pour m'embrasser avec douceur. Il s'écarte alors sans lâcher ma lèvre inférieure, me forçant à le suivre à genoux pour prolonger ce doux moment.

— TJ a déposé ta voiture plus tôt que prévu. La facture est

réglée. On s'arrangera plus tard. En tout cas, nous pouvons partir. C'est Pâques, aujourd'hui, et je dois être à Vienna dans l'après-midi, pour un dîner en famille.

— Oh ! mince, moi aussi ! je m'exclame en descendant du lit pour m'emparer du gobelet de voyage. Je vais déjà me faire tirer les oreilles pour avoir manqué la messe.

Je bois quelques gorgées de café, qui me font le même bien que n'importe quelle petit déjeuner doudou.

— Juste le temps d'enfiler un haut propre, mon jean, et on pourra y aller.

— Tu devrais peut-être te brosser les dents, aussi, déclare Max en rangeant son chargeur de téléphone hi-tech.

Je lui fusille le dos du regard jusqu'à ce qu'il tourne la tête vers moi avec un sourire espiègle. Grommelant, je lui lance un oreiller au visage.

— Je vais faire une petite toilette.

À la porte, il me rattrape et m'enlace par-derrière.

— Je peux te faire une suggestion ?

— Laquelle ? je lui demande en basculant la tête de manière à lui laisser presser les lèvres dans mon cou.

— Pourquoi tu ne resterais pas dans ce T-shirt ? Il est suffisamment long, et plutôt mignon. Personne ne se douterait qu'il n'est pas destiné à être porté en public. Et ça me permettrait de profiter de la vue de tes merveilleuses cuisses sur la route du retour.

Je me dégage de son étreinte, jouant les filles vexées.

— J'y réfléchirai, *en me brossant les dents.*

Une fois dans la salle de bains, je me dis que ce n'est pas une si mauvaise idée et agrémente le T-shirt d'une mince ceinture pour donner l'illusion d'une tenue fashion. Ça ne fonctionne absolument pas, mais si cela peut inviter Max à glisser une main entre mes jambes, dans la voiture, je suis prête à assumer cette faute de goût. Tout en faisant ma toilette, j'admire à quel point nous sommes à l'aise l'un avec l'autre, ce matin. Il n'y a aucune gêne entre nous. Sans doute pour la simple et bonne raison que nous nous sommes montrés honnêtes quant à nos intentions dès le départ.

Quand je retourne à la chambre, Max est assis dans l'un des fauteuils, une feuille de papier soutenue par un livre relié sur les genoux.

— N'oublie pas de remplir le formulaire de satisfaction de la retraite. James est à la porte et s'assure que tous les couples qui partent plus tôt le lui rendent avant leur départ.

Je prends la feuille qui m'attend sur la commode et me laisse tomber dans le second fauteuil pour lire la première question.

— « Cette retraite conjugale a-t-elle contribué à vous rapprocher, votre partenaire et vous ? » Hmm. Sachant que nous étions à deux doigts de nous assommer mutuellement et que nous avons fini par des orgasmes inouïs, je vais cocher « oui ».

Sans cesser de griffonner avec ardeur, Max laisse échapper un petit rire.

— Quelle coïncidence ! C'est précisément ce que j'ai marqué dans les commentaires.

— Je suis sûre que non, dis-je en essayant de lire sur sa feuille.

Il plaque le papier contre son torse, l'air indigné.

— Ces choses sont privées, madame ! Occupez-vous de votre propre évaluation.

Levant les yeux au ciel, je termine de répondre aux questions.

Lorsque c'est fait, nous rassemblons nos affaires et nous préparons à partir. C'est à regret que je promène un dernier regard sur la chambre. Nous faisons un petit détour par les cuisines afin de prélever quelques muffins pour le voyage, puis retrouvons James dans le hall. Il tend la main. Les formulaires sont sa priorité numéro un.

— Eh bien, les amis, dit-il avec un sourire, ce fut un plaisir de vous connaître. J'aurais aimé que l'on passe plus de temps ensemble, mais je crois que vous avez tous les deux tiré ce qu'il vous fallait de cette expérience.

J'adresse un clin d'œil à Max et le vois retenir un sourire.

— Sans aucun doute, approuve-t-il.

— Je vous avoue que, depuis le temps que Wanda et moi offrons ce genre de retraite, nous n'avons pas vu beaucoup de couples se parler avec une telle franchise. Vous disposez de toute évidence de solides fondations pour bâtir une relation qui dure !

Il désigne le cœur de Max, puis le mien.

— Tous les outils sont là. Vous n'avez plus qu'à vous mettre au boulot. Et, souvenez-vous, la communication est ce qu'il y a de plus essentiel.

Les premiers tiraillements de culpabilité se font sentir. James est d'une telle gentillesse que je m'en veux de lui avoir menti sur la nature de notre relation pour passer une nuit plus confortable. En revanche, il est vrai que Max et moi avons fait un immense pas en avant, hier, et cette certitude apaise un peu le remords logé dans ma poitrine. Je tire une carte de visite de mon sac et la lui donne.

— James, si Wanda et vous passez un jour par D.C., faites-moi signe. J'aimerais vous inviter à déjeuner, à l'occasion.

James étudie le rectangle de carton.

— Avec plaisir. Nous n'y montons que pour des occasions particulières, mais Wanda me harcèle depuis un moment pour aller voir un spectacle au Kennedy Center. Nous pourrions en profiter pour passer la journée dans la capitale.

— Ce serait chouette. Je vous recommanderais des restaurants pour le dîner également.

Max m'attrape la main et la porte à ses lèvres.

— Mon ange, il faut qu'on y aille. Nous avons une longue route, et ça me plairait de voir les champs de fleurs une dernière fois.

La surprise que me cause le naturel avec lequel il m'a embrassé la main est vite éclipsée par la confusion. Il veut refaire le tour de la ferme ?

— Dans ce cas, je ne vous retiens pas, déclare James. C'est la journée parfaite pour en profiter. Si vous repartez du côté où ils font pousser des variétés anciennes, vous ne croiserez personne. C'est l'endroit idéal pour un pique-nique matinal.

— Oui, renchérit Max. Hannah nous a dit, hier, que c'était un excellent coin pour les photos. J'ai pensé que ça intéresserait Lina de le voir.

Ah, elle nous a dit ça ? Quand, exactement ?

James hoche la tête d'un air entendu.

— Je vois…

Puis il porte deux doigts à un chapeau imaginaire.

— Bonne balade, rentrez bien.

Une fois dehors, je fais le tour de la voiture et l'inspecte avec toute la tendresse d'une mère.

— Mon bébé va bien.

— Pour l'instant, siffle Max dans sa barbe.

— Et TJ l'a nettoyée, en plus.

Il examine le véhicule, visiblement peu convaincu par ce qu'il voit.

— En même temps, il lui fallait au moins ça.

— Hé, tu sais quoi ? je lui lance en pointant un doigt autoritaire dans sa direction. Cette voiture va te ramener chez toi, alors, le moins que tu puisses faire, c'est d'être gentil avec elle.

Il secoue la tête et affecte une moue de dégoût. Pourtant, avant qu'il ne monte à l'intérieur, je l'entends murmurer : « Pardon, bananemobile. »

Je m'installe au volant, puis démarre.

— Bon, ce lieu idyllique, comment s'y rend-on ?

Il me montre une bifurcation sur le chemin de terre.

— Prends par là et continue tout droit. Tant qu'on suit la route, on ne peut pas se perdre.

— C'est noté.

Je baisse un peu ma vitre, assez pour laisser filtrer les bruits de la ferme en cette belle matinée, mais pas suffisamment pour que le vent m'ébouriffe. Je m'attendais à des hennissements, ou aux meuglements d'une vache, mais ce sont surtout les oiseaux et de gigantesques machines agricoles, au loin, que l'on entend. Un soleil éclatant baigne les prés de fauche d'une lumière dorée.

— C'est beau, non ?

Max hoche lentement la tête.

— On ne pouvait pas espérer meilleur temps.

Au bout d'une minute, la barrière fermant les pâturages du bétail disparaît, laissant place à des prairies arborées, suivies de champs cultivés, chacun accompagné d'un panneau indiquant quel type de légume y pousse.

— Tu es sûr qu'on est sur la bonne route ?

Un sourire lui retrousse le coin des lèvres.

— Pas à cent pour cent, mais avec une vue pareille, qui s'en soucie ?

— C'est-à-dire que…

Je n'ai pas le temps de lui répondre que, *moi*, cela m'importe : le paysage qui se dresse soudain devant nous me coupe toute envie d'introduire ne serait-ce qu'un brin de négativité en ce monde.

— Ça alors, tu as vu ça ?

D'innombrables rangées de tulipes couvrent le sol à perte de vue. Des jaunes, des rouges, des rose vif…

— Ça t'ennuie, si nous nous arrêtons ?

— J'y comptais bien, m'avoue Max, observant ma réaction avec un regard doux.

Je trouve un endroit où me garer sur l'accotement, et nous bondissons hors de la voiture.

Dépassant Max, je m'élance entre les rangées de fleurs pour en caresser les pétales du bout des doigts. Il me semble d'un coup redevenir une enfant insouciante ; si seulement je pouvais me cacher ici, à l'abri du reste du monde pour toujours !

Mon passager saisit l'instant avec son téléphone, puis nous nous lançons dans une séance photo faite de grimaces et de poses niaises à souhait. Lorsque nous en avons terminé, je me précipite de nouveau devant lui, en direction de la voiture, cette fois. Cependant, il me rattrape sans peine et me prend par la main, m'obligeant à ralentir et à adopter son pas flâneur.

— C'est donc ça, que tu voulais me montrer ?

— Oui. Je l'ai vu dans un commentaire de client, et j'ai pensé que tu adorerais.

— J'adore, dis-je en posant la tête sur son épaule. Merci.

Il me passe un bras autour des épaules et enfouit le nez dans mes cheveux.

— De rien.

Un vrai petit couple, non ? Enfin, un couple de film à l'eau de rose, qui court dans les champs de fleurs, prend des photos idiotes, et se balade main dans la main. Ce n'est pas ce qui est censé se passer entre nous, mais c'est là que nous en sommes. Clairement, il va nous falloir corriger la trajectoire.

Je m'arrache à son étreinte.

— Allez, rentrons.

Je regagne la voiture à grandes enjambées, mais, alors que je m'apprête à m'asseoir au volant, Max m'arrête encore.

— Deux minutes… Retourne-toi. Prends le temps d'admirer la vue une dernière fois.

Résignée, je m'exécute. Tandis que je contemple le champ de tulipes, je sens son regard sur moi. Soudain, il m'entraîne vers l'avant de la voiture.

— Grimpe. Détends-toi. Profite.

Je pousse un soupir, comme si apprécier la nature était une

affreuse corvée. Max secoue la tête avec un petit rire, avant de me soulever pour me déposer en douceur sur le capot.

— Embrasse-moi, me commande-t-il, les yeux brillants de cette lueur qui veut tout dire.

J'en meurs d'envie, mais ce n'est pas raisonnable. D'un autre côté, ne serait-ce pas une manière de corriger cette fameuse trajectoire ? Quoi qu'il se passe ensuite, nous devrons nous rappeler qu'il s'agit principalement d'une histoire de sexe, assortie d'un début d'amitié potentielle. Armée de ce raisonnement à toute épreuve, je remonte un peu le bas de mon T-shirt (*Oh ! c'était donc la raison de cette suggestion…*) puis écarte suffisamment les genoux pour qu'il puisse se placer entre mes jambes, et il ne se fait pas prier. Il pose les mains sur l'extérieur de mes cuisses. Je lui passe les bras autour du cou et approche son visage du mien, jusqu'à ce que nos lèvres se rencontrent.

C'est un baiser différent. Plus dur. Désordonné. Ce qui lui manque en délicatesse est néanmoins compensé par l'enthousiasme que nous y mettons. Davantage préoccupés par le résultat que par l'exécution, on croirait que notre seul désir est de fusionner l'un avec l'autre. Un grondement sourd monte de la poitrine de Max lorsque je place sa main à l'orée de mon entrejambe.

— Caresse-moi, parvins-je à murmurer au milieu de mes efforts pour emplir mes poumons de son odeur, tout en me frottant à sa joue et son cou.

— Merde, Lina, tu es… bouillante… là-dessous…

Sa voix est rauque, hachée, mais c'est d'une main sûre qu'il écarte mes dessous pour glisser deux doigts en moi.

— Oh oui, là…

Incapable de soutenir ma tête plus longtemps, je la laisse aller en arrière et écarte un peu plus les jambes.

Ses doigts vont et viennent en de lentes caresses, son pouce effleurant chaque fois mon clitoris, dans une danse qui menace de me faire perdre la raison. Je n'en peux plus. Je me redresse, arrimée à ses épaules, et me mets à chevaucher sa main, à la poursuite de la délicieuse sensation de ce pouce à la racine de mon plaisir. Le visage au creux de son cou, j'ondule contre le capot de la voiture.

— J'aimerais te prendre, là, comme ça, souffle-t-il. Ça te plairait ?

— Si seulement ! À la seconde où on rentre, je nous achète une remorque de préservatifs.

Je le sens qui me tapote l'épaule et redresse la tête. Il tient une pochette métallisée entre les doigts, un véritable emballage de préservatif, cette fois. Je la lui pique et l'examine comme s'il s'agissait d'une nouvelle forme de vie sur terre.

— Où est-ce que tu as trouvé ça ?

— Le gars avec les bras particulièrement poilus dans notre groupe ? fait-il avec un petit sourire. Il m'a dépanné.

— Pour le gars aux bras poilus, hip, hip, hip, Hourraaaaah ! je m'exclame.

Je déchire l'enveloppe pendant que Max baisse son jean sur ses cuisses, puis je me soulève légèrement pour lui permettre de me retirer ma culotte.

— Approche. Je vais te le mettre.

Perchée sur le rebord du capot, je lui enfile la protection sans décrocher un instant le regard du sien.

— Tu es prêt ?

— Si prêt que je suis au bord de la combustion spontanée, déclare-t-il en me mordillant la lèvre.

Je plonge les mains entre nous pour le diriger.

— Ce serait trop dommage, non ? On ne peut pas laisser faire ça.

— Non, on ne…

Il se fige en sentant que je le prends en moi.

— Merde, Lina. C'est juste… la vache… je… c'est… merde, c'est pas possible…

Mon sexe l'enveloppe, avale le sien centimètre par centimètre.

Le sentir en moi me fait tourner la tête. Mes cinq sens semblent s'émousser au profit d'un sixième, plus intense encore : ma perception de Max. Si une bombe venait à exploser à moins d'un mètre, je ne me rendrais probablement compte de rien. En revanche, Max peut cligner des yeux, et je le saurai sans même avoir besoin de le regarder.

— C'est si bon, j'articule à demi.

Dans un sursaut, comme si ma voix l'avait brusquement ramené à lui, Max enroule mes jambes autour de sa taille et plaque les mains sur le capot. Il entame un léger va-et-vient, testant les sensations et scrutant mes réactions.

— Et ça, c'est bon aussi ?

Je ferme les yeux dans un effort pour trouver les bons mots. Comment lui expliquer qu'il semble avoir été fait pour moi ? Que je le voudrais entre mes reins chaque jour dans le futur proche ? Que j'ai la bouche sèche, les seins tendus et douloureux de désir, l'impression que ma tête va exploser, car c'est à la fois trop et pas assez ? Je ne peux pas lui confier tout cela. *Ooooh que non !* Alors je lui réponds simplement par l'affirmative. L'expression satisfaite que je vois se dessiner sur ses traits lorsque je rouvre les paupières m'encourage à ajouter :

— Si bon que je risque d'exploser.

— C'est le but, fait-il avec un petit rire.

Puis il reprend son sérieux. La passion brûle dans ses yeux.

— Et ça ?

Il accélère alors le rythme, prenant chaque fois le temps de frotter son pubis contre le mien, avant de partiellement se retirer.

À bout de souffle, je m'agrippe au dos de son T-shirt afin d'être en position de lui rendre coups de reins pour coup de reins. Max a visiblement d'autres projets et m'amène en douceur à m'allonger sur le capot. Puis il me soulève les fesses et m'attire à lui. Je suis à deux doigts de basculer dans le vide, mais cela lui permet de coller le torse à ma poitrine. Nos visages ne sont plus qu'à quelques centimètres l'un de l'autre. Je ferme les yeux avec un frisson.

— Regarde-moi, Lina… S'il te plaît.

Je ne veux pas. Je n'en ai aucune envie. Il submerge déjà tous mes sens. Plonger mon regard dans le sien, alors qu'il me donne tant de plaisir, provoquera des choses auxquelles je ne suis pas préparée. Je ne sais pas exactement quoi, mais cela arrivera, c'est une certitude. Et ce sera irréversible.

— Lina, ne me laisse pas faire ça tout seul, gémit-il.

J'ignore ce qu'il entend par « ça », mais cette supplication ardente me retourne. Je rouvre les yeux et croise son regard débordant de désir.

— Enfin, te voilà.

Il m'attrape les mains et mêle avec ardeur ses doigts aux miens. Les palpitations sont brutalement redirigées de mon entrejambe à mon cœur, qui s'emballe à tel point que je crains que Max n'ait à me dispenser un massage cardiaque avant la fin. *Non, non, pitié.* Je lui fais lâcher mes mains, préférant lui agripper le bas des reins. Un détail qui *lui* fait quelque chose.

— Oh ! Lina. Oui…

Il redresse le buste et fait courir sa main entre nous, couvrant mon clitoris de deux doigts, auxquels il imprime un mouvement circulaire d'une précision diabolique.

Le besoin de libérer toute cette tension accumulée me pousse à me cambrer violemment contre lui. Je ferais n'importe quoi pour jouir. *N'importe quoi.*

— Max, ça vient. Je…

Mon corps se raidit. Lui se fige aussi. Soudain, il est secoué de spasmes, et un chapelet de jurons ponctué de « oh mon Dieu » emplit l'air printanier. Pourtant, même dans cet état second, il ne m'oublie pas.

— J'ai tellement envie de te voir prendre ton pied…

L'œil plein d'une détermination farouche, il m'inflige une dernière caresse circulaire, aussi glorieuse que lente, et j'explose presque littéralement, me convulsant sous lui avec un glapissement digne du renard qui vivait dans les bois derrière chez moi, quand j'étais enfant. Si quelqu'un m'entend hurler, il croira à coup sûr que Max m'assassine. Le son qui jaillit de ma gorge est plutôt alarmant, pas du tout plaisant à l'oreille, et surtout très, très, très embarrassant. Mais, alors que la dernière vague de tremblements quitte mon corps, je suis sûre d'une chose : cela en valait le coup.

Max enroule une mèche de mes cheveux sur son doigt et se penche pour presser ses lèvres contre les miennes. Il ne cherche pas à trouver ma langue. C'est seulement la rencontre de deux bouches. Un point final à cette superbe phrase. La pression devrait être en train de redescendre, là. Au lieu de cela, mon cœur tambourine de plus en plus fort. Mal à l'aise, je rive les yeux au ciel.

Je sens qu'il m'observe, mais je suis incapable de lui rendre son regard.

Enfin, il se redresse et se retire. J'entends un bruissement, puis le zip de son jean. Sans un mot, il baisse mon T-shirt et m'aide à me rasseoir. Je ne peux plus éviter son regard. Ce serait malpoli.

Se mordillant la lèvre, il me dévisage. Puis il tapote le capot du poing.

— Oublie tout ce que j'ai pu dire de mesquin sur cette bonne vieille bananemobile. Elle et toi venez de m'aider à réaliser l'un des points de ma liste de choses à faire avant de mourir. Merci.

Il me plante un baiser sur le front et me tend un mouchoir.

C'était tout à fait la chose à dire à une personne qui a du mal à appréhender ce qui vient de se passer. Pourtant, je me sens heurtée par ses propos… et c'est bien le problème.

Chapitre 25

Max

Je me réveille groggy et désorienté. *Où est-ce que je suis, bordel ?* Ouvrant un œil, j'aperçois un tableau de bord. Ah, oui. La banane-mobile, devenue la silence-de-mort-mobile.

Il est vrai que ce moment avec Lina m'a tellement vidé que j'aurais fini par m'endormir quoi qu'il arrive, mais si j'ai décidé de piquer un somme au bout de quelques minutes de route seulement, c'est avant tout parce que les réticences de ma conductrice à interagir semblaient indiquer que ça l'arrangeait.

Si elle a besoin d'espace, je lui en laisserai.

Et si elle s'inquiète à propos de nous, elle n'est pas la seule. Ce week-end s'est révélé plus intense que nous aurions pu le prédire. Mais nous serons bientôt de retour en ville, et le train-train de nos quotidiens respectifs nous permettra de repartir sur l'arrangement sans prise de tête dont nous avions convenu. Comme je connais Lina, et je crois commencer à la connaître plutôt bien, se concentrer sur son travail allègera un peu son trouble et lui redonnera confiance en notre capacité à gérer une relation sans attaches et sans avenir.

Je me redresse et réajuste la ceinture de sécurité sur ma poitrine.

— Pardon de m'être endormi. Tu m'as volé mon mojo.

Merde, Max… Tu appelles ça te concentrer sur le boulot ?

Un sourire point néanmoins sur ses lèvres.

— Aucun problème, c'est compréhensible. Il y a des gens plus endurants que d'autres.

À la façon dont elle pince les lèvres, il est évident qu'elle retient un sourire.

Laisse couler. Si tu réponds à la provocation, tu risques d'aller trop loin, et elle va se refermer comme une huître.

J'ouvre l'appli de prises de notes de mon téléphone et m'éclaircit la voix.

— Parlons un peu des idées ou concepts que tu as en tête. À l'aller, nous étions partants pour un thème de type la bonne fée du mariage. Tu as songé à des scénarios que l'on pourrait explorer, dans cette veine ?

Elle se redresse sur son siège, l'enthousiasme illumine son visage.

Cette femme est beaucoup trop adorable. Si je ne fais pas attention, je vais avoir envie de passer tout mon temps avec elle.

— J'aime bien l'idée d'être le calme au milieu de la tempête, me répond-elle. J'imagine des images de minicatastrophes, et moi au centre, en train de régler les problèmes. Quand un couple de clients m'engage, c'est parce qu'ils s'inquiètent du chaos qui pourrait survenir sans mon aide. Il serait malin de jouer là-dessus, non ?

Ce n'est pas une mauvaise idée, mais elle présente un défaut de taille que Lina n'a pas l'air d'avoir pris en considération, et c'est précisément pour ça que je suis là : repérer ce qui cloche.

— Tu as l'habitude de travailler avec divers prestataires, à divers endroits, etc. Seulement, au Cartwright, ton prestataire principal sera l'hôtel. C'est lui qui fournira le lieu, le repas, l'hébergement, même le dressage de table, entre autres. Je ne crois pas que Rebecca apprécierait que l'on sous-entende que son hôtel est susceptible de générer des catastrophes, même si sa super organisatrice de mariages est présentée comme la sauveuse qui arrangera tout.

— Hmm… Je comprends ce que tu veux dire. Il va falloir que j'y réfléchisse encore un peu, alors… C'est pénible, ces gens qui doivent toujours mettre en avant leur expertise, et avoir raison, en plus, grommelle-t-elle avec humour.

J'ai beau essayer de me montrer strictement professionnel, je ne peux retenir un sourire.

— On n'a pas à en décider aujourd'hui. Et les services et infrastructures de l'hôtel ?

— Comment ça ?

— Tu les as testés ? Une suite, par exemple ? Le restaurant ? Le spa, dont le cortège et les mariés pourraient éventuellement vouloir profiter pour un peu de détente, la veille du jour J ?

— Je suis allée au restaurant, la semaine dernière. Pour le déjeuner. Il faudra que j'y retourne un soir. Et Rebecca m'a promis d'organiser une visite des chambres disponibles quand je le souhaiterai. J'ai envie de proposer d'abattre la cloison entre deux d'entre elles pour créer une véritable suite nuptiale. Peut-être plusieurs, même. Dans l'idée de consolider la réputation du Cartwright en tant que destination de mariage.

J'acquiesce et en prends note.

— Tu as raison, oui. On pourrait ajouter ça à notre liste de projets d'évolution. Nous n'aurons pas nos suites nuptiales attitrées pour la présentation, mais il serait bon d'intégrer cette idée à ta vision globale. Je pourrais t'accompagner, au fait.

Observant son profil, je détecte une légère inquiétude dans son regard. Apparemment, je n'ai pas glissé ma suggestion avec assez de subtilité.

— M'accompagner où ?

— Au Blossom. Le restaurant de l'hôtel. Pour le dîner. Je veux dire, on pourrait partager un repas de temps à autre, non ?

— Ah, bien sûr. Ce serait sympa.

Puis, après quelques secondes de silence, elle demande :

— Tu aimes ton métier ?

La question surgit de nulle part. Je redresse la tête, surpris.

Est-ce l'idée de dîner avec moi qui la met mal à l'aise, ou est-elle curieuse de savoir à quoi j'aspire, professionnellement ? Peut-être un peu des deux.

— Parce que Rebecca m'a posé cette question, récemment, s'empresse-t-elle de m'expliquer avant même que je réponde. Et ça m'a fait prendre conscience qu'il n'est pas rare que des gens soient compétents, voire très doués, dans leur travail, sans pour autant nourrir une grande passion pour ce qu'ils font.

— Mon boulot est passionnant par bien des aspects. J'adore en apprendre plus sur l'activité de mes clients. Étudier le marché. Élaborer une stratégie marketing pour réaliser leurs objectifs. J'aime aussi le fait que ma profession repose à la fois sur les idées et les chiffres. Ça me permet de cultiver mon côté créatif, tout en satisfaisant la part de moi qui aime les résultats tangibles.

— Et qu'est-ce que tu n'aimes pas, alors ?

— La lèche, je lui réponds du tac au tac. On est constamment en train de lécher des bottes. Il faut soigner ses relations. Et puis, il arrive que nos clients aient des entreprises particulièrement nulles, ou un business plan franchement pourri, et tout le marketing du monde ne parviendra jamais à leur faire vendre leurs idées de chiotte.

Elle hoche la tête, pensive.

— Qu'est-ce que ça fait, de travailler avec ta mère ?

Je la regarde, impassible.

— Ce n'est pas facile tous les jours. C'est une bonne patronne, mais elle a du mal à accepter qu'Andrew et moi ne nous fondions pas en un seul et même être parfait. Je fais de mon mieux pour me sortir de ce carcan, mais elle s'imagine que tout se déroule pour le mieux.

— Et cette mission pour Rebecca, je suppose que c'est ta chance de lui montrer ce dont tu es capable par toi-même ?

Exactement. Je n'ai pas besoin de justifier mon besoin de me détacher de mon frère. Elle le comprend.

— Tu supposes bien. Si je fais suffisamment impression auprès de Rebecca, qui sait ? Elle pourrait me demander de prendre seul en charge la gestion de tout le marketing du Cartwright.

Lina me jette un rapide coup œil, avant de rediriger les yeux sur la route.

— Si tu lui fais *plus forte impression que ton frère*, tu veux dire.

— Eh bien, oui. Par la force des choses. Mais, vois le bon côté : en travaillant avec moi, tu emmerdes Andrew, quoi qu'il arrive.

Elle fronce les sourcils, perplexe.

— Sauf que ça n'a jamais été mon but, mais le tien.

Je hausse les épaules.

— Pas mon but, non. Seulement une conséquence inattendue.

— Ça sent le bobard à trois kilomètres, ça !

Punaise. Je croyais qu'elle saisissait. On dirait bien que non. C'est tout le problème d'être inextricablement lié à Andrew : même quand je m'efforce de sortir de son ombre pour mon propre bien, cela induit une nouvelle sorte de rivalité. Ce n'est pas ma faute si mon succès dans cette entreprise signifie nécessairement son échec. Conscient que la conversation pourrait mal tourner, je feins un bâillement et m'étire.

— Je crois que j'ai besoin d'une autre petite sieste. Ça ne te dérange pas ?

Une petite moue sur les lèvres, elle fait « non » de la tête.

— Pas du tout. Tu sais que j'aime le silence. Et puis, comme je te l'ai dit, il y a des personnes plus endurantes que d'autres.

Je n'ai pas l'impression qu'elle parle de mes performances physiques, mais, si c'est le cas, j'aime mieux ne pas en avoir la certitude.

Quand une question se pose, à laquelle je ne veux pas réfléchir, ma solution est toujours de fermer les yeux. Toujours.

— Tu veux monter ?

Comme elle ne me répond pas, j'ajoute :

— Simplement pour visiter.

On est en double file devant chez moi, une maison mitoyenne que les propriétaires ont divisée en trois espaces de vie, unique raison qui me permet de me l'offrir. Le principal inconvénient est que je doive partager une cuisine avec mes deux colocataires. Cependant, il est rare que nous nous marchions sur les pieds.

Lina fait la grimace.

— J'aimerais beaucoup visiter ton appartement, mais je n'ai pas mon diplôme en panneaux de stationnement dans Washington, et j'ai peur de me faire embarquer par la fourrière. De toute façon, dit-elle en scrutant la rue à travers le pare-brise, je n'ai pas l'impression qu'il y ait de place dans le coin.

— Le stationnement est gratuit le dimanche, mais il semblerait en effet que la rue soit bien remplie.

Je regarde devant comme derrière : toutes les places ont l'air prises. Je sors à regret, l'envie de prolonger les instants passés ensemble me pousse à prendre tout mon temps.

— OK, bon, on verra peut-être ça une prochaine…

— Hé, Max, m'interpelle l'un de mes colocataires de la porte d'entrée.

Chef de cabinet d'un conseiller municipal de Washington, Jess n'est presque jamais chez lui. C'est à peu près tout ce que je sais de lui.

— Je pars au bureau. Vous avez besoin que je bouge ma voiture ?

Ah, Jess, mon sauveur. Mon nouveau meilleur ami.

— Ce serait sympa, oui. Merci.

— Aucun problème, me lance-t-il avant de redisparaître un instant à l'intérieur.

Une fois l'échange de voitures effectué et Lina garée sur la place de parking tant convoitée, elle m'emboîte le pas dans le court escalier qui mène à l'entrée.

— Bienvenue dans mon humble demeure. Je suis au premier.

— Tu vis à Adams Morgan, se moque-t-elle en attaquant les marches devant moi. Je doute que « humble » soit le mot.

— C'est pas faux.

Elle laisse traîner la main sur la rambarde.

— Je ne resterai pas longtemps. Je jette juste un coup d'œil parce que je suis curieuse, et je m'en vais.

Je passe devant elle pour lui ouvrir.

— D'accord. Pas de souci. Je n'imaginais rien de plus.

Faisant mine d'être nerveux, je prends une grande inspiration et pousse la porte.

— Et voilà.

Lina se glisse à l'intérieur, et sa mâchoire manque de se décrocher.

— Ouah. On se croirait dans un catalogue de déco et ameublement de luxe, page célibataire actif.

Son regard est immédiatement attiré par ce que je préfère dans cet appartement : le mur de briques apparentes exposé au sud, auquel sont accrochées une bonne vingtaine de photos en noir et blanc.

Elle fait volte-face et les désigne du pouce.

— Ne me dis pas qu'elles sont de toi ?

— Aucune chance. J'aime simplement les photos noir et blanc. Quand je tombe sur quelque chose qui me plaît, je l'achète. Bizarrement, c'est dans les salons du vin qu'on déniche les meilleures occasions.

Ses yeux se posent ensuite sur le mur opposé, devant lequel se dresse ma station de musculation.

— Ah, c'est donc de là que te viennent tous ces petits carrés sur le ventre.

J'acquiesce.

— J'ai une règle : si je regarde la télé, c'est de cette machine.

— C'est barbare, couine-t-elle en fronçant le nez. Quand je

regarde la télévision, mon seul exercice, ce sont les pauses pipi et casse-croûte.

Elle m'arrête d'un doigt.

— Avant de critiquer, sache que je bois beaucoup d'eau quand je suis devant la télé, alors je fais facilement quelques centaines de pas à chaque fois.

Je lève les deux mains en signe de reddition.

— Je ne dirai rien.

— En voilà, un homme intelligent !

Puis elle désigne le fond du couloir.

— La chambre, c'est par là ?

Ce n'est pas une question difficile, alors pourquoi la réponse me noue-t-elle la gorge ? *Bon sang, Hartley. Reprends-toi.*

— C'est ça.

— Pas la peine de te faire des films, Max. Je veux simplement voir si tu es l'un des rares hommes de moins de trente ans qui mettent encore des draps.

Elle m'arrache un sourire en coin. Je ne l'aurais jamais crue si effrontée. La main en coupe autour de la bouche, je me penche, comme pour partager un secret.

— *Psst.* J'ai même un cache-sommier…

— Alors, là… il faut que je voie ça ! me lance-t-elle en prenant la direction de la chambre d'une démarche exagérément décidée. C'est au moins aussi exceptionnel que le diamant Hope.

Debout sur le seuil, elle se penche et balaie la pièce du regard. Je l'observe du couloir. M'imagine-t-elle en train d'y dormir ? Mieux : nous imagine-t-elle en train d'y faire autre chose que dormir ? Je la vois déjà dans mes draps, ses cheveux un peu ébouriffés lui retombant sur le visage, tandis qu'en appui au-dessus d'elle je pénètre son corps délicieux.

Elle frappe vigoureusement dans ses mains ; le bruit douche le feu qui commençait à m'embraser. *La vache.* Je ne suis même plus capable de voir un lit sans songer à l'y entraîner. Quel triste personnage je fais.

— Bon, eh bien, c'était super, claironne-t-elle. Vraiment super. Merci de m'avoir permis de faire le tour de ton humble demeure. Elle est vraiment chouette. Très chouette.

Jusque-là, je ne l'ai entendue débiter autant de mots à la seconde qu'à chaque fois qu'elle a tenté de canaliser une excitation qu'elle jugeait malvenue. Je pensais que nous nous étions mis d'accord pour une liaison sans conséquence, mais il semblerait que quelque chose, ce matin, nous ait ramenés à notre point de départ. J'ignore ce qui se passe dans sa tête, mais j'aimerais qu'elle soit à l'aise avec moi. Et si, pour cela, je dois patienter jusqu'à ce qu'elle ait fait du tri dans ce qui la travaille, soit.

— Tu me raccompagnes à la porte ?

Comme si la question se posait. *Allons, madame Santos, vous me connaissez suffisamment bien pour me reconnaître un minimum de savoir-vivre.*

— Bien entendu.

Dans l'entrée, elle se retourne et place une paume sur mon ventre.

— J'ai un comportement bizarre, non ? Tu l'as senti, il me semble ?

Ma bouche n'en fait qu'à sa tête et tente de sourire, toutefois je lutte pour l'en empêcher. Je ne veux pas ajouter à la nervosité de Lina.

— Dis-moi ce qu'il y a.

Elle soupire.

— C'est juste que… Je crois que, ce week-end, je me suis laissé porter par l'adrénaline, les phéromones et une printanite aiguë. Ça m'allait très bien, jusqu'à ce que tu me conduises au champ de fleurs. D'un coup, c'était trop. Quand je suis remontée en voiture, et que l'adrénaline, les phéromones et la printanite se sont évaporées, j'ai pris la mesure de l'énormité de ce qu'on faisait.

Il aurait fallu être drôlement centré sur son nombril pour être surpris de cette explication. Heureux de constater que ce n'est pas mon cas.

— Très franchement, j'avais plus ou moins compris. Mais tu n'as pas à t'inquiéter autant, tu sais. On la joue comme tu le sens. On fait gaffe. Aucune promesse. Pas besoin d'en faire toute une affaire.

— Ouais…

Les lèvres pincées, elle fixe le regard quelque part derrière moi. Puis elle s'ébroue, comme pour se débarrasser d'un geste de ce qui la tracasse.

— Tu as raison. J'y vais. Peut-être que nous pourrions nous voir plus tard dans la semaine ?

Je hoche la tête.

— J'espérais que tu me proposes quelque chose de ce genre, oui.

— Parfait, fait-elle en me tapotant les abdos. Bien, bien.

Reprenant le chemin de la porte, elle hésite, puis se tourne vers moi, le visage doux, la voix incertaine.

— Est-ce ce que je peux t'embrasser, avant de partir ?

Cette question… Je la sens, vivante, elle creuse à la main sous mon sternum, comme pour m'arracher le cœur et l'offrir sur un plateau à Lina. *C'est n'importe quoi.* Je gonfle les joues, faisant mine de peser le pour et le contre, car je ne sais plus où j'en suis.

— J'y réfléchis…

Elle m'enfonce ses deux index dans le ventre.

— C'est oui, ou c'est non ?

Je l'attrape avec douceur par les poignets et l'attire à moi.

— Un très grand oui.

Elle se cale contre mon flanc et place sa main droite dans ma main gauche. Une pose que j'ai pu observer un tas de fois lors d'occasions spéciales, alors que les tout jeunes mariés s'apprêtent à entamer leur première danse. L'a-t-elle elle-même vue tant de fois qu'elle l'imite à présent, inconsciemment ?

— On danse ?

— Non, me répond-elle en mêlant ses doigts aux miens, j'aime juste être blottie contre toi.

Je lui effleure le front de la bouche. Elle saisit cette occasion et, d'un index, me fait pivoter la tête jusqu'à la rencontre de nos lèvres. Sa langue donne le *la*, la mienne suit. Ce sont maintenant ses cinq doigts qui me caressent la joue et le menton et, malgré tous les points de contact entre nos deux corps, c'est cette main qui me provoque un grand frisson. Nous nous écartons lentement l'un de l'autre, un peu désorientés et, cette fois, c'est moi qui suis remué par l'énormité de ce qui se passe. Car, de tout ce que nous avons partagé ce week-end, c'est ce moment qui restera le plus longtemps gravé dans ma mémoire.

Chapitre 26

Lina

Rey lève les bras avec enthousiasme.

— Monte le son. Monte le son !

Mon grand frère est particulièrement pénible quand il n'est pas en possession de la télécommande. Le sachant, Natalia et moi nous la jetons tour à tour, pour l'empêcher de s'en emparer.

— Vous n'êtes que de sales gosses, fait-il en essayant de l'attraper au vol.

Au bout d'un temps, Natalia cesse de faire l'imbécile et augmente le volume.

Nous sommes réunis dans le salon de la petite maison que ma mère et mes tantes partagent à Silver Spring. À l'exception de Jaslene et moi, tout le monde s'est mis sur son trente et un pour ce dimanche de Pâques et, au cas où je viendrais à l'oublier, les tchips occasionnels de ma mère me rappellent que ma tenue, composée d'un chemisier crème et d'un pantalon taupe, est loin d'être à la hauteur. Jaslene, qui passe parfois les fêtes avec nous, car elle vit seule et que sa famille est à New York, est dispensée de commentaires… pour le moment.

Paolo a réussi à mettre YouTube sur la télévision, et nous regardons des vidéos de la célébration du carnaval de cette année au Sambadrome de Rio. Il s'agit là de l'apogée du travail intensif et prenant de dizaines d'écoles de samba pour produire l'une des parades les plus élaborées du monde.

— Quelle école de samba est-ce ? demande Jaslene, un *pastel de carne* à la main.

Les Brésiliens ont tendance à tout faire en grand, et ce chausson à la viande, cousin de l'*empanada*, a à peu près la taille d'une part de pizza.

— Estação Primeira de Mangueira, répond Natalia depuis le fauteuil qu'elle partage avec son fiancé.

Elle agite les mains en l'air.

— Leur thème était parfait, cette année, et ils ont encore remporté le titre.

Tia Izabel grogne.

— Moi, je voulais que ce soient Unidos da Tijuca qui gagnent.

Tout le monde la hue, sauf Jaslene.

— Attendez, demande celle-ci, l'air confus. Qu'est-ce qu'elle a dit de mal ?

— Les écoles de samba s'apparentent plus à des clubs, ancrés dans différents quartiers de la ville, je lui explique. Beaucoup soutiennent une école, comme on soutient son équipe de sport professionnel favorite. On retrouve le même type d'allégeances et de rivalités.

Je feins une œillade noire en direction de ma tante.

— C'est comme annoncer que tu es fan des Phillies de Philadelphie dans un bar plein de supporters des New York Mets, tu vois ? Ce n'est pas recommandé. Sache que, dans cette maison, quiconque ne soutient pas Mangueira est suspect.

Tia Izabel souffle et va rejoindre ses sœurs dans la cuisine. Un grand sourire aux lèvres, Natalia me claque dans la main.

— Regardez un peu leur drapeau ! s'exclame Rey. Ça a dû faire scandale.

Il fait référence au drapeau brésilien réimaginé par Mangueira, qui troque le vert, le jaune et le bleu contre le rose, le blanc et le vert, couleurs de l'école, pour un hommage aux oubliés de la société brésilienne : les peuples autochtones, les personnes afro-descendantes et les pauvres.

— Regardez-moi le costume de cette femme, grimace Jaslene. J'ai mal à la raie des fesses pour elle. Ce bout de tissu n'a rien à faire là, enfin !

Il y a des gens qui trouvent ces tenues choquantes, mais, à mes yeux, elles sont un symbole fantasque de notre culture, et je suis toujours éblouie par ce tableau coloré, aux significations profondes. Peu importe le nombre de carnavals auxquels j'assiste, en personne ou à la télévision, je ne me lasse pas de cette compétition entre les écoles de samba. Elles s'y préparent durant des mois, entre construction de chars ouvragés, élaboration de costumes à couper le souffle et répétitions des chants et des danses, qui, chacun l'espère, subjugueront le public comme les juges.

— J'aurais aimé y être, cette année.

— *Talvez no próximo ano, filha*, me lance ma mère par le passe-plat.

— L'année prochaine, c'est si loin… En plus, ce n'est jamais facile de prendre des congés en mars. Je suis généralement en train de préparer la grosse saison des mariages.

Natalia se penche pour me donner une claque sur la cuisse.

— En parlant de ça… Maman m'a dit que tu étais restée coincée en Virginie pour le travail. Que s'est-il passé ?

Je demeure impassible, mais mon cerveau est sur le qui-vive, et mon estomac se retourne.

— La voiture m'a lâchée. Ce n'était pas très grave, je précise en balayant le sujet de la main. L'établissement que j'allais visiter n'était plus qu'à trois ou quatre kilomètres. J'ai passé la nuit dans leur gîte.

Pas mal, Lina. Informatif, mais succinct.

Avec un peu de chance, ça lui suffira et elle passera à autre chose.

— Max a dû être *ra-vi*, fait remarquer Jaslene.

Eh crotte.

Toutes les femmes de la maison, cuisine comprise, tournent brusquement la tête vers moi. Je suis à peu près certaine que la force combinée de leur mouvement a provoqué le courant d'air que je viens de sentir passer.

Je me masse les tempes avec un grand soupir.

— Ce n'était pas non plus la catastrophe. Nous avons dormi sur place et repris la route ce matin.

— Heureuse que vous ayez trouvé une solution, conclut Natalia avec nonchalance, tout en se levant. Maintenant, puisque je vous ai toutes les deux sous la main, Jaslene et toi, on pourrait discuter de quelques idées de dernière minute pour le mariage ?

Elle ouvre de grands yeux et agite exagérément les bras en direction de l'étage au-dessus.

— Ça concerne ce que je porterai, entre autres, alors on ne peut pas en parler devant Paolo.

Je lève la tête en direction du plafond, parfaitement consciente qu'elle a surtout l'intention de me soutirer des détails sur mon escapade en Virginie. Natalia est la cousine dont je suis la plus proche, mais elle est également impulsive et imprévisible. Sans compter que, de nous tous, elle est la plus susceptible de révéler des secrets de famille tus depuis des générations quand elle a un verre dans le nez. Mieux vaut donc faire attention à ce que l'on dit quand elle est dans les parages. Jaslene, elle, est discrète et ne juge jamais personne, sinon elle-même. Une chance qu'elle soit là, sa seule présence devrait suffire à canaliser ma cousine.

— Très bien, je fais, résignée. Allons dans ton ancienne chambre.

— Ne soyez pas trop longues, nous prévient *tia* Viviane. Le repas sera bientôt prêt.

Natalia grimpe les marches deux par deux. Jaslene et moi la suivons à un rythme normal d'adultes mesurées.

Dans la chambre, elle se jette à plat ventre sur son ancien lit et, dressée sur les coudes, pose le menton dans ses mains.

— Raconte. Et on veut les détails croustillants !

S'installant sur une chaise de bureau, Jaslene attend simplement que je parle.

Avant que j'aie le temps de refermer la porte, Rey se glisse à l'intérieur et se cale contre le mur.

— Moi aussi, je veux entendre les ragots, dit-il en remuant les sourcils.

Je lui tire la langue et vais m'asseoir à côté de Natalia. Aucune formule magique ne m'aidera, alors j'ouvre la bouche et je croise les doigts.

— Max et moi sommes allés jusqu'en Virginie pour visiter un établissement en vue d'un mariage, et ma batterie est tombée en rade. Toutes les chambres du gîte étaient déjà réservées. Nous nous sommes chamaillés ; une personne dirigeant une retraite pour couples en difficulté nous a entendus et nous a invités à participer à leur séance de thérapie. Nous avons accepté en nous faisant passer pour un vrai couple, histoire de profiter de leur chambre supplémentaire, et nous avons couché ensemble. Voilà. C'est tout.

J'inspire un grand coup.

— Oh ! il se pourrait que nous nous soyons mis d'accord pour nous revoir pendant un temps. Des questions ?

Rey lève les yeux au ciel.

— Il faut toujours que les hétéros se compliquent la vie inutilement. Bonne chance. N'oublie pas les préservatifs. C'est tout pour moi, proclame-t-il en prenant la porte.

Nous poursuivons la discussion comme s'il n'avait jamais été là.

— De manière exclusive ? me demande Jaslene.

— Hein ?

Elle me prend la main.

— Max et toi, est-ce que vous vous êtes mis d'accord pour vous voir « pendant un temps » de manière exclusive ?

Elles m'observent toutes les deux avec attention, tandis que je m'interroge. Natalia est anormalement silencieuse.

Maintenant que j'y réfléchis, nous n'en avons pas tant discuté que cela. Assez pour décider de ce que cette relation *ne serait pas*, mais pas tellement de ce qu'elle serait.

— Nous n'avons pas évoqué l'exclusivité… Je suppose que je vais devoir lui en parler.

Natalia a un petit sourire narquois.

— Sauf s'il y a un troisième frère. Ce serait bête de te fermer des portes…

Je la toise de mon plus bel air méprisant.

— Tu sais que je peux arranger le lâcher d'un essaim d'abeilles, à la fin de ta cérémonie de mariage.

Je fais mine d'évaluer mes options.

— Des papillons. Des abeilles. Quelle différence, au fond ?

Elle me tire la langue.

— C'est ça. N'oublie pas que c'est moi qui te paie.

— Je te consens une grosse, grosse réduc, alors ne fais pas trop la maligne… ou tu risques d'en avoir pour ton argent.

Je plaisante, bien sûr. Natalia a droit au même traitement que mes clients qui paient plein tarif. La seule liberté que je prends, dans son cas, c'est celle de lui faire des remarques que je ne ferais jamais à qui que ce soit d'autre. Ce qui, en soi, justifie déjà un sérieux rabais.

Jaslene s'avance sur sa chaise.

— Lina, tu crois que ta présentation pourrait être affectée par ce qui se passe entre Max et toi ?… Quoi qu'il se passe, d'ailleurs, ajoute-t-elle avec de grands gestes.

Je hausse les sourcils, perplexe.

— De manière négative, tu veux dire ?

— Je n'en sais trop rien. D'une certaine façon, peut-être, oui.

— Au contraire, il est même possible que ça nous aide. Nous étions partis pour un désaccord sur toute la ligne. J'ai même commencé par lui dire que je refusais de coopérer, je vous rappelle. Alors que, maintenant, nous travaillons main dans la main vers un but commun. En fait, c'est la partie la plus facile.

— Et la moins facile ? s'enquiert Jaslene.

Je pousse un soupir.

— Faire en sorte que Max et moi n'ayons pas des idées idiotes, du genre penser que ce pourrait être davantage qu'une aventure sans lendemain.

Mon amie fronce les sourcils.

— Pourquoi pas, après tout ? Andrew et toi n'êtes plus ensemble. Ce que vous vivez, Max et toi, ne sont pas ses affaires.

Elle n'a pas tort. Nos chemins se sont séparés il y a longtemps, et sur la décision d'Andrew, qui plus est. Ma vie sentimentale actuelle ne devrait avoir aucun rapport avec lui. Reste que je refuse de me dresser entre deux frères, dont les relations sont déjà tendues. Et puis, je n'ai aucune envie de signer pour une vie entière d'interactions avec mon ancien fiancé. Ce serait tellement bizarre... surtout pour Max. Et ses parents ? Comment prendraient-ils tout cela ?

Natalia expire une bouffée d'air exagérée.

— Mince, tu t'imagines les repas chez la belle-famille ?

— Voilà... Même si Max n'était pas le frère d'Andrew, il serait encore trop... tout. Je suis déstabilisée, quand je suis avec lui. Je me mets à faire et à dire des choses dont je m'abstiens, en temps normal. Ce n'est tout simplement pas le genre d'homme avec qui je peux imaginer ma vie.

Le regard de Jaslene se fait perçant.

— Donc, tu ne veux plus d'Andrew, mais tu aimerais retrouver quelqu'un comme lui, c'est bien ça ?

— *Enfin*, tu as tout compris ! je m'exclame. Il me faut une personne tout sauf stimulante. Bref, je ne sais pas pourquoi cette discussion est partie aussi loin.

— Moi, je sais pourquoi, proclame Jaslene, un sourire mystérieux aux lèvres.

— Regarde-moi l'autre, qui joue les oracles, fait Natalia.

Je dodeline de la tête en ouvrant la paume.

— Je t'en prie, éclaire-nous…

Se glissant dans le rôle attribué par ma cousine, Jaslene se redresse, entame de grands moulinets et adopte une voix solennelle.

— En dépit de toutes les raisons qui devraient vous tenir éloignés l'un de l'autre, Max et toi, tu as admis que limiter votre relation à une aventure sans lendemain serait, je cite : « la partie la moins facile ». Si tu dois déjà faire un effort conscient pour y arriver, que crois-tu que ça signifie ?

Natalia penche la tête et approuve.

— Là, elle marque un point.

Je descends du lit et lisse consciencieusement le devant de mon pantalon.

— Ça signifie tout simplement que je suis quelqu'un de prudent. Vous devriez le savoir, depuis le temps. Bon, je parie qu'il est l'heure de se mettre à table. On redescend ?

Natalia et Jaslene échangent un sourire. Il ne me semble pourtant pas avoir dit quelque chose de drôle.

La sonnette retentit à l'instant où nous sommes sur le point d'attaquer le dîner. Rey revient, Marcelo sur les talons, et l'ami de la famille prend aussitôt place à côté de *tia* Viviane. Il lui donne un coup d'épaule taquin, auquel elle répond par un clin d'œil. Cette fois, c'est sûr : ces deux-là se sont vus tout nus.

La foire d'empoigne débute, et nous voilà chacun en train de passer et prendre les plats à notre voisin. Il est cependant très rare que ceux-ci se retrouvent à tourner dans le sens inverse des aiguilles d'une montre durant le procédé. Je suis la dernière à pouvoir me servir une part de *feijoada* et, comme je m'y attendais, les vautours ont pillé jusqu'au dernier délicieux morceau de porc et de bœuf qui font de ce ragoût de haricots l'un de mes plats préférés.

— Vous vous fichez de moi ? je m'insurge en touillant les restes. Vous ne m'avez même pas laissé de *linguiça.*

Une *feijoada* n'est pas une *feijoada* sans sa saucisse épicée. Je pourrais les mordre.

Assise à ma droite, ma mère me jette un morceau de *linguiça* dans l'assiette, puis continue à passer les plats à mesure qu'ils lui parviennent.

— *Obrigada, mãe.*

Elle sourit, comme toujours ravie d'entendre un mot de portugais franchir mes lèvres.

— *De nada, filha.*

Alors que nous dégustons notre repas, Marcelo nous parle de la maison de sa fille à Vero Beach, en Floride. D'après lui, elle est très grande, et il aura son propre studio en annexe.

— Tu pourras venir me rendre visite, lance-t-il à *tia* Viviane.

Celle-ci redresse le menton avec fierté.

— Ou alors tu pourras revenir me voir, toi.

— Peut-être bien, lui répond-il en s'appuyant contre elle.

— Tu vas devenir un de ces pervers qui matent les gens sur la plage ? lui demande Natalia, l'œil rieur.

Son fiancé gémit.

— Bébé, tu peux pas faire une pause ? C'est Pâques…

— Pas du tout, réplique Marcelo en secouant la tête. Quand les femmes vont me voir dans mon maillot, ce sont elles qui vont mater, oui !

Il se tasse et, sur le ton de la confidence, ajoute :

— En plus, c'est un slip de bain.

Natalia fait semblant de vomir ; Rey grimace. Jaslene, elle, regarde Marcelo, interloquée.

Toutes ces plaisanteries à propos du futur déménagement de notre ami masquent une réalité moins plaisante pour moi : bientôt, je n'aurai plus de bureau et, à moins d'obtenir le poste auprès du groupe hôtelier Cartwright, je vais me retrouver à devoir gérer mon entreprise du siège passager de ma voiture.

Il est possible que j'aie esquissé une grimace en songeant à ces répercussions, car Marcelo s'arrête net de rire et prend un air grave.

— Ça avance, tes recherches de bureau à louer, Lina ?

— Rien de concluant pour l'instant. Mais Jaslene et moi consacrons une ou deux heures chaque jour à la recherche de candidats.

— T'as tante m'a dit que tu postulais à un autre emploi. En quoi est-ce que ça consisterait ?

Je lui parle alors du poste, allant même jusqu'à mentionner l'augmentation significative de revenus que cela représenterait.

— Ding-ding-ding-ding, jackpot, fait Natalia entre deux bouchées.

— Si je comprends bien, si tu décroches ce boulot, tu n'auras plus à t'inquiéter de louer un bureau ? me demande Rey.

— Exactement. Ce serait un gros souci de moins pour moi. Et un paquet de fric en plus.

— Mais tu ne serais plus ta propre patronne, fait remarquer *tia* Viviane. Es-tu prête à accepter que quelqu'un te donne des ordres ? Même pour un meilleur salaire ?

Si je suis prête ? Un peu, oui ! Diriger sa propre entreprise est un sacré stress. Quand vient le temps de la déclaration, j'en fais des cauchemars. Si une meilleure occasion se présente, je serai ravie de tout laisser tomber. Seulement, ces femmes me riraient au nez, si je leur faisais part de mes difficultés. Elles qui ont immigré d'un autre pays, se sont mariées, ont divorcé, ont appris l'anglais et ouvert leur propre boutique. Elles n'ont pas de temps à perdre avec mes problèmes ridicules d'Américaine. Je réponds donc sur le ton de la rigolade, c'est plus simple comme ça.

— Ha ! Je suis organisatrice de mariage. Tout le monde me donne déjà des ordres.

— Tu as très bien compris ce que je voulais dire.

— Rien ne m'obligerait à y rester toute ma vie. Mais c'était une occasion à ne pas manquer.

— On dirait bien, dit *tia* Izabel avec un sourire.

— Ce n'est jamais un mal d'avoir le choix, ajoute ma mère sans enthousiasme.

La tension s'abat sur mes épaules comme un presse-papier sur une pile de courrier. Je ne peux m'empêcher de penser qu'elles sont déçues. Viviane, tout particulièrement. Elle est l'aînée de la famille, et c'est grâce à elle que ma mère et Izabel ont pu, elles aussi, émigrer aux États-Unis. Elles ont fait face à d'immenses obstacles et les ont surmontés… dans des circonstances bien plus difficiles que les miennes.

Je ne devrais même pas avoir le droit d'envisager l'échec comme une possibilité, mais si ni le plan A ni le plan B ne fonctionnent, comment l'éviter ? C'est alors seulement que je me rends compte à quel point je suis coincée : il me faudrait un plan C, et je n'en ai pas.

Chapitre 27

Max

Je commence cette semaine de travail de la même manière que je suis susceptible de la terminer : en songeant à Lina.

J'aimerais la recontacter, mais je ne suis pas certain de savoir comment m'y prendre. Un e-mail serait sans doute trop impersonnel. Un SMS trop familier. Non, je ferais mieux de l'appeler au bureau – comme ça, je démarrerais sur une conversation de boulot – et de déterminer en route si elle est ouverte ou non à ce que je termine sur une touche plus personnelle.

Après avoir composé le numéro, je jette un œil à mes mains moites. Bon sang, me voilà redevenu ado.

Une voix gaie résonne dans le haut-parleur.

— Bonjour, Le Point sur le Oui, pour nous, rien n'est un détail. Que puis-je pour vous ?

— Euh, bonjour. Max Hartley à l'appareil. Pourrais-je parler à Lina… Carolina Santos, je vous prie ?

— Max, c'est Jaslene, l'assistante de Lina.

— Oh ! bonjour, Jaslene. Ravi de vous parler en de meilleures circonstances.

Elle laisse échapper un petit rire.

— Oui, Natalia était particulièrement en forme, ce jour-là. Désolée de vous avoir réservé ce genre d'accueil.

— Aucun problème. C'est bien que Lina ait des proches prêts à monter au créneau pour elle.

— Ça, elle ne manque pas de soutien... Pour ce qui est de votre question, elle est déjà au Cartwright, vous pourrez donc discuter là-bas.

— Au... Cartwright ?

Je fais défiler mentalement mon calendrier. Aurais-je oublié un rendez-vous ? Je vérifie mon agenda sur ma montre. Je suis libre tout l'après-midi.

— Vous n'étiez pas censés vous retrouver pour la visite de... Oh ! flûte. Oubliez ça, Max. J'ai dû mal comprendre.

Donc, Lina est à l'hôtel pour une visite des locaux en lien avec notre projet, mais elle ne m'y a pas convié. *Intéressant.*

— Merci quand même, Jaslene.

— Max, attendez, me retient-elle d'un ton bien moins guilleret que celui d'il y a deux minutes.

— Oui ?

— Si vous décidez d'y aller quand même, prévenez-la. Ne débarquez pas sans avoir vérifié auprès d'elle auparavant. Je me sens déjà assez mal de vous avoir dit où la trouver.

— Vous avez ma parole.

— Ne me décevez pas.

— Promis, dis-je avant de raccrocher.

Jaslene et Natalia vouent toutes les deux une loyauté farouche à Lina. La première porte ce feu d'une manière plus contenue, tandis que la seconde vous donne l'impression d'être prête à vous arracher la tête, mais je suis heureux que ces femmes soient si protectrices envers elle, chacune à leur manière. Si Lina me laissait faire, je me montrerais protecteur, moi aussi.

Salut Lina. Est-ce que tu voudrais qu'on se retrouve à un moment donné au Cartwright pour visiter les chambres ? Mon emploi du temps est plutôt flexible, cette semaine.

J'ai bien l'intention de dévoiler mes sources, mais je suis curieux de voir comment elle va répondre à cette question ouverte. Ce qu'elle fait aussitôt.

Lina : Je suis au Cartwright en ce moment même. Pas grand-chose à voir. J'ai pris quelques photos, mais la plupart des infos sont dispos sur le site de l'hôtel.

Max : Je verrais peut-être quelque chose que tu as manqué. Deux paires d'yeux, tout ça...

Lina : Hmmm.

Max : OK, je me rends. J'ai seulement envie de te voir.

Lina : Tu peux être là dans combien de temps ?

Max : Je suis dans le hall de l'hôtel. Disons, une minute ?

Lina : ? ? ?

Max : Je t'expliquerai quand je t'aurai rejointe en haut, si tu en as toujours envie.

Lina : Évidemment, monte. Chambre 408.

Max : J'arrive.

L'ascenseur est plus lent que je ne le pensais, et il me faut bien deux minutes pour parvenir à l'étage. Je frappe à la porte et remets de l'ordre dans mes cheveux en attendant la réponse.

Lina m'ouvre et s'efface pour me laisser entrer.

— C'est une opération à haut risque, que nous entamons. Où est ta garde rapprochée ?

— En bas. Je leur ai demandé de ne laisser monter personne.

Je parcours la pièce du regard avant de poser les yeux sur Lina. Sa robe jaune à la jupe constelée de minuscules fleurs bleues est cintrée à la taille, et met particulièrement ses formes en valeur.

Aujourd'hui, elle n'a attaché que l'avant de ses cheveux, maintenu en arrière par deux pinces jaunes. Je n'ai jamais eu autant envie d'une tarte banane et crème fouettée.

— Bonjour, vous.

— Bonjour, vous-même, réplique-t-elle, une lueur amusée dans le regard. Comment est-ce que tu m'as trouvée ?

Je lève les mains au-dessus de la tête.

— Ne lui en veux pas, mais Jaslene a dérapé. C'est par elle que j'ai su. Elle avait l'air de croire qu'on effectuait la visite ensemble, j'ajoute, en l'interrogeant du regard.

Lina se tourne vers la fenêtre.

— Le but n'était pas de te tenir à l'écart, si c'est ce que tu insinues.

— Je n'insinue rien du tout. Je me posais simplement la question. En tout cas, je comprendrais que tu ne sois pas à l'aise de te trouver seule avec moi dans une chambre d'hôtel. On sait tous les deux que tu n'as aucun self-control quand il s'agit de moi.

— Tu dis ça sur le ton de la blague, mais c'est on ne peut plus vrai.

— Et c'est un problème ?

« Plus ou moins », me fait-elle de la main, une petite moue sur les lèvres.

— Un peu, mais je commence à en prendre l'habitude.

C'est un bel aveu qu'elle me fait là, je ne m'aventurerai cependant pas à lui tirer davantage les vers du nez.

— Alors, des idées brillantes de ce que tu pourrais faire dans cette pièce ? je m'enquiers, en balayant l'espace d'un geste ample.

Elle presse deux doigts sur ses lèvres entrouvertes et m'observe, l'œil malicieux.

— Absolument !

La mâchoire m'en tombe. Mon cœur tambourine dans ma poitrine comme un volet dans la tempête. Il n'empêche que je vais me faire la voix de la raison, cette fois, car on se trouve potentiellement sur son lieu de travail.

— J'aime énormément ta manière de penser, mais je me dois de pointer l'évidence du doigt.

Elle s'approche lentement.

— L'évidence ?

Je l'arrête d'une main.

— Quelqu'un pourrait traîner dans les parages, ou Rebecca décider de monter te voir. Ce serait…

Je fais la grimace.

— … gênant.

Dire que Dean me pense incapable de me contrôler. S'il me voyait à cet instant, il serait si fier !

Elle se fige et penche la tête, l'air pensif.

— On ne risque pas grand-chose avec un baiser, si ?

Comment dire non à une telle proposition, elle embrasse si bien ! Je franchis la distance qui nous sépare et la presse tout contre moi. Elle jette aussitôt les bras à mon cou et plonge les doigts dans mes cheveux, à l'orée de ma nuque. Dans le même mouvement, elle se hisse sur la pointe des pieds et incline la tête. La succession de ces étapes semble presque instinctive, comme si m'embrasser faisait déjà partie intégrante de sa mémoire musculaire.

C'est un baiser paresseux, tendre, aussi suis-je surpris quand ses mains coulent jusqu'au bas de mon dos et atterrissent sur mon postérieur. Je gémis entre ses lèvres et presse le bassin contre le sien, incapable de résister à l'idée de générer suffisamment de friction pour l'exciter sous ses vêtements.

Un coup frappé à la porte nous interrompt net.

— Merde, souffle-t-elle.

— Quelle poisse, je renchéris.

— Lina, c'est Rebecca. Je me suis dit que j'allais passer vous dire bonjour.

Lina lève les yeux vers mois et feint une moue de mépris.

— C'est toi qui l'as fait apparaître.

— Pas le temps de se rejeter la faute, je siffle entre mes dents.

— Fais comme si de rien n'était, suggère-t-elle avant de hausser les épaules. Nous sommes simplement en train de travailler.

Je baisse les yeux sur mon pantalon, qui dissimule bien mal une érection conséquente.

— Je doute que *ceci* donne le change. Et je n'ai pas de veste pour me couvrir un minimum.

— Grimpe dans la douche. Elle ne saura jamais que tu étais là.

C'est donc ça qu'est devenue ma vie ? J'en suis réduit à me cacher dans les douches.

Lina me fait les gros yeux et me chasse.

— File !

Je me dirige à pas de loup jusqu'à la salle de bains tandis qu'elle va ouvrir. Aussi silencieusement que possible, je tire le rideau et grimpe dans la baignoire.

— Bonjour, Rebecca ! J'ai presque terminé.

— Je ne voulais pas vous déranger, seulement, Bill, notre réceptionniste, m'a dit que vous étiez là, alors j'ai décidé de passer vous saluer.

— C'est très gentil à vous.

— Que pensez-vous de la chambre ?

— Elle est spacieuse. Longue. Énorme. *Phénoménale.*

Dans un autre contexte, j'aurais pu jurer qu'elle parlait de mon érection.

— Vraiment ? fait Rebecca. Il ne me semblait pas qu'elle soit plus grande que la moyenne.

— Oh si. Si, si. Croyez-moi, j'en ai vu plus d'une dans ma vie, et celle-ci se dresse… *se classe,* se classe vraiment très bien.

Bingo. Elle parle de mon pénis. *Joli, Lina. Très joli.*

— Elle est à la fois fonctionnelle et très belle. Les personnes qui ont la chance d'en profiter doivent y prendre grand plaisir. Mais le vrai plus, selon moi, c'est que l'on peut envisager de la prolonger de manière significative, il suffit d'un peu d'imagination.

Vous n'avez pas idée, Mme Santos.

— Vous m'intriguez, déclare Rebecca. J'ai hâte de voir votre présentation.

— Je trépigne déjà d'envie.

La porte s'ouvre.

— Vous venez ? demande Rebecca.

Je ferme fort les yeux, anticipant la réponse.

— Pas tout de suite, malheureusement. *Mais ça ne tardera pas.*

— Très bien. Ce fut un plaisir.

— Également.

La porte refermée, je compte jusqu'à quinze, puis sors de ma cachette.

Lina se tient près de la fenêtre, un sourire espiègle sur les lèvres.

— Tu as une très mauvaise influence sur moi.

Je l'attire contre mon torse. Très vite, son regard se fait plus intense, plein d'attentes.

— Tu as bien conscience que ce genre d'effronteries, ça se paie ?

Son sourire se fait aguicheur.

— Ah oui ? Et quand est-ce que je peux espérer ma punition ?

Je fais un pas en arrière et lui tapote le bout du nez.

— Pas tout de suite, malheureusement. *Mais ça ne tardera pas.*

Lina laisse retomber les bras et tape du pied.

— Mais quand ? *Euh !*

— Quand tu me feras visiter ton appartement,

— Tu cherches à te faire inviter ?

Carrément... Il serait bien plus simple de fantasmer à propos d'elle si je pouvais l'imaginer dans son lit. Ou se baladant chez elle en petite tenue, un débardeur transparent soulignant sa poitrine...

— Max, me rappelle-t-elle à l'ordre d'une voix sèche.

— Pardon, quelle était la question ?

— Pfff. Je te demandais si c'était une pirouette pour te faire inviter chez moi.

Je tourne sur moi-même comme une ballerine.

— Tout à fait, oui.

Elle se passe la langue sur les lèvres.

— Dans ce cas, répond-elle, une main sur le cœur, tu es cordialement invité à mon appartement.

— Quand ?

Je sais que ce n'est pas rien, pour elle.

— Que dirais-tu de vendredi ?

Vendredi, c'est dans quatre jours. Je suis tenté de taper du pied, moi aussi, pour que l'on avance à ce soir, mais puisque je m'autocongratulais de tant de self-control il y a quelques minutes à peine, il serait hypocrite de faire le gamin capricieux maintenant.

— Va pour vendredi.

— Comme ça, on pourra faire la grasse matinée, si ça nous chante…

Elle se reprend :

— … enfin, si tu restes dormir. C'est toi qui vois. J'ai l'habitude de dormir seule, alors il ne faut pas te sentir obligé. C'était seulement…

Je me rapproche à nouveau et entremêle mes doigts aux siens.

— Lina, j'adorerais passer la nuit chez toi.

Elle pousse un soupir soulagé.

— OK, super. On se fait un dîner, donc.

— Et peut-être même un film.

— Peut-être, fait-elle en haussant les épaules. Si on a le temps.

Si on a le temps ? Ce programme me plaît déjà.

— Puisque nous avons déjà établi que tu ne sais pas te contrôler en ma présence, je vais y aller.

À la porte, je me retourne avec un clin d'œil.

— À vendredi.

Bon sang. Ces quatre jours vont me faire l'effet d'une éternité.

Chapitre 28

Lina

De : MHartley@AtlasCommunications.com
À : CSantos@LePointsurleOui.com ; KSproul@AtlasCommunications.com
Le : 24 avril à 9 h 37
Objet : Supports pour la prés. au groupe Cartwright
— --

Lina, voici Karen.

Karen, voici Lina.

Lina, Karen est la graphiste d'Atlas. C'est elle qui va nous aider à concevoir les supports de la présentation du 14 mai pour le groupe hôtelier Cartwright. Nous pensions qu'elle pourrait préparer des maquettes de pages web, de visuels pour les réseaux sociaux et de storyboards pour d'éventuels projets vidéo. Merci de me faire savoir si cela vous convient.

Le thème de la bonne fée du mariage est toujours d'actualité, mais je travaille encore sur le concept. Cela me prend plus de temps que prévu. Si jamais vous avez une illumination, n'hésitez pas à me transmettre vos idées.

En espérant que tout se passe bien pour vous,

Max

Le 24 avril, 9 h 54

Lina : J'aime bien quand tu es en mode business, comme ça. Ça me donne envie de te rendre visite et de jouer le rôle de l'assistante. Je suis très douée pour le rangement d'archibres.

Le 24 avril, 9 h 57
Max : Ça peut s'arranger. J'ai justement une archibre que j'aimerais faire disparaître.

Le 24 avril, 9 h 58
Max : Tu es en train de me sexter ? ? ?

Le 24 avril, 9 h 59
Lina : Oui.

Le 24 avril, 10 h
Max : Eh ben, sacré nom d'une pipe !

De : CSantos@LePointsurleOui.com
À : MHartley@AtlasCommunications.com ; KSproul@AtlasCommunications.com
Le : 24 avril à 10 h 3
Objet : Re : Supports pour la prés. au groupe Cartwright
— --

Enchantée, Karen.

Max, vous avez mon feu vert pour préparer les supports mentionnés pour le pitch, et si je pense à autre chose, vous en serez les premiers informés. Le thème de la bonne fée vous donne-t-il du fil à retordre pour une raison particulière ? J'y réfléchirai également. Quoi qu'il en soit, j'ai hâte de voir ce que vous allez produire.

Bien cordialement,

Lina

Le 24 avril, 10 h 9
Lina : Je prévois de te cuisiner un petit plat, vendredi. Brésilien. Des allergies ? Des trucs que tu détestes ?

Le 24 avril, 10 h 12
Max : Aucune allergie. Je déteste les petits pois. Et, au cas où tu ne serais pas au courant, j'ai récemment développé une aversion particulière pour les piments. Je me méfierai donc. Hem. Je peux apporter quelque chose ?

Le 24 avril, 10 h 13
Lina : Un dessert du Sugar Shoppe ?

Le 24 avril, 10 h 14
Max : C'est noté. Vivement vendredi.

Le 24 avril, 10 h 15
Lina : Vivement.

L'Interphone sonne à l'instant où je sors l'*empadão* du four. J'ai tenté de montrer à cette recette qui était le boss, mais l'odeur âcre de la pâte brûlée et la surface noircie de la tourte semblent confirmer que ce n'est toujours pas moi.

Marmonnant l'équivalent d'une vie de jurons en l'espace de vingt secondes, je pose le plat sur la cuisinière et jette mes maniques à travers la pièce. Au menu, ce soir : salade verte et carottes rôties. À croire que j'attends Jeannot Lapin !

J'appuie sur le bouton de l'Interphone avec plus de rage que nécessaire.

— Oui ?

— Lina, c'est Max.

— Bonsoir, dis-je avec tout l'enthousiasme dont je suis capable à cet instant. Contente que tu aies trouvé. Je t'ouvre, monte.

Me souvenant soudain de l'état de ma cuisine, je me précipite à la porte d'entrée et l'ouvre en grand. Quand Max émerge de l'ascenseur, une boîte de pâtisseries à la main, je suis en train de secouer le battant afin d'aérer l'appartement. Je l'examine ; il porte un jean bleu foncé et une chemise blanche, qu'il n'a pas rentrée dans son pantalon. Que ce soit en tenue de ville ou décontractée, il arbore toujours son style personnel de façon affirmée, sans pour autant trop en faire. *J'aime beaucoup ce que je vois là.*

Il hausse un sourcil en approchant.

— Des difficultés techniques ?

— Bel euphémisme…

Lorsqu'il parvient à ma hauteur, j'appuie le front contre son torse.

— J'ai gâché le dîner.

De sa main libre, il rassemble mes cheveux d'un côté, détruisant mon refuge naturel.

— Ce dîner ne serait gâché que si l'on m'empêchait de le passer avec toi.

Je lève les yeux vers lui. Je lutte vaillamment pour ne pas laisser des petits cœurs s'échapper de mes yeux, mais j'ai probablement tout l'air de l'émoji personnifié.

— Haaan, c'est mignon. Mais je te déconseille de t'avancer avant de voir ce qu'il en est.

Je devrais aussi lui dire que les déclarations enamourées ne servent pas à grand-chose dans le cadre d'une passade, mais je n'arrive pas à me décider à gâcher son effet. Peut-être n'a-t-il pas besoin qu'on lui rappelle que ce n'est qu'une liaison sans lendemain, mais moi si. *Note à moi-même : ne commence pas à te faire des films idiots sur un potentiel futur avec Max.*

Il me suit à l'intérieur, dépose sa boîte sur l'îlot, puis jette un regard circulaire à l'appartement. Le syndic appelle ça « design ouvert ». La vérité, c'est qu'ils étaient trop pingres pour monter des murs.

— Ouah, s'exclame-t-il en pivotant sur lui-même. Tu te moquais de mon salon de magazine. Maintenant, c'est mon tour. Tu es sûre que tu as suffisamment de bougies, Lina ?

Il agite les mains sur les côtés.

— Plantes en pots, coussins moumoute, tentures murales, ouh là là !

Je le pousse en riant du côté de la cuisine.

— Malpoli ! Quand on est invité, on ne commente pas le… Bon, je crois que je vais me taire, en fait.

— C'est plus malin, oui, me dit-il avec un clin d'œil. C'est le patient ?

Tourné vers la cuisinière, il désigne l'*empadão*.

Je pouffe.

— C'est bien lui…

Il va l'examiner de plus près, la main sur le menton, puis hoche la tête d'un air grave.

— C'était censé être quoi ?

— Un *empadão de frango*. En gros, une tourte à la brésilienne. La pâte pur beurre sur le dessus devrait être dorée et croustillante. Le poulet et les légumes, fondants et assaisonnés à la perfection. Au lieu de ça, on a cette horreur.

— Est-ce qu'il peut encore servir à quelque chose ?

— À me rappeler que je serai toujours incapable de recréer un plat de ma mère. Sinon, non, il est bon pour la poubelle.

Je souffle un grand coup et m'efforce de retenir les larmes qui me montent aux yeux sous le coup de la moindre émotion.

— Je n'ai même pas réussi une malheureuse tourte !

— Hé, hé, intervient Max, l'air inquiet. Regarde une heure de *C'est du gâteau !* et tu verras que tu es loin d'être la seule. Ce n'est qu'une tourte.

Je me laisse tomber sur un tabouret.

— Non, ce n'est pas « qu'une tourte ». Je voulais faire quelque chose de spécial pour ce dîner. Partager un peu de ma culture. Et, comme tu le vois, ça n'a pas été franchement concluant. Comment veux-tu que je transmette les traditions familiales, si je ne suis pas capable de suivre une recette basique ?

Il s'assoit et pose les mains sur le plan de travail de l'îlot central.

— C'est celle de ta mère ?

Je redresse brusquement la tête.

— Quoi ?

— La recette. C'est celle de ta mère ?

— Ouh là, non. Elle ne note rien. D'après elle, le meilleur moyen d'apprendre, c'est d'observer et d'aider en cuisine. Je ne comprends pas comment tout lui vient si naturellement. Si je lui demande combien il faut mettre de farine, de tomates, d'ail, ou autre, tout ce qu'elle me répond, c'est : « Oh ! un peu de ci, un peu de ça… »

Max, dis-je en me tournant vers lui pour appuyer mon propos, elle n'a même pas de verre doseur !

Cela peut prêter à rire, pourtant, dans des moments comme celui-là, j'aimerais avoir les recettes de ma mère couchées sur le papier, avec des mesures précises, du type « 60 ml d'huile d'olive », plutôt que « Oh ! ça, à peu près, *filha* ».

— Tu pourrais peut-être lui forcer la main pour qu'elle te montre les choses à ta façon. Apporte de quoi mesurer les ingrédients, un carnet. Et quand elle te dira « un peu de ça », tu lui demanderas de te montrer ce que ça donne, une fois mesuré. Ça te permettra de noter toutes les étapes, pour les reproduire chez toi.

Je l'observe, tout en imaginant ce que ça pourrait donner.

— Tu sais quoi ? Ce n'est pas une mauvaise idée. Je pourrais même enregistrer une vidéo d'elle pendant qu'elle prépare un plat. Ce serait un bon souvenir, pour plus tard.

Je ferme brièvement les yeux. Je m'en veux de lui avoir montré à quel point le moindre petit accroc peut m'ébranler. Il doit déjà regretter d'avoir accepté mon invitation.

— Enfin bref…

Je fais mine d'effacer ces quelques minutes d'un geste.

— … tu n'es pas venu ici pour m'écouter parler de tout ça.

Calant les pieds sur le barreau de mon tabouret, Max me fait pivoter la tête vers lui d'une main douce. Le reste de mon corps suit.

— Je suis venu passer du temps avec toi, Lina. Et si ça signifie parler d'un sujet qui te tracasse, ça ne me pose aucun problème. Ce n'est pas parce qu'il n'y aura rien de sérieux entre nous que je ne me soucie pas de toi en tant que personne. Ce serait impossible. Et j'ai l'impression qu'il en va de même pour toi. Parce que tu ne me fais pas l'effet de quelqu'un qui se confie à n'importe qui.

Après une caresse sur la joue, il pose un baiser sur mon front.

— Merci de me laisser être plus que n'importe qui.

Est-il possible que le cœur enfle ? Je ne m'y connais pas assez en anatomie pour l'affirmer. En tout cas, j'ai soudain l'impression qu'il s'élargit dans ma poitrine pour faire une place à Max, même si je n'ai aucune envie qu'il y entre. *Allons, allons cher petit cœur, ça ne va pas du tout, ça.* De toute évidence, nous avons tous les deux besoin d'une piqûre de rappel concernant ce que nous faisons là, ce soir.

Je lui prends la main et l'embrasse au creux du cou. Le nez contre sa peau, je hume son parfum d'humus et d'agrumes. Il a l'odeur d'une orange tombée de l'arbre, que l'on aurait ramassée sur la terre riche, et aussitôt emballée.

— La salade tiendra, les carottes peuvent être réchauffées… Ça te dirait de passer à la pièce de résistance ?

Ses prunelles s'assombrissent à cette suggestion.

— Ah ? Ce n'était pas le dîner ?

Le dîner ne peut en aucun cas être le clou du spectacle, enfin ! Ça n'est pas comme ça que marche une liaison.

Plutôt que de répondre à sa question, je me lève et l'entraîne par la main.

— Viens avec moi.

Max descend du tabouret à regret, avec un regard pour l'*empadão* abandonné sur la cuisinière. Il ouvre la bouche pour parler, la referme, la rouvre… Mais quoi qu'il ait eu envie de dire, il le remballe derrière un sourire malicieux.

— Tu entendais ça de manière littérale, je me trompe ?

— Tout à fait, j'acquiesce en le guidant jusqu'à la chambre.

— Oh ! encore des coussins et des bougies, se moque-t-il lorsqu'il franchit le seuil.

Ce qui lui vaut une tape sur le derrière.

— Écoute, je sais que ça t'a manqué de me toucher les fesses, mais ce n'est pas la peine de faire mine de me punir uniquement pour assouvir tes bas instincts. Mon observation était tout à fait justifiée.

Je le regarde sous mes paupières plissées.

— Ça t'a vraiment fait mal que je compare ton intérieur à une mise en scène de catalogue déco, hein ?

Il croise les bras sur la poitrine et redresse le menton.

— Possible. Pour être franc, c'est l'esthétique que vise ma mère chez elle, et j'ai toujours considéré ses goûts comme… très éloignés des miens.

— Oooh, le but n'était pas de te donner de complexes. Oublie tout ce que je t'ai dit.

Sans plus de cérémonie, j'enlève mon haut à manches courtes et le jette par-dessus ma tête.

— Est-ce que, ça, ça pourrait t'aider à perdre la mémoire ?

Je me tiens devant lui dans le soutien-gorge bleu pastel le moins pratique de la terre. La forme corbeille ne me sert strictement à rien, si ce n'est à donner l'impression que mes seins sont servis sur un plateau. Je l'appelle mon harnais de beauté : un bout de tissu sans autre but que de : un, mettre mon décolleté en valeur ; deux, m'être arraché.

Max porte deux doigts à ses lèvres et souffle doucement.

— Qui êtes-vous ? Où suis-je ? En quelle année sommes-nous ?

Les mains sur son torse, je le force à reculer, jusqu'à ce que ses mollets butent contre le lit et qu'il s'y laisse tomber. Je bondis alors sur lui avec la célérité et l'agilité d'une athlète olympique. Pendant ce temps, lui se bat avec le crochet à l'avant de mon soutien-gorge. Je me demande presque s'il ne joue pas simplement à « la petite bête qui monte ».

— Besoin d'aide, jeune homme ?

— C'est pire que de forcer une serrure, siffle-t-il entre ses dents. Tu n'aurais pas une épingle ? Ou une carte de crédit ?

Je chasse sa main.

— Laisse-moi faire, et regarde. Ça t'instruira. Là, tu vois ? Il suffit de basculer le fermoir vers l'extérieur et de tirer.

Il en reste bouche bée.

— Génial !

J'aime que l'on soit si à l'aise l'un avec l'autre. Ne pas avoir à deviner ce qu'il pense. Tout se fait naturellement. Aucun artifice. Nous sommes simplement deux personnes appréciant de passer du temps ensemble, au lit, et ailleurs.

— Je peux ? dit-il en levant les mains au niveau de mes épaules.

J'accepte volontiers. Il coule alors les doigts sous les bretelles de mon soutien-gorge pour le faire glisser.

— Quelles merveilles…

— Vas-y. Touche-les. Tu en crèves d'envie.

Les mains en coupe sous mes seins, il me caresse, le bout de ses doigts léger comme une plume contre ma peau. Il lève les yeux vers mon visage, guettant mes réactions. Mais mon expression seule n'est que la partie émergée de l'iceberg. Sous la ceinture, j'ondule sans retenue contre sa cuisse, incapable de me retenir. Et j'ai bien envie d'accélérer l'allure, car je sais ce qui m'attend au bout du chemin. Quand ses pouces font rouler la pointe de mes seins, je bascule et me frotte plus fort contre lui.

— Tu veux bien que j'attrape un préservatif ? je le supplie. S'il te plaît.

Ma voix s'est faite basse, urgente. L'envie est trop forte, et ça s'entend…

Max hoche la tête. Sa bouche s'ouvre, sans qu'il articule le moindre mot.

Je me rue sur le bol de protections posé sur ma commode et en jette une sur le lit. J'ôte ma jupe, ma culotte. Max, mon fidèle assistant, déboutonne sa chemise pendant que je me précipite sur son jean. Il est torse nu bien avant que j'en aie terminé.

— Tu es rapide, je lui fais remarquer en reculant d'un pas, pour le laisser se débarrasser de ses derniers vêtements.

— Je suis impatient.

Debout le temps d'un instant, il retire ses chaussures du bout du pied, quitte son jean et repousse le tout sur le côté avant de s'asseoir sur le lit. Alors que nos regards se croisent, il prend son sexe en main, et entreprend un lent mouvement de va-et-vient. Le thermostat explose. Une vague de chaleur émanant du plus profond de moi se répand le long de mes bras, derrière mes genoux, ainsi qu'entre mes cuisses. Mes jambes ne me portent plus, la tête me tourne. Je me raccroche d'une main tremblante à la commode derrière moi.

Max m'observe intensément tout en se touchant, il n'en devient que plus facile d'imaginer que c'est moi qui lui donne ce plaisir.

Sans me quitter des yeux ni cesser de se caresser, il tâtonne à côté de lui, jusqu'au préservatif. Dans un geste d'une intensité qui semble me dire : « Regarde ce que tu me fais », il déchire la pochette avec les dents.

Puis il déroule le préservatif au toucher, ne détournant à aucun moment le regard de mon visage. Je l'observe. Les lèvres entrouvertes pour m'assurer de continuer à respirer, je me retiens des deux mains à la commode.

— Je me demande si tu as autant envie de moi que moi de toi, dit-il.

J'ignore la réelle étendue de son désir. Mais s'il en est au point de ne plus penser droit et d'être tendu à en avoir mal partout, alors la réponse est oui.

— Difficile à dire avec certitude, mais c'est fort probable.

— Viens prendre tout ce que tu veux de moi, dans ce cas.

Je me redresse et le rejoins, tendant les doigts à l'instant où j'arrive à portée de son corps. Il arrime ses mains aux miennes et me soutient, le temps que je m'installe sur ses cuisses. Je me sers de mon corps pour le titiller, effleurant son érection pour ajuster ma position, jusqu'à ce que nos deux corps soient idéalement alignés. Alors, je m'empale sur lui.

Je laisse échapper son nom tandis qu'un feu d'artifice éclate derrière mes paupières pressées.

Je suis délicieusement serrée autour de lui. Durant quelques secondes, je reste immobile, savourant la sensation de mon corps s'ouvrant au sien. Puis je contracte les muscles et soulève les reins, me délectant de cette friction.

— Lina !

Les deux mains sur mes fesses, il donne un coup de reins chaque fois que je m'abaisse sur lui.

— On pourrait faire ça pour le restant de nos jours ?

J'ouvre brutalement les yeux. À en juger par son regard écarquillé, il semble autant surpris que moi de sa propre question. Je le chevauche avec plus d'ardeur, choisissant de me concentrer sur les frissons qui me parcourent le corps, plutôt que sur des pensées qui ne demandent qu'à prendre racine dans mon traître de cerveau. Max remonte les mains le long de mon dos, redescend par mes épaules et me frôle de nouveau les tétons. Le contact de ses doigts sur ma peau fait naître à chaque fois de minuscules étincelles qui attisent le feu au creux de mes reins. Ses caresses sont paresseuses, lascives, il me torture délicieusement. Plus j'intensifie le rythme, plus il ralentit. Ses gestes finissent par se faire imperceptibles, comme pour me prouver que je ne peux pas toujours tout contrôler.

— Il faut que je jouisse, là, je halète.

— Bientôt, me promet-il d'une voix aussi hachée que la mienne. Regarde-moi, Lina.

J'arrache mon regard au point que je fixe au-delà de son épaule, puis ralentit le rythme pour me concentrer sur son visage.

— Je suis là.

— Tu es sûre ? Oublie ce que tu as décidé qu'il devrait ou non se passer, et abandonne-toi. Je te promets que je serai là, avec toi.

Je pourrais aisément tomber amoureuse. En devenir cruche, avec des cœurs plein les yeux et des paillettes dans le cœur. Tant de raisons font que Max n'est pas un homme pour moi. Encore moins pour la version de moi que je dois cultiver. Prisonnière de ce labyrinthe, je ne sais plus quelle direction prendre. Mais quelque part au loin, la voix de Max me guide. J'ignore où elle va me mener, mais je la suis. Me laisser aller ? C'est à ma portée. Est-ce que je suis avec lui ? Oui, et c'est tout ce que je désire. Je lui réponds d'un hochement de tête affirmatif.

Une lueur de triomphe dans les yeux, il m'attire à lui et plonge le visage entre mes seins. Nous continuons, serrés l'un contre l'autre, durant plusieurs minutes. Ne résonnent plus que nos respirations rauques et le claquement de nos cuisses. Je m'écarte un peu pour mieux trouver ses lèvres, et il me rend mon baiser avec la même fougue.

Je le chevauche avec fièvre. Lorsque nous nous décidons enfin à respirer de nouveau, il plonge le nez dans mon cou et dépose une pluie de baisers le long de mon menton.

— Lina, bébé… est-ce que… ça vient ?

— Oui, je gémis.

J'ai toutes les peines du monde à maintenir ma tête. Le plaisir qui monte et s'enroule dans tout mon corps est comme une amarre qui me retient dans le moment, ne laissant place à rien d'autre.

— Max, j'ai besoin de tes doigts.

Grondant à mon oreille, il glisse la main entre nous et effleure mon clitoris du pouce.

— Là, oui, je dis, sans cesser d'aller et venir contre lui.

Il me contemple. À ses yeux marron et ses lèvres gonflées, il donne l'impression d'être aussi fou de désir pour moi que je le suis pour lui.

— Serre-moi en toi, Lina. Serre-moi le plus fort possible.

La passion qui transparaît dans sa voix ne fait qu'enflammer un peu plus la mienne.

Je me contracte autour de lui, tandis que ses doigts m'explorent, jusqu'à trouver l'angle de pression le plus glorieux contre mon clitoris. J'y réponds en redoublant de vigueur dans mes assauts, son prénom sur les lèvres :

— Max… Max… Oui, Max, là.

— La vache, souffle-t-il d'une voix où pointe l'émerveillement. Lina, je n'arrive pas à croire que ce soit si bon, entre nous. Comment tu peux ne pas vouloir le revivre, encore et encore ?

Je me cambre contre lui, avide de cette extase qui bouillonne juste hors de ma portée, et monte, monte encore. Quand Max tente un changement d'approche et se sert de son index et de son majeur pour décrire de petits cercles concentrés autour de mon clitoris, toutes mes terminaisons nerveuses semblent fusionner en une boucle infinie de délice, diffusant des millions de feux d'artifice dans tout mon corps. Criant son nom, je tremble, vibre et me cambre, dans une série de mouvements que je ne contrôle plus.

Je tremble durant ce qui me paraît de longues minutes, en proie à de minuscules répliques, et quand je commence enfin à reprendre mes esprits, Max frémit lui aussi, me pressant plus fort contre lui dans un dernier coup de reins.

— Merde, Lina. Putain, oui, oui, oui.

Il s'immobilise, puis se laisse retomber en arrière avec un long grognement.

Les pulsations de nos deux cœurs un peu calmées, je l'embrasse sur le front. Soudain, je ne peux réprimer un sourire.

— Qu'y a-t-il de si drôle ? me demande-t-il, son souffle chaud me chatouillant le cou.

— Je nous trouve particulièrement éloquents, tous les deux. Tous ces « oui » et ces « putain » témoignent d'un vocabulaire d'une étendue impressionnante.

— C'est important de savoir varier, pouffe-t-il. De toute façon, nos corps communiquent déjà comme s'ils avaient leur propre langage, et ça me va très bien. Pas toi ?

Incapable de faire grand-chose d'autre, je me contente de répéter ses propres mots.

— Oui, ça me va très bien aussi.

À présent que je suis de nouveau capable d'aligner deux pensées, je me souviens que le but de cette « pièce de résistance » était de nous, en tout cas de *me* rappeler que ceci n'était rien d'autre qu'une passade. Pourtant, alors que je le prends dans mes bras, je suis forcée d'admettre que l'on est bien loin de l'effet escompté.

Chapitre 29

Max

Sentir la courbe des fesses de Lina contre mon érection matinale compte certainement comme mon réveil favori de tous les temps. Attiré par la senteur de pêche de ses cheveux, je lui enroule un bras autour de la taille et me rapproche pour la respirer à pleins poumons. Avec un gémissement, elle se blottit dans cette nouvelle position.

Je ne sais pas où nous allons comme ça, ni même si nous allons quelque part, mais je suppose que la meilleure approche consiste à suivre mes propres conseils : ne pas trop réfléchir à ce qui était ni à ce qui devrait être, pour me concentrer uniquement sur ce qui est. Parce que je couche avec la femme que mon frère a failli épouser et n'ai aucune envie que ça change.

Lina s'étire avec un petit soupir satisfait.

— Bonjour, lui dis-je à l'oreille.

Sans se retourner, elle me caresse la joue.

— Bonjour, toi-même.

Puis, levant brusquement la tête :

— Ouille, qu'est-ce que c'est que cette brindille, dans le lit ?

— Hein ?

Les sourcils froncés, elle s'assied et plonge les mains sous les draps, à la recherche de ce qui la gêne. Sans crier gare, elle attrape mon sexe bandé.

— Oh. Pardon, j'ai cru que c'était un petit brin de quelque chose. Je pensais avoir rapporté ça ici après une journée jardinage. Oublie.

Je souris avec amusement, mais ne bouge pas d'un pouce durant plusieurs secondes… jusqu'au moment où je passe à l'attaque, tentant de la rabattre sur le lit, tandis qu'elle pousse des cris d'orfraie. Lorsque enfin je parviens à la plaquer sur le matelas, je place doucement ma « brindille » à l'orée de ses cuisses.

Elle me gratifie d'un sourire en coin, l'œil brillant d'espièglerie, visiblement très contente de son effet.

— Tu es chatouilleuse ?

— Pas du tout, me répond-elle en secouant la tête.

J'observe alors son regard, qui se fixe par-delà mon épaule. Je reconnais là sa manière de mentir, et je ne compte plus m'y laisser prendre.

— Dans ce cas, ça ne te dérangera pas si je fais ceci.

Avec un grondement féroce, je plonge sous les draps pour lui chatouiller d'arrière des jambes et les flancs. Lina couine, et rue comme un cheval sauvage. En quelques secondes à peine, elle s'est débarrassée de moi.

Je me rallonge et regarde le plafond, avec un sourire que je peux qualifier d'idiot même sans miroir. Si ça ne tenait qu'à moi, on passerait la journée ensemble, histoire de poursuivre sur cette belle lancée. Mais ça ne tient pas qu'à moi, et Lina est toujours pleine d'appréhensions vis-à-vis de cette relation. Il est possible que j'aie tout de même une chance de faire durer ce moment sans l'affoler. La connaissant, si son travail figure au menu, elle sera partante.

— Sortons dîner ce soir. Au Blossom.

Me tournant sur le côté, je la surprends les yeux arrondis par cette suggestion.

— Le pitch se déroulera dans à peine plus de deux semaines, il serait peut-être temps qu'on songe à la manière d'y inclure le restaurant de l'hôtel.

Elle se redresse, ramasse une ou deux mèches derrière son oreille.

— Oui, merci de me le rappeler. Cette présentation devrait effectivement être notre priorité.

Levant les yeux au ciel, elle pousse un gros soupir.

— Le problème, c'est que j'ai un tas de choses à faire, aujourd'hui. Tu veux que nous nous retrouvions là-bas ?

— Je peux passer te prendre, ça ne m'embête pas.

— Non, ça ira, merci. Je serai probablement déjà dans ce coin de la ville, je n'aurai aucun mal à trouver un VTC pour le Blossom.

Si ça te rassure, très bien.

— Ça marche. J'ai quelques courses à faire avant moi aussi. J'ai passé un moment fantastique, dis-je en lui déposant un baiser sur la joue. Je fais un tour par la salle de bains, et je te laisse vaquer à tes occupations.

Je peux difficilement lui en vouloir de préférer ne pas s'engager à quoi que ce soit de sérieux, mais une part de moi se demande quand même pourquoi cela semble lui demander tant d'efforts. Peut-être ce besoin de mettre de la distance entre elle et moi est-il la conséquence directe du mélange d'attirance et d'antipathie qui nous a initialement jetés dans les bras l'un de l'autre. Ou alors, c'est comme ça qu'on fonctionne. Ce dont je suis, en revanche, certain, c'est qu'elle est adorable quand elle doute de mes intentions. Ou est-ce moi qui doute des siennes ? Il n'est pas impossible qu'elle ait en effet deux tonnes de trucs à faire aujourd'hui, et que ce soit moi qui doute de ma place dans sa vie. *Quelle plaie !*

Ses épaules s'affaissent. Elle semble surprise que je n'entame pas une opération de séduction pour rester au lit avec elle.

— Oh. OK, bon. Une réservation pour 18 heures, ça t'irait ?

Je me lève et m'étire, évacuant les dernières traces de sommeil par un bâillement

— C'est parfait.

Ce qu'il y a de plus parfait encore ? La laisser dans le flou.

Parce qu'il n'y a aucune raison pour que je rame tout seul dans le brouillard. *Bienvenue dans le club des Je-t'aime-vraiment-bien-et-je-ne-sais-pas-comment-gérer-cette-information, madame Santos. Nous vous attendions.*

— Bienvenue au Blossom. Je m'appelle Camille, et je serai votre serveuse principale, ce soir. L'un de vous est-il déjà venu chez nous ?

Lina acquiesce.

— Mais uniquement pour le déjeuner. Je suis impatiente de goûter à d'autres plats au menu.

— Excellent, répond Camille en souriant. Vous nous voyez très heureux de vous accueillir à nouveau. Dans ce cas, permettez-moi d'expliquer à monsieur... Tout le personnel du restaurant est à votre service. S'il vous faut quoi que ce soit : de l'eau, un couvert ou bien la note, si je mets trop de temps à vous l'apporter, n'hésitez pas à demander.

Elle se penche et murmure :

— En ce qui concerne la note, cela n'arrive jamais.

Un deuxième serveur remplit nos verres d'eau, un autre vient placer une corbeille de pain au centre de notre table.

Camille nous tend à chacun une carte particulièrement raffinée.

— Voici notre menu dégustation. Un choix très apprécié, en ce moment. Je serai ravie de répondre à vos éventuelles questions quand vous aurez eu le temps d'y jeter un coup d'œil. En attendant, puis-je vous proposer un cocktail ?

Lina commande un Martini grenade. Je reste sur un Tom Collins.

Camille partie, Lina se rapproche, comme pour partager un secret.

— J'avais trop envie de goûter ce Martini. Je l'ai vu au menu, lorsque je suis passée déjeuner, mais je ne voulais pas risquer d'être pompette pour mon rendez-vous de l'après-midi.

— Pour ma part, je ne vois aucun inconvénient à ce que tu sois pompette ce soir. Ça risque de valoir le coup d'œil.

Un sourire danse sur ses lèvres alors qu'elle ouvre le menu. Je ne peux m'empêcher de la contempler. La robe toute simple qu'elle a revêtue met en valeur ses rondeurs, et cette couleur rouge sombre accentue son teint éclatant.

Ses boucles cascadent sur le côté, une partie retenue par une barrette dorée à sa tempe.

Elle croise mon regard. Je me redresse sur ma chaise.

— Qu'est-ce que tu en penses ?

Très franchement, j'en pense qu'elle est splendide. Quant au menu, je n'en pas encore lu une seule ligne.

— Moi, je suis assez inspirée par la paëlla à leur façon. Lapin, porc, riz, chorizo, miam… et la liste des ingrédients est longue. Par contre, c'est pour deux. Ça te dirait de partager ?

Je pose mon menu à côté de moi.

— Avec grand plaisir, oui… Alors, qu'est-ce que tu dis de la pièce ? je lui demande, après avoir moi-même inspecté la décoration de la salle.

Lina pose à son tour son menu sur la table, regarde autour d'elle, puis examine l'espace derrière moi.

— J'aime beaucoup l'habillage des murs en bois grisé, façon grange, et les fleurs des champs sous les appliques sont la touche idéale pour un esprit champêtre. L'ensemble est un peu sombre à mon goût, mais cosy. Un peu comme une ferme de luxe.

Ses yeux se posent ensuite sur le centre de table.

— Cette bougie en bocal posée sur son petit plateau est pile ce qu'il faut. C'est à la fois rustique *et* chic.

Tandis que je l'observe en train de décrire avec aisance la décoration intérieure du restaurant, je mets enfin le doigt sur ce qui me dérange dans le thème de la bonne fée que nous avons choisi pour sa présentation : c'est loin d'être le meilleur moyen de mettre en valeur l'incroyable talent de cette femme.

J'étais si persuadé que le « capital sympathie » était l'élément à mettre en avant que j'en ai perdu de vue la personne bien réelle derrière le service que nous tentons de vendre. Je me suis enfermé dans l'idée que la carapace que Lina avait endossée lui nuisait fatalement. Seulement, après notre week-end à Surrey Lane Farm, je crois qu'elle doit au contraire une large part de son succès à sa capacité à se servir de cette carapace à son avantage si cela s'avère nécessaire. Qui elle fait entrer dans sa vie, devant qui elle laisse couler ses larmes, à qui elle permet de pénétrer ses défenses, avec qui elle partage ses émotions… c'est à elle seule de le décider. Sa personnalité n'altère en rien ce qu'elle a à offrir en termes professionnels : elle lui permet simplement d'évoluer dans différents environnements tout en restant dans sa zone de confort.

La force de Lina, c'est son efficacité dingue. Elle l'a toujours dit : elle ne jouera pas les meilleures amies avec ses clients. Pas plus qu'elle ne pleurera le jour de leur mariage. Ou ne sautera de joie quand la future mariée trouvera sa robe idéale. Ce n'est pas elle. En revanche, elle vous organisera le meilleur mariage possible avec les ressources dont elle dispose. Et c'est ce qui devrait compter le plus aux yeux de n'importe quel client. Ne me reste plus qu'à lui expliquer en quoi je pense qu'il serait bon de revoir notre tactique.

— Pourrait-on parler un peu de la présentation ?

Elle avale une gorgée d'eau, puis m'écoute, les mains sur les genoux.

— Bien sûr. Est-ce que tout se passe bien ?

— Oui, oui. Seulement… Je me dis qu'on ne devrait peut-être pas partir sur le thème de la bonne fée. Ce n'est pas toi, en fait.

Elle s'affaisse sur sa chaise, son sourire s'élargissant par petites touches.

— Je peux te confier un secret ?

— Évidemment.

— Je suis soulagée. J'y réfléchis depuis plusieurs jours, et j'attendais le bon moment pour t'en parler. J'avais peur que le concept nous donne l'air de vouloir en faire trop. Ou que le côté « engageant » prenne le pas sur ce que je fais de mieux.

— Précisément. Le côté engageant, on s'en fout. On n'a pas besoin de modifier qui tu es. Ce qu'il faut, c'est promouvoir tes qualités, et tu en as un paquet à revendre. Je pensais à un thème autour du rôle d'intendante. Ça rappelle qu'il s'agit du service d'un hôtel, mais évoque aussi l'idée que tu apporteras ta touche personnelle à chaque événement, ce qui a le potentiel d'attirer une clientèle plus large. Qu'en penses-tu ?

— J'en pense que j'ai de la chance de travailler avec toi, déclare-t-elle en me pressant la main. Et, maintenant, j'ai hâte de faire cette présentation.

Mon bonheur se lit sans doute sur mon visage. J'adore lui faire plaisir, mais l'impressionner simplement en faisant mon travail est un sentiment vraiment unique.

— Parfait. Donc, je transmettrai tout ça à…

Une main se pose sur mon épaule, tandis qu'une voix tonitruante rugit mon nom.

Je me retourne dans un sursaut. Devant moi, Nathan Yang, un ami d'enfance, un grand sourire aux lèvres. Ma tension redescend d'un coup.

— Nathan, mon vieux, comment ça va ? Ça fait une éternité !

— Mais oui ! Beaucoup trop longtemps.

Il s'adresse à Lina :

— Désolé de vous avoir interrompus, mais il fallait absolument que je vienne dire bonjour à un si vieil ami.

— Il n'y a pas de mal, le rassure-t-elle avec un sourire compréhensif.

— Tu dînes tout seul, Nathan ?

— Pas du tout, répond-il en lissant l'avant de sa veste de costume noire. C'est moi le gérant du restaurant. Je suis là depuis un an, maintenant.

— Oh ! waouh, c'est super ! Félicitations, mon vieux. Avec Lina, nous étions justement en train de nous extasier sur ce décor.

— C'est gentil, merci. Je suis fier de ce resto.

Il regarde de nouveau Lina, plissant les yeux, comme s'il essayait de se rappeler où il avait bien pu la croiser.

Un nœud se forme dans ma gorge. *Oh ! merde…* Nathan était aussi l'ami d'Andrew, et je suis à peu près sûr qu'il avait été invité au mariage. S'il existait le moyen de désactiver la reconnaissance faciale d'un cerveau, je serais déjà en train de l'opérer.

— Lina. Max. Quel plaisir de vous voir ici, lance une voix derrière Lina. Est-ce que Nathan vous traite bien ?

Rebecca ? Dites-moi que c'est une blague… À qui ai-je fait tant de mal dans une vie antérieure ? Face à moi, Lina semble pétrifiée. *Tout va bien se passer. On va gérer ça sans aucun souci. Nous sommes en pleine session de travail. Il n'y a pas à s'en faire.*

Je me lève pour lui serrer la main.

— Bonsoir, Rebecca. Ravi de vous revoir également. Nathan et moi étions en train d'échanger des nouvelles. Nous avons grandi ensemble.

Puis je fais un geste en direction de Lina.

— Lina et moi parlions de votre décoration. Nous essayons de déterminer quels sont les aspects à mettre en avant au niveau du restaurant. Les atouts sont nombreux. Et nous n'avons pas encore goûté aux plats !

Rebecca se frotte les mains.

— Oh ! je suis heureuse que cela vous plaise, jusque-là.

Elle se penche, de manière à n'être entendue que de nous.

— C'est le week-end que le restaurant se surpasse, c'est bien vu de votre part d'être venus durant une heure de pointe. Si vous en avez l'occasion, n'hésitez pas à tester le menu dégustation. Nathan a réussi à attirer les foules avec ce petit bijou.

Lina esquisse un petit sourire forcé.

— Je n'en doute pas.

— Pour ma part, j'ai rendez-vous avec mon grand-père, reprend Rebecca en jetant un coup d'œil à sa discrète montre en or. Il fait le tour de nos propriétés pour vérifier que tout est en ordre. Et s'assurer par la même occasion que je fais bien mon travail.

Examinant toujours le visage de Lina, Nathan se pose un doigt sur les lèvres.

— Pardon de vous fixer comme ça, mais j'ai vraiment l'impression de vous connaître. Nous serions-nous déjà rencontrés ?

Lina s'enfonce un peu plus profondément sur son siège et s'évente de la main.

— Il fait un peu chaud, non ? Quelqu'un a dû augmenter le chauffage.

Intriguée, Rebecca nous regarde à tour de rôle. On la croirait dans les gradins d'un match de tennis.

— Lina, est-ce que tout va bien ?

— Oh ! oui, oui, répond celle-ci d'une voix cassée, avant de se racler la gorge. Je ne me sens pas tellement dans mon assiette, d'un coup, c'est tout.

J'aimerais pouvoir l'envelopper de mes bras, la soustraire aux regards insistants de Nathan, mais ça ne serait pas pro, en plus d'être bizarre. *Reste cool, Max. Avec un peu de chance, Rebecca sera partie avant que Nathan n'ait fait le lien.*

— Ça y est, s'écrie Nathan, en pointant un doigt sur elle. Je me souviens. Vous êtes Carolina Santos. Vous étiez fiancée au frère de Max, Andrew. Navré que ça n'ait pas marché.

Son visage s'empourpre.

— Oh bon sang ! C'est très maladroit de ma part. Toutes mes excuses d'avoir mentionné le sujet.

Argh. Pour la chance, on repassera.

Inclinant la tête, Rebecca dévisage Lina.

Avec une expression dénuée de toute émotion, celle-ci promène le regard dans le restaurant, les yeux légèrement plissés, comme à la recherche de l'issue de secours la plus proche.

Comment arrive-t-elle à tenir le coup ? Personnellement, je suis à deux doigts de plonger sous la table et, dans la panique, je n'ai plus l'esprit assez réactif pour nous sortir de cette ornière. De toute façon, que pourrais-je bien dire ?

Rebecca secoue la tête.

— J'ai dû louper un chapitre, mais nous verrons cela lundi matin.

La bouche pincée, elle nous toise avec sévérité, Lina et moi.

— À la première heure, lundi ?

Nous acquiesçons tous les deux, sans croiser son regard.

— Je vais me repoudrer le nez, lance Lina en se levant brusquement, le visage toujours vide de toute expression. Contente de vous avoir vue, Rebecca. Et ravie d'avoir fait votre connaissance, Nathan.

Je la regarde prendre la direction des toilettes d'un pas vif. Rebecca et Nathan la suivent tout comme moi des yeux.

Quel merdier royal !

Chapitre 30

Lina

« *L'espoir fait vivre, prima, mais ce genre de mensonge risque de te revenir en pleine face.* »

L'avertissement de Natalia me résonne aux oreilles telle une cloche sonnant de glas. Dong. *Salut ? Ça te surprend ?* Dong. *Évidemment que tu t'es fait pincer !* Dong. *À présent, Rebecca n'a pas seulement pitié de toi, elle ne te fait plus confiance.* Dong. *Que comptes-tu faire, maintenant ?* Dong. *Tu peux sans doute tirer une croix sur ce poste pour le groupe Cartwright.* Dong. *Au moins, tu ne t'es pas mise à chialer devant tout le monde.*

Les poings serrés, je fais les cent pas dans les toilettes. J'évite mon reflet dans le miroir. Je n'ai pas besoin de voir mes larmes. Je les sens rouler.

On frappe à la porte.

Après un sursaut, je m'essuie les joues. J'essaie, du moins.

— C'est occupé !

La porte s'entrouvre légèrement.

— Lina, c'est moi. Je peux entrer ?

— Ce n'est pas une bonne idée, Max. Ça va aller. Donne-moi juste une…

Un hoquet me secoue.

— Donne-moi une seconde, et j'arrive.

— Lina, tu pleures. Laisse-moi t'aider.

— Comment veux-tu m'aider, Max ? J'ai tout foutu en l'air, comme une grande.

Il demeure silencieux un moment. Puis il s'adresse à quelqu'un d'autre.

— Une minute, d'accord ? Elle a un problème menstruel.

J'ai dû mal entendre.

— Est-ce que tu viens de dire que j'ai un problème mental ?

— Surement pas, je ne plaisanterais jamais à ce sujet. « Menstruel », j'ai dit. Je n'ai qu'une vague idée de ce que ça implique, mais elle a eu l'air de comprendre et a fait demi-tour.

Je pouffe. Même quand je suis en proie à mes « problèmes menstruels », il arrive encore à me faire rire.

— C'est un petit rire, que j'ai entendu ? me demande-t-il. Tu vois ? Même de là, je t'aide.

Plusieurs secondes s'écoulent et mon ventre se serre à l'idée qu'il ait pu s'en aller.

— Max ? Tu es toujours là ?

— Je suis là, Lina. Tu veux bien me laisser entrer ?

Son ton pressant me donne à penser qu'il ne me demande pas simplement la permission de pénétrer dans ces toilettes. Mais s'il me voit dans cet état et ne me juge pas, n'a pas pitié de moi, que se passera-t-il ? Je vais probablement tomber amoureuse, voilà ce qui va se passer. Parce qu'il sera le seul homme qui m'aura vue sous mon jour le plus vrai, sans perdre toute estime pour moi. Andrew, lui, ne m'a jamais vue sous mon véritable jour. C'est d'ailleurs pour cette raison que j'ai été capable de gérer la rupture comme une pro. Je n'ai pas pleuré, ni hurlé, ni fait d'histoires. J'ai conservé toute ma dignité face à son abandon … parce que je ne lui avais pas donné mon cœur. Même quand je lui ai demandé de revenir sur sa décision, je l'ai fait de manière calme et rationnelle, dressant la liste de ce qui faisait de notre relation une évidence logique. Quand il a refusé de changer d'avis, je suis passée à autre chose.

Alors, pourquoi offrirais-je un jour à quelqu'un le pouvoir de me donner l'impression d'être plus bas que terre ? Ce serait la définition même de l'autosabotage. D'autant plus que, sur ce plan, je suis déjà servie ; au vu de ce qui vient de se passer, je pense qu'il serait sage de m'imposer un moratoire sur ce travail de sape personnelle.

— Dis, Lina ?

— Oui ?

— Je vais simplement te parler, si tu veux bien. Je me dis que ça t'aidera peut-être.

— D'accord, dis-je avec un nouveau hoquet.

— Alors voilà. J'aimerais bien être plus proche de mon frère. Mais ce n'est pas le cas. Dès notre plus jeune âge, nos parents ont encouragé une certaine rivalité entre nous. Ils pensent que la compétition entre frères et sœurs peut être une bonne chose. Qu'on se pousse ainsi mutuellement à se dépasser. D'une certaine manière, ils n'ont pas tort. Mais cela signifie également qu'on se retrouve incapable d'interagir autrement ; il faut toujours que l'on se montre plus malin, plus doué, plus *tout* que l'autre.

Une révélation édifiante. Andrew me parlait très rarement de Max, lorsque nous étions ensemble. Maintenant, je comprends mieux pourquoi. Quand je compare ce que je savais de Max à l'époque (le petit frère qui vit à New York) et ce que je connais de lui à présent, la différence est presque comique. L'homme derrière cette porte est passionné, gentil, drôle, sexy, et tellement plus que le petit frère d'Andrew !

— Je ne suis pas vraiment sûr. Les toilettes ont débordé, ils sont en train de nettoyer.

Je ne comprends pas.

— Hein ?

— J'explique à cette personne pourquoi les toilettes sont condamnées.

— Oh.

— Bref, poursuit-il, je t'ai déjà dit que cette mission pour Rebecca, c'était ma chance de me détacher d'Andrew au travail. De me distinguer, pour ne plus être systématiquement mis dans le même panier que lui. Mais, c'est bien plus que ça, pour moi. J'aimerais simplement être une personne à part entière. Vivre ma vie. Sans lui comme perpétuel point de référence. Je voudrais que Rebecca me fasse confiance pour la simple raison que je suis bon dans ce que je fais. Ensuite, peut-être qu'Andrew et moi pourrions apprendre à nous apprécier.

Il laisse le silence s'installer un moment, puis, de nouveau, sa voix emplit l'air, moins assurée.

— Je ne sais pas pourquoi je te dis tout ça. J'ai bêtement pensé qu'il fallait que tu saches que ce qui s'est passé ce soir m'affecte aussi. Cette cliente est ma chance de prendre enfin mon envol. Et je crois que, tous les deux, nous sommes capable de réparer les pots cassés… encore faut-il que tu me laisses t'aider.

Max a compris que, s'il s'ouvrait à moi, je serais plus encline à faire de même. Je ne peux plus le laisser à la porte. Ce serait même ridicule d'essayer. J'entrouvre le battant et jette un coup d'œil à l'extérieur. Il est appuyé dos au mur à droite de la porte, les mains derrière lui, le regard tourné vers le plafond.

— Coucou.

Il baisse les yeux sur moi.

— Coucou.

Je le prends par la main et l'attire à l'intérieur.

Son premier geste est de sécher mes larmes d'un geste doux.

— Tu es si courageuse ! souffle-t-il. Et si forte, larmes ou pas.

Je lève les yeux au ciel et me désigne tout entière d'un mouvement.

— Au-dehors, oui. À l'intérieur ? Plutôt tout l'inverse.

Il me tend les bras, et je me plaque contre lui, laissant échapper un soupir frissonnant sous son étreinte.

— Ce qu'il ne faut pas oublier, commence-t-il, le menton posé sur mon crâne, c'est que le courage prend toute sorte de formes. Ta mère et tes tantes qui viennent bâtir une nouvelle vie dans ce pays ? De pures héroïnes. Ma mère qui dirige sa propre firme, après avoir divorcé de mon père ? Une pure héroïne. Toi qui affrontes les obstacles sur ton chemin et te réinventes au passage ? Une pure héroïne aussi. Il n'y a pas de bonne ou de mauvaise manière d'être forte. Même s'il y a parfois des larmes. *Surtout* quand il y a larmes.

— Ce n'est pas si simple, et tu le sais.

— C'est vrai. Je le sais, maintenant, parce que tu m'as fait prendre conscience que c'était une question complexe. Tout ce que je voudrais te faire comprendre, c'est que je te trouve géniale et forte. Une putain d'héroïne, oui. Je n'ai aucun contrôle sur ce que peuvent penser les autres, mais je sais ce que je vois, moi.

Et dire que je ne voulais pas le laisser entrer dans ces toilettes. Ni dans mon cœur. Comment envisager une chose pareille, à cet instant ? Je ne me montre pas telle que je suis à beaucoup de monde. Ma famille et Jaslene sont les seules exceptions. Mais je suis prête à en faire une nouvelle pour Max. Il me comprend. Comme aucun autre homme avant lui.

Quelques coups retentissent, puis une serveuse passe la tête par l'entrebâillement de la porte.

— S'il vous plaît, la file d'attente commence à être longue. Avez-vous résolu votre problème menstruel, madame ?

Max et moi nous écartons l'un de l'autre, bouche bée. Comment cette soirée a-t-elle dérivé au point que l'on en arrive à me poser cette question avec tant de sérieux ?

— C'est réglé, merci.

Entraînant Max dans mon sillage, je sors et détourne les yeux pour ne pas avoir à croiser les regards agacés des personnes attendant leur tour dans ces toilettes, qui ne comptent que deux places.

— Je vais rentrer et boire jusqu'à ce que le sommeil m'emporte, dis-je à Max. On reparlera du problème demain.

Il me passe un bras autour des épaules.

— Il faut quand même qu'on mange un morceau. Qu'est-ce que tu dirais d'emporter cette paëlla ?

Un gémissement s'échappe de mes lèvres.

— Ce serait super, mais ça va prendre une éternité.

— Et si je te disais que je l'ai déjà commandée ? me demande-t-il, le sourcil frétillant.

— Je te remercierais du fond du cœur et te promettrais une longue session d'exercice, ce soir.

— Merde, grimace-t-il. Dommage…

— Pourquoi ?

— Parce que je n'ai pas encore passé commande.

— Mais je croyais…

Je secoue la tête.

— Laisse tomber !

C'est homme est impossible, mais c'est comme ça que je l'adore. Je le pousse vers la sortie. Paëlla ou non, nous allons faire de l'exercice, ce soir.

— Max, il faut que je sorte du lit.

Je tapote le poulpe à demi étalé sur moi.

— Max !

Il ne bouge pas d'un centimètre.

— Max, il y a un marbré à la crème au beurre qui t'attend dans la cuisine.

Il s'étire et redresse la tête.

— Hein ? C'est vrai ?

Je profite qu'il soit dans le cirage pour m'extirper de ses bras. *Quelle crédulité !* Même si j'adorerais rester au lit avec lui ce matin, j'ai promis à Natalia et Paolo de les retrouver au Rio de Wheaton pour étudier leur plan de table.

Max s'assoit, tend une main et se frotte la tête de l'autre, le bas du corps négligemment enroulé entre les draps.

— Est-ce que tu m'aurais menti à propos d'un gâteau pour me réveiller ?

— Oui. Pardon.

Il se frotte le visage.

— En ce cas, sache que ma vengeance sera terrible !

Après avoir regonflé son oreiller, il cale le dos contre la tête de lit et me regarde relever mes cheveux en queue-de-cheval haute.

— Tu es prête à parler de la manière dont on va gérer la situation vis-à-vis de Rebecca Cartwright ? Ignorer le souci ne va pas le faire disparaître, tu sais…

Je donne quelques coups de brosse de plus pour attraper les derniers petits cheveux qui me tombent dans les yeux… et gagner du temps. J'ignore comment expliquer mon comportement à Rebecca sans baisser davantage dans son estime. De toute façon, je doute fort qu'elle me donne la moindre chance de décrocher ce poste, après ça. Mais si je réfléchis trop à l'occasion en or que je viens de gâcher, je vais me mettre à pleurer, ce qui n'arrangera rien. J'imagine que, à l'heure qu'il est, mieux vaut assumer mes responsabilités, et faire en sorte que ni Andrew ni Max ne paient pour mes mensonges. Et il va me falloir redoubler d'efforts pour trouver un local.

— Pour être franche, je ne sais pas du tout ce que je vais lui dire, mais j'aimerais lui parler seule à seule. C'est moi qui suis à l'origine de tout cela, et c'est à moi de réparer les dégâts.

Je me racle la gorge et appuie les fesses contre la commode.

— Ça ne t'embêterait pas trop ? Je me doute que tu vas vouloir voir ça avec elle de ton côté, mais j'aimerais lui parler la première.

Il me considère durant un moment, puis acquiesce.

— Je te fais confiance pour gérer ça. Dis-moi simplement comment elle aura réagi, et je reprendrai contact.

— D'accord. Et maintenant, il faut *vraiment* que je me prépare.

— Je ne te retiens pas, fait-il avec un haussement d'épaules.

Il prétend peut-être n'avoir aucune intention de me retarder, mais je le connais… Du coin de l'œil, je le vois se caresser langoureusement les lèvres du bout des doigts. Le drap, qui le recouvrait jusqu'à la taille il y a quelques secondes encore, est mystérieusement descendu à mi-cuisses. Je continue mes allées et venues dans la pièce pour rassembler mes vêtements éparpillés et en trouver des propres, plissant les yeux chaque fois qu'il se trouve en ligne de mire. Son corps m'apparaît ainsi comme un blob informe, sans aucun sex-appeal à mes yeux, ce qui est précisément l'effet recherché. C'est ça ou lui sauter dessus, et manquer mon rendez-vous avec Natalia et Paolo.

Il se met à genoux et, son pénis ballottant librement, approche du bord du lit.

— Que se passe-t-il, avec tes yeux ? Est-ce que tout va bien ?

— Très bien, je réponds, en plissant les paupières un peu plus fort.

Vu comme ça, son sexe aurait presque l'air d'un perroquet qui se balance dans sa cage. Et… mon Dieu, c'est le signe qu'il est temps que je file !

— Je pense que ma vue est un peu fatiguée, j'ai trop pleuré, hier soir. Ça devrait aller mieux dans un moment.

— Pourquoi tu évites de me regarder ? se lamente-t-il.

Je pouffe un grand coup et lui fais face.

— Max, j'essaie de me tenir. Je ne peux pas être en retard à ce rendez-vous, mais tu es là, sur mon lit, avec ton pénis qui se balance.

Je tente un coup d'œil.

— Quand est-ce qu'il compte arrêter, d'ailleurs ? Un pendule, ça ne ralentit pas, au bout d'un moment ?

Avec un éclat de rire, il secoue les hanches, relançant de plus belle le mouvement de balancier.

— Arrêter quoi ?

Purée… Je n'ai même pas encore bu mon café. Grommelant, j'attrape une culotte propre, mon peignoir, et lui adresse un salut.

— *Tchau*, Max. Je vais prendre ma douche.

— Je peux t'accompagner ? me demande-t-il avec des yeux de chaton.

Je marque une pause à la porte et brandit l'index dans sa direction.

— Non. Toi, tu restes ici. Si mon bien t'importe un minimum, tu ne bougeras pas de ce lit.

Il lève les mains en signe de reddition et se laisse retomber sur le matelas.

— Ton bien m'importe infiniment plus qu'un « minimum », me répond-il en mimant des guillemets. Je m'incline donc, tu as gagné. Bonne douche.

Il tapote de nouveau son oreiller[2] et repose la tête dessus, les yeux clos.

Oh ! il est rusé, l'animal. Comment suis-je censée lui résister, quand il me désarme par ces simples paroles ? Impossible. Acceptant la défaite (à moins que ce ne soit une victoire ?), je pénètre de nouveau dans la chambre d'un pas nonchalant et me penche sur lui, les poings sur le matelas.

— Ma douche ne sera que meilleure avec toi.

Il me gratifie d'un chaste baiser.

— Mais, Natalia et Paolo ?

— Je ferai en sorte de me préparer plus vite après. Rien que pour toi, dis-je en lui attrapant le bout du nez.

À l'instant où les mots m'échappent, je me rends compte que j'ai fait beaucoup de choses rien que pour lui, ces derniers temps. Et cette prise de conscience ne me dérange probablement pas autant qu'elle le devrait.

Chapitre 31

Lina

Au bout d'une heure de travail sur le plan de table, nous butons sur un os. Estelle. Il s'agit de l'amie de la famille qui assiste à chaque événement important, bien que personne n'admette l'avoir invitée.

Natalia trace un grand X rouge sur l'étiquette d'Estelle.

— On ne peut pas l'asseoir à proximité de ma mère. Si elle critique le gâteau, *mãe* va le lui écraser sur la tronche.

De passage près de la table, *tia* Viviane y va de son commentaire.

— Je vais me gêner, tiens ! Je le lui collerai dans la figure, et je vais a-do-rer ça.

Elle n'a même pas ralenti le pas. Quand je lève la tête, elle a déjà disparu.

— Avant ou après quelques caïpirinhas ?

— Oh ! c'est qu'elle est capable de le faire totalement sobre, et de bonne humeur, lâche Natalia en désignant du pouce le dernier endroit où Viviane a été vue.

— Bon. Et si on mettait Estelle à la table douze ?

Paolo intervient.

— Impossible. Estelle et Lisandro ont été plus que proches, il y a un moment. Quelques verres, et ils vont se sauter dessus comme des ados en rut. On a des enfants à cette table.

— Très bien, et la table sept ?

— Pfff… Estelle en veut à Lynn de ne pas l'avoir invitée à un week-end entre filles à New York, il y a deux trois mois.

— Je sais ! je m'exclame en claquant des doigts. Donne-lui une mauvaise adresse pour la réception. Problème réglé.

— Si seulement, grogne Natalia. Attends… Mettons-la à ta table. Tu auras une bonne influence sur elle. Jaslene n'a pas besoin de place, puisque tu lui cèdes celle d'organisatrice en chef pour la journée.

C'est très juste. Jaslene et moi n'échangeons pas souvent nos rôles durant une mission, mais, cette fois, j'ai décidé de lui laisser les rênes le temps du mariage, car Natalia est ma plus proche cousine, et j'aimerais profiter de cette journée avec elle et ma famille. Il se trouve, en plus, que Jaslene m'a récemment demandé plus de responsabilités. C'était l'occasion idéale pour lui témoigner ma confiance.

Paolo tente de donner un petit coup de coude discret à sa fiancée, sauf que, chez lui, rien n'est discret.

Natalia se retourne avec de grands yeux.

— Quoi ?

Il me désigne d'un signe du menton.

— Oh ! mince, réagit ma cousine. Tu ne comptais pas amener quelqu'un, si ? Un cavalier, quelque chose de ce genre ?

Une manière intéressante de me poser la question, Nat, vraiment. Il me semble comprendre qu'elle préférerait que la réponse soit « non », seulement, la vérité, c'est que je pensais demander à Max de m'accompagner. Si j'ose un jour.

— Eh bien, puisque tu abordes le sujet… je voulais justement t'en parler.

Viviane surgit soudain de nulle part, de même que ma mère.

— Oui ? je m'enquiers.

— Oh ! rien, me répond *mãe*

S'essuyant les mains sur un torchon, elle fixe un point au-delà de mon épaule.

— Nous voulions seulement voir le plan de table.

— Ça fait plus d'une heure qu'on y travaille, je rétorque, reconnaissant le mensonge d'une mère à dix kilomètres. Et c'est maintenant que vous vous y intéressez ?

— Oui, insiste-t-elle avec un hochement de tête. Tout à fait.

Tia Viviane est trop impatiente pour soutirer des informations l'air de rien. Elle est le genre de personne à vous les arracher. Elle n'a pas le temps de s'amuser.

— Qu'est-ce que tu disais au sujet d'un cavalier ? Avec qui est-ce que tu viendrais ?

Je prends une grande inspiration, puis expire lentement.

— Max Hartley, si c'est d'accord…

Viviane agite la main et fait la moue.

— Encore ces histoires de travail ? Tu penses que l'inviter au mariage va t'aider à décrocher le poste ?

Natalia et moi échangeons un regard amusé.

Ta mère ne pige tellement rien !

Meuf, je sais. Laisse tomber.

— *Tia* Viviane, j'inviterai Max parce que j'aime passer du temps avec lui. Ça te va, comme explication ?

— Hmm, se contente-t-elle de répondre.

Natalia me prend la main.

— Évidemment qu'il est le bienvenu, nounouille. Hein, Paolo ? fait-elle à son fiancé avec une bourrade.

Il hausse les épaules.

— Bah, oui, si vous voulez.

— Par contre, ce serait une occasion purement sociale, OK ?

J'en profite pour glisser les dernières nouvelles, avec l'espoir que personne n'en fera tout un plat.

— Je ne suis plus en lice pour ce poste. La patronne a découvert que j'avais menti en prétendant ne pas connaître Andrew et Max, alors je doute qu'elle me laisse faire ma présentation.

Tia Viviane et ma mère tirent chacune une chaise autour de la table minuscule et me dévorent du regard, attendant la suite. *Eh mince…* Bien sûr qu'elles veulent une explication. Par chance, ma mère est forcée d'aller encaisser un client. Elle peine d'ailleurs à dissimuler son agacement ; cette personne est d'une audace, à vouloir *acheter* quelque chose dans un *magasin…*

Tia Izabel émerge de l'arrière-boutique.

— Que se passe-t-il ?

— Tu sais, ce travail qu'essaie d'obtenir Lina ? Elle a fait croire qu'elle ne connaissait pas son ex-petit ami et son frère. On attend le reste de l'histoire.

De retour, ma mère pose les mains sur les hanches et m'ordonne de finir.

Je leur fais donc un résumé de la débâcle, qu'elles animent d'un chœur de « ooh », de « ahh » et de « *ta brincando, né* », que l'on pourrait traduire par : « Tu plaisantes, là ? »

La cadette s'évente des deux mains.

— Vous, les jeunes Américains, vous avez trop de temps libre, sinon vous ne vous mettriez pas dans des situations pareilles. Vous resteriez à la maison avec la famille, vous n'auriez pas ce genre d'ennuis.

— Voilà pourquoi Solange s'est plus que lâchée quand elle est partie, marmonne Natalia entre ses dents.

Je la gratifie d'un coup de pied sous la table et articule un « la ferme ! » silencieux. Elle lève les yeux au ciel.

Tia Izabel n'a pas la moindre idée de la période de rébellion qu'a pu connaître sa fille unique après son départ pour l'université, et je suis certaine que Solange préférerait que ma tante n'ait jamais connaissance de ses exploits. D'autant plus que c'est une époque révolue. Maintenant qu'elle entame son second cycle universitaire, elle s'est considérablement calmée.

— *Filha*, s'inquiète ma mère. Que va-t-il se passer ?

Je presse les doigts contre mes tempes.

— Je l'ignore, à vrai dire. Et je suis désolée. Je sais que je gâche toutes les chances que vous m'avez offertes, et je m'en veux d'avoir une fois de plus laissé mes émotions détruire une occasion qui me tendait les bras. J'ai pleinement conscience qu'aucune d'entre vous n'aurait fait ces erreurs, croyez-le bien. Mais je vais trouver le moyen de redresser la barre. D'une manière ou d'une autre, je ferai en sorte de ne plus jamais être une source de déception, pour vous.

Ma mère pose une main sur la mienne.

— Pourquoi dis-tu des choses comme ça ? Tu n'as jamais été une source de déception. Tout ce que l'on souhaite, c'est ton bonheur.

— Être heureuse ne me paraît pas suffisant, *mãe*. Pas quand je pense à tous les sacrifices que tu as faits. Que vous avez *toutes* faits, j'ajoute, avec un regard pour mes tantes. Je devrais bâtir mon avenir sur les fondations que vous avez posées pour moi. Travailler plus. Mieux réussir. N'est-ce pas ce que la seconde génération est censée faire ?

Ma mère pousse un grand soupir.

— Si j'ai tant trimé, c'est pour que ton frère et toi n'ayez pas à le faire. Ma récompense, c'est de vous voir exercer un métier qui vous plaît et en vivre. C'est tout ce que j'ai toujours voulu : que vous vous en sortiez bien, et tu t'en sors plus que bien, Lina. C'est tout ce qui doit t'importer.

— J'aimerais être aussi forte que toi, *mãe*. Regarde tout ce que tu as accompli dans la vie !

— Et regarde ce que *tu* as accompli, me réplique-t-elle en me secouant le bras. Tu as ta propre entreprise, *filha*. Cela demande des qualités et énormément de courage. Certes, il a pu t'arriver de trébucher, mais c'est la vie qui veut ça. Ne crois surtout pas que tu dois être exactement comme moi. Nous ne sommes pas la même personne. Je ne suis pas parfaite, je n'ai rien de surhumain. J'ai juste fait ce qui était nécessaire quand il l'a fallu. Maintenant, c'est à ton tour. Et tu es beaucoup plus forte que tu ne le penses.

Ses paroles font écho à celle de Max, au Blossom. Ils ont peut-être raison quand ils affirment que je ne reconnais pas mes réussites à leur juste valeur.

Se plaçant derrière moi, ma mère enroule les bras autour de mes épaules.

— Vis ta vie, Lina. Pas la nôtre. Tu as déjà accompli de très belles choses. Si ce poste t'intéresse vraiment, bats-toi pour l'obtenir. Si tu préfères continuer sur ta lancée en tant qu'indépendante, fais-le. C'est ton avenir, il faut qu'il te ressemble.

Elle a raison. Avant de m'inquiéter de ne pas arriver à la cheville de mes aînées, je devrais essayer de satisfaire mes propres exigences. Et si les leçons inculquées par ma mère et mes tantes me seront toujours utiles, ce qui marche pour elles ne marchera pas toujours pour moi. Ça ne signifie pas pour autant que je rate ma vie ; je la vis selon mes propres règles.

Je lui presse la main.

— Merci d'être toujours là pour moi, *mãe*.

— Souviens-toi seulement d'une chose, ajoute-t-elle.

— Quoi donc ?

Elle darde sur moi un regard perçant.

— Si, un jour, tu me colles en maison de retraite, fait-elle en agitant un index menaçant dans ma direction, je te hanterai pour le restant de tes jours !

Lina : Je viens de rentrer. J'ai passé la soirée avec ma mère.

Max : La prochaine fois que tu la vois, dis-lui que ses brigaderos me manquent.

Lina : Brigadeiros.

Max : Brigadeiros. Je ne blasphémerai plus, promis. Vous avez bien avancé, sur le plan de table ?

Lina : Tout est réglé. Sauf qu'il reste une place vide à côté de moi. Ça te dirait de la remplir ?

Max : Quelle date ? Enfin, on s'en fiche. Peu importe tant que c'est un week-end. Je serai heureux de t'y accompagner. Mais ce serait bien que j'aie la date, que je puisse l'entrer dans mon calendrier.

Lina : Le 18 mai, à 11 h.

Max : Oh non. Ce matin-là, je reviendrai d'un voyage d'affaires. Du coup, ça me ferait arriver en retard. Ce serait bon quand même ?

Lina : Aucun problème. Tu pourras me rejoindre à la réception. Un peu de Max est toujours mieux que pas de Max du tout.

Max : Quelle flatteuse tu fais. Ça marche pour le 18 mai, donc.

Lina : J'ai la trouille pour mon rendez-vous avec Rebecca, demain.

Max : Elle n'est pas aussi intraitable que certains. Tu trouveras les mots, j'en suis sûr.

Lina : Merci, je ferai mon possible. Je me prépare et je me mets au lit.

Max : Bonne nuit, L.

Lina : Bonne nuit, M.

Je doute de trouver le sommeil, cela dit. Pas quand tant de choses dépendent du bon déroulement de ce rendez-vous.

Les bureaux du Cartwright grouillent d'activité. Des employés aboient des instructions au téléphone. Lesdits téléphones ne cessent de sonner, comme si personne ne savait comment y répondre. Un groupe d'hommes se tient devant un vrai distributeur d'eau, comme s'ils attendaient que l'on vienne prendre leur photo pour une banque d'images.

Rebecca émerge de son bureau d'un pas résolu, ôte ses lunettes façon *Le Diable s'habille en Prada*, et, à la manière dont elle rejette les cheveux en arrière, je comprends qu'elle ne va pas me laisser m'en tirer à bon compte. Du coin de l'œil, je vois les hommes du distributeur d'eau s'éparpiller. On croirait qu'elle vient de hurler « Attention, j'arrive ! » et a lancé du même coup une partie de cache-cache. Ce n'est pas la Rebecca à laquelle elle m'a habituée, et le fait qu'elle ait jugé utile de manifester cette version d'elle-même ce matin n'augure rien de bon.

— Lina. Où est Max ?

Ouah. Apparemment, on n'est même pas « ravie de me voir ».

Je me lève et lisse les plis de mon pantalon.

— Je lui ai demandé de nous laisser discuter en privé d'abord.

Rebecca croise les bras sur la poitrine, l'air de trouver l'idée absurde.

— Vous ne comptez pas sur une conversation « entre femmes », j'espère ?

— Pas du tout. J'espère pouvoir parler *de personne à personne*.

Avec un soupir, elle laisse retomber les bras et reprend le chemin de son bureau.

— Très bien, suivez-moi.

Sur le chemin, pas un mot, pas un regard. C'est effrayant à quel point son attitude a changé du tout au tout depuis l'instant où elle a appris qu'Andrew et moi avions été en couple.

Je pénètre dans son bureau et prends place sur le siège qu'elle me désigne. La décoration de la pièce est dans la continuité de celle de l'hôtel : jolie, mais dépourvue de la moindre touche personnelle qui la définirait comme le domaine de Rebecca.

Elle s'assoit à son bureau, les mains jointes, et darde sur moi un regard acéré.

— À cet instant, je n'ai rien à apporter à cette discussion, donc autant que vous commenciez par me dire ce que vous pensez avoir à me dire.

Je prends une si grande inspiration que ma poitrine se gonfle et fais ce que j'aurais dû faire dès le début : je dis la vérité.

— Andrew et moi nous sommes fiancés il y a quatre ans, et nous devions nous marier il y a trois ans, maintenant. Le mariage n'a pas été célébré. Andrew a décidé qu'il ne voulait plus m'épouser. Pour revenir au moment où vous avez fait entrer Andrew et Max dans la salle de conférence : je n'avais pas revu Max depuis le jour du mariage, et la dernière fois qu'Andrew et moi nous étions parlés remontait à la semaine suivante. Je ne vais pas vous mentir : j'ai paniqué. Je voulais continuer de vous impressionner. De vous apparaître comme cette organisatrice de mariages hyper pro, assurée, imperturbable. Bref, la personne qui avait su attirer votre attention. Mais j'avais peur de votre réaction, et, plus encore, de la mienne, dans le stress d'une rencontre si inattendue et malvenue avec mon ex-petit ami. Maintenant que j'y réfléchis, admettre cette relation passée tout en restant de marbre aurait été bien plus impressionnant. Vous m'auriez probablement engagée sur-le-champ.

L'expression de Rebecca passe du granit au papier de verre : toujours pas tendre, mais suggérant davantage de flexibilité.

Je poursuis sur ma lancée.

— Je ne voulais pas risquer de laisser filtrer la moindre émotion devant vous, ou pire de me mettre à pleurer. Laissez-moi vous dire que c'était une possibilité tout à fait réelle, j'affirme en hochant vigoureusement la tête. Quelles que soient les circonstances, je déteste donner une impression de faiblesse ; l'idée de perdre le respect de la personne en face de moi pour cette raison m'est insupportable. Alors j'ai fait comme si je rencontrais Andrew pour la première fois et lui ai tendu la main. Sans doute sous l'effet du choc, ou pour ne pas me mettre davantage dans l'embarras, ils ont tous les deux joué le jeu. Ce n'était pas leur idée, mais, une fois la machine lancée, je pense qu'ils n'ont pas su comment se dépêtrer de mon mensonge sans se mettre en porte-à-faux vis-à-vis de vous. Je suis navrée de les avoir entraînés là-dedans, et j'espère que vous ne les pénaliserez pas pour une erreur qui est la mienne.

Rebecca se carre contre le dossier de son fauteuil.

— Vous n'avez pas à prendre leur défense. Votre version des événements suffira pour le moment.

Je souffle un coup, puis plonge les yeux dans son regard encore un peu froid.

— Par souci de transparence, je tiens également à signaler que Max et moi avons commencé à nous fréquenter. Et qu'Andrew l'ignore encore.

Mon interlocutrice ouvre des yeux comme des soucoupes, et sa mâchoire manque de se décrocher.

— Mais c'est un putain de *soap*, votre histoire !

Oh. Si elle en est à proférer des jurons, je dois être dans de sales draps.

— Lina, je comprends, reprend-elle avec calme. Je n'apprécie pas votre conduite, mais je comprends la raison qui vous a poussée dans ces retranchements. Voyez-vous, je suis P-DG d'un groupe hôtelier fondé par mon grand-père. Ma crainte perpétuelle est que les gens s'imaginent pouvoir m'embobiner, car je ne dois évidemment mon poste qu'au favoritisme, ironise-t-elle en levant les yeux au ciel. Et on ne peut pas dire qu'il s'agisse d'une inquiétude infondée. C'est arrivé tant de fois que c'est ce à quoi je m'attends en priorité. Avec vous, toutefois, je n'ai pas eu l'impression que ce pourrait être le cas. Je m'efforce de ne pas me forger le type de défenses qui rendrait le contact avec mon personnel difficile, mais il y a des jours où je suis plus sur mes gardes que d'autres. C'est le cas, aujourd'hui, par exemple. En grande partie parce que j'ai découvert qu'Andrew, Max et vous m'aviez menti. Chacun fait ce qu'il peut pour se protéger de ce qu'il craint. Moi, comme les autres. Et tout comme vous, semblerait-il. Alors, oui, je comprends, mais je n'aime pas cela. C'est tout ce que j'ai à vous dire.

C'est une bonne chose de discuter avec quelqu'un qui, non seulement partage mon expérience, mais ne trouve pas ma façon de réagir complètement idiote. Se protéger ne signifie pas être fragile. Seulement humaine. Je suis reconnaissante à Max de m'avoir aidée à le comprendre. À chacun et chacune de décider s'il baisse sa garde et à quel moment. Nous n'y arrivons pas toujours avec tout le monde. Je n'ai jamais pu avec Andrew. Mais, parfois, l'accès à ce qui se cache derrière nos défenses est simplement un privilège qui se mérite. De la même manière que Max a su mériter sa place derrière les miennes.

— Cela me touche énormément que vous compreniez, même si cela vous contrarie. Cette expérience m'aura au moins appris que ma réaction n'était pas totalement injustifiée.

Je me relève et lui tends la main.

— Ce fut un plaisir de faire votre connaissance, et je vous souhaite bonne chance dans votre recherche.

Rebecca fixe ma main, sourcils froncés.

— Pas si vite, Lina. Nous n'en avons pas terminé. Pour moi, ceci fait partie intégrante de votre entretien. Je vous ai dit que je prendrais tout élément en compte lorsque je devrais faire mon choix, et rien n'a changé de ce point de vue.

Redressant le menton, elle me scrute.

— À moins que vous ne souhaitiez retirer votre candidature ?

— Certainement pas, dis-je sans la moindre hésitation. Je serais toujours aussi ravie que vous examiniez ma candidature. Je vous remercie.

Elle balaie mes remerciements de la main.

— Dites à Max qu'il est tranquille. Pour le moment. Pour ce qui est du reste, je ne suis au courant de rien. À vous de voir comment gérer la situation au mieux, entre Andrew et lui.

Je hoche la tête.

— Je vous remercie de me donner une chance, Rebecca.

— Très franchement, vous avez intérêt à m'éblouir, avec cette présentation. Parce que tout cela représente… beaucoup à digérer.

Je suis on ne peut plus d'accord. Mais, si Max et moi assurons avec une présentation qui tue, nous pourrions bien obtenir ce dont nous rêvions, malgré tout.

Chapitre 32

Max

L'Interphone sonne, et la voix de Sammy retentit dans mon bureau.

— Max, j'ai là quelqu'un qui prétend être votre meilleur ami. Il dit aussi que, dernièrement, vous n'avez pas brillé par votre investissement dans cette relation.

Le besoin d'attention de ce mec…

— Dites-lui de me rejoindre, Sammy.

Moins de dix secondes plus tard, Dean fait son apparition dans l'embrasure, un sourire satisfait aux lèvres et un costume trois-pièces sur le dos.

— C'est le printemps, Dean. Le gilet, ce n'est vraiment pas nécessaire.

Il entre d'un pas souple et se laisse tomber dans un fauteuil.

— Je ne suis pas venu ici pour que tu critiques mes choix vestimentaires.

Je vais fermer la porte. Par précaution, surtout, parce qu'on ne sait jamais ce qui peut sortir de la bouche de cet homme.

— Qu'est-ce que tu fais là, dans ce cas ?

Joignant le bout des doigts, il pose les coudes sur ses cuisses et m'observe un instant.

— Je me demandais pourquoi je n'avais pas de nouvelles de toi depuis une semaine et demie. Certes, on n'a pas besoin de se voir tous les jours, mais il est quand même prévu qu'on se retrouve toutes les semaines pour un basket – ce qui, au passage, est la seule forme d'exercice que je pratique —, et pour la première fois depuis des lustres, tu nous as posé un lapin. J'étais donc en train d'échafauder des hypothèses sur ce qui pouvait bien t'occuper à ce point. Et là, l'illumination !

Il se redresse.

— Il doit passer beaucoup de temps avec Lina, et travailler dur à cette propale pour le Cartwright. Et puis, je me suis posé une simple question : « Dis-moi, moi-même… Sachant donc que Max passe beaucoup de temps avec Lina, quel scénario pourrait bien le pousser à ignorer son meilleur ami ? » Et là, j'ai percuté… La réponse est tombée du ciel, paf !

Il feint de faire claquer un fouet.

— Max et Lina dansent la samba horizontale.

Je pousse un soupir.

— C'est « le mambo horizontal », crétin.

Il lève doctement le doigt.

— Premièrement, elle est d'origine brésilienne, alors on part sur de la samba. J'ai fait mes devoirs, mon vieux. Deuxièmement, c'est tout ce que tu as à répondre ?

Je me passe la main sur le visage. À la distribution des meilleurs amis, j'aurais dû me renseigner davantage sur les qualifications de celui-ci. La spécialité de Dean est de dispenser un mélange incongru de conseils avisés et de commentaires discutables, ces derniers me faisant toujours douter de la réelle pertinence des premiers. Quoi qu'il en soit, il est trop tard pour l'échanger.

— Bon. Puisque tu insistes. Nous avons fait une petite excursion, et il s'est passé des choses.

Il hausse les sourcils.

— Il s'est passé des choses ?

— Et il s'en passe toujours. C'est vraiment tout ce que je peux te dire.

— Tu plaisantes ? Épargne-moi les détails si tu le souhaites, mais ça ne te tuera pas de me dire un peu ce que tu en penses. De me parler un minimum de tes projets avec de cette femme, tu vois ?

Son ton faussement scandalisé finit par m'arracher un petit rire.

— Es-tu en train de me demander si mes intentions sont honorables ?

— En quelque sorte, répond-il avec un haussement d'épaules. Pas seulement par inquiétude pour elle, par inquiétude pour toi, aussi.

Dean ne veut que mon bien. Je ne devrais pas être si dur avec lui. Mais ce n'est pas l'endroit pour parler de Lina et moi. De toute façon, je ne peux pas décider unilatéralement de mes projets avec elle, ce sont des choses dont nous devons discuter ensemble.

— Je n'ai pas de réponse à te donner, Dean. Tout ce que je sais, c'est que je l'aime beaucoup. Beaucoup plus que je ne le devrais, à ce stade.

Il hoche la tête.

— Et ton frère, dans tout ça ? Quel poids il a dans cette équation ?

J'attrape un crayon qui traîne sur mon bureau et le fait tournoyer entre mes doigts.

— Aucun, pour le moment. Nous ne parlons pas vraiment de lui. Quand nous sommes tous les deux, il n'y a plus que nous, personne d'autre. Je ne pense pas à Andrew, elle non plus. Enfin, bon, selon la manière dont les choses évoluent, nous devrons bien lui en parler un jour ou l'autre. Par politesse, ou que sais-je. Mais, pour le moment, je me focalise sur Lina.

— OK, seulement… tout ce dont nous avions parlé ? insiste-t-il. Tout ce qui fait que vous n'avez rien à foutre ensemble ? Ta volonté de sortir de l'ombre de ton frère. Ta famille. La rivalité entre Andrew et toi ? Ça ne compte plus ?

— Bien sûr que si ! Mais pas autant que je le pensais. Pour commencer, la compétition avec lui, ça ne m'intéresse plus. Lina dit que mon seul rival dans la vie, ce doit être moi-même, la meilleure version de moi-même. Elle a raison.

Dean approuve du chef.

— J'aime vraiment bien cette femme.

— Et puis, en ce qui me concerne, Andrew est simplement quelqu'un avec qui elle a eu une histoire par le passé. Tout le monde a des ex. Il se trouve juste que, parmi ceux de Lina, se trouve mon frère.

— Et tes parents ?

— Mon père s'en fichera. Ma mère s'adaptera. Qui sait ? Peut-être qu'elle finira enfin par avoir Lina pour belle-fille.

— Attends, attends, attends. C'est la direction que ça prend ?

— Pas encore, non. Mais qui peut affirmer que ça n'arrivera pas un jour ? Écoute, je ne vais pas me voiler la face et dire que toutes ces choses n'ont aucune importance. Mais si je veux que cette relation aille quelque part, et j'en ai vraiment très envie, je trouverai le moyen de régler les problèmes les plus difficiles à ignorer.

Je me répète mes propres paroles : « *Si je veux que cette relation aille quelque part, et j'en ai vraiment très envie…* »

Qu'est-ce que je fais là, à parler de tout ça à Dean ? C'est à Lina que je dois dire que je souhaite plus qu'une courte liaison avec elle, et qu'importe les obstacles. Rien ne nous empêche d'envisager un avenir ensemble… il suffit de le vouloir tous les deux.

Le front soucieux de Dean tempère cependant mon enthousiasme.

— Qu'est-ce qu'il y a ? Pourquoi tu fais cette tête-là ?

Il soupire.

— J'en sais rien, Max, dit-il. Ce qui s'est passé avec Emily t'a fait douter de ta propre valeur. J'ai peur que tu occultes cet aspect, sans penser à la manière dont ça pourrait t'affecter, cette fois.

Emily m'a bien fichu en l'air, oui. Ce n'est pas tous les jours qu'une personne avec qui vous sortez depuis un an vous dit qu'elle aurait préféré rencontrer votre frère avant vous. Mais Lina ne ressent plus rien pour Andrew. La situation n'est pas la même du tout.

— Je vois où tu veux en venir. Et je vais te rassurer : si j'avais le moindre début d'impression que Lina ait encore des sentiments pour Andrew, je verrais peut-être les choses différemment, mais ça ne semble absolument pas l'intéresser de remettre le couvert. Quant à moi, ça me va.

Je bondis brusquement hors de mon fauteuil.

— Dean, il faut que j'y aille.

Quand il me demande où, la porte du bureau est déjà grande ouverte.

— Si je veux d'une vraie relation avec elle, il faut que je le lui dise, tu ne crois pas ?

— Dire quoi à qui ? demande ma mère dans le couloir. Est-ce que tu vois quelqu'un ? Et tu ne m'en as même pas parlé ?

Merde. Je n'ai vraiment pas besoin de ça.

— Maman, je t'aime, dis-je en la prenant par les épaules. Je te promets de tout t'expliquer. Mais, là, j'ai quelque chose à faire avant de me dégonfler.

Me posant une main sur la joue, elle me sourit.

— Ma parole, on dirait que quelqu'un est amoureux !

Comme elle s'abstient normalement de toute démonstration d'affection envers Andrew et moi au bureau, il fallait au moins la perspective d'un engagement sentimental sérieux pour qu'elle déroge à sa propre règle.

Elle lève le menton, feignant d'être vexée par mon silence.

— Je vois. Très bien. Fais ce que tu as à faire. Mais j'ai tout de même une question : aurais-tu vu ton frère ? Il y a des documents concernant la présentation au Cartwright éparpillés dans toute la salle de conférence.

— Il était en train de faire les cent pas là-bas quand je suis arrivé, déclare Dean.

— Je ne sais pas du tout où il a pu passer, dis-je.

Puis je jette un coup d'œil à Dean. Le dos voûté sur son fauteuil, il se frotte la nuque.

— Dean, relax. Tout va bien se passer. Et on se fera un basket, cette semaine.

Il fait un geste vague dans ma direction, puis se presse le front de la main. Ce que je vais me faire un devoir d'ignorer. À cet instant, tout ce qui m'importe, c'est de dire à Lina ce que je ressens, et je ne peux pas me permettre de laisser les inquiétudes de Dean m'atteindre.

En grimpant dans le VTC, je prends soudain conscience que mon projet de discussion à cœur ouvert avec Lina comporte au moins deux failles : je ne sais pas encore comment s'est déroulé son rendez-vous avec Rebecca, et j'ignore si elle est à son bureau. Si la réunion s'est mal passée, ce n'est pas aujourd'hui que je lui ferai de grandes déclarations. Je rédige donc un message prudent pour tâter le terrain, tout en dissimulant mes intentions.

Max : Coucou, L. Sortie de ton rendez-vous avec Rebecca ?

Lina : J'allais justement t'envoyer un SMS. Les grands esprits… Oui, je suis de retour au bureau. Le rendez-vous s'est bien passé. On en parle devant un déjeuner, si tu veux.

Maintenant qu'elle a lancé l'invitation, il n'y a plus aucune raison de jouer les mystérieux.

Max : Parfait. Je suis là dans vingt minutes.

Lina : Déjà ? Tu n'es pas à Atlas ?

Max : Je suis en voiture. Déjà en route.

Lina : OK. À tout de suite, alors.

Tandis que nous roulons sur George Washington Parkway, j'entrevois le Potomac à travers les bosquets qui bordent la route. Je n'arrive plus à contempler le moindre bout de nature sans me remémorer la fois où Lina et moi avons fait l'amour sur le capot de sa voiture. Un arbuste en fleur ? *Le capot.* L'herbe qui pousse par terre ? *Le capot.* Un oiseau dans le ciel ? *Le capot.* Ça commence à devenir gênant ; la nature est plus ou moins partout.

— Qu'est-ce qui vous met le sourire comme ça, mon vieux ? me demande Benny, mon chauffeur de VTC.

Il doit avoir la cinquantaine. Sa bedaine me rappelle celle de mon père.

Je le regarde dans le rétroviseur.

— Je pensais à une femme. J'ai l'intention de lui dire que j'aimerais une relation sérieuse avec elle.

Benny hoche la tête ; un sourire nostalgique se dessine sur son visage.

— C'est toujours mieux de dire à la personne à qui l'on tient ce que l'on ressent, le bon comme le mauvais. Comme je dis toujours, la seule règle, c'est la sincérité.

— Voilà. Il n'y a plus qu'à espérer que ce que j'ai à lui dire lui fasse plaisir.

Quinze minutes plus tard, il me dépose devant Une robe pour la vie. Dans la vitrine, les robes de mariées sont exposées sur des mannequins avec des bouquets de fleurs en guise de tête. Un store banne bleu ciel orné de petits nœuds abrite la devanture.

Quand je pousse la porte, une petite clochette tinte.

Un homme aux boucles brunes grisonnant aux tempes m'accueille avec un sourire, un mètre ruban autour du cou.

— Bonjour, je suis Marcelo. Que puis-je pour vous aider ?

— Je suis là pour voir Lina… Carolina Santos, je veux dire.

Inclinant la tête, il me dévisage d'un œil perçant.

— Elle vous attend ?

Je prends une grande inspiration et carre les épaules pour me donner du courage.

— Oui.

— Elle est à l'arrière, me répond-il avec un sourire en coin. Elle termine un essayage.

Au bout d'un étroit couloir, je découvre quatre salons d'essayage, dont les embrasures cintrées sont occultées par des voilages vaporeux. Deux sont occupées.

— J'ai les doudounes…

— Tes lolos, si vraiment tu insistes, interrompt Lina. Ou tes nichons, même si je ne suis pas très fan du terme non plus. Mais pas tes « doudounes », franchement… Ta paire de poumons, à la rigueur. Et si je t'entends appeler quoi que ce soit « zézette », je fais un malheur.

— OK, comme tu veux, reprend son interlocutrice d'une voix forte. Donc, quand Paolo va voir cette *paire de poumons*, sa *bite* va faire trois tours.

Natalia. Égale à elle-même.

Une petite exclamation scandalisée en provenance de la deuxième alcôve occupée me rappelle que je joue les oreilles indiscrètes. Je frappe au pan de mur extérieur.

— Lina, c'est Max. Je suis arrivé. Tu veux que je t'attende dehors ?

Elle passe la tête entre les rideaux, un adorable sourire aux lèvres.

— Salut, toi. On a pratiquement fini, et Natalia est rhabillée. Donne-nous une minute.

Quelques instants plus tard, elle ouvre les rideaux. Le sol est jonché de chaussures, de boîtes et de papier de soie. Assise dans un fauteuil, Natalia lace ses chaussures, pendant que Jaslene range sa tenue dans une housse.

— Ah, tiens, le type qui s'est faufilé comme un serpent dans le cœur de ma cousine…

Lina la dévisage, atterrée, puis se détourne.

Je souris et dis pour nuancer :

— Comme une anguille, tu veux dire ?

Natalia secoue la tête, puis me fait signe qu'elle m'a à l'œil.

— Non, non. Comme un *serpent*.

Jaslene zippe la fermeture Eclair de la housse, puis ramasse une boîte.

— Ignore-la, Max. Elle est comme ça avec tout le monde… Même avec son futur mari, ajoute-t-elle en froissant une balle de papier de soie pour la mettre à recycler.

— Arrête, je ne suis pas un monstre non plus, fait la concernée en rejetant la tête en arrière. Mais que ce soit clair, Max : tu es à l'essai, et je te surveille.

— Ravi de me voir accordé une chance de te convaincre.

Jaslene entraîne Natalia.

— Allez, viens. Laissons-les tranquilles. Je t'emmène boire un smoothie au coin de la rue.

Cette femme est une sainte ! Je lui ferai livrer une petite douceur du Sweet Shoppe aujourd'hui même.

Après avoir empilé la dernière boîte sur la chaise, Lina s'approche sans se presser, les prunelles sombres et aguicheuses.

— Bonjour, vous.

Elle enroule les bras autour de mon cou et se met sur la pointe des pieds pour effleurer mes lèvres. Voilà ce que je veux. Que l'on s'embrasse chaque fois que l'on se retrouve. Que l'on se rejoigne en pleine journée pour un déjeuner. Que l'on puisse s'éclipser dans un coin, à l'écart, pour un moment coquin quand l'envie nous en prend. Les mains sur sa taille, je la presse contre moi et l'embrasse plus passionnément. Nous gémissons tous les deux quand nos langues se rencontrent.

Quelque part dans le lointain, quelqu'un se racle la gorge. Même si j'ai la présence d'esprit de m'écarter d'elle, je suis encore un peu ailleurs. C'est son exclamation de surprise qui me ramène brutalement sur terre.

— Andrew, qu'est-ce que tu fais là ?

Mon frère se tient devant l'alcôve. Son visage ne reflète aucune émotion, mais je remarque son poing serré.

— Je suis venu parler de ta présentation, lui répond-il. Je tenais à m'assurer que Max ait fait son travail correctement. Au lieu de ça, voilà à quoi j'assiste. Mon frère et la femme que j'ai failli épouser, en train de s'embrasser dans une boutique de mariage.

Lina, qui s'était couvert d'une main la bouche qui m'embrassait si délicieusement une seconde plus tôt, laisse retomber son bras et lui fait face.

— Oh ! ça va, Andrew ! Je comprends que ça puisse être une drôle de surprise, mais n'essaie pas de nous jouer le coup du frère blessé et trahi. C'est toi qui as rompu avec moi, je te rappelle. Et le jour de notre mariage, en plus. Il y a *trois ans.*

N'ayant jamais envisagé ce scénario, je peine à formuler la réponse adéquate. Ce qui jaillit de mes lèvres est aussi maladroit qu'inutile.

— Andrew, nous ne faisons pas de mal. Si tu y réfléchis une minute, tu verras que j'ai raison.

Il me dévisage et souffle un grand coup en gonflant les joues.

— Je comprends, Max. De toute façon, ce n'est pas comme si nous nous étions un jour conformés à un quelconque *bro code.*

— J'espère bien que non, lance Lina, une note de dérision dans la voix.

Je lève les yeux au plafond, et compte jusqu'à dix. *Ne te laisse pas provoquer. Il va s'en prendre à vous parce qu'il se sent pris en traître.* Je regrette que nous ne lui en ayons pas parlé plus tôt. Sincèrement. Nous avons beau ne pas être proches, je me mets à sa place et comprends pourquoi il aurait sans doute préféré être mis au courant.

— À vrai dire, j'aurais dû m'en douter, poursuit-il. Tout est prétexte à compétition, avec toi. Il est possible que tu aimes beaucoup Lina, mais je sais qu'au plus profond de toi tu voulais surtout conquérir ce qui m'avait un jour appartenu.

Je fais un pas dans sa direction.

— Ce n'est pas la peine d'être aussi dégueulasse, Andrew. Pour commencer, Lina ne t'a jamais appartenu. Ensuite, tu sais très bien que ce n'est pas…

Lina s'avance, elle aussi.

— Je suis au courant de votre rivalité constante, Andrew. Max m'a dit tout ce que j'avais à savoir. Donc, inutile de te lancer sur ce terrain.

Mon frère penche la tête de côté et hausse un sourcil faussement perplexe.

— Ah, vraiment ? Comment peux-tu en être si sûre, Lina ? Je le connais depuis bien plus longtemps que toi.

Puis il me toise de son petit air supérieur.

— Tu te venges pour Emily, c'est ça ? C'est ta façon de te prouver que, toi aussi, tu es capable de ravir le cœur d'une femme ? Ça ne marchera pas avec moi. Enfonce-toi bien ça dans le crâne, frérot : Lina voulait se marier avec *moi*. C'est *moi* qui ai décidé de ne pas l'épouser. Et quand bien même je l'avais laissée en plan le jour du mariage, c'est *elle* qui est venue me demander de nous redonner une chance.

Lina pousse un soupir. Mon estomac se serre. J'ignorais totalement qu'elle avait cherché à se réconcilier avec lui. Quelque chose me perturbe dans cette idée. J'adorerais ne pas m'en préoccuper, mais je n'arrive pas à passer outre. Andrew essaie de m'atteindre par tous les moyens. Je le *sais*. Néanmoins, difficile de nier qu'il y parvient très bien. Lina l'a voulu, lui, en premier. Elle serait encore avec lui, s'il n'avait pas décidé de l'abandonner. Merde, elle était même prête à le récupérer *après* ce qu'il lui avait fait !

— Réfléchis, Max… Si je n'avais pas refusé, nous serions mariés, à l'heure qu'il est. Tu aurais peut-être même des neveux et nièces. Je ne saisis pas, fait-il en secouant la tête. Toi qui t'échines tant et plus pour sortir de mon ombre, voilà que tu cours après la femme que j'étais à deux doigts d'épouser ? Ça me paraît aller complètement à l'encontre de tes ambitions.

On ne l'arrête plus. Je ne l'ai jamais vu comme ça. Il aligne pique sur pique, coup bas sur coup bas. Le hic, c'est que c'est mon frère. Il sait taper là où ça fait mal. Lina, en revanche, n'a pas besoin d'entendre ce genre de conneries. Il lui a fait assez de mal comme ça.

— Andrew, ce n'est vraiment pas nécessaire. Essaie de penser aux autres, pour une fois dans ta vie. Dis ce que tu veux sur moi, pas de souci. Mais Lina ne mérite rien de tout ça.

Elle plaque la main dans mon dos. Un petit geste de soutien qui m'empêche de m'enflammer.

Andrew claque la langue.

— Bon, l'atmosphère devient un peu lourde, là ! Je vais vous laisser régler ça entre vous.

Alors qu'il fait demi-tour, il semble se raviser, un doigt en l'air.

— Oh ! une seconde. J'ai omis la partie la plus drôle. Tu vas adorer, Max.

— Purée, mais c'est pas vrai…, marmonne Lina.

Bordel. Pourquoi est-ce qu'il ne fiche pas le camp, à la fin ? Si j'étais certain de ne pas détruire la boutique au passage, je le ferais sortir moi-même à coups de pied au cul.

— Andrew, crache ce que tu as à cracher, et casse-toi.

— Voyez ça comme un petit cadeau de ma part. Un cadeau de mariage en avance, en quelque sorte. Max, tu ne m'as jamais encouragé à annuler ce mariage. Tu as passé la plus grande partie de la soirée à parler de l'endroit où tu partirais en voyage de noces, si un jour tu venais à te marier… Si tu veux tout savoir, chuchote-t-il en penchant le buste en direction de Lina, sa destination rêvée, c'est le Costa Rica.

Je m'ébroue, sous le choc.

— Mais, dans ton SMS, tu me disais que j'avais raison ? Que je t'avais ouvert les yeux sur le fait que tu n'étais pas prêt à te marier ? Je l'ai vu de mes yeux. Lina aussi.

— Tu l'as lu… mais est-ce que tu t'en souviens ?

Ma vue se trouble, et une nouvelle bouffée d'adrénaline m'envahit. C'est une blague ? À quel jeu malsain joue-t-il ?

— Pourquoi mentir à propos d'un truc pareil ?

— Honnêtement ? lâche-t-il. Je ne voulais pas affronter les parents seul. Il devenait bien plus facile de gérer leur déception si mon cadet hyper persuasif avait joué un rôle dans ma décision.

Il se tourne alors vers Lina, qui secoue la tête en tournant en rond derrière moi.

— Toujours est-il qu'ils devraient être ravis que tu réintègres la famille. Je suis sûr que ma mère ne s'inquiétera pas le moins du monde de la façon dont ton retour va affecter la dynamique familiale. Je ne doute pas que ce soit aussi un soulagement pour toi de découvrir que tu n'as jamais eu de raison de le détester, en particulier maintenant que vous avez tous les deux des raisons de me haïr, moi. Grâce à votre aimable serviteur, vous allez pouvoir bénéficier d'un nouveau départ tout à fait serein, et tous ensemble nous allons former une belle et heureuse famille.

Lina se place près de moi. Nous le dévisageons avec la même stupéfaction.

Il pousse un nouveau soupir.

— Cette dernière phrase, c'était du sarcasme, au cas où ça vous aurait échappé.

Il nous fait « au revoir » de la main, et nous gratifie d'un ultime présent, sous la forme de ce sourire satisfait dont il a le secret.

— À plus !

Andrew parti, je plonge la tête entre les mains et respire un grand coup. Ce SMS. Ce foutu message qui a circulé dans toute la famille comme la preuve de mon rôle dans cette débandade, n'était qu'un mensonge. Quel salopard ! Pourtant, même si je lui collerais bien une droite pour ce sale coup, ce SMS est bien le dernier de mes soucis.

Tout relation nécessite que l'on y travaille. Mais une liaison qui démarre comme la nôtre part avec un sérieux handicap. Et pour mener à quoi ? À la position que je fais précisément tout pour éviter ? Demeurer dans l'ombre d'Andrew ? Vivre la vie qu'il a préféré abandonner ? Aimer quelqu'un qui l'a aimé, lui, le premier ? Me demander si j'ai la carrure pour remplacer celui avec qui Lina avait prévu de faire sa vie ? Je ne mérite pas ça. Elle non plus. J'ai cru pouvoir surmonter son lien passé avec mon frère, mais la vérité, c'est que je n'y arrive pas. J'aurai toujours peur d'être la roue de secours. Qu'elle se contente de moi, faute de mieux. C'est bien ce dont Dean essaie de me prévenir depuis le début, non ?

La prise de conscience est brutale : je vis une relation qui n'a aucune chance de s'épanouir. Et ce n'est juste pour aucun d'entre nous. La seule règle, c'est la sincérité.

— J'ai rêvé, là ? Parce que j'ai l'impression d'être entrée dans la *Quatrième Dimension*, fait Lina.

Je pousse un long soupir.

— Tu n'as pas rêvé.

Et malheureusement, les choses ne vont pas aller en s'arrangeant.

Chapitre 33

Lina

Et dire que j'ai failli épouser cet homme ! Je l'ai échappé belle.

Max se tient toujours la tête à deux mains. Il doit en avoir gros sur le cœur de savoir qu'Andrew l'a piégé en lui mettant sur le dos une partie de la responsabilité de sa décision de ne pas m'épouser. Comme je regrette tout ce que j'ai pu dire ou faire moi-même, quand je le pensais encore en partie coupable… Mais on a fini par en arriver là où on voulait, non ?

Je lui presse l'épaule d'une main rassurante.

— Hé, ça va aller. Le pire est derrière nous.

Il redresse la tête avec un sourire triste.

— Ouais, je ne m'attendais pas à devoir gérer ça aujourd'hui. J'avais de tout autres projets, même.

Je laisse glisser la main le long de son torse et glisse un doigt dans un passant de sa ceinture.

— Et si on y allait ? Nous pourrons en discuter devant un déjeuner.

Son regard se fixe quelque part au-dessus de mon épaule. Je ne connais que trop bien la manœuvre. Immédiatement, je suis sur mes gardes.

— Je crois que ce face-à-face m'a laissé un peu K-O, me dit-il en se massant la nuque, avant de me jeter un petit coup d'œil. Ça ne t'embête pas qu'on remette le déjeuner à plus tard ?

C'est compréhensible. Ce n'est pas tous les jours que ton frère découvre que tu vois son ex-fiancée.

— Si tu veux, oui. Mais je vais quand même te faire le topo concernant Rebecca. Nous avons eu une discussion intéressante. Gênante, mais très utile. Elle comprend pourquoi je me suis sentie obligée de mentir. Elle n'apprécie pas, mais elle comprend. Elle trouve même que c'est un vrai *soap-opera*.

Je le vois crisper les épaules.

— Elle n'a pas tort, dit-il. Pour être franc, cet épisode de mélo m'oblige à poser la question à un million de dollars : qu'est-ce qu'on fiche, Lina ?

Soucieuse, je fais un pas en arrière et lâche le passant de son pantalon.

— Comment ça ?

Il se détourne et arpente le salon.

— Que faisons-nous… ensemble ? s'emporte-t-il en ponctuant sa question d'un geste. Où pense-t-on sincèrement que ça va nous mener ?

Sans cesser de tourner en rond, il se frotte les tempes, comme si répondre à sa propre interrogation lui donnait la migraine.

— Je vais te dire ce que je crois. Je crois qu'on s'est fait un beau cinéma. On s'est bercés d'illusions en s'imaginant que le projet de mariage avec mon frère ne comptait pas. Que je me ficherais qu'il rôde forcément en permanence dans notre vie. Tu connais mes problèmes vis-à-vis de lui. L'idée qu'il nous toise éternellement avec son petit rictus suffisant, là… insupportable, conclut-il en crispant les doigts comme autant de griffes. Après tout, même toi tu m'as dit dès le départ que ça ne pourrait pas fonctionner.

Il soupire.

— Je pense que l'on mérite tous les deux une relation qui ne soit pas parasitée par l'ombre de mon frère. Et puis, soyons honnêtes :

tu sais parfaitement ce que tu veux chez un homme, et c'est beaucoup plus proche de la personnalité d'Andrew que de la mienne.

On dirait que quelqu'un m'a percée à jour, sauf qu'il a tort. Mon instinct me dit cependant que cela a davantage à voir avec ses propres problèmes qu'avec moi.

— Et toi, alors ? Qu'est-ce que tu veux ?

Il se passe la main sur le visage et pousse un long soupir.

— Je veux avoir le premier rôle. Une personne qui pense que *je* suis la meilleure chose qui lui soit arrivée. Toi, tu l'as presque épousé, Lina. C'est *lui* qui a choisi de te quitter, et non l'inverse. Et même après ça, tu as tenté de le faire revenir sur sa décision. Ce n'est pas anodin. Je refuse d'être ta roue de secours. Andrew et moi avons un passif trop lourd pour que j'arrive à mettre ces histoires de côté.

— C'est vrai, j'ai essayé de le faire changer d'avis. Je croyais qu'il était tout ce que je désirais. Ce dont j'avais besoin. Mais je me trompais, et…

Il m'arrête d'une main.

— Je ne veux pas non plus me dire que j'ai peut-être cherché à séduire la femme que j'aime en raison de cette rivalité ridicule avec mon frère. Or, je ne peux pas en être à cent pour cent certain, Lina. Je ne pourrai jamais l'être. Et toi non plus, si ? Tu trouves ça juste, vis-à-vis de toi comme de moi ?

Ma gorge se noue. Là, il se fout de moi. Ce n'est qu'une excuse pathétique pour faire machine arrière : prétendre qu'il le fait en partie pour mon bien. S'il avait voulu me séduire dans le but de me remporter comme on rafle un trophée, il se moquerait bien de ce que je pense de lui ; tout ce qui l'intéresserait, ce serait de gagner à tout prix. Non, il tente seulement de justifier son revirement comme il peut, à ce stade. Après tous ses beaux discours pour que je profite simplement du bon temps avec lui, que je me laisse aller, que je m'ouvre… quelques piques sournoises de la part de son frère suffisent. *Hallucinant !*

Mon cœur qui se serre m'oblige à le dire à voix haute.

— Tu penses que c'était voué à l'échec dès le départ.

Je plonge le regard dans le sien. Il détourne les yeux le premier.

— Oui. Et quel intérêt d'essayer de rafistoler quelque chose qui est sans doute irrémédiablement brisé ? Ne vaut-il pas mieux limiter les dégâts avant que l'on ne se fasse du mal ?

J'ai envie de lui hurler qu'il est justement en train de m'en faire, là, maintenant, mais mon éternel instinct de conservation me bâillonne. Pourquoi m'avoir couru après ? Pourquoi m'avoir confié tout cela, à la ferme ? Avoir parlé du potentiel qui existait entre nous ? Pourquoi m'avoir dit qu'il tenait à moi « infiniment plus qu'un minimum » ? Pourquoi ? Pourquoi ? Pourquoi ?

Ma poitrine me semble soudain vide, comme si l'on m'avait arraché le cœur avec la même facilité qu'une page de carnet. Je suis à deux doigts de hurler à la mort, tellement ses mots me font mal. Et si c'est ce que je ressens à cet instant, je ne peux qu'imaginer ce que ça donnerait dans un an. Ou deux. Ou cinq. Des sentiments si puissants, ce n'est pas sain. Ça provoque des émotions qu'il vaudrait mieux garder sous clé. Eh bien, il ne les obtiendra pas de moi. Ni aujourd'hui ni plus tard.

Pourtant, dans un coin de ma tête, une petite voix m'encourage à me battre pour lui. Il a peur, et je peux le comprendre. Il pense ne pas être à la hauteur. L'idée que j'aie pu le choisir plutôt qu'Andrew lui paraît inconcevable. Il se dit que je me contente de lui, faute de mieux. Seulement, lui affirmer le contraire ne suffira jamais à le faire changer d'avis. Je ne suis même pas sûre qu'il existe un moyen de le convaincre qu'il a tout faux.

Il me prend la main et la secoue un peu, me tirant de ce flot de réflexions contradictoires.

— Hé.

— Hé.

— Ce n'est pas simple pour moi, dit-il. Mais on savait tous

les deux que cette liaison avait une date d'expiration. L'irruption d'Andrew n'a fait qu'en précipiter la fin. Peut-être est-ce pour le mieux, d'ailleurs.

L'entendre résumer si succinctement ce que nous avons vécu m'enlève toute volonté de mener ce combat. Je ne peux pas le forcer à vouloir de moi, et je ne devrais pas avoir à le faire. La meilleure approche est encore de dire ce que j'ai à dire, après quoi, je focaliserai mon attention sur tout ce qui nous reste à faire. Une attitude cordiale mais solide sur mes pattes et sans compromis devrait faire l'affaire.

— Bien. Je pense que tu ne nous accordes pas suffisamment de crédit, mais je ne te supplierai pas de me laisser une chance. Si notre aventure se termine ici, eh bien, soit. Ce qui est rassurant, c'est que j'ai la certitude que nous sommes capables d'aborder la situation en adultes. Il ne nous reste plus que deux semaines avant la présentation, et les derniers détails vont pouvoir être réglés par e-mail ou téléphone. Alors, terminons ce pitch et décrochons-moi ce poste, d'accord ? je conclue en dégageant ma main de la sienne.

Un léger sourire se dessine sur ses lèvres.

— D'accord.

— Je te laisse retrouver la sortie tout seul ?

Il se redresse.

— Pas de problème. On s'appelle bientôt.

Allez, file. Go, go, go.

À peine a-t-il quitté l'alcôve que ma respiration se fait tremblante. Enfin, je peux laisser les larmes couler.

La bonne nouvelle : je n'ai pas craqué devant lui, même si j'avais terriblement envie de pleurer.

La mauvaise : étant donné mal que ça me fait de le voir partir, je crois que j'étais déjà amoureuse.

— Lina, qu'est-ce que tu fais encore ici ? Voilà plus d'une heure qu'on t'a laissée là ?

Jaslene m'observe de l'arche du salon d'essayage, un grand gobelet en carton à la main.

Qu'est-ce que je fais ? Je me morfonds. Je m'apitoie sur mon sort. Je me rejoue le film, pour déterminer ce que j'aurais pu faire différemment.

— J'ai eu un coup de barre et je me suis assise un moment, c'est tout.

— Tu te sens mal ? me demande-t-elle en posant la main sur mon front pour déterminer si j'ai de la température. Tu veux que je t'apporte quelque chose ?

— Je ne me sens pas mal, non. Pas physiquement, du moins.

Jaslene étant du genre à s'attaquer aux soucis de tout le monde, je ne suis pas étonnée quand elle s'assoit à la table, en face de moi.

— C'est ton cœur, je me trompe ?

Les larmes reprennent de plus belle.

— Oui. Tu sais s'il est possible de se le faire retirer pour ne plus jamais avoir à l'utiliser ?

Prenant soin de placer une serviette dessous, elle pose son gobelet sur la table et me tend un mouchoir.

— Que s'est-il passé ?

— Andrew.

Elle se tord sur sa chaise, les yeux comme des soucoupes.

— Quoi ? Il est passé ici ?

Elle plisse les yeux.

— Oh… *oh…* et il a croisé Max, c'est ça ?

— Eh ouais.

— *¡ Chacho !* Tu parles d'un sens du timing. Est-ce que vous étiez… ?

Natalia surgit à son tour dans l'alcôve, un gobelet deux fois plus grand que celui de Jaslene à la main.

— Me revoilà, *mulheres* ! Je vous ai manqué ?

— Comme toujours, réplique Jaslene d'un ton monocorde qui souligne le sarcasme de son propos.

Ma cousine miaule et crache en montrant les griffes.

— Continue comme ça, et je ne t'invite plus à mon enterrement de vie de jeune fille.

Elle s'affale sur le sol devant nous et fait un cirque pas possible pour se mettre en tailleur.

— Allez, raconte ce qui s'est passé. Oh ! merde, Lina. Mais tu pleures !

Confirmant d'un hochement de tête, j'entreprends de leur faire un récit abrégé de ce début d'après-midi plus que pourri. Secouée de sanglots tous les quatre mots, je mets une éternité.

Jaslene me matraque de questions pour obtenir en fin de compte tous les détails. Pendant ce temps, Natalia demeure silencieuse, sirotant son smoothie. Devoir revenir sur les événements est douloureux, mais je suppose que ça fait partie du processus. C'est cathartique.

— Tu n'as rien à dire, Natalia ?

Elle fait « non » de la tête.

— Je digère encore les informations. Et je me sens aussi super coupable de la manière dont j'ai traité Max.

Jaslene siffle entre ses dents.

— Max s'en remettra.

Puis, me pressant la main :

— Je suis désolée que tu te sentes si mal. Tu sais que si je le pouvais, je prendrais volontiers un peu de cette douleur pour te soulager. Tu veux aller au cours de capœira, ce soir ? Ça t'aidera peut-être à arrêter de penser à lui.

Je me tasse sur ma chaise avec un grognement.

— Je doute que ce soit possible, mais je suis prête à tout essayer.

Natalia avale une gorgée de sa boisson, puis claque les lèvres.

— Bon. Voilà comment je vois les choses. Max flippe. Tu flippes. Andrew est paumé. Et tous les trois, vous avez besoin de vous secouer sérieusement, parce que vous craignez ! Même si je suis de ton côté, bien évidemment, me lance-t-elle avec un clin d'œil.

Je ricane.

— Merci, Natalia. Je sais que je peux compter sur toi pour une analyse franche et directe.

— Ai-je tort ? me demande-t-elle en haussant les épaules, paumes vers le ciel.

De nous trois – Max, Andrew et moi —, je serais probablement la seule à reconnaître qu'elle voit effectivement juste.

Max

— Tu es avec nous, aujourd'hui ? lance ma mère en jetant un stylo dans ma direction.

Je le rattrape d'une main malhabile et me redresse sur mon siège.

— Hein ? Oui, bien entendu. Pas besoin de recourir à la violence.

Elle se carre dans son fauteuil de bureau et m'étudie pendant dix secondes au moins, avant de reprendre la parole.

— Si tu prêtais un peu plus attention à la discussion, tu saurais que j'ai posé une question.

— Laquelle ?

Elle se tourne vers mon frère.

— Et toi, tu as écouté ?

Mais Andrew a les yeux rivés sur le bloc-notes posé sur ses genoux. Elle lui balance un stylo à son tour.

— Qu'est-ce que vous avez, tous les deux, bon sang ?

Il y a vingt-quatre heures que mon histoire avec Lina a implosé, alors je sais parfaitement ce qui me travaille. Quant à Andrew, je m'en fous royalement.

En tout cas, il ne répond toujours pas présent.

Ma mère tape du poing sur son bureau pour avoir son attention.

— Andrew !

Avec un sursaut, il gribouille quelque chose sur son bloc de feuilles.

— C'est noté.

— Quoi, exactement ?

— Ce que tu veux que je fasse, répond-il, incertain.

Elle pose les coudes sur son bureau et se masse les tempes.

— Bien, reprenons depuis le début. Quelles nouvelles du dossier Pembley ?

Andrew est le chef de projet, sur ce boulot. Comme d'habitude, je l'assiste. Je le vois feuilleter son carnet à la recherche des pages marquées de la couleur qu'il a attribuée à ce dossier.

— Pembley. Tout est prêt pour une réunion avec eux la semaine prochaine. C'est toujours bon pour toi, Max ?

— Oui.

— Et le groupe Cartwright ? s'enquiert ma mère.

Tu veux dire la cliente que je voulais séduire pour te prouver que je suis capable de piloter mes propres dossiers ? Oh ! je n'en sais trop rien. Elle a découvert qu'on lui avait menti. L'organisatrice que je suis censé aider me jetterait probablement dans un broyeur à bois à la première occasion. Et si l'on m'oblige à rester dans la même pièce que mon frère plus de quinze minutes, je vais me le faire.

— C'est en bonne voie. Karen devrait me fournir ses maquettes dans la journée. Ensuite, je les enverrai à Lina.

Elle hoche la tête, satisfaite.

— Très bien. Et toi, Andrew, comment ça avance ?

Mon frère tire sur sa cravate.

— Eh bien, Henry n'est pas convaincu de la direction que l'on a prise, alors on laisse tomber notre plan et on tente autre chose.

Intéressant. Était-ce la raison de son agitation dans la salle de conférence, hier ? J'ai hâte de voir ce qu'ils vont nous pondre. Cela dit, maintenant que j'y songe, à aucun moment Rebecca n'a suggéré que nous assisterions à nos présentations respectives. Je devrais demander à ce que Lina et moi passions les premiers, au cas où Andrew aurait décidé de nous piquer nos idées. Je suis sûr qu'il en est capable.

— Ce n'est pas très encourageant, ça, Andrew, le réprimande ma mère. Je te préviens, tu as intérêt à finaliser cette nouvelle présentation très vite.

— Oui. C'est promis.

Ma mère presse les mains l'une contre l'autre et cale les avant-bras sur son bureau.

— Max, je voulais te demander… Comment va Lina ? Tout se passe bien, pour elle ?

Je serais bien incapable de parler d'elle comme si de rien n'était. Ça me détruirait. Et j'ai déjà assez souffert. Si je tombe, il tombe aussi.

— Demande plutôt à Andrew, je crache en le désignant du pouce. Il l'a vue pas plus tard qu'hier.

Ma mère tourne vivement le cou dans sa direction.

— Ah bon ? En quel honneur ?

Je tourne moi aussi le buste vers lui et attends son explication de pied ferme.

— Oui, Andrew. Explique-nous pourquoi tu as rendu une petite visite à Lina à son bureau, alors que c'est moi qui m'occupe de sa présentation ?

Il s'éclaircit la voix.

— Comme je te l'ai dit, je voulais m'assurer que tu faisais correctement ton travail.

— Tu venais soutirer des informations sur notre pitch, n'est-ce pas ? Tu ne voulais pas que je m'en rende compte, alors tu es allé la voir, elle. Parce que tu es incapable d'avoir une idée originale sans moi pour te la souffler.

Il pousse un soupir, feignant l'ennui.

— Libre à toi de penser ce qui te chante, mais j'avais une raison valable d'être là-bas. Contrairement à toi.

— Qu'entends-tu par-là ? demande ma mère.

C'est ridicule. Mon frère et moi nous chamaillons comme des gamins. Et tout ça pour quoi ? Nous éclipser l'un l'autre aux yeux de notre mère ? Ça ne m'intéresse absolument pas.

— Ce qu'il entend par là, c'est que Lina et moi sommes devenus plus qu'amis ou simples collaborateurs. Ce n'était bien sûr pas prévu au programme, et, quoi qu'il en soit, c'est à présent terminé. Il n'y a donc pas lieu d'en discuter, ni, en ce qui te concerne, Andrew, dis-je en pointant un index accusateur sur lui, d'essayer de me provoquer à ce sujet. Je suis dans ce bureau pour travailler. Rien d'autre.

Perché sur le bord de mon fauteuil, alors que je m'apprête à partir, j'ajoute :

— Mais, puisqu'on en est à tout déballer, pourquoi tu n'en profiterais pas pour cracher le morceau, frangin ?

Ma mère ôte ses lunettes.

— Quel morceau ?

Andrew et moi nous toisons durant quelques secondes, jusqu'à ce qu'il finisse par baisser la tête. Il desserre sa cravate.

— Max ne m'a jamais dissuadé d'épouser Lina, avoue-t-il. J'ai tout inventé.

Ma mère manque de s'étouffer.

— Pardon ?

Je n'en peux plus de ces conneries.

— On a terminé, là ? Parce que, si c'est le cas, je vais vous laisser discuter entre vous.

Le regard de ma mère navigue un instant entre Andrew et moi.

— Nous avons terminé.

Je me lève et prends la porte. Ma priorité est d'aider Lina à obtenir le job de ses rêves. Tout le reste, je m'en fous.

— Max, attends ! m'appelle ma mère, avant que je ne disparaisse.

— Oui ?

Elle plonge le regard dans le mien, la bouche pincée en une moue déterminée.

— Peu importe ce qui se passe, nous allons nous en sortir. Je te le promets.

Je ne sais pas quoi répondre à cela. Il n'y a rien à surmonter. Rien qui importe, en tout cas. Je lui fais un vague signe de la main.

— Je n'en doute pas. À plus tard.

Chapitre 34

Max

De : MHartley@AtlasCommunications.com
À : CSantos@LePointsurleOui.com
Le : 1 mai à 10 h 23
Objet : Supports de prés. pour le groupe hôtelier Cartwright
— --

Bonjour Lina,

Tu trouveras en pièces jointes les maquettes de pages web cibles et les visuels pour réseaux sociaux que Karen t'a préparés. Pour les storyboards représentant un travail plus fouillé, nous préférons être certains que tu adhères bien à cette approche avant de nous y coller. J'attends tes retours.

J'espère que tout va bien.

Max

De : CSantos@LePointsurleOui.com
À : MHartley@AtlasCommunications.com
Le : 1 mai à 10 h 57
Objet : Re : Supports de prés. pour le groupe hôtelier Cartwright
— --

Je te remercie.

Je suis curieuse : qu'est-ce que tu en penses, toi ?

Qu'elle ait répondu à mon e-mail fait bondir mon cœur dans ma poitrine. Je scrute l'écran, dans l'espoir de voir apparaître davantage de phrases, mais c'est tout ce à quoi j'aurai droit. À quoi m'attendais-je ? Elle s'en tient à ce qu'elle a dit : elle gère la situation en adulte. Je ferais bien de l'imiter.

De : MHartley@AtlasCommunications.com
À : CSantos@LePointsurleOui.com
Le : 1 mai à 11 h 2
Objet : Re : Supports de prés. pour le groupe hôtelier Cartwright
— --

Je pense que partir sur le thème de la conciergerie a été une bonne idée. Tes services s'intègrent à la perfection à ce que propose déjà le Cartwright. Pour moi, cela suggère que la transition se fera sans accroc. Plus qu'à espérer que Rebecca soit du même avis.

P.-S. Comment vas-tu ?

De : CSantos@LePointsurleOui.com
À : MHartley@AtlasCommunications.com
Le : 2 mai à 9 h 43
Objet : Re : Supports de prés. pour le groupe hôtelier Cartwright
— --

Bonjour, Max,

J'ai enfin pu étudier tous les supports. Remercie Karen de ma part pour son travail exceptionnel.

Je trouve aussi que le concept de conciergerie se marie bien avec les services actuels du Cartwright. Je suis impatiente de faire cette présentation et j'ai vraiment très hâte de découvrir vos storyboards.

Amicalement,

Lina

Je suis content qu'elle soit satisfaite de notre travail. Et déçu qu'elle n'ait pas répondu à mon post-scriptum. J'essaie vainement de trouver un prétexte valable pour poursuivre le dialogue. Ma réaction est, en un mot comme en cent, pitoyable.

De : MHartley@AtlasCommunications.com
À : CSantos@LePointsurleOui.com
Le : 02 mai à 10 h 13
Objet : Re : Supports de prés. pour le groupe hôtelier Cartwright
— --

Je t'envoie ça bientôt.

Quelques minutes plus tard, je reçois un message de Dean.

Dean : Toi. Moi. Quelques verres au Maroon vendredi prochain.

Max : Pourquoi faire ?

Dean : Passer un moment avec moi. Merde, Max. Personne n'est mort, à la fin.

Max : Désolé. D'accord, on fait ça.

Il a raison. Une rupture n'est jamais simple, mais je dois oublier Lina.

— Dean, qu'est-ce qu'on fout là ?

La main en cornet autour de l'oreille, il se penche plus près.

— Hein ?

— Qu'est. Ce. Qu'on. Fout. Là ?

Il se trémousse au son de je ne sais quel genre de techno pourrie, que je n'ai aucune envie d'écouter.

— On est de sortie, un vendredi soir. Tu te souviens comment on s'amuse, au moins ?

Pour toute réponse, j'agite une main agacée.

Une serveuse harnachée d'ailes argentées se penche au-dessus de lui pour déposer deux verres sur la table basse devant nous. Si je me fie aux précédents, ils risquent d'être chargés. L'endroit n'est pas plein à craquer, mais j'aurais préféré. Comme ça, je n'aurais pas remarqué combien il est désolant.

Nous sommes assis sur une banquette en velours violet. En face de nous, les gens sont avachis sur un canapé en daim vert. Lina aurait adoré le violet. Sur cette pensée, mon cerveau part en vrille. Je la vois dans son appartement. Je *nous* vois dans son appartement. Dans son lit. Sa douche. Assis autour de l'îlot central, le temps de siroter un café avant de partir vaquer à nos occupations respectives.

Dean m'inflige une claque derrière le crâne.

— Cesse !

— Cesse quoi ? je grogne, plus que je ne réponds.

— De penser à elle, dit-il, les yeux rivés sur une femme à l'autre bout de la salle. Ça fait plus d'une semaine. Il est temps d'assumer ton choix et de passer à autre chose.

Ça semble radical. Et triste.

Il me tend un verre. Je n'ai pas la moindre idée de ce qu'il contient, mais ça ne m'empêche pas de l'avaler pratiquement cul sec. Whisky Coca.

— À moins que…, poursuit Dean.

— À moins que quoi ?

— À moins que ce ne soit pas ce dont tu as envie, complète-t-il en désignant d'un geste ample les gens qui discutent un peu partout dans le club. Tu préférerais peut-être rencontrer quelqu'un autrement ? via une appli de rencontre ? à l'église ? grâce à un ami ? Je peux t'arranger des rencards, si tu veux.

Aucune de ces options n'éveille en moi le moindre intérêt. Je suis complètement détruit, et je n'en ai rien à foutre.

— Je vais pisser.

Je me lève et vacille, manquant de m'étaler de tout mon long. Dean se précipite pour me soutenir.

— Ouh, mon vieux, je crois qu'on ferait mieux de te ramener chez toi.

— OK, ouais. Laisse-moi juste…

Je feins de manier une lance à incendie.

— Après ça, on se casse.

Je suis surpris d'être aussi stable sur mes pieds dans les toilettes. À mon retour, la musique n'est plus qu'un fond sonore à peine audible, et un homme se tient sur une petite scène, au fond de la salle.

— Oh bah merde, dis-je tout haut. C'est scène ouverte, ce soir ?

Autour de moi, les gens me regardent d'un drôle d'air. Je devrais peut-être baisser d'un ton, mais je croyais que j'étais là pour m'amuser.

Une main immense me gratifie d'une tape dans le dos, puis me prend par l'épaule.

— C'est bon, tu es prêt à y aller ?

Je me dégage. Il *faut* que je participe à cet *open-mic*. C'est écrit. Je ne sais pas où, mais quelque part, c'est sûr. Je montre la scène à Dean.

— Je vais y monter.

Il fronce les sourcils, sans comprendre.

— Monter où ?

— Là-dessus, dis-je en pointant un index insistant en direction du micro. J'ai besoin de cracher un peu de ce que j'ai sur le cœur.

Je réfléchis, claquant des doigts sans m'arrêter.

— De la poésie, ou un truc comme ça. Ouais, voilà, un poème.

Dean se passe une main lasse sur le visage.

— Tu penses que ça va t'aider ?

— J'en suis certain, dis-je, tapotant du doigt sur son sternum.

— Très bien. Je vais te faire monter sur scène. Reste derrière moi.

Tandis que je le suis, accroché à sa chemise humide de sueur, il slalome au milieu de la foule. Il discute ensuite quelques instants avec une femme, qui m'examine de la tête aux pieds, avant de hocher la tête.

Dean se retourne et me fait signe que c'est OK.

— Tu passes après. Vide ton sac une bonne fois pour toutes.

L'homme au micro et la femme à qui Dean vient de parler échangent quelques mots, puis l'homme annonce :

— Voici un jeune homme qui va nous déclamer un petit texte à propos de ce qu'il a sur le cœur. S'il vous plaît, on applaudit bien fort : Maximum !

Je grimpe maladroitement sur scène et lui chuchote à l'oreille.

— Oh ! pardon, dit-il au micro. Seulement Max.

Il me tend l'appareil et saute de l'estrade.

Je plisse les paupières sous le feu des projecteurs dirigés sur la scène, puis fais un pas en arrière pour me protéger les yeux. Après m'être raclé la gorge, je démarre mon one-man-show, chuchotant sur un rythme lent :

Lina
Son nom est Lina
Lina, Lina, Lina, Lina
Où est Lina, à présent ?
Pourquoi l'ai-je poussée hors de mes bras ?
Lina, Lina, Lina, Lina
Ses mouvements sont une danse
Son rire, un carillon
Jamais elle ne…
Euh… m'aurait trouvé trop peu profond
Parfois si sérieuse
Elle en devient mystérieuse.

Le public apprécie. Je le vois bien. Les gens hochent la tête, avec de grands sourires. Mais je ne vais pas pouvoir m'éterniser, parce que mon estomac fait des siennes.

Bref
Lina est mon grand amour
Je devrais le savoir depuis toujours
C'est une fille fantastique d'après ma mère…

Un « oooh » attendri s'élève de la foule.

Le seul problème
C'est qu'elle a été fiancée à mon frère.

— Ah, bah merde, fait quelqu'un.

Le public pousse un « oooh » collectif, puis les murmures et les bavardages fiévreux s'intensifient. *Ouais, voilà.* Chacun a conscience qu'il s'agit d'une situation très, très périlleuse.

Dean me récupère au coin de la scène.

— M., on aurait dit Adam Sandler dans *Wedding Singer.* Énorme ! Par contre, poursuit-il en me posant la main sur l'épaule, je commence à me dire que tu ne vas peut-être pas oublier cette histoire comme par magie, simplement parce que tu l'as décidé.

Il le faut, pourtant. Je refuse de passer mon temps à me demander si Lina et moi sommes ensemble pour la seule et unique raison qu'elle n'a pas pu faire sa vie avec mon frère. Ça me foutrait en l'air.

Je veux être la plus belle chose qui lui soit arrivée dans l'existence, tout comme elle est la plus belle qui soit arrivée dans la mienne. Or, Andrew ne va pas disparaître. Il sera un rappel constant que le cœur de Lina ne bat pas que pour moi. Pas complètement. *Et je me passerais volontiers de cette souffrance, merci.* J'ai peut-être mal aujourd'hui, mais la douleur finira par s'atténuer. Un jour.

Lina

Qui aurait cru qu'il existait autant de chansons sur le thème de l'équitation ?

Natalia me bouscule en tirant des billets de son soutien-gorge, puis agite une poignée de dollars en l'air.

— Hé, cow-boy ! Épargne ton cheval et monte-moi, plutôt.

Jaslene, qui a un coup dans le nez, lui pique la liasse.

— Ma selle est prête, mon joli. Où est mon étalon ?

La personne qui a approuvé cette sortie va devoir rendre des comptes. *Oh ! flûte.* J'imagine que c'est moi.

Le mariage de Natalia sera célébré dans une semaine, et j'ai cédé à sa demande de l'emmener voir un spectacle de chippendales à D.C. Mais ce n'est pas ça, le problème.

— Par ici, les mignons ! hurle *tia* Izabel.

Le voilà, le problème. Je ne dois pas seulement gérer un membre de ma famille, mais quatre, plus Jaslene. Bien entendu, il n'est pas question de les empêcher de s'amuser, mais je m'en voudrais que l'une d'entre elles outrepasse les limites de la bienséance ou les règles mêmes du spectacle ; qu'elles touchent des choses qu'elles ne sont pas censées toucher, se montrent grossières, ou commencent à envoyer voler leurs propres vêtements. Toutes les surveiller pendant qu'elles se délectent du spectacle s'apparente à une partie de tape-taupe. « Arrête ça. Non, tu ne peux pas simplement leur lancer l'argent. Range-moi cette main. Non, Natalia, tu as assez bu comme ça. Oui, c'est du vrai. Non, tu n'as pas le droit de palper. Jaslene, ce n'est pas un vibro ! Hé, tu n'as pas le droit de monter sur le podium s'ils ne t'y ont pas invitée. »

— Vas-y, bouge ton boule ! entonne *tia* Viviane.

D'où est-ce qu'elle tient une réplique pareille ?

— Ouais, vas-y, bouge ton boule ! renchérit Natalia.

Oh ! tout s'explique.

La main de ma mère est fermement plaquée sur son visage à la manière d'une étoile de mer. Curieusement, ses doigts sont cependant assez écartés pour lui permettre d'ouvrir les yeux si l'envie lui prend. Pour ma part, je devrais profiter de cette soirée en ville. Quand il s'agit d'apprécier les chorégraphies élaborées de mecs baraqués, je ne suis pas la dernière. Le problème, c'est que tout phallus qui ballote me rappelle Max sur mon lit, et mon cerveau n'est pour le moment intéressé par l'érection de personne d'autre.

Ma mère me pousse de l'épaule et se colle à mon flanc. Les autres sont distraites par l'entrée en scène d'un nouveau danseur vêtu de jambières de cow-boy, fesses à l'air. C'est Natalia qui doit être contente.

— Qu'est-ce qui ne va pas, *filha* ? demande ma mère. Tu as l'air triste, aujourd'hui.

— Ce n'est rien, *mãe*. Seulement un peu de fatigue.

Nous devons pratiquement nous crier aux oreilles pour nous entendre.

— Tu t'es disputée avec Max ?

Je m'écarte et la dévisage, l'air pincé.

— Qu'est-ce qui te fait dire ça ?

— Rien, rien. Seulement… Il m'a semblé qu'il se passait peut-être quelque chose entre vous. Et ce soir, tu as l'air si perdue, alors je me demandais.

Je ne peux rien lui cacher. Pas très longtemps, du moins.

— En effet, il se passait quelque chose… Mais ce n'est plus le cas. Sur sa décision.

— Une très mauvaise décision. J'espère que tu en as conscience.

— C'est ce que je me suis dit au départ. Maintenant, je suis plus mitigée.

Je ne peux pas en vouloir à Max d'avoir craint que notre relation soit vouée à l'échec. Peut-être l'était-elle. C'est une chose de tomber amoureuse du frère de son ex-fiancé ; c'en est une autre de tomber amoureuse du frère de son ex-fiancé quand tous les deux n'ont jamais rien connu d'autre que la rivalité. Pourtant, nous avons vécu des moments si merveilleux, si parfaits, que je ne peux m'empêcher de songer qu'il aurait pu y en avoir bien plus. Cela me manque d'avoir près de moi le seul homme qui adorait mon véritable moi, qui me soutenait, à qui je pouvais confier mes craintes et mes déceptions. Si seulement je pouvais effacer mes souvenirs de lui… quelqu'un qu'on ne se rappelle pas ne peut pas nous manquer.

Ça fait si mal…

Un éclair argenté attire mon œil, et je vois l'animateur passer près de notre table, à la recherche d'une volontaire parmi les spectatrices, pour prendre la place d'honneur sur scène.

Tia Viviane agite les bras et pointe du doigt sur elle, comme un agent de piste guidant un avion sur le tarmac.

L'animateur ne s'arrête pas.

Les mains en porte-voix, *tia* Viviane le hèle.

— C'est moche d'ignorer les femmes d'âge mûr avec des hanches et de gros popotins. Moi aussi, je suis là pour m'amuser.

L'homme se fige et fait volte-face. Avec un sourire malicieux, il revient sur ses pas.

— Venez avec moi, dans ce cas.

Doux Jésus…

Tia Viviane prend la main qu'il lui tend et grimpe les marches d'un pas vif. Très vite, un danseur grand, baraqué, à la peau brune, vient se déhancher autour d'elle et finit par l'installer sur la chaise. Se frottant les mains, Viviane attend le spectacle. L'homme tente alors de la mettre en appétit et tire sur son débardeur pour lui donner un aperçu de ses pectoraux et ses abdos d'acier.

Ma tante fait semblant de bâiller.

Le danseur lève le menton, les mains sur les hanches ; *tia* Viviane est une énigme à résoudre. Se tournant vers le public, il place la main en cornet à son oreille et nous fait signe de monter le son.

— Allez, faites du bruit si vous n'en avez pas encore eu assez ! tonne le maître de cérémonie.

Le danseur fait glisser les mains le long de son torse et ondule du bassin, avant d'arracher son pantalon de strip-tease, pour révéler un string noir, qui disparaît de ma vue quand il se penche en avant.

Il a le *cul* sous le nez de *tia* Viviane.

Natalia est morte de rire. Jaslene pousse un cri à déchirer les tympans, bondit de sa chaise et lève le poing en signe de victoire.

Ma tante a le sourire aux lèvres, mais ne semble pas emballée.

L'animateur la rejoint et lui présente le micro.

— Qu'est-ce qui ne va pas ? C'est un peu trop pour vous ?

Elle fronce les sourcils.

— Trop ? Pas assez, vous voulez dire ! Je pourrais voir la même chose sur une plage de Copacabana, ronchonne-t-elle. Et en plus grande quantité. Des paires de fesses et des tranche-crottes à perte de vue.

Le danseur et le maître de cérémonie échangent un regard, haussent les épaules, puis ce dernier raccompagne *tia* Viviane à sa place.

En fait, tout se passera bien pour moi, avec ou sans Max. Est-ce que j'aimerais mieux que ce soit avec lui ? Oui, mille fois oui. Mais même si les choses ne sont pas destinées à fonctionner entre nous, j'ai conscience d'avoir une chance infinie par ailleurs, notamment de compter dans ma vie ces femmes fantastiques, plus mes vibromasseurs à piles.

Maintenant, il ne me reste plus qu'à décrocher le job de mes rêves. Et cela devrait suffire.

Il le faut.

Chapitre 35

Max

Le jour de la présentation, Lina entre dans la salle de conférence d'un pas confiant, une sacoche couleur caramel dans une main, un grand gobelet thermos dans l'autre. Sa queue-de-cheval haute est retenue par une jolie barrette. Pas un cheveu ne dépasse. Son tailleur pantalon bleu marine, qu'elle porte sur un chemisier crème, projette une image d'autorité et d'assurance, tandis que le vernis à ongles rose vif que laissent entrevoir ses escarpins à bouts découpés laisse transparaître le côté joueur que j'ai si bien appris à connaître.

À son approche, je presse les mains sur le devant de mon pantalon, dans l'espoir d'assécher mes paumes moites. Mon estomac se noue quand je me rappelle avec regret que je ne vais pas pouvoir l'accueillir par un baiser. Ma poitrine se serre un peu plus à chaque pas qu'elle fait dans ma direction. J'ai beau savoir que c'est impossible, je ressens un besoin impérieux de la toucher. Mon cœur ne répond plus, manquant battements sur battement, sans doute à cause de sa seule proximité. Cependant, le sentiment dominant reste l'espoir. L'espoir qu'aujourd'hui elle obtiendra ce qu'elle désire plus que tout au monde : l'emploi de ses rêves.

— Salut, dit-elle en souriant poliment.

— Salut.

Je peine à aligner deux mots. Les regrets, les « et si », se bousculent dans ma tête. Heureusement que Lina n'a pas à compter sur mon éloquence pour obtenir ce poste. Elle va se charger elle-même de la présentation.

Elle survole la table de la main.

— On a tout ?

— Oui. Je suis arrivé quelques minutes en avance pour faire l'inventaire une quatrième fois. N'hésite pas à regarder toi aussi. S'il nous manque quoi que ce soit, j'ai les fichiers sur mon ordinateur portable, on pourra toujours les imprimer ici.

— Espérons que ça ne sera pas nécessaire.

Elle s'assied et compare les piles de documents aux notes sur son téléphone.

— Des recommandations de dernière minute ?

Je prends place en face d'elle.

— Sois toi-même. C'est ta personnalité que tu vends. Si tu ne crois pas à cent pour cent à ce que tu dis, Rebecca ne sera pas convaincue non plus.

— Sage conseil, me répond-elle en finissant de feuilleter les supports. Bien, je crois que tout est bon. Je suis contente que l'on ait décidé de ne pas se reposer sur un PowerPoint. Parfois l'option papier a plus de sens, en particulier quand on présente des brochures, etc. Le passage en revue des maquettes de pages web ne devrait pas poser de problème. J'ai tout vérifié une dizaine de fois, hier.

Elle prend une grande inspiration, serre les poings et les pose sur la table. Je l'observe, espérant de tout mon cœur qu'elle tournera les yeux vers moi, mais elle continue de regarder par la fenêtre.

— Lina…

Elle bondit sur ses pieds.

— Je vais faire un tour aux toilettes avant que l'on commence.

Je me lève moi aussi, puis me laisse retomber sur mon fauteuil une fois qu'elle a passé la porte. *Concentre-toi sur elle. Sur la présentation. Rien d'autre ne compte.*

Elle réapparaît au bout de quelques minutes, très rapidement suivie de Rebecca.

— Bonjour, Lina, lance ma cliente avant de m'adresser un signe de tête. Max.

Je lui tends la main par-dessus la table.

— Ravi de vous revoir, Rebecca.

— De même.

Elle parcourt rapidement le classeur déposé devant elle.

— On y va ?

Lina va prendre place à la tête de la table.

— On y va.

Rebecca l'étudie, visiblement pleine d'impatience. De mon côté, je lui fais un petit signe d'encouragement.

Lina redresse les épaules et commence.

— Le Point sur le Oui est un cabinet d'organisation de mariages de premier plan, qui a adopté une approche en trois points pour apporter toute satisfaction à ses clients. Petit un : un service personnalisé. C'est essentiel. Nous avons à cœur de connaître les besoins de nos clients et de tout faire pour y répondre. Petit deux : rien pour nous n'est insignifiant. Nous pensons aux moindres détails, afin que l'heureux couple n'ait pas à s'en préoccuper. Petit trois : un mariage est l'occasion de faire parler sa créativité. En d'autres termes : il n'y a pas *une* manière type de se marier, car chaque couple est unique. C'est une philosophie qui nous permet de plonger au cœur de notre imagination pour en faire une réalité.

Sa voix est posée, son discours, clair, direct. Je me réjouis intérieurement de la voir se débrouiller si bien. Si elle impressionne Rebecca, il y a toutes les chances pour que celle-ci approuve également mon travail.

— Et quand on parle de souci du détail, le Cartwright et sa longue tradition d'excellence ne sont pas en reste.

Rebecca incline la tête et sourit.

Lina souligne la réputation, les aménagements et le cadre luxueux de l'hôtel. Là, encore, elle s'exprime sur le sujet avec aisance et assurance.

— Alors, comment conjuguer l'expertise du Point sur le Oui avec les ressources et les prestations de qualité du Cartwright ? En proposant un service de conciergerie de mariage, dans la lignée du service de conciergerie que l'hôtel fournit à ses clients…

Elle expose le reste de ses idées sans un accroc. Elle a même songé à inclure l'anecdote des sourcils rasés du cousin de Rebecca, et nous arrache à tous les deux de grands éclats de rire.

— Voilà donc quel serait mon projet en tant que coordinatrice de mariages pour le Cartwright.

Rebecca la félicite chaudement, avant de filer à sa réunion suivante.

Les yeux brillants de larmes de joie, Lina m'enlace la taille et pose la tête contre mon épaule.

— On a réussi, Max. On l'a fait. Même si je ne décroche pas le poste, je n'oublierai pas que nous avons été capables de monter une présentation aussi géniale.

J'ai conscience qu'elle ne se laisserait pas aller à ces larmes devant n'importe qui. C'est un honneur de faire encore partie du cercle restreint de personnes à qui elle accorde le privilège de la voir sans fard.

— C'est toi qui as monté une présentation de feu. Moi, je n'ai fait que t'accompagner, comme promis.

Ni elle ni moi ne nous écartons, bien que cette accolade dure depuis maintenant trop longtemps pour être encore considérée comme professionnelle. Je suis tenté de lui dire que je me suis planté. Que j'aimerais qu'elle m'accorde une seconde chance. Mais je suis terrifié. Terrifié qu'il soit en réalité impossible qu'elle puisse ressentir la même chose. Que mes sentiments pour elle soient bien trop profonds pour être réciproques.

Notre étreinte finit par se briser, quand Lina recule d'un pas et secoue les mains.

— Bon, il faut que je retourne au travail. J'ai rendez-vous pour des visites de locaux… au cas où ça ne fonctionnerait pas, pour le Cartwright.

— Bien sûr, bien sûr, je comprends, dis-je en redressant ma cravate et mes boutons de manchettes. Tu as fait du beau boulot, aujourd'hui.

Elle sourit et sautille sur place.

— Ahhh, je suis si contente ! On croise les doigts, hein ?

Je croise les doigts des deux mains et louche pour faire bonne mesure.

— Je croise tout.

— Et eux ? fait-elle en désignant mes pieds.

Je les croise aussi.

— Super, merci !

— Laisse ce dont tu n'as pas besoin ici. Je me charge de tout rapporter au bureau.

— Tu es sûr ?

— Certain.

— OK, dans ce cas, je te préviens quand j'ai des nouvelles. Merci encore.

— Ce fut un plaisir, Lina.

Je la regarde filer vers la porte, jusqu'à ce qu'elle se retourne et me décoche l'un de ces sourires qui lui venaient bien malgré elle. Si cela témoigne de l'évolution fulgurante de nos relations pendant cette si courte période, cela souligne également le fait que nous nous sommes trouvés dans cette impasse uniquement par ma faute. Je voudrais pouvoir reprogrammer mon cerveau de manière à me foutre d'être ou non le second choix de Lina, seulement, cette seule idée me déchire le cœur.

Ce qui ne m'empêche pas d'avoir envie de passer du temps avec elle, peu importe dans quelle mesure elle m'y autorisera.

— Lina, à propos du repas de mariage de Natalia…

Elle me fait face.

— Oui ?

— J'aimerais toujours t'accompagner, si tu veux bien. Je t'ai dit que je viendrai, et je tiens à honorer ma promesse.

Elle penche la tête de côté et me dévisage sans laisser paraître la moindre expression.

— Ne te sens pas obligé, Max.

— J'en ai envie.

J'ai à peine prononcé ces mots que je m'aperçois que je ne me suis absolument pas préparé à l'éventualité de ne jamais la revoir, faute de raison valable. Que se passera-t-il, si elle n'a pas le poste ? Ou si Rebecca décide de confier le marketing à quelqu'un d'autre que moi ? Ni l'une ni l'autre de ces perspectives ne m'enchante particulièrement, parce que ça signifierait que nous n'avons pas atteint nos buts, et que ce qui représente notre dernier lien s'évaporerait.

— J'en ai envie, je répète.

Lèvres pincées, elle hoche la tête

— D'accord. On se voit au mariage, alors.

Où je vais devoir passer du temps avec elle, en faisant comme si je n'avais pas le cœur broyé. Ça va être fun. Je suis doué pour beaucoup de choses, mais pour les idées brillantes qui n'impliquent pas de me torturer, on repassera.

Chapitre 36

Lina

— Respire, ma belle. Tu vas faire du super boulot.

Jaslene suit mon conseil et inspire une longue bouffée d'aïr pour se calmer.

— OK, OK. Je peux y arriver. C'est que… je voudrais que la journée de Natalia soit aussi parfaite que possible, et je suis nerveuse que cette responsabilité repose sur moi.

Je la prends par les épaules.

— Tu n'es pas toute seule. Je ne serai pas loin, si tu as besoin de moi. Voyons un peu ta liste pour la matinée et vérifions que nous sommes sur les rails.

Elle acquiesce et sort son téléphone de la poche de sa robe fourreau bleu pâle.

— Bon. Demander l'HPA des prestataires indépendants. *Check.* Confirmer la connexion de tous les véhicules du mariage à l'appli de géolocalisation…

Elle balaie l'écran d'un doigt.

— La berline est en route pour la maison en ce moment même. *Check.* Modifier le message du répondeur du bureau pour inclure le numéro de portable en cas d'urgence. Oh ! mince. Je ne m'en suis pas encore occupée. J'y vais tout de suite.

Alors qu'elle se rue hors de mon bureau pour regagner le sien, la sonnerie de mon téléphone retentit.

Je reconnais le numéro de Rebecca au premier coup d'œil. Mon cœur fait un bond dans ma poitrine. *Ça y est...*

— Allô, Lina Santos à l'appareil.

— Lina, c'est Rebecca Cartwright.

— Bonjour, Rebecca.

— Je ne vais pas mâcher mes mots, m'annonce-t-elle. Vous me connaissez.

Voilà qui n'est guère encourageant. Je sais que je me suis un peu mélangé les pinceaux sur un ou deux points, au cours de la présentation, mais je pensais m'en être globalement bien sortie, et elle m'avait paru sous le charme. *Merde.* Peut-être que le poulain d'Andrew l'a absolument soufflée ?

— Je viens de parler au conseil, et les ai informés que j'allais vous proposer de rejoindre le groupe hôtelier Cartwright en tant que directrice de nos services de mariage. Votre travail pour Ian et Bliss m'a impressionnée, et votre présentation de cette semaine s'est révélée exceptionnelle. En dépit de quelques couacs, vous avez su me prouver que vous êtes la personne idéale pour ce poste. Je serais ravie de collaborer avec vous.

Le téléphone pressé contre la joue, j'agite le bras de haut en bas, paume vers le ciel.

— Je suis vraiment enchantée de cette nouvelle. Absolument ravie.

— Eh bien, c'est un bon début. Vous verriez un inconvénient à poursuivre le développement de nos supports marketing avec Max ?

— Aucun.

Je n'hésite pas une seconde. J'ai la certitude que Max et moi sommes capables de travailler main dans la main, même si nos relations se bornent au travail.

— Super. Je vous envoie un e-mail avec les informations relatives à la proposition d'emploi et aux avantages que nous offrons. Si vous avez des questions, n'hésitez pas à me contacter. Je suis impatiente de connaître votre décision définitive, à très vite !

— Je vous remercie, Rebecca.

Je décide de faire l'annonce à ma famille demain, car je souhaite qu'aujourd'hui tous les projecteurs soient sur Natalia et Paolo, mais mon premier réflexe est de prévenir Max.

Lina : J'ai eu le job !

Max : Félicitations, Lina. C'est génial. Je suis si heureux pour toi.

Lina : Du coup, on aura deux choses à célébrer, aujourd'hui.

Max : Je te paierai le champagne. ;)

J'aimerais lui dire tant de choses ! Je voudrais le remercier de m'avoir encouragée à rester moi-même durant cette présentation, de ne pas avoir insisté pour broder sur un thème qui ne me correspondait pas. J'ai envie qu'il sache à quel point j'ai apprécié les moments où il a mis son cœur à nu devant moi, que ce soit à la ferme, ou dans les toilettes du Blossom, car, ce faisant, il m'a offert l'environnement sécurisant dont j'avais besoin. J'aimerais le remercier de m'avoir porté secours lors de la répétition de Brent et Terrence, alors que les émotions relatives à mes propres mésaventures amoureuses menaçaient de me submerger. Et j'adorerais plus que tout lui dire que j'ai envie de retourner dans ce champ de fleurs, et de ne rien retenir, cette fois.

Au lieu de cela, je lui réponds :

Merci.

Car, en vérité, rien n'a changé, et je ne peux pas le forcer à nous donner une chance.

Préférant me concentrer sur mon spectaculaire coup de maître, je me précipite hors de mon bureau pour mettre ma meilleure amie au courant de la nouvelle.

— Jaslene, j'ai eu le boulot !

— Aaaaah !

Elle fait pivoter sa chaise, bondit sur ses pieds et se jette sur moi pour m'étreindre.

— Je suis si contente pour toi !

Sans nous lâcher les mains, nous entamons une danse de la victoire.

— J'espère que tu es contente pour toi aussi. Parce que, si tu veux le poste d'assistante à la coordination des mariages, il est à toi.

— Oui, oui, oui, mille fois *oui* !

Elle m'enlace à nouveau avec force. Soudain, quelqu'un s'éclaircit la voix, et nous nous écartons l'une de l'autre.

Et merde. La boutique est fermée pour la journée en l'honneur du mariage de Natalia et Paolo, mais j'ai oublié de refermer à clé derrière moi, ce matin. Et maintenant, je dois voir la tête d'Andrew.

— Que fais-tu ici ?

Ouille. La dernière fois que je lui ai posé cette question, il a piqué sa crise, et ma relation avec Max a implosé.

— Je suis désolé de débarquer à l'improviste, Lina. Est-ce que tu aurais tout de même une minute à m'accorder ?

L'inquiétude dans sa voix m'intrigue, je suis curieuse de voir ce qu'il a à dire. Je lève un doigt.

— Tu as une minute.

Il me suit dans mon bureau.

Les bras croisés sur la poitrine, je reste debout près de la porte.

— Je t'écoute.

Après s'être frotté les paumes, il reprend la parole.

— Je suis désolé. C'est aussi simple et compliqué que ça. Désolé d'avoir annulé notre mariage de cette manière. Tu ne méritais pas ça. Et je suis navré de mon comportement de la dernière fois. Je n'ai aucune excuse, et je n'en chercherai pas. Je n'attends pas de toi que tu me pardonnes, seulement, il fallait que ce soit dit. Je suis en pleine phase d'introspection, et je me rends compte que je n'aime pas toujours ce que je vois.

— Ton frère est le prochain sur la liste de ta tournée d'excuses ? Parce que, si quelqu'un les mérite, c'est bien lui.

Andrew tord la bouche, comme s'il estimait que l'on pouvait raisonnablement en douter et qu'il ne s'était pas encore décidé.

— Avec Max, la situation est un petit peu plus complexe. Mais j'y travaille. En attendant, j'amorce quelques changements dans ma vie, moi aussi, et j'ai pensé qu'il serait bon de t'en informer, au cas où ça pourrait jouer sur tes décisions concernant le poste auprès de Rebecca, ou ta relation avec mon frère.

— Tu es déjà au courant, pour l'offre ?

— L'organisateur que j'assistais m'a fait savoir qu'il n'avait pas eu le poste, j'en ai donc déduit que tu étais l'heureuse élue.

Il pousse un soupir.

— Bref, cette mission pour le Cartwright m'a ouvert les yeux. Je suis en train de retomber dans mes travers, à profiter du talent de Max, essayer de lui faire corriger mes erreurs… La vérité, c'est que cette rivalité avec lui est si ancrée en moi que je ne sais pas qui je suis si on me l'enlève. Ça me terrifie. Je suis englué dans cette routine et me retrouve à faire des choses qui, personnellement, ne me parlent pas. Je pense qu'il est temps que je me mette un peu plus au défi pour moi, et moi seul. C'est pourquoi je quitte Atlas… Enfin, plus exactement, ma mère m'a donné huit semaines pour décider de ce que j'allais faire ensuite.

J'en reste bouche bée.

— Ta mère *te vire* ?

Ses joues rosissent.

— Eh bien, je pense que l'on peut dire que nous avons pris cette décision d'un commun accord. Nous nous sommes tous les deux rendu compte que je ne m'épanouissais pas dans ce travail. Max est bien meilleur dans mon rôle que moi. Quoi qu'il en soit, mon ancien cabinet d'Atlanta est prêt à m'accueillir les bras ouverts, alors c'est peut-être bien là que je vais finir. Qui sait, conclut-il avec un haussement d'épaules. Ce qui s'est passé ici à ma dernière venue me pesait sur la conscience, et je tenais à te présenter mes excuses.

J'ignore s'il est sincère, mais n'ai aucune intention de perdre mon temps à le déterminer. Il s'est excusé, et j'imagine que ça ne lui fera pas de mal de se livrer à ce petit travail d'introspection.

— Merci d'avoir fait cet effort, Andrew.

À présent qu'il a fait amende honorable, je m'attends à ce qu'il s'en aille, mais il reste planté dans mon bureau et me regarde.

Ça en devient gênant. *Jaslene, à l'aide !*

— Bien, dis-je en claquant des mains. J'ai un mariage qui m'attend, alors...

Il ouvre de grands yeux.

— Oui, réagit-il, sortant de sa stupeur pour reprendre le chemin de la sortie. Bonne continuation.

— Bonne continuation à toi, Andrew.

Eh ben... Cette journée promet déjà. Et d'une chose réglée avec un frère... Malheureusement, ça risque d'être la seule.

Dès l'instant où les jeunes mariés pénètrent dans la salle de réception, le sourire ne me quitte plus. Les invités ne cessent de commenter le choix de l'établissement : une galerie d'art, disposant d'une cour ouverte dans le quartier de Penn Quarter, au cœur de Washington.

— C'est toi qui leur as déniché cette salle ? me demande la fameuse Estelle.

Assise en face de moi, elle s'est jusque-là montrée de charmante compagnie. Sa réputation de chieuse de service ne me semble pas méritée.

— Il s'agit de l'une des options que je leur ai présentées, oui, mais l'idée d'un lieu atypique vient d'eux.

Elle esquisse un petit sourire entendu.

— Probablement parce que c'est moins cher, pas vrai ? Tout le monde sait que Viviane est plutôt…

Elle tape de la main gauche sur son avant-bras droit.

— … quand il s'agit de son argent.

Je n'ai rien dit. Estelle est un troll.

Cependant, elle ne gâchera pas la journée de Natalia. Le temps est idéal (ensoleillé, mais pas trop chaud) et, armée de son bloc-notes, Jaslene évite les catastrophes comme Wonder Woman dévie les balles de ses bracelets de force.

Ma cousine Solange, qui est là pour le week-end, papillonne de table en table et charme les invités, telle une hôtesse professionnelle. Assise à la table de *tia* Viviane, Marcelo, *tia* Izabel, ainsi que des parents de Paolo, ma mère me fait coucou. Je lui adresse un clin d'œil en retour, puis applaudis à tout rompre quand les mariés posent le pied sur la piste pour leur première danse.

Je jette un coup d'œil à mon téléphone pour vérifier l'heure. Max a atterri il y a deux heures et m'a envoyé un message pour me dire qu'il était en route. J'ai bon espoir qu'il sera là pour entendre mon toast en l'honneur des jeunes mariés. Si je peux me concentrer sur lui lorsque je m'adresserai à la salle, j'arriverai peut-être à contenir mes larmes.

Jaslene passe en trombe à côté de moi, son regard ricochant d'un bout à l'autre de la pièce, comme si elle scannait la zone afin de détecter le moindre souci.

— Tu t'en sors à merveille, dis-je.

— Hein ? fait-elle, en se retournant. Oh ! je te remercie. Ils vont servir le champagne, alors je vais prévenir le DJ que tu prendras bientôt la parole. Tu es prête ?

Je lève les deux mains, ma feuille de papier dans l'une, ma flûte vide dans l'autre.

— Dès qu'on m'aura servi mes bulles, je serai parée.

— Parfait, déclare-t-elle. Bonne chance.

Elle repart aussitôt, se dirigeant d'un pas vif vers la table du DJ. Elle est concentrée, pas le temps pour les bavardages. Je suis si fière d'elle que j'en pleurerais. *Vole, petit oiseau, vole.*

Quelques instants plus tard, un serveur vient servir le champagne à notre table.

La musique diminue peu à peu : c'est à moi d'aller prendre place sur le *dancefloor*. Le DJ m'y rejoint pour me tendre un micro.

Je tapote dessus.

— Bonjour à toutes et à tous. Puis-je avoir votre attention, s'il vous plaît ?

Le silence se fait dans la salle. Mon regard est alors attiré par une silhouette, debout à l'entrée du patio. *Max*. Il porte un costume bleu cobalt, avec une cravate noire à pois blancs. Mon cœur s'emballe du simple fait de le savoir ici.

Articulant un « coucou » muet, il esquisse un petit salut dans ma direction. Je le vois échanger un mot avec Jaslene, puis il gagne notre table, où il prend place aussi discrètement que possible, saluant néanmoins nos voisins.

Maintenant que les bavardages réjouis des tablées se sont apaisés à ma demande, mon incapacité à meubler le silence déclenche des murmures parmi les invités.

Ah oui, c'est vrai. Le toast.

— Mon nom est Carolina Santos, je suis la cousine préférée de Natalia. Je…

Cette dernière apparaît à côté de moi pour me confier un morceau de papier.

Je secoue la tête à la lecture de la note.

— Avant que je prenne la parole en l'honneur de notre heureux couple, Natalia tient à faire passer un message. Elle nous demande de nous abstenir de toute déclaration d'amour publique, annonce de grossesse ou demande en mariage durant cette réception. Les contrevenants seront expulsés à coups de pied au derrière.

Cela provoque quelques grands éclats de rire, auxquels ma cousine répond en retroussant la traîne de sa combi-pantalon pour faire la révérence.

Une fois Natalia rassise aux côtés de Paolo, je prends une grande inspiration et recommence.

— Pour être franche, j'ai été surprise que les mariés me demandent de faire un discours. Voyez-vous, j'ai beau être organisatrice de mariages, je ne suis pas exactement expansive, en public. Mais en me préparant à faire ce toast, je me suis rendu compte que j'avais des opinions bien tranchées sur la question de l'amour, dont certaines ne me sont venues que très récemment…

Max

La classe et l'élégance de Lina sont parfaitement adaptées à l'occasion. Ses cheveux sont rabattus d'un côté, dans un style très « vieil Hollywood », tandis que sa robe de couleur pêche pastel enveloppe ses courbes comme une douce caresse. Pourtant, même à cet instant, c'est le souvenir d'elle se débattant dans une bulle de plastique à Surrey Lane Farm qui m'arrache un sourire. Une image bien vite oubliée quand je l'entends déclarer qu'elle a des opinions tranchées sur la question de l'amour, dont certaines ne lui sont venues que très récemment.

Je me redresse sur ma chaise, prêt à boire ses moindres paroles.

Elle s'humidifie les lèvres et pose sur moi un regard intense.

— D'aussi loin que je me souvienne, la simple idée d'aimer une personne m'a toujours vrillé l'estomac. De grands signaux d'alarme se déclenchaient dans ma tête. J'avais peur que l'amour me rende faible. Peur de me ridiculiser, quand cette personne finirait inévitablement par partir, en tentant désespérément de la convaincre de me laisser une chance. En effet, l'amour n'est pas toujours simple. Il fait naître des émotions qui peuvent nous porter au plus haut comme nous plonger au plus bas. Seulement, voici ce que j'ai fini par comprendre : qu'il soit romantique ou autre, l'amour n'éclot pas dans l'abstraction. Il s'opère entre des *personnes*. Essayer de l'éviter dans la théorie, l'abstrait, n'a aucun sens. C'est se battre contre une ombre. Alors, certes, ouvrir son cœur à l'amour, c'est risquer d'exposer ses faiblesses, mais, aux côtés de la bonne personne, il peut également révéler ce qui fait notre force. Quand nous baissons la garde et faisons de la place à quelqu'un dans notre vie, une *vraie* place, nous devenons plus vulnérables que jamais. Mais, *à condition que ce soit réciproque*, nous nous autorisons aussi une merveilleuse expérience. J'ai un jour demandé à Natalia comment elle avait su que Paolo était la bonne personne. Elle m'a répondu : « En voyant que je n'avais pas peur de l'aimer. » C'était aussi simple que cela. À présent, je comprends ce qu'elle a voulu dire. Elle avait trouvé quelqu'un pour qui elle était prête à abattre ses défenses, et lui de même. Aucun d'eux n'a cherché à profiter de la vulnérabilité de l'autre. Bien au contraire, ils se sont mutuellement nourris, soutenus, ont ouvert leur cœur et, aujourd'hui, ils partagent une partie de cette incroyable expérience avec nous.

Mon cœur à moi galope à tout rompre dans ma poitrine. Tant de ce que dit Lina fait écho à nos discussions. Il y a quelques semaines, j'ai décrit le partenaire idéal pour elle. Une personne pleine de vie, comme sa famille. Quelqu'un qui l'adore, l'encourage à se lâcher de temps en temps, la titille, mais ne la fasse pleurer que pour les raisons les plus cucus du monde. Natalia m'avait informé que c'était là le pire cauchemar de Lina et, à cet instant, je saisis enfin en quoi. Auprès de cette personne, elle ne serait pas capable de maintenir cette façade coriace. Cette personne aurait accès à la véritable Lina, telle que je l'ai vue. Et, oui, Lina s'en trouverait vulnérable, mais elle se laisserait surtout aimer.

Une conclusion m'apparaît alors, comme un projecteur éclairant soudain tous les recoins d'une pièce sombre. Andrew n'était pas cette personne. Et c'était précisément pour ça qu'elle avait voulu l'épouser. Elle ne l'aimait pas.

Ou, si elle l'a aimé à un moment donné, ce n'est plus le cas. Elle vient de le dire. L'amour, c'est abattre les défenses que l'on s'est forgées pour la personne qui est prête à tout faire pour les franchir. Andrew n'a jamais tenté de le faire. Moi si. Car je suis cette personne pour elle.

Au fond, quelle importance que je sois le premier, le second ou le quinzième choix de Lina ? Tout ce qui compte, c'est que je sois *le bon*. Et ce n'est pas à elle de prouver que je suis le numéro un, dans sa vie. Non, c'est à moi de lui montrer que je suis l'homme qu'il lui faut. Chaque jour. Aussi longtemps qu'elle le désirera. *Si* elle le désire encore.

Lina

Je lève ma flûte de champagne.

— Alors, à Paolo et Natalia ! Que vos jours soient remplis d'amour, et vos nuits de réconfort.

— Et de cul ! s'exclame ma cousine, avant d'avaler une grande gorgée de champagne et de déposer un baiser bruyant sur les lèvres de son mari.

Les rires fusent, puis le DJ lance un morceau de pagode qui attire les invités sur la piste de danse. Il s'agit d'un genre de musique au tempo modéré, qui tire de leur siège les gens qui ne sont pas d'humeur à frétiller des hanches au rythme surhumain de la samba.

Je regagne ma table, tandis que les danseurs se précipitent sur le dancefloor. Alors que j'arrive à hauteur de Max, il se lève et me tend la main.

Je la prends, sans même savoir ce qu'il veut ni où nous allons.

— Coucou.

— On peut se parler ? me demande-t-il sans me saluer en retour.

Il a l'air tendu, et je perçois comme une urgence de sa voix.

— Au calme ? précise-t-il.

— Si tu veux, oui. Il y a un jardin sur le toit, ça t'irait ?

Le soulagement se lit sur son visage.

— Ce serait parfait.

Alors que nous gravissons les deux étages, je peine à retrouver mon souffle. J'ai déversé beaucoup d'émotion dans ce discours et suis à présent vidée.

Max pousse la porte d'acier qui mène à la terrasse et me fait signe de passer devant lui. Le lieu est principalement rempli de verdure. Quelques massifs de fleurs apportent une touche de couleur. Les canapés et les fauteuils qui occupent le centre de la terrasse sont engageants, mais c'est le rail de fer forgé qui fait le tour du jardin qui semble m'appeler.

Je me dirige sur un bord, Max sur les talons.

— De quoi est-ce que tu voulais parler, alors ?

Il secoue la tête d'un air navré, avant de plonger le regard dans le mien.

— Du fait que j'ai été un véritable idiot, doublé d'une tête de cochon.

Oh. Bon, très bien. Je hausse un sourcil perplexe.

— Je t'écoute.

— Je t'ai dit que je ne pouvais pas supporter d'être ton second choix. Qu'au vu du contexte entre Andrew et moi, je ne pourrais pas passer au-dessus. Mais j'avais tort. *Absolument tort.* Je me fiche d'être le premier ou le centième, tant que je suis le bon pour toi.

Et je le suis, Lina. C'est juré. J'escaladerai les remparts que tu as dressés pour te prouver combien je tiens à toi. Tout ce que tu as de vulnérable, je te promets d'en prendre le plus grand soin. J'ai merdé. Je le sais. Mais, si tu me le permets, je passerai le restant de mes jours à te prouver que je suis la personne qu'il te faut. Parce que je t'aime.

Mince. Je vais fondre en larmes, et je m'en contrefiche. Elles sont là, attendant ma permission pour couler. Je les laisse faire. Car Max m'aime. Cet homme si beau, si intelligent et charmant, avec qui je suis sur la même longueur d'onde depuis le premier jour, m'aime. Cela vaut bien quelques larmes.

Il franchit le pas qui nous sépare pour me caresser la joue.

— Laisse-moi de nouveau entrer dans ton cœur, Lina. Laisse-moi être là pour toi. Être la personne qui ne te jugera jamais. Qui t'adorera, et t'incitera à te lâcher un peu.

Il m'essuie les yeux du plat des pouces.

— Qui te fera verser des larmes uniquement pour les raisons les plus dégoulinantes de guimauve du monde.

Mon cœur bat la chamade, comme s'il tentait de répondre pour moi. Cette fois, pourtant, ça ne me gêne pas de laisser ma voix faire le travail.

— Je vais être honnête avec toi : depuis le début, tu me terrifies. En t'accordant ma confiance, en la plaçant dans notre couple, je m'expose potentiellement à une souffrance que je risque d'avoir du mal à surmonter. Mais je crois que tu as mérité cette place, et je suis prête à faire le grand saut. Parce que tu m'as encouragée à réfléchir aux barrières que je dresse autour de mon cœur, et à qui je peux laisser entrer à l'intérieur. J'ai compris que tu étais ma zone de confiance. Que je peux être cent pour cent moi-même avec toi, et que tu ne me jugeras pas pour cela. Que tu ne m'en aimeras que plus. C'est ce que je veux représenter pour toi aussi. Quand tu as passé une journée horrible, ou que quelque chose cloche, je veux que tu penses à moi et à mes bras comme l'endroit où tu trouveras du réconfort. Parce que je t'aime, Max, moi aussi, je veux construire un avenir avec toi.

Il ferme les yeux durant plusieurs secondes. Quand il les rouvre, ses prunelles brillent de bonheur et d'affection, comme s'il avait vu ce qui nous attendait, et que cela lui avait plu.

— Histoire que les choses soient bien claires, j'ajoute, tu n'es ni mon premier ni mon second choix. Tu es le seul et unique.

— Lina…

Tant d'émotion dans ce seul mot ! Comme s'il avait ajouté une nouvelle entrée au dictionnaire. « Lina, nom : *mon amour, mon avenir.* »

Avec un sourire qui me fait chavirer le cœur, il me prend dans ses bras. Il effleure mes lèvres de sa bouche à la douceur et la virtuosité délicieuses, et, d'un baiser, nous scellons ces retrouvailles. Nous sommes amoureux, nous sommes ensemble, et j'ai hâte de découvrir ce que nous réserve la vie.

Me souvenant d'où nous sommes, je me blottis plus fort contre lui.

— La suite au prochain épisode, alors ?

— La suite pour la vie, déclare-t-il en posant un baiser sur mon front.

Un reniflement nous fait sursauter. Me retournant, je découvre ma mère, *tia* Viviane et *tia* Izabel à la porte de la terrasse. Izabel se tamponne les yeux avec un mouchoir. Ma mère, un sourire triomphant aux lèvres, tend la main sous le nez de Viviane. Ma tante grommelle et fouille dans son sac. Soudain, je la vois claquer un billet de vingt dollars dans la main de ma mère.

Je n'en crois pas mes yeux.

— *Mãe*, tu as parié sur moi ?

— Jamais de la vie, *filha*. J'avais parié sur Max.

Celui-ci se penche à mon oreille.

— Ta mère est une femme pleine de bon sens.

Ça, on ne peut pas dire le contraire… Et, sur ce coup, je suis prête à la suivre. Il y a à peine quelques semaines, je n'aurais pas donné cher de Max, mais à partir de cet instant je parie sur lui sans hésiter.

Remerciements

Il n'est jamais facile d'écrire une comédie romantique : l'humour, c'est subjectif, les blagues scabreuses peuvent tomber à plat ; mais il est particulièrement difficile d'écrire une comédie romantique dans un monde qui s'écroule. Il faut faire preuve de discipline (il est absolument nécessaire de rationner sa dose de réseaux sociaux) et de concentration prolongée pour faire naître les sourires autour de soi, malgré la tristesse qui nous entoure.

Il faut aussi pouvoir compter sur le soutien enthousiaste de gens merveilleux qui comprennent véritablement notre démarche. Ah, et il faut bien sûr avoir une bonne provision de goûters gourmands... une très bonne provision. Ce sont ces mêmes personnes qui nous empêchent aussi de tomber dans le trou noir des réseaux sociaux (« Maman, tu es encore sur Twitter ? »), nous fournissent lesdites gourmandises (« Quoi, tu n'as jamais mangé de donuts de chez Krispy Kreme ? Il faut y remédier, TOUT DE SUITE ») et savent parfaitement s'y prendre pour nous apporter un rayon de joie (continue avec tes Gif merveilleux, Sarah).

Tout cela pour dire que je remercie du fond du cœur mon cercle de soutien sans qui mes lecteurs n'auraient peut-être pas ce livre en main. Merci donc à toutes ces personnes extraordinaires, nommées ou non ici, ainsi qu'aux pépites suivantes, qui méritent une mention spéciale :

Mon mari : À l'heure où j'écris ces lignes, deux semaines après avoir subi une opération au pied, tu emmènes quand même les filles à l'école, pour la seule raison que je dois rendre ces remerciements à mon éditrice ce matin. C'est l'illustration même du soutien inconditionnel que tu m'as apporté durant toutes ces années. Tu es l'une des plus belles (dans tous les sens du terme) personnes que j'aie eu l'occasion de rencontrer, et je suis incroyablement heureuse de t'avoir dans ma vie. Je t'aimerais toujours, quoi qu'il arrive.

Ma fille aînée, Mar-Mar, qui m'a tenu compagnie quand je restais enfermée dans mon bureau, à écrire et relire ce livre, m'a tenu la main pendant que je luttais avec la première phrase pour établir ma domination (oui), et a contribué à concevoir cette couverture géniale. Ne compte pas trop sur un chèque, mais tu seras bien sûr récompensée (en goûters et en câlins). Tu es formidable.

Ma fille cadette, Nay-Nay, qui s'est dévouée pour me ravitailler en café, parsemait (pour des raisons qui m'échappent encore) mon bureau de Post-it couverts d'anecdotes diverses, et m'a réconfortée quand le moral était en berne. Tu es l'une des filles les plus adorables que je connaisse ; je sais que je suis subjective, mais c'est moi qui décide ici. Na.

Ma mère : Mãe, je n'avais pas besoin que l'on me rappelle les raisons qui font de toi mon plus grand modèle ; mais je suis heureuse de les voir cristallisées dans ce livre. *Eu te amo muito.*

Ma super agente, Sarah Younger : J'ai tant de chance d'avoir une telle héroïne à mes côtés. Merci d'être là, de toujours savoir gérer la situation, de m'aider à grandir en tant qu'autrice et en tant que personne.

Ma merveilleuse éditrice, Nicole Fischer : Grâce à toi, ma salade de mots est devenue un livre. Tu vois ? J'avais raison ; tu es une magicienne. Tes conseils et ta patience sont toujours bénéfiques, et tes « LOL » en marge me font toujours sourire.

Ma *prima*, Fernanda, qui a dû répondre à environ un million de questions sur les accents portugais et les plats brésiliens épicés. Tu ne sais pas à quel point j'ai apprécié ton aide volontaire, même quand je t'appelais en urgence. Je t'adore, *mulher* !

Ma complice d'écriture et amie, Tracey Livesay : nos appels, messages et SMS m'ont permis de survivre à quelques journées sacrément difficiles. J'espère que j'ai pu te rendre la pareille. Je suis si heureuse qu'on puisse mutuellement se dire quand quelque chose ne passe pas du tout du tout dans notre prose.

Mes compatriotes de Romancelandia : ma team des #4 Chicas (Priscilla Oliveras, Sabrina Sol et Alexis Daria), Olivia Dade, les filles du #BatSignal et l'équipe #STET. Merci d'avoir pris soin de moi, de m'avoir poussée à me dépasser et de m'avoir encouragée. Mouah !

Mes bêta-lectrices : Ana Coqui, Soni Wolf, Susan Scott Shelley. Vos précieux retours ont fait de mon livre ce qu'il est. Je ne vous remercierai jamais assez.

Liz Lincoln : tu mérites un million de remerciements pour avoir proposé d'être la paire d'yeux supplémentaires dont j'avais désespérément besoin.

Enfin, chacun des merveilleux individus qui travaillent à Avon/HarperCollins et qui ont défendu (et continuent de défendre) mes livres. Vous êtes les meilleurs !

Composé et édité par HarperCollins France.

Achevé d'imprimer en mars 2020.

FIRMIN-DIDOT

à Mesnil-sur-l'Estrée (Eure)

Dépôt légal : avril 2020.

Pour limiter l'empreinte environnementale de ses livres, HarperCollins France s'engage à n'utiliser que du papier fabriqué à partir de bois provenant de forêts gérées durablement et de manière responsable.

Imprimé en France